KNAUR

Von Di Morrissey sind bereits folgende Titel erschienen:
Die Korallentaucherin
Tränen des Mondes
Im Tal der roten Zedern
Der Gesang des Wasserfalls
Im Land der glühenden Sonne
Im Land der goldenen Tempel
Die Blüten der Wüste
Im Licht der Korallenblüte
Im Schatten des Pfefferbaums
Himmel über roter Erde

Über die Autorin:
Di Morrissey ist die erfolgreichste Autorin Australiens. Als Journalistin arbeitete sie für Frauenmagazine, Radio und Fernsehen, schrieb Drehbücher und Theaterstücke und wirkte an zahlreichen TV-Produktionen mit. Sie lebt heute auf einer Farm in Byron Bay, New South Wales.

Di
Morrissey

Die Melodie der Traumpfade

DIE GROSSE AUSTRALIEN-SAGA

Aus dem Englischen
von Gerlinde Schermer-Rauwolf
und Sonja Schumacher

KNAUR

Die australische Originalausgabe erschien 2017
unter dem Titel »The Red Coast« bei PanMacmillan Australia, Sydney.

Besuchen Sie uns im Internet:
www.knaur.de

Aus Verantwortung für die Umwelt hat sich die Verlagsgruppe Droemer Knaur zu einer nachhaltigen Buchproduktion verpflichtet. Der bewusste Umgang mit unseren Ressourcen, der Schutz unseres Klimas und der Natur gehören zu unseren obersten Unternehmenszielen. Gemeinsam mit unseren Partnern und Lieferanten setzen wir uns für eine klimaneutrale Buchproduktion ein, die den Erwerb von Klimazertifikaten zur Kompensation des CO_2-Ausstoßes einschließt. Weitere Informationen finden Sie unter: www.klimaneutralerverlag.de

FSC www.fsc.org
MIX
Papier aus verantwortungsvollen Quellen
FSC® C083411

Deutsche Erstausgabe Januar 2021
Knaur Taschenbuch

Redaktion: Boris Heczko, Kollektiv Druck-Reif
Covergestaltung: ZERO Werbeagentur, München
Coverabbildung: Collage aus verschiedenen Motiven
von shutterstock.com
Satz: Adobe InDesign im Verlag
Druck und Bindung: CPI books GmbH, Leck
ISBN 978-3-426-52458-9

2 4 5 3 1

Den Menschen gewidmet,
die mit Worten und Taten kämpfen,
um jene Orte zu schützen,
an denen die Zeit stillsteht
und wo auch künftige Generationen
im Angesicht solch unveränderter zeitloser Schönheit
ehrfürchtig staunen werden.

1

Gleißende Helligkeit blendete ihn, als sich der Hubschrauber schräg neigte und direkt ins Sonnenlicht flog.

Hinter dem Piloten des Bell 206 saß Damien in einem Gurtgeschirr angeschnallt auf dem Rücksitz. Die Tür des Helikopters stand offen, und so erblickte er zum ersten Mal diesen Teil des Buccaneer-Archipels an der nördlichen Küste Westaustraliens. Die langgestreckte eisvogelblaue Wasserfläche der Collier Bay mit den archaischen rötlichen Klippen und Inseln war ein wenig erforschter Teil von Kimberley. Ebenso die Dugong Bay, wo Walschulen immer wieder vergnügt durch die glatte Wasserfläche stießen, ehe sie zurück in dämmrige Tiefen tauchten. Als Kameramann und Filmemacher hatte Damien im Lauf der Jahre viele spektakuläre Orte gesehen, doch dies hier war etwas Besonderes, was ihn zutiefst berührte.

Er drückte die Kamera etwas fester an sich, und plötzlich hatte er ein altes Musikstück im Ohr, eine Filmmusik, die für diese Szenerie wie geschaffen schien. Als Kameramann liebte er Luftaufnahmen, und diese urwüchsige Landschaft unter ihm war atemberaubend.

Der Pilot warf ihm einen Blick über die Schulter zu, hob lächelnd den Daumen und deutete nach vorn.

Ins Blickfeld kamen jetzt die Klippen des McLarty Range, schroffe Felszungen, die eine größere Wasserfläche umschlossen und sich beinahe berührten. Die Engstellen zwischen den hohen Klippen wurden immer schmaler. Bei Flut staute sich das einströmende Wasser dahinter, bis es sich zum Gezeitenwechsel wieder mit Macht ins offene Meer ergoss – die Horizontal Falls waren ein einzigartiges Phänomen. Jede Sekunde schossen hunderttausend Liter Wasser in einer kurzen Folge von Wasserstürzen waagrecht durch den Durchlass, bevor sie in die ruhige Weite der Talbot Bay einmündeten.

Ein einsamer weißer Punkt tief unter ihm erinnerte Damien daran, weshalb er hier war. Er hob die Kamera und begann sie zu justieren.

»Soll ich es über den Bug anfliegen?«, hörte er die krächzende Stimme des Piloten über das Headset. »Ich werde dann ein paar Runden drehen, sodass Sie das Schiff aus verschiedenen Winkeln filmen können.«

Damien hob zustimmend den Arm, froh, dass der Pilot an verrückte Kameraleute gewöhnt war, die sich hinauslehnten und auf die Kufen stellten, um die gewünschten Aufnahmen zu bekommen.

Unter dem Helikopter dümpelte ein elegantes weißes Kreuzfahrtschiff dahin, eines der kleineren, die in diesem Gebiet unterwegs waren, wobei auch dieses seine Passagiere mit opulentem Luxus verwöhnte. Dieses Schiff war ein Symbol für das Eindringen des Menschen in Australiens ungezähmten Nordwesten und machte die Wildnis drei Dutzend gutbetuchten Leuten zugänglich, die sich diese unvergessliche zehntägige Reise leisten konnten.

Damien erhaschte einen Blick auf den insektenähnlichen Schatten des Helikopters auf der Wasseroberfläche, während sie tiefer gingen und vor dem Schiff verharrten. Dann überflogen sie den Bug, beschrieben über dem Liner einen Kreis und blieben schließlich längsseits auf gleicher Höhe mit dem Schiff. Damien zoomte den schnittigen Bug, der durchs Wasser pflügte, für eine

Nahaufnahme heran. Wo stecken bloß die Delphine?, überlegte er.

Nachdem der Helikopter mehrere Runden geflogen hatte, damit Damien aus verschiedenen Perspektiven filmen konnte, setzte der Pilot sacht auf dem gekennzeichneten Landeplatz am Heck des Schiffes auf.

Damien stieg aus. Richie, sein Assistent und zweiter Kameramann, kam ihm über das Deck entgegen.

»Ich hab, glaube ich, ein paar gute Aufnahmen von deiner Landung«, sagte er.

»Das hoffe ich. Es geht ja nicht an, dass du hier bloß mit den Passagieren abhängst, du musst dir deine Brötchen schon verdienen«, neckte ihn Damien. »Allerdings hast du den echt sagenhaften Blick von dort oben verpasst.«

»Von hier unten sieht es auch ziemlich toll aus. Übrigens werden die Passagiere Gäste genannt«, erwiderte Richie. »Auf der Fahrt hierher habe ich etliche Stunden Hintergrundmaterial gedreht und ebenso beim Anlegen gestern Nacht. Inklusive Sonnenaufgang. Alle bereiten sich jetzt auf die Exkursion vor, und sie wissen auch, dass dabei für Werbezwecke gefilmt wird. Nur ein Paar hat nicht zugestimmt, aber die können wir notfalls rausschneiden. Bist du bereit für das große Spektakel?«

»Von oben sieht es ziemlich beeindruckend aus. Was hast du für uns arrangiert?«

»Wir fahren in verschiedenen Zodiac-Booten. Du mit dem ganz vorn«, sagte Richie.

»Gut. Dann kannst du dich auf die Passa… ich meine, auf die Gäste und ihre Reaktionen konzentrieren. Derweil kümmere ich mich um Landschaft, Nahaufnahmen und die Action.«

»Klingt nach einer echt krassen Strömung. Das dürfte in den kleinen Booten ein ganz schöner Nervenkitzel sein«, meinte Richie.

Auf dem unteren Deck am Heck des Schiffes beobachtete eine hochgewachsene Frau in weißen Shorts und schickem Hemd, wie die Touristen vorsichtig in die Schlauchboote stiegen, die von ihren Davits ins türkisfarbene Wasser hinuntergelassen worden waren.

Sie mochte in den Vierzigern sein, doch ihr gesundes, natürliches Aussehen mit nur wenig Make-up und den von der Sonne gebleichten Strähnchen sowie der schlanke, gebräunte Körper strahlten jugendliche Frische aus.

»Kommen Sie, Jacqui, Sie werden begeistert sein. Wir sind im ersten Boot.« Ein junger Bootsführer reichte ihr eine Rettungsweste und ging auf dem Weg zu den Zodiacs voraus.

Nacheinander nahmen die Gäste in den vier Schlauchbooten Platz, alle mit Rettungswesten und einem festgezurrten Hut auf dem Kopf, eine der offenbar unverzichtbaren Wasserflaschen in der Hand, Fotoapparate und Handys griffbereit.

Jacqui wurde auf der einen Seite ganz vorne platziert und stellte fest, dass sie neben einem Mann mit einer Filmkamera saß.

»Ich bin Damien Sanderson«, stellte er sich vor, »und drehe einen Kurzfilm für das Tourismusbüro von Kimberley. Wahrscheinlich werde ich nicht immer ruhig sitzen bleiben können. Ich hoffe, ich nehme Ihnen dann nicht zu viel von der Sicht.«

»Ach, das macht nichts. Sie haben ja schließlich einen Job zu erledigen. Ich heiße Jacqui. Sind Sie gerade mit dem Helikopter aus Broome gekommen?«

»Aus Derby, genau genommen. Bin mit dem Heli ein ganz schönes Stück die Küste entlanggebrummt. Eine faszinierende Landschaft. Sind Sie zum ersten Mal hier?«

»Ich bin zum ersten Mal an den Horizontal Falls. Aber ich lebe in Broome und soll an Bord einen Vortrag für die Gäste halten.«

»Sie haben Glück, in einer so interessanten Gegend zu wohnen. Sind Sie Lehrerin?«

»Nein, mir gehört der hiesige Buchladen. Deshalb lese ich eine Menge«, lachte sie.

Während sie von dem Passagierschiff wegbrausten, erklärte ihnen ihr Bootsführer, dass die Zodiacs nacheinander durch die Engstelle fahren, eine Runde drehen und dann wieder durch den schmalen Spalt zurückfahren würden. »Sie haben jede Menge Zeit zum Fotografieren, aber bitte bleiben Sie unbedingt sitzen, es kann etwas ungemütlich werden«, warnte er.

Jacqui warf einen Blick zurück auf das nachfolgende Boot, in dem der andere Kameramann saß. Als ihr Zodiac dann den ersten Satz machte und wieder aufs Wasser klatschte, fühlte sie sich auf einmal sehr verwundbar. Das war etwas anderes, als auf dem Deck des Kreuzfahrtschiffes hoch über den Wellen zu thronen.

Dann wurden wie auf ein Stichwort die Motoren aller Boote gedrosselt, sodass die Zodiacs nur noch dahintrieben und sich leicht auf- und abbewegten. Vor ihnen ragten zerklüftet und verwittert die riesigen roten Klippen auf. Manche ihrer Vorsprünge und Kanten waren vom jahrhundertelangen Anbranden der Wogen geglättet, andere wiederum zu scharfen Nadeln geschliffen worden.

Da ist ja kaum genug Platz, dass sich ein Vogel hinsetzen kann, dachte Jacqui. Inzwischen war das Tosen des Wassers zu einer bedrohlichen Geräuschkulisse angewachsen. Vor sich sah sie den kaum mehr als bootsbreiten Durchlass, in dem das weiße Wasser zu kochen schien.

»Heben Sie die Hand, wenn Sie so weit sind!«, rief der Bootsführer Damien zu. »Wir müssen dann aber noch den richtigen Zeitpunkt abwarten. Okay?«

Jacqui krallte sich am Bootsrand fest, während Damien seine Kamera überprüfte, in Position brachte und den Arm hob. Ein, zwei Sekunden später röhrte der Motor los, und alle wurden nach hinten gedrückt, als das Boot Fahrt aufnahm und mit einem

Schwenk ins reißende Wasser fuhr, das hart gegen die Klippen schlug.

Einige im Boot kreischten, andere pressten die Lippen aufeinander und hielten sich krampfhaft fest, wieder andere versuchten trotz allem zu fotografieren, als das Boot unverhofft von den Wassermassen erfasst und in den Spalt gezogen wurde. Das Zodiac schleuderte hin und her, prallte auf das aufgewühlte Wasser und bewegte sich halb hüpfend durch die schmale Passage, sodass Jacqui schon befürchtete, sie alle würden gegen die Felsen geschmettert werden. Hier verwandelte sich das Wasser in ein glänzend grünes Gebrodel, gekrönt von weißem Schaum. Jacqui merkte, dass sie den Atem anhielt – bis sie schließlich, mit einem letzten reißenden Schlingern, unversehens ins ruhige Blau der Talbot Bay gelangten. Was für ein beängstigendes und zugleich packendes und berauschendes Erlebnis! Und obwohl es nur wenige Minuten gedauert hatte, war es Jacqui wie eine Ewigkeit vorgekommen.

Die Gäste brachen in erleichtertes Gelächter aus und plapperten durcheinander. Nun, weit genug von der Engstelle entfernt, standen auch einige auf und fotografierten die nachfolgenden Zodiacs, die nacheinander durch die tosende Engstelle schlitterten, begleitet von Rufen und Schreien der Passagiere. Weiter hinten konnte man einen weiteren horizontalen Wasserfall erspähen.

Damien ließ die Kamera sinken. Er war froh, dass er sich für das klobige Unterwassergehäuse entschieden hatte, sodass Gischt und Spritzwasser dem Gerät nichts anhaben konnten. »Na, wie fanden Sie es?«, fragte er Jacqui.

Ihr Haar war klitschnass, die Rettungsweste durchgeweicht, aber sie klang begeistert: »Fantastisch. Beängstigend. Aber toll. Großartig!«

»Müssen wir wieder durch die Enge zurück, um zum Schiff zu kommen?«, fragte ein Deutscher. »Gibt's keinen Weg außen rum?«

»Nein. Außer Sie wollen durch die hinteren Falls schwimmen oder surfen«, rief der Bootsführer zurück. »Aber wir können noch ein paarmal durch den Engpass fahren, wenn Sie möchten.«

»Sind hier Haie oder Krokodile im Wasser?«, fragte eine Frau.

Der Bootsführer zuckte die Achseln. »Manchmal schon.«

»Wirklich? Dann war das eine Mal schon zu viel für mich«, meinte eine andere schaudernd.

Das Zodiac, in dem Richie saß, kam näher. Er winkte Damien zu, und die beiden verständigten sich mit ein paar kurzen Rufen, was sie bei der nächsten Durchfahrt filmen wollten.

Jacqui genoss die zweite Durchfahrt sehr viel mehr als die erste, obwohl die Boote diesmal stärker schlingerten und so noch näher an die Klippen gerieten. Ihr fiel sogar ein, dass sie ja auch einen kleinen Fotoapparat mitgenommen hatte, und sie machte ein paar Aufnahmen von diesem Abenteuer.

Eine Stunde später nahmen alle Zodiacs wieder Kurs auf die *Kimberley Sun*.

Während die Boote längsseits festmachten und man den Gästen zurück an Bord half, herrschte heitere Plauderstimmung.

Jacqui wusste, dass das Hochgefühl, das alle erfasst hatte, noch eine Weile anhalten würde. Erst wenn die Gäste bei Champagnercocktails auf dem Schattendeck neben dem Pool einander Fotos gezeigt hatten, würde die Begeisterung allmählich nachlassen, und die Befriedigung, dieses Erlebnis auf der Liste abhaken zu können, würde der Vorfreude auf das nächste Abenteuer weichen.

»Gleich sind Sie dran mit Ihrem großen Auftritt, Jacqui. Sie sind die nächste Attraktion«, sagte ein Mann von der Crew, der die nassen Rettungswesten einsammelte.

»Nur gut, dass mein Vortrag erst nach dem Dinner stattfindet, wenn sich alle frisch gemacht haben und abgefüttert sind. Denn die Falls sind nun mal nicht zu toppen«, lächelte sie. »Außerdem macht es mich nervös, vor Leuten zu sprechen.«

»Das geht uns doch allen so! Sie kriegen das schon hin. Übrigens kommt frischer Barramundi auf den Tisch. Mr. Franklin hat heute Morgen ein Prachtexemplar gefangen. Er ist hin und weg.«

»Da ist dem Ersten Offizier bestimmt ein Stein vom Herzen gefallen. Er hat Mr. Franklin ja quasi versprochen, dass er einen Mordsfang machen würde. Und dieser Gast scheint es gewohnt zu sein zu kriegen, was er will. Was wäre wohl passiert, wenn das nicht geklappt hätte?«

»Der Erste Offizier kennt da ein paar Stellen, wo man mit großer Sicherheit was Ordentliches an den Haken kriegt. Das sind seine Asse im Ärmel für Gäste wie Mr. Franklin, für die nur das Beste gut genug ist.«

»Wäre gut, wenn ich wüsste, wo die sind. Falls jemand mal in meinen Buchladen kommt und einen Barramundi verlangt.«

»Es gibt preisgünstigere Angelplätze als diesen schwimmenden Palast«, meinte der Mann schmunzelnd. »Aber jetzt muss ich weiter. Sundowner und Horsd'œuvres auf dem Oberdeck stehen an. Bis später, Jacqui.« Er schnappte sich die Kiste mit den Rettungswesten und eilte davon.

Jacqui ging in ihre kleine Zweierkabine hinunter und betrachtete die kunstvoll zu flauschigen weißen Schwänen gefalteten Handtücher an den Fußenden der beiden Doppelbetten. Suzi, die Hausdame auf dem Schiff, hatte den Mitarbeiterinnen beigebracht, Handtücher zu den verschiedensten Tieren zu falten, und Jacqui musste lächeln, als sie auf dem Kopf des einen Schwans ihre Lesebrille entdeckte. Was für einen Riesenspaß hätte Jean-Luc auf so einer Fahrt, dachte sie.

Doch sogleich schob sie den Gedanken beiseite, setzte sich an den kleinen Schreibtisch, fuhr ihr Notebook hoch und ging die

PowerPoint-Präsentation noch einmal durch, die sie nachher zeigen wollte.

Man hatte sie gebeten, auf dieser Reise-Etappe einen lockeren Vortrag über Kimberley zu halten. Anschließend würde Patricia, die Inhaberin des Souvenirshops an Bord, für ihre wunderschönen Broome-Perlen werben, die sie mit viel Geschick an den Mann und die Frau zu bringen verstand.

Jacqui liebte es nicht, vor Publikum zu sprechen – sie war in letzter Minute eingesprungen, weil die Stammrednerin überraschend nach Perth fliegen musste. Doch die Gäste hier hatten es sich einiges kosten lassen, in dieses entlegene Gebiet zu reisen. Daher würden sie ihr bestimmt interessiert zuhören, wenn sie die unermessliche Weite der Landschaft mit ihrer atemberaubenden Schönheit schilderte, die verblüffenden Farben bei Tag wie auch die funkelnden Sterne in den klaren, dunklen Nächten fernab jeder Stadtbeleuchtung.

Nach dem Abendessen versammelte sich eine Gruppe von Gästen zu Jacquis Vortrag im Salon, wo sie in den bequemen Sesseln Platz nahmen. Damien und Richie hatten ihre Kameras aufgebaut, um Jacqui bei ihrem Vortrag zu filmen, was sie nur noch nervöser machte. Aber als angesichts der außergewöhnlichen Fotografien auf der Leinwand bewundernde Rufe des Publikums laut wurden, entspannte sie sich ein bisschen. Sie kommentierte jedes einzelne Bild, merkte aber rasch, dass die historischen Aufnahmen von Broome aus der Frühzeit der Perlenfischerei das größte Interesse weckten.

Broome sei zwar eine kleine Stadt, erklärte Jacqui, aber mit einer großen Vergangenheit. Anfang des 20. Jahrhunderts verbrachten japanische Perlentaucher in unförmigen aufblasbaren Taucheranzügen und mit riesigen Kupferhelmen, die nur winzige Sichtfenster hatten, Stunden am Meeresboden, um die außergewöhnlich großen *Pinctada maxima* zu sammeln. Korb um Korb schickten sie die Perlmuscheln nach oben an Bord der Logger, während durch Schläuche permanent Sauerstoff zu ihnen hinuntergepumpt wurde.

Nachdem sie vorher die Horizontal Falls besucht hätten, fuhr Jacqui fort, wüssten die Gäste ja nun alle um das Phänomen des großen Tidenhubs in dieser Region. Bei Ebbe leerten sich die Buchten rapide, und später strömte das Wasser durch die Mangrovenwälder zurück und machte die auf Grund gelaufenen Boote aus Broome wieder flott, die mit dem Rumpf auf dem Strand und neben der alten Holzpier Streeters Jetty aufgesetzt hatten.

Sie beschrieb ihrem Publikum die Perlenbarone der kolonialen Epoche, die sich in ihren gestärkten weißen Anzügen auf den Veranden ihrer Lagerschuppen neben großen Haufen der silberlippigen Perlmuscheln oder in luftig gebauten Bungalows inmitten tropischer Gärten entspannten, wo chinesische Diener oder junge Aborigines für ihr Wohl sorgten. Jacqui schilderte auch die farbenprächtigen und oft gefährlichen Gassen von Chinatown, einer Barackensiedlung mit Opiumhöhlen, Kaschemmen und Bordellen, und erwähnte, dass die japanischen Taucher in ihrem Club ihren eigenen Vergnügungen nachgingen.

Sie erzählte von den Wirbelsturmkatastrophen, denen zuweilen fast die gesamte Logger-Flotte zum Opfer gefallen war. Und von den Schrecken, mit denen die behelmten Taucher in der Tiefe tagtäglich konfrontiert waren: Neben Haiunfällen drohte vor allem die Gefahr, dass ihre empfindlichen Sauerstoffschläuche kaputtgingen. Oder dass sie zu schnell an die Oberfläche gelangten und Stickstoff in ihrem Blut Gasbläschen bildete, sodass sie an der Taucherkrankheit starben.

Ein anderes Bild zeigte die stummen Gestalten der Aborigines, dunkle Schatten zwischen den Dünen und am Strand, die in ihren entlegenen Lagern bei Zusammenkünften ihrer Sippen und

Clans gemeinsam jagten und wie seit Tausenden von Jahren ihre Zeremonien abhielten – an Orten dieses felsigen Landes mit der roten Erde, zu denen sich nur wenige Europäer vorgewagt hatten.

Am Ende der stürmischen Regenzeit seien die internationalen Perlenaufkäufer scharenweise nach Broome gekommen, fuhr Jacqui fort, und zwar nicht nur wegen des Perlmutts, sondern auch wegen des Angebots an seltenen und kostbaren Perlen. Dann machten Transportdampfer an der weit in die Bucht hinausragenden Pier von Broome fest, und die Besucher – hoffnungsfrohe Neulinge, Abenteurer und ganze Familien – fuhren mit der kleinen Bahn die Pier entlang, beäugt von geschäftigen Unternehmern und Stadtbewohnern auf der Uferpromenade.

Broomes Geschichte sei so lebendig und vielfältig wie die Landschaft, in der das Städtchen liege, erklärte Jacqui, und solange der Markt für Perlmutt boomte, wuchs und gedieh der Ort. Doch mit der zunehmenden Beliebtheit von Plastikknöpfen ging die Nachfrage nach Perlmutt zurück. Nur noch die einzigartigen, prächtigen Perlen der wunderschönen Perlaustern von Kimberleys Küste zogen weiterhin Schatzsucher, Abenteurer, Draufgänger und risikofreudige Familien an, die oft zu millionenschweren Unternehmern wurden.

Nach dem tragischen Bombardement von Broome im Zweiten Weltkrieg versank das Städtchen in einem Dämmerschlaf, wenngleich das Interesse an den Perlen aus Broome nie erlahmte. Überall auf der Welt fertigten legendäre Juweliere daraus individuelle Schmuckstücke für die Reichen und Schönen, auch wenn nur wenige ihre Herkunft kannten.

Und so blieb der Ort ein kleiner Punkt in einer weiten roten Landschaft an einem türkisblauen Meer, näher an Asien gelegen als an den wachsenden Städten im Osten Australiens, denn diese waren nicht nur Tausende Kilometer entfernt, sondern auch durch die riesige Wüste inmitten dieses Kontinents von Broome getrennt.

Eine Frau hob die Hand. »Mir ist aufgefallen, dass Broome einen ganz eigenen Architekturstil hat. Stammen die Gebäude auch noch aus jener Zeit?«

»O ja, und das hat die Stadt Lord Alistair McAlpine zu verdanken. Als er Ende der 1970er-Jahre aus England hierherkam, war Broome ein ums Überleben kämpfender Außenposten am Ende der Welt. Aber er verliebte sich in das Städtchen und war entsetzt darüber, dass all die hinreißenden Villen der früheren Perlenbarone abgerissen und durch Vorstadtbungalows mit Klinkerfassaden ersetzt wurden. Also kaufte er ein paar und überzeugte die Gemeinde davon, dass diese alten Gebäude einzigartig und erhaltenswert waren. Dann gründete er die Broome Preservation Society und restaurierte Bauten wie das Sun Picture Theatre.« Jacqui klickte durch ihre Fotos, um ihrem Publikum das alte Kino zu zeigen. »Außerdem baute Lord Alistair McAlpine den Cable Beach Club und legte die Pearl Coast Zoological Gardens für gefährdete Tierarten an. Als Ersatz für die alten Affenbrotbäume, die man in der Stadt gefällt hatte, ließ er sogar eigens neue importieren. Er betätigte sich in Broome auch als Mäzen für alle möglichen Wirtschaftszweige, von indigener Kunst bis hin zu Perlen. Und er war ein wahrhafter Visionär: Ihm verdankt die Stadt ihr markantes Erscheinungsbild. Wer weiß, was er noch alles für diesen Ort getan hätte, wenn alles weiterhin glattgelaufen wäre.«

»Was ist denn passiert?«, fragte ein anderer Gast.

»Das alles geschah vor meiner Zeit, aber offenbar hatte er jede Menge Pläne für die Stadt. Unter anderem wollte er den Flughafen nach Roebuck Plains verlegen und zu einem internationalen Airport ausbauen. Denn der Stadtflughafen war zu klein – und ist es bis heute. Leider kamen ihm Familienangelegenheiten in die Quere, und er musste nach England zurück. Er war untröstlich darüber, dass er nicht zurückkommen konnte, vor allem, weil es mit Stadt und Flughafen nicht so voranging, wie er es sich vorgestellt hatte. Was auch für Broome und Umgebung ein enormer Verlust war.«

Jacqui erzählte noch mehr von der Stadt, ihrer Geschichte und ihren besonderen Reizen.

»Schon immer haben Perlen diejenigen fasziniert, die sie gesucht und die sie getragen haben. Einige Familienerbstücke gehören eigentlich ins Museum. Und wenn Sie mich fragen, ist die Southern Cross Pearl mit ihrer Kreuzform das beeindruckendste Schmuckstück von allen.«

»Davon habe ich noch nie gehört«, murmelte eine Frau.

»Das geht vielen Menschen so«, räumte Jacqui ein. »Aber sie hat eine faszinierende Geschichte.« Sie holte tief Luft. »1883 suchte der fünfzehnjährige Tommy Clarke mit seinem Onkel, dem Kapitän eines Perlenloggers, im Wattgebiet bei Cossack nach Perlmutt. Cossack ist ein Hafen südlich von Broome und heute eine Geisterstadt. Jedenfalls fanden sie dort drei Perlmuscheln und dann am folgenden Tag noch einmal zweihundert. Tags darauf herrschte Flaute, und während sie auf Wind warteten, öffnete Tommy die drei ersten Perlmuscheln, die sie gefunden hatten, und wollte seinen Augen nicht trauen. Denn in der dritten Muschel fand er eine Perle, die ein wahres Wunder war! Tatsächlich handelte es sich um einen Perlenklumpen in Form eines Kreuzes. Als er ihn herauslöste, zerbrach er in drei Teile. Da die einzelnen Perlen nicht besonders groß waren, sei ihr Wert gering, meinte sein Onkel. Daher verkaufte er sie für zehn Pfund und eine Flasche Rum an einen Bekannten, der sie wiederum für vierzig Pfund an den Gastwirt Frank Craig in Cossack verkaufte. Craig allerdings war gewitzter, und so ließ er die Teile von einem erfahrenen Perlmuttschleifer wieder zusammensetzen, ergänzte an einer Seite eine Perle und nannte es ›Southern Cross‹. Danach wechselte dieses ›Kreuz des Südens‹ mehrfach den Besitzer und wurde schließlich 1886 bei der Colonial and Indian Exhibition in London gezeigt. Bei der Weltausstellung in Paris drei Jahre später gewann es eine Medaille, doch danach hörte man jahrelang nichts mehr von ihm. Als es 1924 wieder auftauchte, diesmal bei der British Empire Exhibition in Wembley, gehörte das Perlenkreuz Charles Peto-Bennett, einem Holzhändler, und wurde auf einen Wert von vierundzwanzigtausend Pfund geschätzt.«

Jacquis Zuhörer schnappten nach Luft.

»Offenbar hat sich der Wert des Southern Cross bei jedem Besitzerwechsel vervielfacht. Doch wiederum verschwand es in der Versenkung, diesmal für mehr als siebzig Jahre – es tauchte nur 1981 kurz einmal bei Christie's auf, stand aber nicht zum Verkauf. Wo es sich während der ganzen Zeit befand, blieb ein Geheimnis.«

»Niemand weiß, was daraus wurde?«, fragte ein Gast.

»Es gab alle möglichen Gerüchte über den potenziellen Besitzer des Southern Cross, selbst der Papst wurde genannt. Was der Vatikan jedoch entschieden verneinte. Und Anfang der 1990er-Jahre versuchte sogar die Regierung von Western Australia, es ausfindig zu machen, weil man darin inzwischen ein bedeutendes Stück des kulturellen Erbes sah, aber ohne Erfolg.

Doch inzwischen kennen wir seine Geschichte, die letztlich gar nicht so spektakulär ist. Charles Peto-Bennett war weltweit im Holzhandel tätig, so auch in Westaustralien, wo er das Southern Cross erwarb. Irgendwann zog er nach London, und weil ihm nach dem Börsenkrach 1929 die Versicherung für das gute Stück zu teuer wurde, legte er es einfach in seinem Haus in Chelsea in den Safe. Und dort blieb es, bis er 1978 starb. Er hatte es seinen Enkeln vermacht, die es zu Christie's schickten, allerdings nur, um seinen Wert schätzen zu lassen.

Als 1998 dann einer von ihnen, Chris Peto-Bennett aus Auckland, nach London reiste und bei seiner Zwischenstation in Perth ein Perlengeschäft aufsuchte, hörte er dort zu seiner großen Überraschung von dem sagenumwobenen Southern Cross, das als verschwunden galt.

Er beriet sich mit den anderen Erben, und sie entschieden, dem Bundesstaat Western Australia das Perlenkreuz als Dauerleihgabe zu überlassen. Sollten Sie also einmal nach Perth kommen, können Sie im Fremantle Maritime Museum besichtigen, was bis heute als eine eigenwillige Laune der Natur gilt. Das Rätsel um Australiens berühmteste Perlen war schließlich gelöst«, beendete Jacqui ihren Exkurs.

Einige Leute klatschten, und Jacqui hörte, wie manche einander begeistert vorschlugen, doch das Maritime Museum zu besuchen, um das Perlenkreuz einmal mit eigenen Augen zu sehen.

Für ihr Finale nahm Jacqui ein kleines Kästchen zur Hand. Gespannt beugten sich ihre Zuhörer vor, als sie es öffnete und dann eine prachtvolle, makellose runde Perle von etwa zehn Millimeter Durchmesser hochhielt, die so intensiv und farbenprächtig schimmerte, wie das nur die Perlen taten, die in den warmen, reinen Gewässern von Kimberley gewachsen waren.

»*Darum* geht es beim Perlenfischen«, sagte sie theatralisch. Ihre Zuhörer staunten.

»Diese seltene und sehr wertvolle Perle gehört meiner Freundin Lily Barton, die die Star-Two-Perlenfarm leitet. Einer ihrer Vorfahren, Captain John Tyndall, zählte zu den ersten Perlenbaronen von Broome. Die Liebesgeschichte zwischen ihm und einer gewissen Olivia Hennessy ist ausgesprochen spannend. Im Museum von Broome erfahren Sie mehr darüber und auch noch vieles mehr über die Anfänge der Perlenindustrie. Wenn Sie mich fragen, sind die Romanzen, Kämpfe und Abenteuer, die sich in Kimberley abgespielt haben, packender als alles, was sich Autoren oder Filmemacher je ausdenken können!«

Als nach dem Ende ihres Vortrags der Beifall verebbt war, wurde Jacqui mit Fragen bestürmt. Ihre Zuhörer wollten wissen, wieso es in Broome keine schwarzen Perlen gab wie im Südpazifik und in Asien und warum die Perlen aus Broome, die als Südseeperlen vermarktet wurden, die gefragtesten der Welt waren. Manche Fragen beantwortete Jacqui selbst. Andere, etwa wo man am besten Perlen kaufen könne, leitete sie an Patricia vom Souvenirshop weiter, die jetzt, von interessierten Gästen umlagert, mehrere Tabletts mit Perlenschmuck präsentierte. Staunend betrachteten die Leute die Stücke, von denen manche mit Diamanten aus Kimberley besetzt waren – darunter auch die seltenen rosafarbenen und gelben. Patricia erklärte, dass die Keshi- oder Barockperlen ebenfalls echte Naturperlen waren, dass die Juweliere allerdings die makellos runden wie die zuvor von Jacqui gezeigte bevorzugten.

Als sich die Leute – manche mit frisch erworbenem Perlenschmuck – zu zerstreuen begannen und in ihre Kabinen, an die Bar oder an Deck gingen, begannen Damien und sein Assistent Richie ihre Filmausrüstung einzupacken.

»Ich hoffe, Sie konnten die Bilder einfangen, die Sie wollten«, sagte Jacqui, die zu ihnen hinüberkam.

»Danke, Sie waren großartig. Wir haben jede Menge Filmmaterial. Toller Vortrag, Sie haben den Leuten richtig den Mund wässrig gemacht«, meinte Damien. »Und es passt hervorragend zu den alten Schwarz-Weiß-Archivaufnahmen aus der Anfangszeit der Perlenindustrie.«

»Sehr schön. Und Patricia hat ein paar reizende Schmuckstücke verkauft. Reisen Sie morgen wieder ab?«

»Ja, das Wasserflugzeug holt uns ab. Wir filmen dann noch die King Cascade Falls und ein paar andere Sehenswürdigkeiten. Es gibt, weiß der Himmel, genügend atemberaubende Plätze in dieser Gegend. Die Welt kriegt ja gerade erst mit, was es hier alles zu entdecken gibt.«

»Leben Sie in Perth?«, fragte Jacqui.

»Zurzeit ja. Eigentlich komme ich aus Victoria. Diese Werbefilmerei ist mein Brotberuf, aber ich habe auch ein paar kleine Filme gedreht und früher TV-Spots mit großem Etat und ein paar Dokumentarfilme für Regierungsbehörden und eine wissenschaftliche Stiftung.«

»Klingt spannend.«

»Sagen Sie, dürften wir diese Star-Two-Perle mal aus der Nähe betrachten? Die hat sicher auch eine interessante Geschichte.«

»Allerdings«, bestätigte Jacqui, öffnete das Kästchen und reichte Damien die Perle, der sie eingehend begutachtete. »Vielleicht wollen Sie ja Lily, die Besitzerin, interviewen? Sie hat Unglaubliches erlebt. Inzwischen ist sie über siebzig, aber immer noch eine hübsche Dame und gescheit und redegewandt dazu. Sie wohnt im Norden, Richtung Cygnet Bay.«

»Darauf komme ich vielleicht zurück. Danke.« Damien gab ihr die Perle zurück und zog dann seine Brieftasche heraus. »Hier ist meine Karte. Rufen Sie mich auf dem Handy an, falls Ihnen noch etwas einfällt, was interessant für mich sein könnte. Ich bin durchaus aufgeschlossen für weitere Geschichten und Menschen. Wobei die Landschaft quasi schon alles sagt, nicht wahr? Kein anderer Ort im Land ist mit diesem hier zu vergleichen.«

»Da haben Sie recht«, nickte Jacqui lächelnd. Dann wünschte sie Damien und Richie alles Gute für ihre weitere Reise, entschuldigte sich und eilte davon, um die prachtvolle Perle an einen sicheren Ort zu bringen. So dankbar Jacqui ihrer Freundin Lily dafür war, dass sie ihr ein so seltenes und kostbares Schmuckstück geliehen hatte, machte es sie doch extrem nervös, dafür verantwortlich zu sein, auch wenn es nur für ein paar Tage war. Deshalb konnte sie es gar nicht erwarten, die Perle schnellstens wieder im Safe des Ersten Offiziers einzuschließen.

Ein klarer blauer Himmel mit strahlendem Sonnenschein sorgte am Flughafen von Broome schon am Morgen für brütende Hitze.

Bobby Ching, in Khakishorts und mit farblich abgestimmtem Hemd, auf dessen Tasche das Logo seines Reiseunternehmens prangte, lehnte sich aus der offenen Fahrertür hinaus und beobachtete die Neuankömmlinge, die durch die Glastüren der klimatisierten Ankunftshalle ins Freie traten, wo ihnen die Hitze entgegenschlug. Die Reaktionen der Touristen reichten von freudiger Überraschung bis hin zu Stöhnen und Luftfächeln, die Einheimischen wirkten gleichgültig oder froh, wieder hier zu sein.

Bobbys Statur ließ darauf schließen, dass er kein Gramm Fett zu viel hatte, trotzdem glänzte eine dünne Schweißschicht auf seiner olivenfarbenen Haut. Er kaute mit seinen kräftigen weißen Zähnen auf einem Zahnstocher herum. Auf diese makellosen Zähne war er stolz, seit er vor zehn Jahren mit dem Rauchen aufgehört hatte. Sein glattes, glänzend schwarzes, schulterlanges Haar war vorn zu einem akkuraten Pony geschnitten. Er trug es immer noch gern offen, doch während der Arbeit hatte er es zu einem Pferdeschwanz zusammengebunden. Seine Freunde neckten ihn, dass er zu den Zöpfen seiner chinesischen Vorfahren zurückgekehrt sei. Die Aborigines unter seinen Freunden erklärten ihm, er habe die für sie typischen schlanken Beine geerbt.

»Bin also ein echter Junge aus Broome«, prahlte Bobby, der stolz auf seine gemischte Abstammung war. Da er stets gute Laune hatte, schätzte man seine Gesellschaft, und er war für jedes Abenteuer zu haben.

Nun nahm er das Schild mit der Aufschrift *Cameron North Enterprises* und schlenderte zu den Passagieren hinüber, die auf ihren Transfer warteten.

Ein großer, intellektuell wirkender Mann in den Vierzigern mit schicker Brille und einer über die Schulter gehängten Reisetasche aus Leder nickte Bobby zu. Cameron North war auf lässige Art gut gekleidet. Mit seinen gleichmäßigen Gesichtszügen wirkt er vermutlich attraktiv auf Frauen, dachte Bobby. Die Ledertasche hatte bestimmt ein Vermögen gekostet, und er strahlte Autorität und Selbstsicherheit aus.

»Haben Sie noch mehr Gepäck, Chef?«, fragte Bobby, als er nach der Reisetasche griff.

Der Mann schüttelte den Kopf. »Nein, das ist alles, danke. Wo steht Ihr Wagen?«

Bobby ging voraus und glitt auf den Fahrersitz seines robusten Allradwagens, dem er den Spitznamen »das Biest« verpasst hatte. Manchmal nannte er ihn auch sein »Flaggschiff«, obwohl es das einzige Fahrzeug war, das er bislang besaß.

»Sie haben geschrieben, dass Sie morgen hinauf zum Cape Leveque wollen«, wandte sich Bobby an seinen Fahrgast auf dem Rücksitz. »Darf ich fragen, wohin genau? Zum Resort oder zu einer Besichtigungstour? Ich müsste dafür noch ein paar Dinge besorgen. Wann wollen Sie aufbrechen? Und wo geht's jetzt eigentlich hin? Wo übernachten Sie heute?«

»Ich fange mal mit der letzten Frage an«, antwortete sein Fahrgast mit verhaltenem Lächeln. »Was würden Sie empfehlen?«

»Für eine Nacht? Kommt darauf an, wie viel Sie ausgeben möchten. Soll es eher schlicht oder gehoben sein? Mit Restaurant oder ohne?«

»Komfortabel, aber nicht protzig. Mit einer Bar und etwas zu essen.«

»Gut. Sie sind das erste Mal in Broome, Mr. North? Geschäftlich oder als Tourist?«

Doch der Mann antwortete nicht, sondern blätterte in einem kleinen Notizbuch, das er danach in die Hemdtasche steckte.

»Entschuldigung. Sie heißen Bobby, oder? Bobby Ching? Wie wär's, wenn Sie mich ein bisschen herumfahren und mir das eine oder andere zeigen würden? Vielleicht esse ich am Cable Beach zu

Mittag. Ich muss zwar nachher noch ins Funkhaus, aber eine kleine Stadtrundfahrt zur ersten Orientierung wäre nicht schlecht.«

»Gern. Wollen Sie vorher noch Ihr Gepäck loswerden? Und sich frisch machen? Sie haben vielleicht gemerkt, dass meine Klimaanlage hinüber ist. Aber die lasse ich noch richten, bevor wir morgen früh losfahren.«

Cameron North winkte ab. »Fangen wir ruhig gleich mit der Rundfahrt an.«

Seine Broome-Tour kannte Bobby aus dem Effeff.

Er begann an der Streeters Jetty, der restaurierten Holzpier, die abrupt zwischen Mangroven im milchigen Wasser endete. »Kaum zu glauben, dass die Logger hier angelegt haben, mit dem Kiel im Schlamm, wenn Ebbe war. Und dort drüben war der Japanese Club, wo die Helmtaucher verkehrten … die gaben damals in der Stadt den Ton an. Eine Schande, dass alles abgerissen wurde. Immerhin wollen wir hier aber auch keine großen Kaufhäuser und irgendwelche modernen Touristenattraktionen haben, die nicht ins historische Stadtbild passen.«

Ein Stück weiter die Dampier Terrace hinunter zeigte Bobby auf die niedrigen Gebäude.

»Da finden Sie die ganzen Geschäfte für Perlen und Souvenirs. Früher waren es Lagerschuppen für Perlmuscheln. Und dort, beim ›Pearl Luggers‹, haben sie einen alten Perlenlogger restauriert. Außerdem werden Vorträge gehalten und alte Filme und Gebrauchsgegenstände aus den Anfangstagen gezeigt. Gegenüber ist das Roey, der Roebuck Pub. War mal eine ziemliche Spelunke. Es geht dort immer noch hoch her. Falls Sie Gelegenheit haben, dort die Pigram Brothers spielen zu hören, lassen Sie es sich nicht entgehen. Die Jungs haben in dieser Stadt Musikgeschichte geschrieben. Und hier entlang gibt's ein paar gute Läden für Kunst und Krempel. Wir kommen nachher auch noch am Museum vorbei. Hier kann man übrigens auch gut essen gehen.«

»Gibt es denn eine Kunstgalerie? Die lokale Künstler ausstellt?«, fragte Cameron.

»Aber sicher doch. Wollen Sie etwas kaufen? Julia, die Galeriebesitzerin, kennt sich bestens aus und ist auch sehr nett. Sie fährt raus zu den Siedlungen, versorgt sie dort mit Farbe und Leinwand. Die Künstler von East Kimberley sind wirklich gut. Haben Sie schon mal von Warmun gehört? Turkey Creek heißt der Ort bei den Weißen. Von dort stammen hervorragende Künstler. Sagt Ihnen der Name Rover Thomas etwas? Oder Mung Mung oder die alte Queenie McKenzie? Auch eine Menge neuer Künstler sind gerade im Kommen.«

»Taugen sie was?«

»Na ja, es hängt immer davon ab, was einem gefällt, nicht wahr? Diese Leute malen eben ihr Land. Ihre Geschichten. Sie halten ihre Tradition am Leben.«

»Schreiben Sie mir doch bitte ein paar Namen auf. Ich schau sie mir dann mal an.«

»Fragen Sie lieber die Mädels von der Galerie. Das sind die Experten.«

Bobby machte seinen Fahrgast auf das berühmte alte Freiluftkino Sun Pictures aufmerksam, er zeigte ihm Chinatown, das Warenhaus der Gründerjahre, das die Perlenbarone und die junge Stadt versorgt hatte, und den ursprünglichen Firmensitz von Streeter & Male. »Das waren die ersten Familien, die ins Perlengeschäft eingestiegen sind«, erklärte Bobby. »Waren damals große Nummern.«

Als sie am Bedford Park vorbeifuhren, deutete Bobby auf die Stelle, wo man bei Ebbe noch das Wrack eines Catalina-Flugboots sehen konnte, das von den Japanern abgeschossen worden war. »Und dort stand das alte Conti-Hotel. War damals die einzige Unterkunftsmöglichkeit hier. Es wurde in einer Art Kolonialstil wieder aufgebaut, ist aber heute ein Motel. Dürfte eher nichts für

Sie sein.« Bobby vermutete, dass Cameron North Besseres gewöhnt war.

Am Town Beach hielt er an, damit sein Fahrgast die Angler und die Badenden beobachten konnte.

»Möchten Sie jetzt etwas essen, Mr. North? Oder auf die kleine Landzunge rausgehen? Dort drüben sehen Sie auch ein paar alte Gräber von Schiffbrüchigen und Pionieren.«

»Nein, fahren Sie einfach weiter. Das ist alles … ähm … sehr pittoresk.«

»Okay, dann geht's jetzt zum Hafen, da gibt's viel Historisches zu sehen, bevor ich Sie durch die Vororte zurückfahre. Dort sind ein paar hübsche alte Bungalows versteckt.«

Sie fuhren ruhige Sträßchen entlang, wo in gepflegten Gärten Palmen und üppige Bougainvillea gediehen und in den Auffahrten Boote standen. Ihre Besitzer saßen im kühlen Schatten der mit Gitterwerk abgeschirmten Veranden.

»Wird hier viel gebaut?«, erkundigte sich Cameron North.

»Geht so. Es wird gemunkelt, dass die Stadt groß im Kommen ist, also kaufen Leute aus Perth hier wie verrückt Grundstücke«, antwortete Bobby. »Aber sonst ist noch nicht viel passiert. Man hört von Wohnanlagen, von Ferienhäusern für Millionäre und dass sich vielleicht große Bergbauunternehmen ansiedeln wollen. Schätze, es gibt immer Leute, die gern spekulieren.«

»Welches Land ist am vielversprechendsten?«

»Die Gegend um Cable Beach. Ich zeige sie Ihnen, wenn wir dorthin fahren. Sind Sie aus der Branche?«

»Ich habe nicht vor, mich in Broome niederzulassen. Oder ein Ferienhaus zu bauen. Aber ja, vielleicht können Sie mich hinfahren, wenn ich hier fertig bin.«

»Das ist ein nettes Hotel«, sagte Bobby, als er vor dem Mangrove Hotel vorfuhr. »Mit prima Blick über die Roebuck Bay. Auch auf dieser Seite hat es hübsche Zimmer. Falls Sie Lust auf ein Bier hätten, das gibt's gleich da unten bei Matso's. Das ist von hier aus bequem zu Fuß erreichbar. Früher war Matso's mal die Villa eines Perlenbarons, es ist noch vieles im Original erhalten. Dabei ist das Haus schon auf die unterschiedlichste Weise genutzt worden – als Familienwohnsitz, als Kunstgalerie, als Restaurant, als Brauerei …«

»Nein, danke. Damit warte ich bis zum Mittagessen.« North warf einen Blick auf seine Uhr. »Ich sollte jetzt zum Funkhaus, da hab ich einen Termin.«

»Sprechen Sie im Radio?«, fragte Bobby und warf seinem Fahrgast einen Blick über die Schulter zu.

»Ich hole mir nur ein paar Informationen. Es wird nicht lange dauern«, erwiderte North kurz angebunden.

Bobby fragte sich, warum sein Fahrgast so zugeknöpft war. »Alles klar. Das ist gleich neben dem Buchladen, dem Red Coast Books. Ich warte dort so lange und trinke einen Kaffee oder etwas Kaltes.«

Bobby betrat die stille, kühle Oase des Buchladens. Zwar las er nicht viel, doch er genoss jedes Mal aufs Neue die friedliche Atmosphäre bei Red Coast Books. Menschen nahmen sich Zeit, die Regale zu durchstöbern, die an den Wänden, aber auch mitten im Raum standen und ihn unterteilten. Von der Straße führte eine Treppe zum Eingang hinauf, dessen Schiebetür die von der Klimaanlage gekühlte Luft drinnen hielt. An einem langen Holztisch am Ende des Raums konnten Kunden sitzen und lesen. Einen Bereich des Ladens hatte man zu einem kleinen Café umgebaut, wo kalte Getränke, Milchshakes, Tee und Kaffee ebenso angeboten wurden wie selbst gebackene Kuchen und Kekse, Sushi und Käseteller mit Brot. In der schattigen Gasse vor dem Nebeneingang des Buchladens standen den Gästen außerdem drei Tische zur Verfügung, die man von der Ladentheke aus gut im Blick hatte. Gleich nebenan war das Funkhaus in einem weitläufigen alten Holzbau untergebracht.

»Hallo, Bobby! Arbeitest du gerade oder besuchst du uns?«, begrüßte ihn Jacqui.

»Ein bisschen was von beidem. Hab einen Touristen im Schlepptau, der anscheinend an der hiesigen Geschichte interessiert ist. Er will, dass ich ihn morgen zum Cape Leveque hochfahre.«

»Das ist eine ganz schöne Strecke.«

»Ja, und die Klimaanlage von meinem Biest macht Probleme.«

»Lass sie lieber in Ordnung bringen, Bobby. Gäste schätzen es nicht, hier unklimatisiert herumzufahren. Schon gar nicht auf der schlechten Küstenstraße. Was will dein Fahrgast denn dort?«

Bobby nahm den Lederhut ab und wischte sich über die Stirn. »Er redet nicht viel. Und es geht mich ja auch nichts an. Ich hab ihm allerdings versprochen, dass die Klimaanlage repariert ist, bevor wir morgen früh losfahren.«

»Wo ist er jetzt?«

»Im Funkhaus. Ich hab ihm gesagt, dass ich hier bin und etwas trinke, solange ich auf ihn warte.«

»Gute Idee. Geh doch rüber zu Sylvia, ja?«

»Mach ich, Jacqui, danke.« Er ging in den Cafébereich, zahlte sein Getränk bei Sylvia und nahm es dann mit nach draußen, wo er auf Cameron North wartete.

Als eine Weile später keine Kunden mehr im Laden waren, meinte Jacqui zu Sylvia: »Ich mache kurz Pause und setze mich mit einem Kaffee nach draußen. Ruf mich, wenn du mich brauchst.«

Während Jacqui ihren Kaffee trank, blätterte sie die lokale Morgenzeitung durch. Als sie Schritte hörte, blickte sie auf. Damien Sanderson schlenderte auf sie zu.

»Hi. Freut mich, Sie wiederzusehen, Damien.«

»Ganz meinerseits, Jacqui. Ich bin an dem Buchladen vorbeigekommen und habe mich gefragt, ob das wohl Ihrer ist.«

»Allerdings. Haben Sie Zeit für einen Kaffee? Oder lieber etwas Kaltes?«

Damien warf einen Blick auf ihre Tasse. »Sieht gut aus. Ich hätte gern einen Espresso. Gibt's den bei Ihnen im Laden?«

»Ja. Als der Imbiss um die Ecke zugemacht hat, haben wir die Kaffeemaschine gekauft und beschlossen, im Buchladen ein kleines Café einzurichten.«

Jacqui wollte aufstehen, aber Damien bat sie, sitzen zu bleiben. »Lassen Sie nur, ich hole ihn mir selbst. Dann kann ich noch rasch einen Blick auf die Bücher werfen.«

Als sein Kaffee fertig war, kam er wieder zu ihr heraus. »Wow, das nenne ich einen Buchladen«, meinte er. »Sie haben ja eine Riesenauswahl.«

»Ja, es läuft ganz gut. Die Einheimischen sind treue Kunden, und die Touristen kaufen hier ihre Ferienlektüre und Informationen über die Gegend. Es ist so viel los, dass ich Sylvia fast Vollzeit beschäftigen kann. Aber erzählen Sie mal, wie war denn Ihre weitere Reise, nachdem Sie von der *Kimberley Sun* weggeflogen sind? Wie ist der Film geworden?«, wollte Jacqui wissen.

»Oh, die Reise war fantastisch. Was den Film angeht, ist es noch zu früh, das zu beurteilen, er muss erst geschnitten werden. Aber es sind großartige Aufnahmen dabei, viel mehr, als wir brauchen. Ich bin auf dem Weg nach Perth, um mich mit den PR-Leuten zu treffen und alles entsprechend zusammenzustellen. Wenn sie damit zufrieden sind, treibe ich mich vielleicht noch ein Weilchen hier in der Gegend herum und suche mir womöglich noch etwas Anspruchsvolleres zum Filmen.«

»An Geschichten mangelt es hier nicht. Von Lily habe ich Ihnen ja bereits erzählt. Und Lydia, meine Freundin im Funkhaus nebenan«, Jacqui machte eine Handbewegung zu dem Gebäude auf der anderen Seite der Gasse, »hat schon einige große Reportagen daraus gemacht. Manche ihrer Storys sind sogar landesweit ausgestrahlt worden. Sie hat ein Gespür für so etwas.«

»Tja, das ist das Schöne am Lokalradio«, meinte Damien. »Da kann man sich intensiv mit Themen beschäftigen, von denen die Leute in der Hauptstadt keine Ahnung haben. Eins der wenigen Medien, wo man noch gründlich recherchierte Features geboten bekommt.«

»Ja, Lydia zieht ziemlich über die Radiosender in den Städten her, die sich nur an Kapitalinteressen orientieren und unbequeme Themen gern mal unter den Tisch fallen lassen – insbesondere wenn sie den Eigentümern oder Werbekunden finanzielle Nachteile bescheren könnten.«

»Was sind denn hier gerade die großen Themen?«

»Touristen halten Broome vermutlich für ein hübsches, verschlafenes Nest am Ende der Welt. Aber laut Lydia erhebt die Schlange ihr Haupt.«

Damien hob die Augenbrauen. »Aha? Und das heißt?«

»Es gibt Gerüchte in der Stadt, dass wieder Bergbau betrieben werden soll. Was natürlich nicht unumstritten ist.«

»Ja, das ist normal bei diesem Thema«, nickte Damien. »Da gibt es immer Gewinner und Verlierer.« Er sah zum Buchladen hinüber. »Zumindest Sie haben eine verlässliche Einkommensquelle. Der Laden gehört Ihnen und Ihrem Mann?«

Einen Augenblick herrschte Schweigen, dann nahm Jacqui ihre leere Tasse und stand auf. »Er gehört mir, ja. Entschuldigen Sie mich bitte einen Moment, ich glaube, der Herr dort sucht etwas, und Sylvia ist gerade mit einem anderen Kunden beschäftigt. Genießen Sie in Ruhe Ihren Kaffee, ich bin gleich wieder da.«

»Danke.« Damien fragte sich, ob er sich das peinliche Schweigen nur eingebildet hatte. Von der Bucht her wehte eine kühle Brise durch die Gasse. Vorn, an der Mündung zur Straße, sah er ein paar Einheimische vorbeischlendern. Danach wankten einige Aborigines die Straße entlang, die ihre Supermarkttüten mit klirrendem Inhalt fest umklammert hielten. Entweder waren sie noch vom Vorabend betrunken oder sie waren heute schon wieder auf den Pfad der Verlorenen eingeschwenkt. Wahrscheinlich verziehen sie sich in die Dünen, um zu trinken und zu streiten, bis sie wegdämmern, überlegte Damien. Oder sie gehen zu ihren Frauen und Kindern in den Park am Strand, bis die Polizei sie verscheucht. Vielleicht werden sie auch von Mitarbeitern der Wohlfahrt oder einer der hiesigen Kirchen aufgesammelt.

Es war ein trauriger Anblick und ein solcher Kontrast zu den hart arbeitenden Aborigines, die er andernorts gesehen hatte, etwa den indigenen Rangern, den Inhabern kleiner Geschäfte und denen, die auf Rinderfarmen oder in der Tourismusbranche beschäftigt waren.

Damien trank seinen Espresso aus und ging in den Buchladen. Diesmal sah er sich etwas gründlicher um.

»Haben Sie etwas gefunden, das Sie interessiert?«, erkundigte sich Jacqui nach einer Weile.

»Allerdings. Ich habe Verschiedenes recherchiert, bevor ich hierhergekommen bin, aber von den hiesigen Schriftstellern hatte ich keine Ahnung. Ich bin begeistert von Ihrer lokalhistorischen Abteilung. Wo haben Sie all die alten Bücher nur aufgetrieben?« Er wies auf die »Sammler-Schatztruhe«, wo Jacqui etliche antiquarische Bücher zum Verkauf anbot.

»Ich mag sie auch«, erwiderte Jacqui. »Den Grundstock für das Antiquariat verdanke ich einem älteren Herrn, der schon seit ewigen Zeiten hier lebt und in ein Seniorenheim umgezogen ist. Ich hatte den Laden gerade eröffnet, und er meinte, er hätte da ein paar alte Bücher, die ihm in seinem Leben viel bedeutet hätten und die er deswegen nicht wegwerfen wolle. Zuerst rechnete ich natürlich nur mit einem Haufen wertloser Taschenbücher, aber ich wollte ihn nicht kränken und bot ihm an, einen Blick darauf zu werfen. Als dann drei große Kartons mit echten Sammlerstücken eintrafen, bin ich fast in Ohnmacht gefallen. Ich habe ihm nicht nur die Bücher abgekauft, sondern mich mit ihm angefreundet und besuche ihn regelmäßig. Er kann wunderbare Geschichten erzählen. Ich sage ihm immer, er sollte sie aufschreiben.«

Damien stöberte noch ein bisschen weiter und trat dann mit mehreren Büchern an die Theke. »Ich schätze, die muss ich unbedingt haben.«

»Wenn Sie die gelesen haben, kennen Sie sich mit Flora, Fauna und Geschichte dieser Region wahrlich bestens aus«, bemerkte Jacqui.

»Sie könnten für meinen Film nützlich sein. Und mich zu weiteren Projekten inspirieren. Übrigens würde ich gern Ihren Vorschlag aufgreifen und Lily Barton interviewen. Auch andere Leute haben ihren Namen erwähnt. Es klingt, als hätte sie wirklich viel Interessantes zu erzählen.«

Jacqui schrieb ihm Lilys Telefonnummer auf. »Ich kann sie gern anrufen und ihr schon mal vorab Bescheid geben, wenn Sie möchten.«

»Das wäre sehr nett, Jacqui«, strahlte Damien sie dankbar an.

Als er den Laden verließ, blickte ihm Jacqui nach. Was für ein netter Typ, dachte sie und freute sich, dass er nicht nur Kimberley für sich entdeckt hatte, sondern davon ebenso hingerissen zu sein schien wie sie. Aber vermutlich wussten kreative Augenmenschen wie Damien diesen Teil des Landes eben zu schätzen.

Er musste etwa in ihrem Alter sein. Ob er wohl verheiratet war? Nun, ein so sympathischer Mann wie Damien war bestimmt nicht alleinstehend.

Kaum hatte sie sich wieder an ihre Arbeit gemacht, hörte sie Bobbys Stimme.

»Hallo, Mr. North, ich warte draußen auf Sie.«

Jacqui blickte von ihrem Computer auf, um etwas zu Bobby zu sagen, da blieb ihr der Mund offen stehen. »Das gibt es ja nicht!«, brachte sie schließlich heraus. »Cameron? Cam North? Was zum Teufel …?«

»Jacqui Mitchell! Was tust du denn hier so weitab vom Schuss?«

»Das könnte ich dich auch fragen.« Jacqui kam hinter der Theke hervor, streckte die Hand aus und schüttelte dabei verblüfft den Kopf. »Inzwischen übrigens Jacqui Bouchard.«

Cameron schob ihre Hand weg und küsste sie auf die Wange. »Ja, ja, ich weiß, aber für mich wirst du immer Jacqui Mitchell bleiben. Du liebe Zeit, dass ich dich ausgerechnet in der tiefsten Provinz wiedertreffe. Wie lange hast du dich denn schon hier vergraben?«

»Seit mir klar geworden ist, dass die Stadt voller geldgieriger, oberflächlicher Intriganten ist, die nur in die eigene Tasche wirtschaften wollen.«

»Immer noch die kleine Rebellin, was? Wann haben wir uns zuletzt gesehen? Das muss Jahre her sein.« Er sah sich um. »Einen hübschen Laden hast du hier.«

Sie lächelte. »Ja, da hast du recht. Mit beidem. Es ist ein hübscher Laden, und es ist lange her, dass wir uns gesehen haben. Was treibst du jetzt so? Immer noch als Jurist zugange? Und was um Himmels willen verschlägt dich nach Broome?«

Cameron zuckte die Achseln und lächelte verschmitzt. »Ich schaue mich nur ein wenig um. Für einen Klienten.«

Jacqui musterte ihn, dabei wurde ihr bewusst, dass Bobby sie von der Tür her neugierig beobachtete. Sie kannte Cameron seit Kindertagen, als sie in derselben Straße gewohnt hatten. Obwohl sie ihn seit ihrer Studienzeit nicht mehr gesehen hatte, schien er kaum gealtert zu sein. Ein, zwei Fältchen im Gesicht, leicht angegraute Schläfen, aber dadurch sah er fast noch besser aus als in seiner Jugend. Ein bisschen interessanter. Mehr vom Leben gezeichnet. Wie wir alle, dachte Jacqui.

»Auf welches Rechtsgebiet hast du dich spezialisiert?«, fragte sie.

»Ich habe nicht gesagt, dass ich als Anwalt arbeite.«

»Wenn ich mich recht erinnere, hast du einen Abschluss in Jura gemacht.«

»Und du in Geisteswissenschaften«, gab er zurück und grinste. »Was ich zuletzt über dich gehört habe, war, dass du in Sydney lebst und vielleicht Englischlehrerin werden willst. Irgendwer hat mir auch erzählt, dass du geheiratet hast, aber ich habe kaum mehr Kontakt zu der alten Clique.« Wieder zuckte er die Achseln. »Ich bin oft umgezogen, da ist es schwer, alte Verbindungen aufrechtzuerhalten.«

Nun ja, dachte Jacqui, immerhin war er es, der weggezogen ist und alle Verbindungen gekappt hat – zu dem losen Kreis, der sich aufgrund gemeinsamer Interessen zusammengefunden hatte, ebenso wie zu anderen Freunden, zu Kommilitonen, Familienmitgliedern und Nachbarn. »Von mir könnte ich wohl dasselbe sagen«, meinte sie. »Und du hast hier im Norden Klienten?«

»Es bieten sich geschäftliche Möglichkeiten.« Er lächelte. »Wohl nichts, was einen Bücherwurm interessiert.«

»In den kommunalen Angelegenheiten hier bin ich weitgehend auf dem Laufenden«, entgegnete sie.

Es folgte kurzes Schweigen.

»Wie lange bleibst du denn in Broome?«, fragte sie ihn dann.

»Morgen muss ich weiter. Wenn ich gewusst hätte, dass du hier bist, hätte ich gern mit dir zu Abend gegessen«, meinte er. »Aber ich komme bestimmt mal wieder. Dann gebe ich dir vorher Bescheid.«

Da Jacqui sich daran erinnerte, was Bobby über seine für den nächsten Tag geplante Fahrt erzählt hatte, wollte sie Cameron schon fragen, was ihn denn am entlegenen Cape Leveque interessierte. Doch dann überlegte sie es sich anders. Er wirkte wenig mitteilsam, und ihr fiel ein, dass er sich noch nie gern in die Karten hatte schauen lassen. Wohl vor allem, um den Eindruck von Wichtigkeit zu erwecken, hatte sie immer gedacht. Aber egal, es ging sie nichts an.

»Dann noch einen schönen Aufenthalt. Und wenn ich bei irgendwas helfen kann … ich meine, in dem bescheidenen Rahmen, der einer Buchhändlerin in einem verschlafenen Nest wie diesem gesteckt ist …« Ironisch hob sie die Schultern.

»Wie gesagt, nachdem ich jetzt weiß, dass du hier wohnst, gebe ich dir künftig im Voraus Bescheid, sobald mich wieder etwas hierher führt.«

»Ja, tu das. Und gute Fahrt. Bei Bobby bist du in sicheren Händen«, setzte sie hinzu.

»Gut zu wissen. Es war schön, dich zu treffen, Jacqui.«

Cameron drehte sich um und schlenderte aus dem Laden. Fragend sah Sylvia zu Jacqui herüber.

»Nur ein alter Bekannter aus meiner Zeit in Sydney«, erklärte Jacqui. »Man weiß eben nie, wer einem in Broome über den Weg läuft.«

»Ich hab einen Kumpel, der sich die Klimaanlage anschaut, während Sie zu Mittag essen«, sagte Bobby, während er mit Cameron die Cable Beach Road entlangfuhr. »Vielleicht wollen Sie ja dort im Club übernachten? Der Cable Beach Club ist berühmt für seine Sunset Bar. Eine Menge Leute von der Ostküste sind ganz scharf darauf, die Sonne auf dieser Seite des Kontinents im Meer versinken zu sehen. Und die Kamelritte den Strand entlang sind auch sehr beliebt.«

»Ich mache mir nichts aus Kamelen. Sie beißen und spucken«, erwiderte Cameron.

»Ach, die hier stammen aus der Herde des alten Farouz.«

»Wer ist Farouz?«

»Ein Nachkomme der afghanischen Kameltreiber, die seinerzeit die Tiere ins Land gebracht haben. Und inzwischen rennen Tausende wilde Kamele durchs Outback.« Bobby drehte sich kurz zu Cameron um und grinste. »Mit Kamelen lassen sich gute Geschäfte machen. Sie geben Fleisch und Milch.«

»Nicht meine Branche«, erwiderte Cameron.

»Was ist denn Ihre Branche, Mr. North? Falls ich fragen darf?«, erkundigte sich Bobby in beiläufigem Ton.

»Ich arbeite im Auftrag verschiedener Klienten. Als juristischer und geschäftlicher Berater.«

»Ah.« Darauf wusste Bobby nichts zu erwidern, und er merkte, dass auch gar keine Antwort von ihm erwartet wurde. Also wechselte er das Thema. »Hier ist das geplante Neubaugebiet«, sagte er und wies auf die Baugrundstücke, an denen sie vorbeifuhren. »Einige Wohnanlagen, aber auch ein paar große Villengrundstücke für Leute, die es sich leisten können. Dazu ein paar kleinere Hotels und andere Unterkünfte für Urlauber. Natürlich wollen alle möglichst nah am Strand sein. Ich fahre mal dort entlang, bevor ich Sie zum Beach Club bringe.«

Kurz darauf hielt Bobby am grasbewachsenen Straßenrand neben einem Restaurant mit Blick auf einen weiß schimmernden Sandstrand, der sich bis in die Ferne erstreckte. Hier picknickten Familien, schossen Selfies vor der atemberaubenden Kulisse des leuchtend blauen Meeres oder entspannten sich auf den angelegten Rasenstreifen. Knallbunte Sonnenschirme und Strandmuscheln wirkten wie Farbtupfer auf dem Sand. Bobby stellte den Motor ab und sprang aus dem Wagen, um die hintere Tür zu öffnen.

»Den Strand müssen Sie gesehen haben. Soll ich ein Foto von Ihnen machen? Alle wollen ein Foto von sich an diesem berühmten Strand.«

Cameron zögerte, doch dann stieg er aus. »Kein Foto, danke. Aber ich sehe ihn mir mal an.«

Bobby ging neben ihm her. »Der Strand ist mehr als zwanzig Kilometer lang. Das Südende, Gantheaume Point, ist einen Besuch wert. Man kann dort gut Wale beobachten, wenn sie die Küste entlangziehen. Und dann die roten Klippen, wirklich einzigartig.«

»Ja, sehr beeindruckend«, nickte Cameron.

»Schauen Sie mal dort.« Bobby deutete aufs Wasser. »Da verläuft das Unterwasserkabel nach Indonesien, das uns mit dem Rest der Welt verbunden hat. Es wurde Ende des 19. Jahrhunderts verlegt. Deshalb heißt der Strand hier auch Cable Beach. War bestimmt eine mordsmäßige Herausforderung.«

»Ja, vermutlich. Seither hat die technische Entwicklung große Fortschritte gemacht. Wollen wir dann mal …?« Cameron wandte sich zum Wagen um.

»Der Club ist gleich auf der anderen Straßenseite. Möchten Sie hier übernachten? Oder soll ich auf Sie warten? Sie können mich auch anrufen, falls Sie es sich anders überlegen. Oder ich hole Sie morgen früh hier ab?«

Amüsiert hörte Cameron zu, wie Bobby seine Fragen herunterspulte. »Lassen wir es für heute gut sein. Seien Sie morgen um sechs Uhr hier. Falls ich es mir anders überlegen sollte, rufe ich Sie an.«

Bobby nickte. »Wie Sie wünschen, Mr. North. Dann bis morgen früh Punkt sechs Uhr genau hier, startbereit für die Fahrt zum Kap.«

Als Jacqui am nächsten Vormittag ihren Buchladen aufsperrte, war sie dort erst einmal eine Weile allein. Sie liebte diese ruhige Zeit, ehe die Stadt zum Leben erwachte.

Zuvor hatte sie ihr Fahrrad in der Gasse angekettet, dann das Metallgitter hochgeschoben und die Türen des Haupteingangs weit geöffnet, um kühle Morgenluft hereinzulassen. Dann schaltete sie die Klimaanlage ein. Nun atmete sie tief durch und inhalierte den angenehmen Büchergeruch; den der frisch gedruckten Exemplare ebenso wie den der alten Bände, deren Magie sich in modrigen vergilbten Seiten verbarg.

Für sie war ihr Laden eine Schatzkammer voller verschiedener Charaktere, Orte, Szenen und Ereignisse. Als Kind hatte sie sich vorgestellt, dass nicht nur ihre Spielzeuge nachts zum Leben erwachten, sondern auch die Hauptfiguren aus ihren heiß geliebten Büchern, die dann spannende und gefährliche Abenteuer erlebten, bevor der Morgen dämmerte und sie wieder still zwischen die Buchdeckel schlüpften. Lesen war schon immer ihre Leidenschaft gewesen, und sie hatte Spaß daran, auch bei den Neuerscheinungen immer auf dem Laufenden zu bleiben, um ihren Kunden Empfehlungen geben zu können.

Sie schaltete die Kaffeemaschine ein und überlegte, ob sie zuerst draußen fegen oder einen Kaffee trinken sollte, als sie jemanden hereinkommen hörte.

»Hallooo, Jacqui!«

»Hey, Lily! Wie schön, dich zu sehen«, strahlte Jacqui. »Du kommst gerade richtig zu einer Tasse Kaffee. So früh schon unterwegs?« Sie umarmte Lily Barton herzlich.

»Ich war schon immer Frühaufsteherin. Wie war dein Ausflug zu den Horizontal Falls?«

»Aufregend. Umwerfend. Unglaublich. Setz dich schon mal, ich bringe uns gleich Kaffee.«

Jacqui sah zu, wie sich ihre Besucherin draußen an einen Tisch setzte, eine Zeitung aus der Tasche zog und die Lesebrille aufsetzte. Lily, immer noch schlank und fit, bewegte sich mit Anmut und einer bewundernswerten Gelassenheit. Trotz ihrer vielen Aktivitäten schien sie nie nervös zu werden oder in Hektik zu verfallen, und Jacqui staunte immer über die schier unerschöpfliche Energie ihrer Freundin. Hoffentlich war sie in Lilys Alter auch noch so rüstig und aktiv.

Sie brachte Lily einen schwachen Cappuccino und setzte sich mit ihrer Kaffeetasse ihr gegenüber.

»Schön, dass du da bist. Ja, der Ausflug war toll.«

»Wie ist es mit deinem Vortrag gelaufen? Du warst bestimmt fabelhaft.«

»Ich war ziemlich aufgeregt«, gab Jacqui zu. »Aber den Gästen scheint es gefallen zu haben. Als sie deine Perle sahen, waren sie überwältigt. Ich habe sie hinten im Safe, falls du sie gleich mitnehmen willst.«

»Ist schon okay, Jacqui. Ich bin auf dem Weg zur Farm, da lass ich sie lieber von einem der Mädchen holen.«

»An Bord der *Kimberley Sun* war auch eine Filmcrew«, fuhr Jacqui fort. »Ich habe dem ausgesprochen netten Kameramann vorgeschlagen, dich für den Werbefilm zu interviewen, den er für die Tourismusbehörde dreht. Ich hoffe, das war in Ordnung? Eventuell ruft er dich an, er heißt Damien.«

»Kein Problem, Jacqui. Wobei ich nicht halb so interessant bin wie meine Familie – ihre Geschichte, das Erbe, die Kämpfe! Ich denke, Broome ist jetzt im Wandel begriffen, wie das der Lauf der Zeit eben so mit sich bringt. Trotzdem stößt man auf Schritt und Tritt auf die Vergangenheit, sie ist nicht nur im Museum versteckt.« Lily seufzte. »Wenn ich darüber nachdenke, dass so viele der Alteingesessenen inzwischen verstorben sind, beunruhigt es mich, wie Familienmemorabilien – all die Briefe und Bilder, das alte Perlenfischereizubehör und vieles mehr, was für diese Gegend ungemein typisch war – verscherbelt werden. Erst gestern hat mir jemand ein Logbuch gezeigt, das ein Kapitän Anfang des letzten Jahrhunderts geführt hat. Er ist rund um Thursday Island und dann an Darwin vorbei hierher gesegelt und durch eine der alten Familien zur Perlenfischerei gekommen. Als ich gesagt habe, dass dieses Logbuch historisch wertvoll ist, sahen mich die Leute mit großen Augen an.«

»Du kennst so unendlich viele Geschichten, Lily. Damien würde sich bestimmt freuen, einige davon zu hören, und dich sicher auch gern auf deiner Perlenfarm besuchen. Wie läuft's denn dort?«

»Alles bestens. Natürlich spielen sich ständig irgendwelche kleinen Dramen ab. Das lässt sich nicht vermeiden, wenn man mit Menschen, die aus den verschiedensten Lebenswelten kommen und in turbulenten Zeiten zusammengewürfelt worden sind, in einer so abgelegenen und manchmal auch gefährlichen Gegend zusammenarbeitet – erst recht nicht in der nervtötenden Schwüle zu Beginn der Regenzeit. Irgendwas ist da immer am Brodeln.« Lily lachte. Ganz offensichtlich wollte sie es gar nicht anders haben.

Jacqui schmunzelte. »Liebesgeplänkel oder Streitereien?«

»Du warst noch nie bei uns auf der Perlenfarm, oder? Das solltest du unbedingt nachholen, wenn du mal hier wegkannst.«

»Himmel, keine Ahnung, wann das mal sein wird. Aber danke, Lily, ich nehme die Einladung gerne an.«

»Wunderbar. Und da ich jetzt wieder dorthin zurückfahre, brauche ich unbedingt ein paar unterhaltsame Bücher. Was kannst du empfehlen?«

Zwei Tage später kam Jacquis gute Freundin Lydia vom Funkhaus nebenan herüber, um im Buchladen-Café zu Mittag zu essen. Sie setzte sich draußen an einen Tisch unter einem Sonnenschirm, spähte durchs Fenster und sah, wie Jacqui sich mit einer Kundin unterhielt. Gleich darauf trat Sylvia an ihren Tisch.

»Was darf ich Ihnen heute bringen, Lydia? Wir haben Avocado-Sushi … oder möchten Sie Garnelen mit Gurke?«

»Klingt beides köstlich, Sylvia, zwei von beidem. Und einen Latte dazu. Wie geht es Ihnen denn?«

»Gut, danke«, antwortete die hübsche junge Aborigine-Frau. »Ich arbeite sehr gern hier. Für eine Bücherfreundin ist es der schönste Job der Welt. Ihr Kaffee kommt sofort.«

Jacqui tippte die Buchkäufe der Kundin in die Kasse, wechselte noch ein paar Worte mit ihr und sah dann, dass Lydia draußen saß. Sie lächelte ihrer Freundin zu. Mit ihren wilden Locken, den großen dunklen Augen, dem strahlenden Lächeln und der tiefen, melodischen Stimme war die Aborigine-Frau in Jacquis Augen eine faszinierende Mischung: eine leidenschaftliche Verfechterin der Rechte ihres Volkes und eine redegewandte, gescheite Frau mit Sinn für Humor, die problemlos in zwei Welten leben konnte. Als Journalistin wusste sie kluge Fragen zu stellen, war einfühlsam und eine hervorragende Menschenkennerin. So gelang es ihr mit ihrem sanften, suggestiven Ton, dem durchdringenden Blick und einem stets freundlichen Lächeln, ihren Gesprächspartnern Dinge zu entlocken, die diese eigentlich nicht hatten preisgeben wollen.

Da im Laden gerade nicht viel los war, beschloss Jacqui, kurz Pause zu machen und ihrer Freundin Gesellschaft zu leisten. Sylvia würde sich so lange ums Geschäft kümmern.

»Hast du viel zu tun heute?«, erkundigte sich Lydia, als sich Jacqui setzte.

»Es geht so. Ich bin dabei, Bücher für unser Autorenfestival zu bestellen. Das ist nicht kompliziert, aber aufwendig, ich muss dazu eine Menge recherchieren.«

»Wir haben großes Glück mit unserer Miriam. Eine begnadete Komiteevorsitzende! Sie hat wirklich alles im Blick, obwohl so viel zu erledigen ist. Allein all die Autoren und Verleger anzufragen, bei denen man dann auch immer noch mal nachhaken muss. Offenbar halten die Leute einen gerne hin, falls noch ein besseres Angebot kommen sollte. Und dann das ganze Herumgefeilsche wegen der Anreise, der Unterbringung, wer mit wem auf dem

Podium sitzt, ob er oder sie eine Einzellesung bekommt und wer moderiert. Dazu die Öffentlichkeitsarbeit! Jede und jeder will mit einem Foto ins Programmheft, und natürlich soll alles, was eine Autorin und ein Autor je geschrieben hat, aufgelistet werden … es ist ein Fass ohne Boden …« Lydia hob resigniert die Arme.

»Miriam ist wirklich kompetent. Da wird das Festival bestimmt ein Erfolg«, sagte Jacqui. »Aber es gibt so viel zu tun, dass ich mich frage, wie lange sie uns noch erhalten bleiben wird.«

»Dir haben wir auch eine Menge zu verdanken«, meinte Lydia. »Es ist ja ein Riesenaufwand, all die Bücher sämtlicher Autoren zu beschaffen – wobei manche ja Dutzende geschrieben haben.«

»Stimmt, aber ich finde es großartig, dass sie alle tatsächlich hierherkommen, um über ihre Bücher und das Schreiben im Allgemeinen zu sprechen. Mit einer so großen Resonanz hatte ich nicht gerechnet«, erwiderte Jacqui.

»Wahrscheinlich kommen viele Autorinnen und Autoren, weil sie schon viel von Broome gehört haben, aber noch nie hier waren. Außerdem ist im Süden Winter, da bietet unsere Gegend eine willkommene Zuflucht vor der Kälte.«

»Ja, allerdings ist der Zeitpunkt für mich ein bisschen ungünstig, weil Jean-Luc bald kommen wird und ich ihm erklären muss, dass ich während des Festivals kaum Zeit für ihn haben werde.«

»Das wird dein Sohn schon verstehen.« Lydia trank einen Schluck Kaffee. »Wenn ich es richtig mitbekommen habe, hattest du neulich einen Besucher. War es ein Verflossener?«

»Ach ja, stimmt! Cameron North. Woher weißt du …? Ach so, Bobby hat erwähnt, dass er bei dir im Funkhaus war. Aber …« Nachdenklich runzelte Jacqui die Stirn.

»Und wer ist Cameron?« Lydia ließ nicht locker.

»Wir beide haben als Kinder in der gleichen Straße gewohnt, allerdings waren wir nie Spielkameraden. An der Uni habe ich ihn dann häufiger gesehen, weil wir gemeinsame Bekannte hatten. Er war einer der Typen, die einem bei einer Party immer über die Schulter gucken, um zu schauen, ob es nicht jemand Wichtigeren gibt, mit dem man sich unterhalten könnte«, lachte Jacqui. »Ich hätte nie gedacht, dass ich ihm noch mal begegne, geschweige denn hier. Hat er mit dir gesprochen, als er im Funkhaus war?«

»Ja. Eigentlich wollte er Jason treffen, weil er in dessen Frühstückssendung vor ein paar Wochen ein bestimmtes Interview gehört hat. Aber Jason ist im Urlaub, und ich konnte ihm bloß seine E-Mail-Adresse geben. Dann hat Cameron noch um eine Abschrift des Interviews gebeten. Das ist normalerweise kein Problem, doch es hat etwas gedauert, eben weil Jason nicht da ist und wir gerade unterbesetzt sind.«

»Cameron ist mit Bobby die Küste hinaufgefahren«, ergänzte Jacqui. »Hat er das erwähnt?«

»Nein, hat er nicht. Wohin denn?«

»Zum Cape Leveque. Um was für ein Interview ging es denn, oder ist das vertraulich?«

Lydia zuckte die Achseln. »Nein, frag nur. Es war ein Interview mit einem Archäologen und hatte mit der Entdeckung einer Felsenkunststätte zu tun.«

»Sie haben eine neue gefunden?«

»Ja, genau. Offenbar wurde die Stätte neulich auf ein Alter von sechzigtausend Jahren datiert.«

»Wie seltsam! Dass Cameron sich für so etwas interessiert, kann ich mir eigentlich nicht vorstellen«, meinte Jacqui und schüttelte den Kopf. »Tja, vermutlich werde ich ihn hier sowieso nicht mehr zu Gesicht bekommen. Mich hat er jedenfalls nicht ausgehorcht. Und er hat sich schon immer mehr für sich selbst interessiert als für irgendjemanden sonst. Außer er will etwas von einem.«

»Er blieb ziemlich vage. Angeblich will er sich nur ein bisschen in der Gegend umsehen, um ein Gefühl für den Nordwesten zu bekommen«, sagte Lydia. »Als ich ihn gefragt habe, ob er zum ersten Mal hier ist und woher er kommt, hat er ziemlich einsilbig reagiert.«

Jacqui wollte noch mehr dazu sagen, aber da erspähte sie Bobby, der auf sie zusteuerte.

»Hey, Bobby, gerade haben wir von dir gesprochen. Wie war denn die Fahrt mit Cameron North? Ich nehme an, die Klimaanlage hat wieder funktioniert?«, erkundigte sich Jacqui.

»Hi, Jacqui. Ja, alles cool«, antwortete er und lachte über sein Wortspiel. »Die Fahrt war so weit in Ordnung. Mir wurde dann aber klar, warum er einen Fahrer brauchte.«

»Wieso?«, fragte Lydia.

»Es ging ihm nur um die Hinfahrt.«

»Er ist nicht mit dir zurückgefahren? Hast du ihn dort in einem der Ferienhäuser abgesetzt? Das klingt mir so gar nicht nach Cameron! Für mich ist er nicht gerade ein naturverbundener Öko«, meinte Jacqui überrascht. »Holst du ihn denn wieder ab?«

»Nicht nötig. Ich habe ihn zu einem piekfeinen asphaltierten Rollfeld am Damier Cape gebracht, wo er in ein Flugzeug stieg und wegflog.«

»Wo ungefähr war das?«, fragte Lydia.

»Auf einem privaten Anwesen, keine Ahnung, wem es gehört.«

»Stell dir mal vor, was das gekostet haben muss! Warum gibt jemand so viel Geld für eine asphaltierte Landebahn aus?«, wunderte sich Lydia. Dann fragte sie: »Hat Cameron North dir denn sonst noch irgendetwas erzählt, Bobby? Will er nach Broome zurückkommen?«

»Keine Ahnung.«

»Er hat gesagt, er würde sich bei mir melden, falls er wieder in die Gegend kommt«, sagte Jacqui. »Um ein bisschen über alte

Zeiten zu plaudern. Ich hatte Cameron jahrelang nicht gesehen und bin fast in Ohnmacht gefallen, als er plötzlich im Laden vor mir stand. War wohl einfach Zufall. Hier rechnet man ja nicht damit, eine alte Freundin aus dem Osten zu treffen.«

Lydia schaute sie verblüfft an. »Wie meinst du das? Er hat sehr wohl gewusst, dass du hier bist. Er hat sogar nach dir gefragt und gesagt, dass er hergekommen ist, um sich mit einer alten Freundin zu treffen, mit Jacqui Bouchard.«

»Echt? Sehr seltsam«, wunderte sich Jacqui. »Ich hatte den Eindruck, dass er überrascht war, mich zu sehen. Wer mag ihm wohl erzählt haben, dass ich jetzt hier lebe?« Sie runzelte die Stirn. »Möglicherweise irgendwelche ehemaligen Freunde. Aber das klingt ganz nach Cameron. Er war schon immer schwer zu durchschauen. Außerdem war es eine recht kurze Stippvisite. Er ist nicht mal auf einen Kaffee geblieben«, grübelte sie. »Nur ein Hallo und Auf Wiedersehen. Wahrscheinlich vergehen wieder zehn oder fünfzehn Jahre, ehe wir uns noch mal über den Weg laufen. Ich sage Sylvia, sie soll dir einen Kaffee bringen, Bobby, okay?«

Als Jacqui hineinging, fragte Lydia nach einem kurzen Schweigen: »Was hältst du denn von diesem Mann, Bobby? Ihr seid eine lange Strecke zusammen gefahren.«

»Ich bin nicht mit ihm warm geworden. War ganz Geschäftsmann und überhaupt nicht zum Plaudern aufgelegt wie die Touristen. Und er klang auch nicht so, als ob er mit Jacqui befreundet wäre.«

Nachdenklich runzelte Lydia die Stirn, während sie mit den Stäbchen ein Sushi-Röllchen nahm und in die Wasabi- und Sojasoße tunkte.

2

Die letzten beiden Wochen war es in Broome geradezu beschaulich zugegangen, ohne Kreuzfahrtschiffe und größere Pauschalreisegruppen, auch wenn man gelegentlich Outbackbusse, Trucks und Allradfahrzeuge in der Stadt sah. In Jacquis Buchladen erschienen daher vor allem einheimische Kunden, und das Geschäft lief ruhig. Doch so blieb ihr wenigstens Zeit für die Vorbereitungen auf das Autorenfestival.

Als sie eines Tages auf dem Rückweg von der Bank durch das Städtchen schlenderte, das in frühnachmittäglicher Trägheit vor sich hin döste, hörte sie hinter sich jemanden rufen: »Hey, Jacqui!«

Verwundert drehte sie sich um.

»Meine Güte, Cameron! Du bist ja schon wieder da!«

»Ich konnte nicht anders. Ich wollte gerade in deinen Laden.« Mit ein paar Schritten war er bei ihr.

Fragend sah sie ihn an. »Was führt dich denn so schnell wieder nach Broome?«

»Meine Pläne ändern sich neuerdings manchmal rasend schnell. Hier bin ich also wieder. Ich wusste, dass ich dich in deinem Buchladen antreffen würde, deshalb wollte ich hin.«

»Ich hätte doch auch sonst wo sein können. So berechenbar ist mein Leben nicht«, entgegnete sie.

Ohne darauf einzugehen, fragte Cameron: »Hättest du Lust, heute Abend mit mir essen zu gehen? Wäre dir das Cable Beach Resort recht, oder kennst du ein gutes Lokal in der Stadt, das dir lieber wäre?«

»Woher willst du wissen, dass ich überhaupt Zeit habe?« Sie lächelte, damit ihre Frage nicht zu schroff wirkte.

»Das weiß ich nicht, aber vielleicht fällt dir ja etwas ein, wo zwei alte Freunde ein wenig miteinander plaudern können. Das wäre doch nett …«

Unwillkürlich musste sie grinsen. Auch wenn sie und Cameron sich seit ihrer Kindheit kannten, konnte sie sich nicht erinnern, wann sie einander zuletzt gesehen hatten, bevor er neulich in Broome aufgekreuzt war. Doch weil sie gerne wissen wollte, was ihn nach Kimberley zog, nahm sie seine Einladung an.

»Es gibt ein tolles kleines Restaurant unten am Town Beach, ist noch ganz neu. Wir haben aber auch einen großartigen Chinesen in der Stadt. Wohnst du im Cable Beach Club?«

»Nein, ich habe morgen Abend einen Flug, und den erreiche ich bequemer von der Stadt aus.«

Sie hob eine Augenbraue. »Willst du wieder in den Norden?«

Da klingelte sein Handy, und er warf einen flüchtigen Blick darauf, ohne das Gespräch anzunehmen. »Wir unterhalten uns heute Abend. Entschuldige, ich muss mich mit jemandem treffen. Wie heißt dieser Chinese?«

»Madama Woo's.«

»Alles klar. Dann sehen wir uns dort. Wie wär's um sieben?«

»Sieben ist gut.«

Cameron hob zum Abschied die Hand, dann drehte er sich um, tippte Ziffern in sein Handy und entschwand in Richtung Dampier Terrace.

In Gedanken versunken kehrte Jacqui zu ihrem Buchladen zurück.

Als sie am Abend das chinesische Restaurant betrat, stellte sie fest, dass Cameron bereits da war und die Speisekarte studierte. Er stand auf und rückte ihr den Stuhl zurecht.

»Interessantes Lokal. Ich habe noch nie Perlmuscheln gegessen.«

»Die sind köstlich«, meinte Jacqui. »Magst du asiatische Küche?«

»Eigentlich ist mir die europäische lieber, aber ich habe eine Zeit lang viel thailändisch und indisch gegessen.«

»Ach, warst du mal in diesen Ländern?« Es interessierte sie, was Cameron in den vergangenen Jahren gemacht hatte.

»Ja, hin und wieder. Also, was willst du trinken? Wie wär's mit Champagner als Aperitif? Schmeckt und erfrischt.«

»Da ich von hier zu Fuß nach Hause gehen kann, warum nicht?«, willigte Jacqui ein.

Sie musterte Cameron, während er einen exzellenten Jahrgangs-Champagner, Mineralwasser und als Horsd'œuvre Perlmuscheln bestellte. Er war leger gekleidet, aber ihr fielen seine teure Armbanduhr und die Markenlogos an Hemd und Brille auf. »Du bist also wieder nur auf der Durchreise? Ich nehme an, du arbeitest nicht mehr für die Anwaltskanzlei, bei der du nach der Uni angefangen hast?«

»Meine Güte, nein, ich bin längst anderswo. Man darf heutzutage ja nicht zu lange auf einer Stelle bleiben. Und das, was ich jetzt mache, ist mitunter recht spannend, vor allem, weil ich dabei viel von der Gegend hier oben zu sehen bekomme. Und weil wir uns wieder über den Weg gelaufen sind. Wie geht es dir denn?«

»›Über den Weg gelaufen‹? Lydia hat mir erzählt, du hättest genau gewusst, dass ich hier bin.« Sie sah ihn forschend an.

»Ja, das stimmt.«

»Und ich dachte, es wäre eine Zufallsbegegnung. Wie hast du mich ausfindig gemacht?«

»Das war nicht schwer. Du bist als Mitglied der Handelskammer von Broome gelistet. ›Jacqui Bouchard‹ ist ja kein so häufiger Name, also dachte ich mir, das kannst nur du sein. Ganz einfach.«

»Verstehe«, erwiderte Jacqui. »Und darf ich fragen, weswegen du dich mit der Handelskammer von Broome befasst?«

Cameron schmunzelte. »Ist nichts Spektakuläres. Ich sondiere nur ein bisschen die Lage für einen Klienten, der ein Auge auf diese Gegend geworfen hat. Aber ich würde eigentlich viel lieber über dich reden.«

»Ich habe zuerst gefragt. Sag, wohnst du noch in Sydney? Hast du Familie?« Ihr wurde plötzlich klar, dass sie nicht einmal wusste, ob er verheiratet, geschieden oder alleinstehend war.

Er lächelte, unbeeindruckt von ihren Fragen, und schwieg einen Moment. Der Ober brachte ihre Getränke und das zarte Muschelfleisch, angerichtet auf einer würzigen Soße in großen Muschelschalen. Sie bestellten die weiteren Gänge, und als der Ober gegangen war, musterte Jacqui ihr Gegenüber mit hochgezogenen Augenbrauen. Jetzt wollte sie erst einmal ein paar Antworten hören.

»Keine Familie«, sagte Cameron schließlich mit schiefem Lächeln.

»Das heißt, du bist nicht verheiratet? Es gibt keinen geliebten Menschen in deinem Leben?«

Er hob sein Glas. »Die kommen und gehen.«

»Dann hat sich in der Hinsicht bei dir ja nichts geändert«, lachte Jacqui. »Meine Freunde und ich haben uns oft gefragt, ob du deinen Freundinnen eine Frist setzt, in der sie beweisen müssen, dass sie deinen wie auch immer gearteten Ansprüchen gerecht werden. Lass mich mal überlegen: Ich erinnere mich an eine Schönheitskönigin, ein paar aufstrebende Schauspielerinnen und Sängerinnen und an die jüngste Unternehmenschefin des Bundesstaats. War sie eine Bedrohung für dich, oder war sie mehr an ihrer eigenen als an deiner Karriere interessiert?«

»Du darfst nicht alles glauben, was in den Illustrierten steht, Jac. Aber heißt das, dass du meine Affären mit Interesse verfolgt hast?«

»Natürlich nicht. Aber du hast eben einen gewissen Ruf.«

»Ich habe in meinen Beziehungen immer ausdrücklich klargestellt, dass wir erwachsen miteinander umgehen und Spaß und Vergnügen haben wollen, ohne uns zu etwas zu verpflichten«, verteidigte sich Cameron.

»Ach, das sind doch nur faule Ausreden«, seufzte Jacqui. »Ich wette, das heißt nichts anderes als: ›Ruf mich nicht an, ich melde mich.‹«

»Ich habe meinen Verflossenen nie versprochen, sie anzurufen, und wenn sie sich trotzdem eingebildet haben, ich würde das tun, ist das nicht meine Schuld.« Er beugte sich vor. »Das Problem bei den Frauen ist ihr Ego. Sie sind überzeugt, sie könnten dich unter die Haube kriegen. Jede bildet sich ein, mehr bieten zu können als jede andere. Dadurch wird die Beziehung dann oft so verkrampft. Dabei sage ich ihnen immer, dass ich einfach nur den Augenblick genießen will. Ich bin zumindest ehrlich.«

Jacqui verdrehte die Augen. »Der König der One-Night-Stands? Damit würde ich mich nicht unbedingt brüsten.« War Cameron schon immer so unausstehlich gewesen, und sie hatte das nur verdrängt?

»Oh, ich brüste mich nicht damit. Es ist einfach, wie es ist.«

Jacqui lag die Bemerkung auf der Zunge, dass er aufpassen müsse, kein alternder Don Juan mit gefärbten Haaren zu werden, dessen Freundin seine Tochter sein könnte. Aber das verkniff sie sich. Es ging sie nichts an, auch wenn ihr jede Frau leidtat, die sich mit Cameron North einließ.

Er zuckte die Achseln. »Und bei dir, Jacqui, was ist mit deiner Ehe schiefgegangen? Ich habe gerüchteweise gehört, dass du einen Franzosen geheiratet und eine Weile mit ihm drüben in Frankreich gelebt hast. Wie hat es dich da mutterseelenallein hierher nach Broome verschlagen?«, fragte Cameron.

»Offen gesagt wüsste ich nicht, was dich das angeht«, gab Jacqui kühl zurück. Seine Fragen waren ihr unangenehm. »Von meiner Ehe und meiner Scheidung werde ich dir bestimmt nichts erzählen. Ich finde, das ist Privatsache.«

»So?«, erwiderte Cameron trocken. »Du findest es also in Ordnung, über mein Privatleben zu reden, aber nicht über deins?« Plötzlich brach er in Gelächter aus. »Das ist ja lustig! Wir klingen wie ein altes Ehepaar, das sich ständig zankt.«

Jacqui sah Cameron an, atmete tief durch, um sich zu entspannen, und lächelte schließlich. »Keine Ahnung, wieso. Aber ich erinnere mich, wie ich mal bei dir zu Hause vorbeigeradelt bin und du auf dem Tor eurer Einfahrt hin- und hergeschwungen bist. Da warst du vielleicht acht. Und du warst ziemlich durcheinander. Oder wütend. Ich habe versucht, mit dir zu reden, aber du wolltest dir von mir nicht helfen lassen.«

»Damals konnte ich mit Mädchen wahrscheinlich nichts anfangen«, meinte Cameron.

Jacqui lachte. »In Anbetracht der Liste deiner Eroberungen war das wohl die einzige Zeit in deinem Leben.«

Cameron wandte sich seiner Vorspeise zu und wechselte das Thema: »Ich habe kurz in die hiesige Kunstgalerie reingeschaut. Dort werden ausschließlich Werke von Aborigines ausgestellt. Hochinteressant. Kennst du diese Künstler?«

»Ein paar. Hast du vor, etwas zu kaufen?«

»Eigentlich nicht, ich frage aus reiner Neugier. Allerdings weiß ich, dass mit der Kunst der Aborigines sowohl hier als auch in Übersee eine Menge Geld zu machen ist. Ich würde gern den einen oder anderen von ihnen kennenlernen. Wer sind denn hier die lokalen Größen?«

»Die Leute leben weit draußen in einer Künstlersiedlung. Sie zu treffen würde dir vielleicht gar nicht viel bringen, denn soweit ich weiß, sprechen sie nur gebrochen Englisch. Du solltest dich eher an die Galeristin wenden. Julia Peters ist mit ihnen befreundet und kümmert sich um das Marketing.«

»Obwohl ihre Kunstwerke ja für sich selbst sprechen, nicht wahr? Wer, denkst du, hat unter den Aborigines hier oben das Sagen?«

»Teddy Narrapula. Gelegentlich kommt er in die Stadt. Sein Englisch ist gut, und manchmal kauft er bei mir Kunstbücher. Früher hat er selbst gemalt, aber ich habe gehört, das wahre Talent sei seine Tochter. Sein Sohn ist Musiker. Eine echte Künstlerfamilie.«

»Wenn der alte Herr mit dem Malen aufgehört hat, was tut er dann jetzt?«

»Er ist ein angesehener Ältester. Kann sein, dass er auch im Aborigine Land Council sitzt, so genau weiß ich es nicht. Jedenfalls ist er ein ganz reizender Mensch, und die Aborigines mögen und verehren ihn sehr. Wenn du etwas über die Ältesten wissen willst, fragst du am besten Lydia – sie kennt sich da viel besser aus als ich.«

»Vielleicht mache ich das«, meinte Cameron. »Sag, wie lange lebst du schon in Broome? Du kennst bestimmt viele von den Einheimischen.«

»Ich bin erst seit ein paar Jahren hier, also quasi noch Neuling, habe aber schon etliche Freundschaften geknüpft. Tatsächlich gibt es hier im Norden viele kleinere Communities – die Leute aus der Perlenindustrie, aus der Touristikbranche, verschiedene Aborigines-Familien, Viehzüchter, Bergarbeiter und eine Menge anderer, über die ich gar nicht viel weiß. Kimberley besteht aus einem großen Flickenteppich, den ich erst noch richtig kennenlernen muss.« Sie nahm einen Schluck Champagner.

»Und wie bist du darauf gekommen, in so einer gottverlassenen Gegend ein Geschäft zu eröffnen?«, fragte Cameron und lehnte sich zurück.

Jacqui stutzte. »Interessiert dich das wirklich? Ich bin ursprünglich als Touristin hergekommen. Zu diesem Zeitpunkt wusste ich nicht so recht, was ich mit meinem Leben anfangen wollte. Ich ließ mich treiben und hatte überhaupt keine Pläne für die Zukunft. Da sah ich im Schaufenster des Buchladens ein ›Zu verkaufen‹-Schild – er gehörte damals zwei Geschwistern, die wie Zwillinge aussahen. Sie wollten den Laden zu Geld machen, um sich die Welt anzusehen! Und ich dachte mir: Warum nicht? Es war für mich Zeit, irgendwo Wurzeln zu schlagen. Also kaufte ich ihn. Das habe ich ganz spontan entschieden, aber niemals bereut. In Broome lässt es sich wunderbar leben, obwohl oder vielleicht gerade weil es so abgelegen ist.«

»Aha«, meinte Cameron, als könnte er sich das nicht so recht vorstellen.

»Doch, doch!«, beteuerte Jacqui. Sie hielt inne, als der Ober ihnen den Fisch des Tages mit Reis und asiatischem Gemüse servierte. Eine Zeit lang widmeten sie sich schweigend ihrem Essen. Schließlich legte Cameron seine Gabel beiseite und ergriff wieder das Wort.

»Ich bezweifle, dass man mit einem Buchladen wirklich Geld machen kann«, meinte er. »Was hält dich also hier?«

»Der Laden bringt genug ein. Ich habe hier mein Auskommen, und die Gegend ist etwas Besonderes«, entgegnete Jacqui und versuchte sich ihren wachsenden Ärger nicht anmerken zu lassen. Mit welchem Recht maßte sich Cameron North ein Urteil über die Entscheidungen an, die sie für ihr Leben getroffen hatte?

Cameron schenkte ihnen nach, und im weiteren Verlauf des Essens wandten sie sich unverfänglicheren Themen zu. Sie erkundigten sich gegenseitig nach ihren Eltern, und Cameron erzählte, dass sein Vater gestorben war, aber seine Mutter noch an den Northern Beaches von Sydney lebte. Der ehemalige Vorort, in dem sie aufgewachsen waren, sei inzwischen zu einem sehr schicken und teuren Pflaster geworden. Dann fragte er Jacqui, welche Sehenswürdigkeiten sie ihm hier in Kimberley noch empfehlen könne, und sie berichtete ihm von ihren Erlebnissen am Buccaneer-Archipel und den Horizontal Falls.

»Ich bin drübergeflogen, und es sah wirklich atemberaubend aus«, meinte Cameron. Während er Messer und Gabel auf den Teller legte, sagte er lächelnd: »Dieser Fisch war köstlich. *Voulez-vous un peu dessert?*«

»Nein, danke«, erwiderte Jacqui mit einer gewissen Schärfe. Wollte Cameron sie mit seinem schrecklichen Französisch provozieren, damit sie von ihrer Ehe und Frankreich erzählte? Na, darauf würde sie nicht hereinfallen. Sie wechselte das Thema: »Was hast du morgen vor?«

»Ich schaue mir ein paar Grundstücke für einen Klienten an. Aber es ist so ein großes Gebiet, da habe ich noch einiges vor mir.«

»In Kimberley ist bestimmt die eine oder andere größere Viehfarm zu haben. Sucht dein Klient etwas in dieser Richtung?«

»Möglicherweise. Vielleicht auch ein Tourismusprojekt.«

»Geht es bei deinem Engagement um einen Immobilienerwerb oder um ein Geschäftsvorhaben?«

»Sowohl als auch. Ich gebe Investitionsempfehlungen. Kennst du irgendwelche hohen Tiere hier im Norden?« Er schenkte ihr ein unwiderstehliches Lächeln.

»In solchen Kreisen verkehre ich nicht«, antwortete Jacqui.

»Schade.« Er leerte sein Champagnerglas und lächelte sie erneut an. »Das war ein sehr schöner Abend. Falls ich etwas finde, das für meinen Klienten infrage kommt, bin ich bald wieder in der Gegend. Vielleicht können wir das dann wiederholen.«

Als Cameron Jacqui in seinem Mietwagen nach Hause fuhr, waren sie beide nicht sehr gesprächig.

»Viel Glück bei deiner Suche«, sagte Jacqui beim Aussteigen. »Und danke für die Einladung. Gib mir nächstes Mal früher Bescheid, dann koche ich für uns.«

»Französische Küche? Das wäre toll. Gute Nacht, Jac.«

Als Jacqui ihre Haustür aufsperrte, lächelte sie in sich hinein. Es war ein unerwartet interessanter Abend gewesen, in mancherlei Hinsicht angenehm, gleichzeitig aber auch enttäuschend. Cameron konnte geistreich und unterhaltsam sein, war aber auch überheblich und undurchsichtig. Warum sie ihn zu sich zum Essen eingeladen hatte, wenn er das nächste Mal in der Stadt war, konnte sie sich selbst nicht erklären. Würde er auf ihr Angebot zurückkommen? Na egal, vielleicht tauchte er sowieso nie wieder auf.

»Hi! Habe gerade nicht viel Zeit zum Reden, entschuldige, ich trinke meinen Kaffee unterwegs«, sagte Lydia, als sie am nächsten Tag frühmorgens in den Buchladen stürmte. »Muss vor der Sendung noch ein Interview führen mit jemandem von der Ostküste. Wie war euer Essen?«

»Ganz nett, würde ich sagen«, antwortete Jacqui. »Wir haben ein paar alte Erinnerungen aufgewärmt. Cameron scheint immer noch so ehrgeizig zu sein wie eh und je und auch so arrogant. Was seine Angelegenheiten hier in Kimberley betrifft, bin ich keinen Deut schlauer als zuvor.«

»Was hat er dann überhaupt erzählt?«

Jacqui fasste ihr Gespräch kurz zusammen.

»Ich frage mich, wer auf gut Glück einen teuren Anwalt auf Schnäppchenjagd nach Kimberley schickt«, überlegte Lydia.

»Keine Ahnung, aber er schien darauf erpicht zu sein, dass ich ihn mit ein paar hohen Tieren bekannt mache. Ich sagte, da könne ich ihm nicht helfen. Übrigens, er hat mich angeblich über die Wirtschaftskammer gefunden.«

»Der Mann hat offenbar seine Hausaufgaben gemacht«, grinste Lydia. »Wahrscheinlich hat er nach wichtigen Leuten vor Ort gesucht und deinen Namen entdeckt. Dass er dann herkommt und dich auszuhorchen versucht, ist nur naheliegend.«

»Für mich allerdings nicht gerade schmeichelhaft«, bemerkte Jacqui.

Lydia nickte zustimmend und fragte, worüber Cameron sonst noch hatte sprechen wollen.

»Ich glaube, er interessiert sich auch für indigene Kunst. Wahrscheinlich weil er denkt, dass das eine gute Investition sein könnte. Also habe ich ihm geraten, sich an Julia zu wenden.«

Lydia nahm den Becher, den Jacqui ihr reichte.

»Danke für den Kaffee, Jac. Wir sehen uns später. Dieser Mann macht mich neugierig. Was mag er nur hier wollen?«

»Aber Lydia, warum willst du dir darüber den Kopf zerbrechen?« Jacqui lachte. »Ich habe meine Zweifel, dass er jemals wiederkommt.«

Nachdem Lydia gegangen war, räumte Jacqui die Ladentheke auf und hing ihren Gedanken nach. Dass es sie einmal nach Broome verschlagen und sie ein eigenes Geschäft haben würde, hätte sie sich nicht träumen lassen. Doch so, wie sich die Dinge entwickelt hatten – und ungeachtet dessen, was Cameron dachte –, war es eine gute Entscheidung gewesen. Sie war immer noch dabei, die ungeheure Weite dieser Landschaft und ihre faszinierende Geschichte zu entdecken, sie genoss es, den originellen Menschen zu begegnen, die hier lebten, und die Energie dieser kleinen, bunten Gemeinschaft verlieh ihr Elan. Ganz besonders liebte sie die Herausforderungen, die das Leben hier für sie bereithielt. Dennoch hatte das Essen mit Cameron einige unerfreuliche Erinnerungen heraufbeschworen.

Sie versuchte diese düsteren Gedanken zu verscheuchen und war dankbar, dass in diesem Moment das Telefon läutete.

»Hey, Jacqui, hier ist Damien Sanderson … wie geht's denn so?«

»Oh, hallo, mir geht's gut, danke. Schön, dass Sie sich melden. Wo sind Sie?« Der Klang von Damiens Stimme flößte ihr ein seltsames Glücksgefühl ein.

»In Perth. Ich bin gerade dabei, das Filmprojekt für das Tourismusbüro abzuschließen. Sieht gut aus. Wobei man bei diesen sensationellen Landschaften ja einfach nur die Kamera draufzuhalten braucht, da kann man gar nichts falsch machen.«

»Das freut mich. Ich würde den Film gern einmal sehen. Und haben Sie schon was Neues in der Pipeline?«

»Tatsächlich habe ich Ihren Rat beherzigt und Lily Barton angerufen. Wir haben uns lange unterhalten, und Sie hatten recht, es klingt faszinierend, was sie erzählt. Sie scheint auch eine ganz reizende Person zu sein.«

»Oh, das ist sie zweifellos«, versicherte Jacqui.

»Jedenfalls hat sie mir den Kontakt zu weiteren Leuten vermittelt, die noch die eine oder andere Geschichte beitragen könnten, und so bin ich zu dem Schluss gekommen, dass das Material für eine Fernsehserie reichen müsste. Wir haben das Budget, zur Sicherheit noch ein paar zusätzliche Szenen zu drehen, und das sollte dann genügen, um die Doku einem TV-Sender anbieten zu können. Kurz und gut: Ich komme bald wieder nach Broome. Und wollte sichergehen, dass Sie da sind.«

»Oh, das bin ich. Kann ich Ihnen denn irgendwie behilflich sein?«, erwiderte Jacqui und stellte sich vor, wie spannend es wäre, an diesem Projekt mitzuwirken.

»Das hoffe ich, denn ich würde gern ein paar Ideen mit Ihnen besprechen, vor allem, weil Sie sich ja in Broome so gut auskennen. Aber selbst wenn nicht, wäre es einfach nett, mit Ihnen zu plaudern.«

»Sehr gerne. Was genau haben Sie denn geplant?«

»Lily Barton hat mir von einem Freund namens James Brown erzählt, den ich auf seiner Perlenfarm an der Cygnet Bay kontaktiert habe. Er hat mich zu sich eingeladen, um mir dort alles zu zeigen, und ich kann auch nach Lust und Laune drehen. Das ist eine fantastische Gelegenheit. Richie kommt auch mit.«

»Super. Wenn Sie mir die genauen Daten geben, kann ich hier vor Ort alles arrangieren.«

»Das ist nett von Ihnen. Wir müssen ein Fahrzeug mieten, mit dem wir unsere Ausrüstung auf den unbefestigten Straßen transportieren können. Sagen Sie, hätten Sie nicht Lust, uns zur Cygnet Bay zu begleiten? Könnte sich nicht Ihre Angestellte um den Laden kümmern?«

»Oh, das wäre wundervoll! Und Sylvia kann bestimmt ein paar Tage die Stellung hier halten. Zur Cygnet Bay wollte ich schon immer mal, ich hatte nur nie Gelegenheit dazu.«

»Ausgezeichnet. Dann melde ich mich in den nächsten Tagen noch einmal, wenn ich die genauen Daten habe. Machen Sie's gut.«

»Tschüs, Damien. Grüßen Sie Richie von mir.«

Jacqui war so aufgeregt, dass es ihr schon fast albern vorkam. Der Ausflug zur Cygnet Bay würde ein echtes Abenteuer werden.

Lydia hob die Augenbrauen, als Jacqui ihr von Damiens Einladung erzählte. »Du willst also mit diesem Filmemacher zur Halbinsel durchbrennen?«, meinte sie.

Jacqui lachte. »Übertreib mal nicht. Immer schön bei den Fakten bleiben, Frau Journalistin.«

Ihre Freundin grinste. »Schön für dich. Ihr werdet euch bestimmt prächtig amüsieren.« Dabei musterte sie Jacqui mit wissendem Blick.

»Lydia! Das ist keine Romanze, und ich brenne nicht durch«, protestierte Jacqui. »Damien fährt zum Arbeiten hin, mit seiner Crew – na ja, mit Richie. Er hat sich einfach nur gedacht, ich hätte vielleicht Lust mitzufahren, weil ich noch nie in der Gegend war. Und ich muss zugeben, Damien und Richie beim Filmen zuzuschauen stelle ich mir ganz interessant vor.«

»Wer führt denn die Interviews?«

»Damien, nehme ich an. Warum? Soll ich ihm vorschlagen, dass wir dich mitnehmen? Das wäre toll!«

»Nein, hab nur Spaß gemacht. Ich kann mir nicht freinehmen, weil Jason noch weg ist. Aber ich finde es klasse, dass ihr zur Cygnet Bay fahrt. Dort droben leben gute Leute.«

»Sag bloß, du hast dort auch Verwandte?«, fragte Jacqui. Wann immer sie mit Lydia irgendwo hingefahren war, hatten sie jemanden getroffen, der zu ihrer weitverzweigten Familie gehörte.

»In der Nähe, in Beagle Bay. Also, sag mir Bescheid, wenn dein Filmemacher in die Stadt kommt, vielleicht hat er eine Story für mich.«

Damien und Jacqui telefonierten noch einige Male, um die Einzelheiten ihres Ausflugs zu besprechen. Und am Ende der Woche trat Damien mit einem breiten Lächeln durch die Tür von Red Coast Books.

»Richie verstaut unsere Ausrüstung gerade in dem SUV. Hast du schon gepackt? Wir wollen morgen in aller Frühe los. Möchtest du wirklich mit deinem eigenen Wagen fahren?«

Jacqui nickte. »Zusammen in einem Auto zu fahren wäre lustiger, aber ich kann nur einen Tag bleiben. Und wenn ihr länger filmen wollt, komme ich ohne meinen Wagen ja nicht zurück.«

»Na gut, aber dann fahren wir im Konvoi, das ist sicherer.«

»Und es gibt noch einen Mitfahrer«, sagte Jacqui.

»Aha? Wen denn?«, fragte Damien.

»Einen jungen Mann namens Albie Jackson. Ich kenne ihn selbst noch nicht, aber laut Lydia soll er recht nett sein. Er gehört zum Stamm der Bardi und arbeitet oben an der Cygnet Bay. Als er in Broome war, hat er sein Auto einem Kumpel geliehen, der es noch nicht zurückgebracht hat. Daher hat er Lydia gefragt, ob sie zufällig von einer Mitfahrgelegenheit zur Dampier-Halbinsel wüsste. Da Albie an der Cygnet Bay jeden kennt, dachte ich mir, du hättest ihn vielleicht gern bei dir im Wagen, damit du dich unterwegs mit ihm unterhalten kannst.«

»Ich hätte nichts dagegen, aber der SUV ist bis unters Dach vollgepackt – wie wär's, wenn Richie ihn interviewt und ich bei dir mitfahre?«, schlug Damien vor.

Sie nickte.

»Wir treffen uns dann morgen früh um halb sieben, in Ordnung?«

Die Staubwolke hüpfte zwischen ihren Fahrzeugen auf und ab wie ein loses Abschleppseil. Schnurgerade zog sich die Piste parallel zur Küste dahin, durch rotes Land bis zum Horizont. Im Licht des frühen Morgens sah man einen feinen rostfarbenen Staubfilm auf den silbrig-grünen Sträuchern und Gräsern entlang der Straße.

Die Perlenfarm befand sich nur etwa zweihundert Kilometer nördlich von Broome, doch die vorangegangene Regenzeit hatte ihre Spuren hinterlassen: Tiefe Furchen und Haufen aus weichem rotem Sand machten das Vorankommen auf der Straße mühsam. Während der Fahrt unterhielten sich Jacqui und Damien angeregt, vor allem über Damiens Ideen für die TV-Serie. Jacqui hätte ihn gern auch ein paar persönliche Dinge gefragt, aber da sie sich voll und ganz auf die schlechte Straße konzentrieren musste, ließ sie es lieber sein.

Kurz hinter der Abzweigung zur Beagle Bay, nicht weit von ihrem Ziel entfernt, bremste Richies Allradwagen abrupt, und die beiden Insassen stiegen aus.

Als Jacqui und Damien hinter ihnen anhielten, sahen sie, wie Albie und Richie am Straßenrand kauerten und etwas betrachteten.

»Was ist?«, rief Jacqui. Beim Näherkommen stellte sie fest, dass Albie ein kleines Tier im Arm hielt. »Was ist das? Eine Katze? Eine Ratte? Ach, wie süß!«

Albie beugte sich über das pelzige Tierchen. »Das ist ein Kaninchennasenbeutler, die findet man hier häufig. Ein Weibchen, offenbar hat sie sich das Bein gebrochen. Und sie hat ein Baby im Beutel.«

»Ein Wunder, dass sie nicht von Schlangen oder Vögeln erwischt worden ist. Albie hat sie zwischen ein paar Grasbüscheln am Straßenrand entdeckt«, sagte Richie.

»Was machen wir denn mit ihr?« Behutsam streichelte Jacqui das graue Fell des Kaninchennasenbeutlers, der einer großen Maus ähnelte und jetzt seine spitze Schnauze in Albies Armbeuge vergrub.

»Vielleicht kann sich jemand auf der Krankenstation der Farm um sie kümmern.« Albie steckte das verschreckte Tier vorsichtig in sein Hemd. »Ich denke, sie wird wieder gesund.«

»Ich habe Wasser im Auto«, sagte Jacqui. »Ob sie wohl etwas davon will?«

»Kann sein. Wie wär's, wenn ich das letzte Stück bei Ihnen mitfahre?«, meinte Albie.

»Setz dich doch mit Albie auf den Rücksitz«, schlug Damien Jacqui vor. »Ich kann für den Rest dieser Katastrophenstrecke gern das Steuer übernehmen. Zu zweit könnt ihr dem kleinen Beutler besser helfen.«

Und so setzten sich die beiden Autos wieder in Bewegung. Es wurde immer heißer, und der Himmel war von einem so strahlenden Blau, dass Jacqui bei seinem Anblick fast die Augen schmerzten.

»Lydia sagt, Sie sind an der Cygnet Bay aufgewachsen«, wandte sich Jacqui an den sympathischen Aborigine, den sie auf Mitte dreißig schätzte. »Dann kennen Sie diese Straße bestimmt gut?«

»Inzwischen schon. Während meiner Kindheit sind wir hier eigentlich nie entlanggefahren, bis ich auf die Highschool kam. Dann wohnte ich bei meinen Tanten in Broome. Und James ging auf ein nobles Internat unten im Süden. Wir mussten beide ganz schön büffeln«, meinte er grinsend. »Denn davor spielte Schule bei uns keine große Rolle. Wir haben geangelt, Mangrovenkrabben gefangen, herumgeblödelt und ab und zu auf der Perlenfarm und auf den Booten ausgeholfen. Und wir trugen nie Schuhe. Es war wundervoll, auch wenn wir wenig Schulbildung mitbekommen haben.«

»Tja, ist wohl eine Lebensweise, die junge Burschen nicht übel finden«, meinte Jacqui.

»Na ja, es haben sich beide Arten von Wissen als nützlich erwiesen, denn inzwischen leitet James das Unternehmen. Seine Familie hat die Perlenfarm gegründet, und James hat sie ausgebaut und touristentauglich gemacht. Richie sagt, er und Damien wollen dort filmen. Außerdem möchten sie ein Interview mit dem Chef führen. Jammerschade, dass James' Großvater nicht mehr lebt, er muss ein großartiger Geschichtenerzähler gewesen sein«, erzählte Albie voller Begeisterung.

Nach einer strapaziösen Fahrt von mehr als sechs Stunden erreichten sie endlich die Abzweigung zur Cygnet Bay. Auf der gewundenen Straße zwischen Myrtenheidebäumen erzählte Albie Jacqui, wie es die Familie Brown an die Cygnet Bay verschlagen hatte.

»James' Großvater, der alte Dean, arbeitete nach dem Krieg in Roebourne, oben in Pilbara. Danach hatte er in Kuri Bay eine Anstellung, und schließlich kam er hierher. Nur wenige Leute wissen, dass die australische Perlenzucht mit einem weißen Krokodiljäger und zwei schwarzen Kumpels begonnen hat. Aber so war's.« Albie lachte fröhlich.

»Wie das?«, hakte Jacqui nach. Davon hatte sie noch nie gehört. »Ich dachte, Lily Bartons Großvater, der irische Perlenbaron, hätte sich mit Mr. Mikimoto zusammengetan und in Kuri Bay die Perlenzucht begründet?«

»Das stimmt. Die Japaner züchteten in dieser Gegend tatsächlich Perlen, aber der erste Australier, der das tat, war Lyndon, einer von Mr. Deans Söhnen. Er begann auf eigene Faust zu experimentieren und die Methoden zu erforschen. Er und seine schwarzen Freunde wussten, dass die Japaner die großen Kimberley-Muscheln ein klein wenig öffneten, sie mit einem Stück Muschelschale oder sonst etwas ›impften‹ und anschließend wieder im Meer versenkten, wo die Muschel dann die Perle bildete … James kann stundenlang von seiner Familie erzählen. Ich weiß das ja auch alles von ihm. Aber ich sage Ihnen, der alte Mr. Dean würde den Ort heute nicht mehr wiedererkennen.«

»Wir sind da«, verkündete Damien, als sie das Farmgelände erreichten. »Wie geht's unserer Nasenbeutler-Mama?«

»Sie schläft«, antwortete Albie. »Jan, die Krankenschwester, wird ihr Bein in Ordnung bringen. Braucht wohl eine kleine Schiene.« Albie tätschelte die Beule unter seinem Hemd und hob den Daumen. »Sie wird es überstehen. Und das Kleine auch. Jetzt suche ich erst mal Jan, damit sie sie verarztet, und dann führe ich euch ein bisschen herum.«

Das Anwesen wirkte eher schlicht, doch der Blick auf das türkisfarbene Wasser der Bucht dahinter war atemberaubend. Entlang der Küste und unter den Bäumen drängten sich Geräteschuppen aneinander. Dort, so erklärte Albie, der zehn Minuten später wieder zu den anderen stieß, waren Boote und Ausrüstungsgegenstände wie Seile, Schwimmkörper, Radarbojen und Netzgestelle untergebracht. Es gab auch Bootshäuser und Reparaturwerkstätten für die großen und kleinen Wasserfahrzeuge, die die Browns benutzten, und Unterstände für ihre Allradwagen und andere Fahrzeuge. In weiteren Gebäuden befanden sich die Zuchtbecken für die Vermehrung und Aufzucht der kleinen Muscheln. Um sie mit Futter zu versorgen, hatte man sogar ein Algenlabor eingerichtet. Die eigentliche ›Impfstation‹ mit ihren Muschelbecken und Werkbänken befand sich an Land, nicht auf einem teuren Mutterschiff wie bei manchen großen Unternehmen. Hier wurden die Muscheln aus den Netzen genommen, erhielten ihre winzigen Implantate, wurden in Wannen gereinigt, sortiert und wieder in Netze gehängt. Und überall standen Zweihundert-Liter-Tonnen für den Transport von Perlmutt bereit. Aus etwas abseits gelegenen Schuppen hörte man das leise Summen von Generatoren, die den Betrieb mit Strom versorgten.

Für die Besucher und das Personal gab es einen Gemeinschaftsbereich, bequeme Safari-Zelte und Wohnhütten unter den Bäumen an der sienafarbenen Küste. Dahinter erstreckte sich die überwältigende Kulisse des Meeres und der großen Bucht. Die Arbeits- und Taucherboote in der Ferne wirkten wie kleine dunkle Pünktchen.

»Seit James dieses Touristen-Camp eröffnet hat, kommen jede Menge Besucher«, erklärte Albie. »Darunter etliche ›graue Nomaden‹, gut betuchte Rentner, die kreuz und quer durch Australien reisen, aber auch Touristen aus Übersee. Manche bleiben nur eine Nacht, andere länger. Wahrscheinlich haben sie Spaß an der Krabbenjagd. Ein guter Platz zum Entspannen.«

»Es wirkt auch alles sehr ruhig hier«, pflichtete ihm Jacqui bei.

»Meine Leute sind wahrscheinlich drüben in den Arbeitsschuppen«, meinte Albie.

Er führte die anderen einen schattigen Schieferweg entlang. Als sie an einigen Booten vorbeikamen, die man am schlammigen Ufer auf Slipanlagen hochgezogen hatte, blieb Damien stehen.

»Wow, dieser Katamaran ist ja klasse!« Er betrachtete das mit Doppelrigg ausgestattete Glasfaserboot mit den beiden Rümpfen und der Aufschrift *DMB* auf der Seite. »Sieht superstabil aus. Wofür steht DMB?«

»Ja, den wirft so leicht nichts um. Er ist nach James' Großvater Dean Murdoch Brown benannt. James' Vater wollte ein solides Arbeitsboot. Bis vor ein paar Jahren lag es auf dem Trockenen, dann kaufte es James' Kumpel Steve, der aus der Perlenfischerei ausgestiegen war, weil ein Wirbelsturm sein Boot zerstört hatte. Jetzt benutzt Steve es für exklusive Touristenausflüge.«

»Sie kennen sich in der Gegend ja wirklich gut aus, Albie«, meinte Jacqui anerkennend.

»Wenn man hier lebt, bekommt man da und dort immer wieder mal Geschichten zu hören, und diese Geschichten überlappen sich auf die eine oder andere Weise. Am Ende wird eine einzige große Geschichte von Kimberley daraus, wie ein Puzzle, verstehen Sie? Wir sind alle ein Teil davon.«

Jacqui schaute nachdenklich drein. »Mir scheint, jeder, der hier geboren wurde oder lange genug hier gelebt hat, hat einen Bezug dazu mit seiner Historie, seiner eigenen Geschichte«, sagte sie zu Damien. »Da komme ich mir fast ein bisschen heimatlos vor. Ich habe an vielen Orten gelebt. So ein starkes Zugehörigkeitsgefühl zu haben … das muss etwas Besonderes sein.«

»Vielleicht spüren wir einfach nicht, welche Wurzeln wir kappen, wenn wir woanders hinziehen«, meinte Richie. »Bei den Aborigines ist das anders. Die Verbundenheit mit ihrem Land ist ihnen ungeheuer wichtig. Für uns schwer zu verstehen, aber für sie ganz real.«

Albie blickte in die Runde. »Wisst ihr, das Land ist alles. Man muss sein Land kennen. Und wir leben hier schon seit sechzigtausend Jahren«, stellte er mit einem Kichern fest. In diesem Moment bemerkten sie eine schlanke Frau mit silberblondem Haar, die ihnen strahlend zuwinkte.

»Hallo, kommt doch rein. Hallo, Jacqui, ich kenne Sie von Ihrem Buchladen.« Sie streckte den Besuchern die Hände entgegen. »Ich bin Alison, James' Mutter. Wollen wir uns alle auf die Veranda setzen? James erwartet euch dort. Da weht eine angenehme Brise.«

»Nein, danke, Mrs. Brown. Ich muss noch meine Sachen aus dem SUV holen und dann nach dem Kaninchennasenbeutler sehen«, entgegnete Albie. »Wir sehen uns später.« Er bedachte alle mit einem fröhlichen Lächeln und verschwand zwischen den Bäumen.

Als sie bei kühlen Getränken beisammensaßen, fanden James und Damien auf Anhieb einen Draht zueinander, und Richie folgte eifrig nickend ihrer Unterhaltung. Jacqui betrachtete James, einen gut aussehenden Mann in den Dreißigern mit kurz geschorenem dunklem Haar und warmherzigen braunen Augen, der begeistert von den Leistungen seiner Familie und seinen eigenen Zukunftsplänen erzählte.

Während Damien und Richie diskutierten, was unbedingt gefilmt werden sollte, wandte sich James an Jacqui. »Wissen Sie, was mich besonders freut? Dass meine Kinder genauso eine Kindheit haben, wie ich sie hatte.« Er wies in Richtung Bucht. »Sie laufen barfuß herum, schwimmen, angeln und gehen mit dem kleinen Boot in den Gezeitentümpeln auf Krabbenjagd.«

»Und wachsen in Wohlstand und mit sehr viel mehr Komfort auf als du«, fügte Alison lachend hinzu. »Das ist der reinste Luxus im Vergleich zu damals, als Lyndons Bruder Bruce mich als seine Braut hierhergeholt hat«, erklärte sie Jacqui.

»War es ein Schock für Sie, als Sie zum ersten Mal hierherkamen?«, fragte Jacqui neugierig.

»Na ja, ich war eher erstaunt. Bislang war ich nie weiter nördlich als Geraldton gewesen. Wir flogen also als frisch gebackenes Ehepaar nach Broome – im Januar! Es war dermaßen heiß, dass man ein Spiegelei auf der Kühlerhaube unseres Autos hätte braten können, mit dem wir stundenlang auf dieser staubigen roten Piste unterwegs waren. Als wir eine Pause einlegten und Tee aus der Thermoskanne tranken, fragte ich Bruce, ob wir denn bald da seien. Da guckte er mich an, als hätte ich einen Witz gemacht, und sagte, wir hätten gerade mal die Hälfte geschafft! Ich konnte es nicht fassen. Es kam mir vor, als wollte er mich ans Ende der Welt verschleppen. Als wir ankamen, war es dunkel. Doch ich werde nie vergessen, wie wir auf diesem hübschen kleinen Weg zwischen den Myrtenheidebäumen entlangspazierten.«

»Er ist auch heute noch wunderschön«, stimmte ihr Jacqui zu.

»O ja. Und ich konnte mich nie am Anblick all der lodernden Lagerfeuer am Strand sattsehen. Es war zauberhaft. Dort kampierte der Stamm der Bardi. Ich fand das unglaublich schön – es wird mir immer als mein erster Eindruck von der Cygnet Bay in Erinnerung bleiben. Außerdem hatten wir in dem Jahr eine fantastische Regenzeit, mit spektakulären Gewittern und Wolkenbrüchen, absolut atemberaubend. Die allabendlichen Blitze waren wie ihr tägliches Feuerwerk.« Alison hielt kurz inne. »Später erfuhr ich, was für eine traurige Geschichte mit diesen so zauberhaft wirkenden Lagerfeuern verbunden war: Der Stamm der Bardi-Jawi hatte seine Heimat verloren, nachdem man ihre Missionsstation auf Sunday Island geschlossen hatte. Zwar erschienen sie mir noch immer zauberhaft, doch ich verstand jetzt auch die Hintergründe.« Sie zuckte die Achseln. »Unser erstes Zuhause war eine kleine Myrtenheidenhütte ohne elektrisches Licht. Darin wohnten wir sechs Jahre, bis wir in ein normales Haus mit Glasfenstern umzogen. Erst da wurden mir die Vorzüge der Holzhütte klar: Wo es keine Glasscheiben gibt, muss man auch keine Fenster putzen, und im Gegensatz zu den Hüttenwänden begannen die Mauern unseres neues Hauses während der Regenzeit zu schimmeln! Da sehnte ich mich tatsächlich nach unserer früheren Bretterbude zurück.«

»Können Sie mir etwas über die Boote erzählen?«, bat Damien.

»Als die Browns anfingen, fuhren sie mit zwei alten Loggern raus«, berichtete Alison. »Aber es dauerte immer zwei Monate, diese Holzboote für die Saison fertig zu machen, weil sie jedes Jahr kalfatert werden mussten. Also erkundigte sich Bruce, welche Bootstypen für die Perlenfischerei geeignet sein könnten, besonders bei unseren starken Gezeiten. Daraufhin ließen wir den Glasfaser-Katamaran bauen, und damit ging alles viel besser. Noch heute behaupten die Taucher, es sei eines der besten Boote für Tauchgänge. Außerdem konnten wir damit bei der Muschelsuche weiter in den Bereich des Eighty Mile Beach vorstoßen.«

»Ja, dieses Boot haben wir am Strand liegen sehen«, sagte Richie.

»Der Katamaran ist wirklich großartig«, fuhr Alison fort. »Als wir mit dem Muscheltauchen aufhörten, weil wir unsere Quote an gesammelten, geimpften und geernteten Muscheln ausgeschöpft hatten, brauchten wir kein eigenes Taucherboot mehr. Ich bin froh, dass Steve eine sinnvolle Verwendung dafür gefunden hat.«

»Spannend, wie die Menschen hier oben Kontakt zueinander halten«, stellte Jacqui fest.

»Nun, in den alten Zeiten waren wir alle aufeinander angewiesen. Sie wissen ja, dass man hier ziemlich abgeschieden lebt, und das galt damals umso mehr. Kein Telefon, keine Postzustellung, anfangs nicht mal Funk. Dean begann die Perlenfischerei mit malaysischen Arbeitssklaven, stellte aber fest, dass es sich mit den einheimischen Bardi-Familien viel besser arbeiten ließ. Sie blieben viele Jahre bei uns. Aber die Anfangsjahre waren wirklich mühsam. Erst als wir ab Anfang der Siebziger gute, runde Perlen ernteten, änderte sich hier tatsächlich etwas. Schon ein paar Jahre später hatten wir unseren Bankkredit abbezahlt! Was natürlich ordentlich gefeiert werden musste.«

»Hier oben hätten es nicht viele Frauen ausgehalten«, meinte Jacqui voller Bewunderung. Alison sprühte trotz ihres Alters noch immer vor Energie und guter Laune.

»Für mich war es eine tolle Sache. Ich war jung und gesund, alle haben mit angepackt, und in den ersten Jahren hatten wir auch noch keine Kinder. Die Perlenzucht ist so spannend. Obwohl ich Perlmutt inzwischen faszinierender finde als die Perlen«, fügte sie hinzu. »Die Muscheln liegen versteckt im Schlamm, und wenn man sie öffnet, sieht man dieses bunt schillernde Perlmutt vor sich, das aus sich selbst heraus zu leuchten scheint. Durch ihr Schimmern sieht es aus wie etwas Lebendiges. Für die Aborigines symbolisiert es Wasser, Leben und Regen.«

»Das Perlenfischen hat für Sie also nie seinen Reiz verloren«, stellte Jacqui fest. »Bestimmt sind Sie sehr stolz auf James und darauf, was er hier aufgebaut hat?«

»O ja. Wir wussten nicht, ob er den Betrieb übernehmen würde, aber schließlich ging er auf die James Cook University und studierte tropische Meeresbiologie. Als er dann an die Cygnet Bay zurückkehrte, brachte er seine eigenen Ideen mit, und damit schafften wir den Sprung ins 21. Jahrhundert, nicht wahr, James?«

Alison hielt inne und ließ den Blick über das blaue Wasser in der Bucht schweifen. »Wohlgemerkt, es war nicht immer ein Zuckerschlecken. Wir mussten auch Rückschläge hinnehmen. Aber wir hatten Glück. Etliche andere Perlenfischereien haben die Finanzkrise 2008 nicht überlebt.«

Sie wies auf die stille Wasserfläche, die sich über die Ausläufer der Bucht hinaus bis zum Horizont erstreckte. »Unsere Existenz hängt von der Reinheit dieses Gewässers ab, die James deshalb auch laufend überprüft. Und natürlich werden Perlen heutzutage in Indonesien, China und Hawaii billiger produziert. Aber an Größe, Qualität und Lüster übertrifft nichts die Perlen aus dieser Bucht.«

»Es sieht dort draußen so friedlich aus«, meinte Jacqui.

»Ja, nicht wahr? Man würde nicht glauben, dass sich dort im Wasser ein kleines Vermögen befindet, das nur nach oben gehievt werden muss«, erwiderte Alison.

Nach dem Abendessen besprachen Damien, Richie und James den genauen Ablauf der Dreharbeiten.

»Gut, dann fangen wir wie üblich am frühen Morgen an«, sagte Damien grinsend.

»Die Sonnenaufgänge haben es dir wirklich angetan«, scherzte Jacqui.

James streckte sich. »Ich zeige euch jetzt eure Unterkünfte. Morgen Abend wird auch mein Vater wieder da sein, er kommt mit dem Flugzeug aus Perth. Dort lebt er jetzt mit meiner Mum, aber sie besuchen uns oft auf der Farm.«

»Ich bin schon gespannt auf Bruce«, sagte Damien.

»Ich muss allerdings schon morgen nach Broome zurück«, erklärte Jacqui. »Zu schade – ich würde wirklich gern länger bleiben, aber ich habe es Sylvia versprochen. Es war auf jeden Fall ein tolles Erlebnis.«

»Ich bringe euch zu euren Hütten«, sagte James.

Eine Viertelstunde später, als Jacqui sich gerade schlafen legen wollte, obwohl es erst halb zehn war, tauchte zu ihrer Verwunderung Alison mit einem Tablett auf.

»Ich dachte mir, Sie hätten vielleicht noch Lust auf ein Tässchen Tee.«

»Sehr nett von Ihnen«, erwiderte Jacqui.

»Ich liebe diese Tageszeit, wenn alles zur Ruhe kommt«, sagte Alison. »James achtet streng darauf, dass alle zu einer vernünftigen Zeit schlafen gehen, denn hier lauert auch so manche Gefahr, und Unfälle sollten wir tunlichst vermeiden. Außerdem stellen wir den Stromgenerator um zehn Uhr ab, um Energie zu sparen.

Neben Ihrem Bett ist aber eine batteriebetriebene Lampe, falls Sie noch lesen wollen.«

»Ich glaube, ich lausche einfach nur noch dem Rauschen des Meeres«, meinte Jacqui.

»Ja, das tue ich auch gern«, sagte Alison verträumt. »Wenn ich fort bin, sehne ich mich immer hierher zurück. Perth ist schön, aber diesen Flecken Erde liebe ich einfach.«

»Es muss ein wunderbares Gefühl sein, auf all das zurückblicken zu können, was Sie und Ihre Familie gemeinsam geschaffen haben«, sagte Jacqui.

»Wir machen diese Arbeit, weil sie uns gefällt. Aber ich bin sehr froh, dass James das Ruder übernommen und den Betrieb weiter vorangebracht hat.« Sie stellte ihre Tasse ab. »Doch nun genug vom Mutterstolz.«

»Na, Sie haben doch allen Grund, auf ihn stolz zu sein. Ich hoffe, ich bin eines Tages ebenso stolz auf meinen Sohn«, sagte Jacqui.

»Ach?«, entgegnete Alison. »Ich wusste nicht, dass Sie einen Sohn haben. Lebt er in Broome?«

»Nein, in Frankreich, bei seinem Vater.«

»Meine Güte, das muss sehr schwer für Sie sein«, meinte Alison mitfühlend.

»Ja, das ist es. Aber er kommt mich in ein paar Wochen besuchen und bleibt die ganzen Schulferien über hier.«

»Da sind Sie bestimmt schon ganz aufgeregt, nicht wahr?«, meinte Alison.

»O ja«, gab Jacqui zu. »Aber mir ist auch ein bisschen bange. Ich hoffe einfach, dass er sich auch freut, mich zu sehen.«

»Bestimmt«, sagte Alison. »Jetzt wünsche ich Ihnen aber eine gute Nacht. Wir sehen uns dann morgen früh vor Ihrer Abreise.«

Nachdem Alison gegangen war, legte sich Jacqui in ihre Schlafkoje, horchte auf das sanfte Plätschern der Wellen, die nächtlichen Geräusche kleiner Tiere und das leise Rascheln des Laubs in den Kronen der Myrtenheidenbäume. Dabei dachte sie an Jean-Luc und seine baldige Ankunft. Schließlich sank sie in einen tiefen, ruhigen Schlaf.

Als sie aufwachte, dämmerte es. Leise zog Jacqui die Tür hinter sich zu, obwohl niemand in der Nähe war, denn ihre kleine Hütte stand ganz am Ende der Reihe. Der Himmel hatte bereits eine perlgraue Farbe angenommen, als sie den sandigen Pfad entlangging. Trotzdem benutzte sie ihre Taschenlampe, um nicht über Baumwurzeln zu stolpern oder auf kleine Tiere zu treten.

Weiter vorn hörte sie ein Geräusch und richtete den Strahl ihrer Lampe in diese Richtung. Jemand kam ihr leise entgegen.

»Hi, Jacqui, du bist schon auf? Ich wollte nach dir sehen«, rief Damien mit gedämpfter Stimme.

»Ja, ich bin fertig. Seid ihr schon startklar?«

»Ja, Richie verdrückt nur noch schnell sein Frühstück. Hier, ich habe dir einen Becher Tee mitgebracht. Bald werden die Vögel zu singen anfangen.«

»Ich habe geschlafen wie ein Stein, das Meeresrauschen wirkt so beruhigend. Wie nett von dir«, sagte sie, als Damien ihr den Becher reichte. »Mhmm, perfekt«, meinte sie, nachdem sie den ersten Schluck getrunken hatte. »Genau das Richtige.«

Beide schwiegen und blickten hinaus auf die Bucht, während Jacqui den heißen Tee schlürfte.

»Ich liebe diese Morgenstunden«, erklärte Damien. »Da ist alles so frisch und neu.«

»Hoffentlich kommt ihr mit den Dreharbeiten gut voran. Soll das Wetter halten?«

»Ja, aber James will nachmittags nicht auf dem Wasser sein, falls Wind aufkommt«, sagte Damien. »Also fahren wir gleich morgens hinaus.«

»Er hat seinen Betrieb ziemlich gut im Griff, nicht wahr?«

»Er ist das reinste Energiebündel. Und dabei noch so jung – jedenfalls jünger als ich. Trotzdem hat er schon so viel erreicht.«

»Und er hat sich nicht damit begnügt, nur die Tradition weiterzuführen.« Jacqui nahm noch einen Schluck Tee und blickte Damien an. »Wolltest du eigentlich immer schon Filmemacher werden?«

»Nein, lange Zeit überhaupt nicht. Mein Vater ist allerdings ein großer Cineast. Hat mich als Kind immer ins Kino mitgenommen, um fremdsprachige Filme zu gucken. Ich war damals aber nicht sehr angetan davon, wollte lieber Football und Kricket spielen, was meinem Dad wiederum fremd war. Erst später wurde mir klar, wie sehr ich dadurch das Visuelle verinnerlicht habe, sodass ich heute dazu neige, die Welt wie durch ein Objektiv zu sehen.« Er hob die Hände und formte damit einen Rahmen um einen Ausschnitt des aufklarenden Himmels, wo sich erstes Tageslicht zeigte.

»Eine schöne Art, die Welt zu sehen«, meinte Jacqui.

»He, Leute, es gibt noch Frühstück, wenn ihr wollt«, rief James, während Damien und Jacqui der verführerische Duft von Toast und gebratenem Speck in die Nase stieg. Die beiden gingen zu dem im Freien aufgebauten Koch- und Essplatz.

Gerade beendeten die Arbeiter der ersten Schicht ihr Frühstück, stellten ihr Geschirr ins Spülbecken und unterhielten sich leise, ehe sie aufbrachen, um sich ihrem Tagwerk zu widmen. Die meisten trugen kurze Hosen und T-Shirts, darüber leichte Allwetterjacken und gummibesohlte Neopren- oder Sportschuhe.

Alison kam mit einer Papiertüte in der Hand auf Jacqui und Damien zu, wobei sie die Arbeiter im Vorübergehen begrüßte.

»Guten Morgen, Sie haben hoffentlich gut geschlafen?« Sie wandte sich an Jacqui: »Gönnen Sie sich ein kräftiges Frühstück, Sie haben eine lange Fahrt vor sich.«

»Ist es wirklich in Ordnung für dich, wenn du allein zurückfährst?«, erkundigte sich Damien.

»Na klar. Die Straße ist zwar nicht besonders, aber ich fahre vorsichtig.«

»Sie müsste dringend mal planiert werden. Außerdem sind vor Sonnenaufgang oft Tiere unterwegs«, schärfte ihr Alison ein. »Und fahren Sie langsam. Bei dieser Straße weiß man nie.«

»Ist gut. Ich kann auf mich aufpassen, keine Sorge«, versicherte ihr Jacqui.

»Ich habe Ihnen einen kleinen Imbiss vorbereitet. Möchten Sie vielleicht noch Tee mitnehmen?«, fragte Alison und reichte Jacqui die Provianttüte.

»Nein, vielen Dank. Wasser genügt mir. Aber das Essen nehme ich gern mit«, antwortete Jacqui.

»Gute Fahrt, Jacqui. Wir schauen bei Ihnen vorbei, sobald wir zurück sind«, sagte Richie.

»Prima. Alison, es war wirklich interessant hier. Ich kann Ihnen und James gar nicht genug für Ihre Gastfreundschaft danken«, sagte Jacqui.

»Sie sind jederzeit willkommen. Und ich besuche Sie nächstens, wenn ich durch Broome fahre, in Ihrem Laden.« Alison umarmte sie. »Wenn Sie wollen, kommen Sie doch einmal mit Ihrem Sohn hierher«, fügte sie leise hinzu.

Damien hatte ihren Rucksack geholt. »Ich begleite dich noch zum Wagen.«

»Damo, wir sehen uns dann am Boot«, rief Richie, während er James zum Strand folgte.

Nachdem Damien Jacquis Rucksack auf ihren Beifahrersitz gehievt und die Tür geschlossen hatte, startete sie den Motor und ließ das Fenster herunter.

»Danke, Damien. Viel Spaß beim Dreh. Und ich hoffe, ich bekomme euren Film mal zu sehen«, sagte sie.

»Wenn wir zurück sind, werden wir es selbst kaum erwarten können, ihn anzuschauen. Vielleicht kannst du ja dabei sein?«

»Das wäre toll.«

»Gute Fahrt und gib acht auf dieser Straße. Wir sehen uns in Broome.«

Er trat vom Wagen zurück, hob den Arm und winkte ihr noch kurz nach.

Gerade als die Sonne über den Horizont stieg, erreichte Jacqui die Straße nach Cape Leveque. Ihr kurzer Aufenthalt an der Cygnet Bay war großartig gewesen, sie wäre gern die ganze Woche dortgeblieben. Alle waren so nett. Besonders sympathisch fand sie Damien. Er war intelligent, fröhlich und unkompliziert. Abgesehen davon, dass er Filme machte, wusste sie leider nichts über ihn, auch nicht, ob er in festen Händen war. Da er aber ohnehin nur vorübergehend in der Gegend sein würde, wollte sie gar nicht erst weiter in diese Richtung denken.

Mittlerweile brannte die Sonne herab, und Jacqui war auf der ganzen Strecke noch keinem einzigen anderen Fahrzeug begegnet. Mittlerweile hatte sie sich an das Ruckeln und Schlingern auf der von Furchen durchzogenen Sandpiste gewöhnt. Das waren die Spuren der letzten Überschwemmungen. Es machte wirklich keinen Spaß, hier zu fahren.

Nachdem sie ein paar Stunden durchgerüttelt worden war, beschloss sie, Rast zu machen und nachzusehen, was ihr die fürsorgliche Alison eingepackt hatte. Sie verlangsamte das Tempo und suchte nach einer Stelle, die einigermaßen eben war und wo sich die Reifen nicht im feinen roten Sand eingraben würden.

Plötzlich nahm sie aus den Augenwinkeln eine Bewegung rechts von sich wahr, riss instinktiv das Steuer herum und drückte das Gaspedal durch, sodass sie an einem Ochsen vorbeischoss, der just in diesem Moment die Straße hatte überqueren wollen. Das Heck des Wagens brach aus, als Jacqui wieder vom Gas ging, doch sie vermied es zu bremsen, um nicht vollends ins Schleudern zu geraten. Als sie den Wagen endlich zum Stehen brachte, war sie halb von der Fahrbahn abgekommen. Unterdessen hatte es sich der Ochse anders überlegt und trottete zurück ins Gestrüpp, eingehüllt in eine sich langsam herabsenkende rote Staubwolke.

»Verdammt, das war knapp.« Jacqui war ganz durcheinander und parkte den Wagen am Straßenrand neben einem Baumstamm. Mit zittrigen Knien stieg sie aus.

Sie schnappte sich eine Wasserflasche und die Essenstüte. Dann stapfte sie zum Kofferraum und kramte die Kurbel des Wagenhebers heraus. Damit ging sie zu dem Baumstamm und schlug einmal kräftig darauf, sprang im selben Moment einen Schritt zurück und verharrte atemlos. Ob da womöglich etwas herausgekrochen kam? Auf eine Begegnung mit einer Schlange war sie ganz und gar nicht erpicht. Doch da sich nichts rührte, setzte sie sich auf den Stamm und ließ sich die Muffins und das Obst schmecken, das sie in der Tüte vorfand.

Während sie die Krümel auf den Boden fegte und darauf wartete, dass Ameisen sie entdeckten, hörte sie ein zunehmend lauteres Motorengeräusch. Ein dunkles Allradfahrzeug tauchte auf und wurde beim Näherkommen langsamer. Es hatte getönte Scheiben, und einen Augenblick lang überkamen Jacqui irrationale Ängste vor Mördern, Vergewaltigern und Entführern. Doch als der Wagen auf der anderen Straßenseite anhielt und der Fahrer das Fenster herunterließ, lächelte ihr ein freundliches Gesicht entgegen.

»Alles in Ordnung?«, fragte der Mann mit dem rötlich blonden, leicht ergrauten Haar. »Machen Sie nur eine Pause? Oder gibt's Probleme mit dem Wagen?«

»Danke, alles okay! Ich hatte nur fast einen Zusammenprall mit einem Ochsen und muss daher kurz verschnaufen.«

»Sehr vernünftig. Diese blöden Viecher! Ich weiß auch nicht, was man gegen die tun kann. Die Straße hier wird wohl niemals abgezäunt werden!«, meinte der drahtige, kräftige Mann. Dann stieg er aus und schlenderte über die Fahrbahn auf Jacqui zu. Er war in den Siebzigern und trug schicke Shorts und ein kariertes Hemd mit hochgekrempelten Ärmeln.

»Das ist eine der übelsten Straßen in ganz Westaustralien. Für die nimmt man sich besser Zeit.«

»O ja, da kann ich Ihnen nur beipflichten. Möchten Sie einen Muffin?« Jacqui hielt ihm die Tüte hin.

»Ich bin so frei. Darf ich mich zu Ihnen setzen?« Er deutete auf den Baumstamm.

»Bitte sehr. Ich habe mich auch schon vergewissert, dass da keine Schlangen sind.«

Der Mann lachte. »Das ist gut. Sie sind also unterwegs nach Broome? Sind Sie eine Touristin oder von hier?«

»Ich wohne in Broome.« Jacqui trank einen Schluck Wasser, während der Mann den Muffin begutachtete, ehe er hineinbiss. »Ich bin die Inhaberin von Red Coast Books.«

»Ah, verstehe.«

In der gemütlichen, bedächtigen Art der Buschbewohner, die kein Bedürfnis nach unnötigem Small Talk haben, verzehrten die beiden ihre Muffins.

Der Mann streifte sich ein paar Krümel vom Mund. »Sie waren also an der Cygnet Bay?«

»Woher wissen Sie das?«, fragte Jacqui verblüfft.

»Das sind Alisons Muffins. Die würde ich unter Hunderten erkennen, es sind die allerbesten.« Er wischte sich die Hand am Hosenbein ab und streckte sie Jacqui entgegen. »Ich bin Bruce Brown, Alisons Mann!«

Jacqui lachte. »Na, so was! Ich bin Jacqui Bouchard und habe gerade einen wunderschönen Tag an der Cygnet Bay verbracht!«

3

Die Woche verging wie im Flug. Jacqui fiel es schwer, in ihren gemächlichen, geregelten Alltag zurückzufinden. Immer wieder kamen ihr der aufregende Ausflug zur Cygnet Bay und die Begegnung mit Damien in den Sinn. Was für ein interessantes Leben er doch führte! Da gab es keine langweilige Routine. Wie sie sich eingestehen musste, hoffte sie sehr darauf, dass er und Richie auf dem Rückweg nach Perth Zeit für einen Zwischenstopp in Broome fanden.

Am Freitagnachmittag wartete Jacqui, bis die bei Flut vom Meer her einsetzende Brise die Stadt ein bisschen abkühlte. Es würde, das wusste sie, wieder einmal einen prachtvollen Sonnenuntergang geben. Sie packte eine Auswahl an Büchern sowie ein paar alte Zeitschriften und Reisemagazine in eine Tasche, dazu eine Schachtel Shortbread, Papierservietten und eine aufgeschnittene Mango in einem Plastikbehälter.

»Ich bin jetzt ein Stündchen weg und besuche Wally im Seniorenheim«, rief sie Sylvia zu. »Ist es okay für dich, allein die Stellung zu halten?«

»Klar doch«, antwortete Sylvia fröhlich.

»Vor Ladenschluss bin ich wieder da.«

Jacqui hängte die Tasche an ihren Fahrradlenker. In der Stadt fuhr sie gern mit dem Rad, vor allem, wenn es nicht mehr so heiß war.

Als sie an den Perlengeschäften vorbeiradelte, musste sie an Lily Barton denken. Wann würde ihre Tochter Sami, die in Perth wohnte, Lily wohl wieder einmal besuchen? Es war schon eine Weile her, dass Jacqui Sami, die sie sehr mochte, zuletzt gesehen hatte.

Am Seniorenheim Tranquil Waters angekommen, schloss Jacqui ihr Fahrrad ab und ging den Korridor entlang bis zu Apartment 14. Dort klopfte sie an die Tür.

»Herein, herein!«

»Hi, Wally.«

»Guten Tag, Jacqui, meine Liebe. Es ist immer so schön, dich zu sehen. Komm, setzen wir uns auf die Terrasse. Ich habe die Bücher, die du mir letztens mitgebracht hast, alle ausgelesen. Meine Güte, da waren tolle Sachen dabei. Ich hoffe, es stört dich nicht, dass ich sie an ein paar der alten Mädchen weiterverliehen habe.«

»Dafür sind sie da, Wally. Die Verleger schicken uns diese Leseexemplare als Werbung für ihre Autoren. Also reiche ich sie herum. Wie geht's dir?«

»Kann eigentlich nicht klagen. Würde ja auch nichts nützen. Möchtest du ein Tässchen Tee?«

»Aber gern. Ich setze Wasser auf, und du kannst einstweilen die Schätze aus meiner Tasche kramen. Es ist auch Shortbread und ein bisschen Mango drin.«

»Lecker. Ganz nach meinen Geschmack. Danke, Jacqui.«

Lächelnd ging Jacqui durch Wallys gemütlich eingerichtetes Zimmer zu der kleinen Küchenecke, wo er sich mit einem Wasserkocher Tee oder Instantkaffee machen konnte. Zwar waren Toaster verboten, aber neben einer Obstschale und einer Keksdose stand hier auch ein kleiner Kühlschrank, in dem Wally Fruchtsaft, Wasser und Milch aufbewahrte.

Wally war Stammkunde bei Red Coast Books gewesen und hatte auch regelmäßig die Sammler-Schatztruhe aufgefüllt. Nun brachte sie eben Bücher zu ihm. Obwohl er inzwischen zweiundneunzig Jahre zählte und Mühe beim Gehen hatte, war er geistig rege, der Blick seiner hellblauen Augen verriet Wachheit und Aufmerksamkeit. Sein Haar war weiß und schütter geworden, und die olivenfarbene Haut spannte sich über seine Knochen wie gegerbtes Leder. Als seine Knie ihm Probleme zu machen begannen und das Gehen immer schwerer fiel, hatte er sich entschlossen, ins Seniorenheim zu ziehen, zumal seine Familie über ganz Kimberley verstreut lebte.

Jacqui genoss die Gesellschaft des alten Herrn, der ein großartiger Geschichtenerzähler war. Früher sei er jahrelang als Viehhirte und -treiber unterwegs gewesen, hatte er ihr erzählt. Dann hatte er sich in Broome niedergelassen und für ein Perlen-Unternehmen gearbeitet, und zwar sowohl in den Schuppen als auch draußen auf dem Wasser, wo er vom Boot aus die Reihen der Netzgestelle mit den geimpften Muscheln überprüfte. Er war ein fröhlicher und umgänglicher Bursche, der zuzupacken verstand und eine pragmatische Sicht auf die Welt hatte. Selbst wenn er über seine Frau sprach, die vor vielen Jahren gestorben war, tat er es auf eine ganz nüchterne Art.

»Wir brachten sie zur Beerdigung zurück in das Bardi-Land, aus dem sie stammte«, hatte er Jacqui erzählt. »Es war eine seltsame Veranstaltung. Da Elsie einerseits den Bardi angehört hatte, andererseits von katholischen Missionaren erzogen worden war, wünschte sie sich sowohl ein paar kirchliche Gesänge und Gebete als auch eine Bestattungszeremonie, wie sie in ihrem Stamme üblich ist. Also hat sie beides gekriegt.«

Kurz nachdem sich Jacqui mit Wally angefreundet hatte, erzählte sie ihren Eltern bei einem Besuch in Sydney von dem alten Herrn.

Ralph, ihr Vater, hatte wissend genickt.

»Den Typ Mann kenne ich. Kein überflüssiges Wort. Kommt ohne Umschweife zur Sache und hat doch immer gute Geschichten auf Lager.«

»Kurz und treffend beschrieben, Dad.«

»Ich wette, er kennt prima Anekdoten aus der alten Zeit. Und hat zweifellos auch einiges aus den Kriegsjahren zu erzählen. War er in Broome, als die Stadt bombardiert wurde?«

»Das weiß ich nicht, er hat es nie erwähnt. Aber wenn wir uns unterhalten, kommen Dinge ja eher spontan zur Sprache. Er ist übrigens ein begeisterter Leser.«

Wieder nickte Ralph. »Ich habe mich ein bisschen mit den Burschen beschäftigt, die damals draußen im Busch waren. In der Einsamkeit dort waren Bücher eine gute Gesellschaft. Manche haben auch Gedichte auswendig gelernt, die sie stundenlang rezitieren konnten, oder großartige Geschichten erfunden. Man musste etwas mit sich anzufangen wissen, wenn man monatelang da draußen im Nirgendwo zubrachte und immer allein am Lagerfeuer saß.«

»Weißt du, Dad, ich finde es spannend, was er alles an überliefertem Aborigine-Wissen kennt. Und er weiß auch über ihre Gesetze Bescheid.«

»Ach ja?«

»Bei den Angehörigen seiner Frau genoss er hohes Ansehen, viele seiner Geschichten stammen von ihnen. Manchmal setzt er an, um mir etwas zu erzählen, hält dann aber inne. Vielleicht denkt er, es würde mich nicht interessieren, oder er merkt, dass er im Begriff ist, etwas Geheimes auszuplaudern. Aber da ich an Broome und der Geschichte der Stadt interessiert bin und ihm das gefällt, erfahre ich eine ganze Menge von ihm.«

»Ich muss den alten Burschen mal kennenlernen. Würde zu gern seine Geschichten hören.«

Jacqui lächelte in sich hinein, als sie sich an dieses Gespräch mit ihrem Vater erinnerte. Sie reichte ihrem betagten Freund einen Becher Tee und legte das Shortbread auf einen seiner wenigen nicht angeschlagenen Teller.

Wally nahm sich einen Keks, tunkte ihn in den Tee und aß ihn dann rasch, bevor er zerkrümelte.

»Hmmm, gut. Und was geschieht da draußen in der großen, weiten Welt, Liebes?«

»Du meinst in den finsteren Straßen von Broome? Tatsächlich ist mir dort ein Schatten aus meiner Vergangenheit begegnet. Ein Bursche, den ich aus meiner Kindheit kenne, tauchte vor ein paar Tagen in der Stadt auf. Ich hatte ihn seit meinem Studium nicht mehr gesehen.«

»Ein Verflossener?«

»Um Himmels willen, nein. Nichts dergleichen. Seine Familie hat nur in derselben Straße gewohnt wie wir. Er war ein neunjähriger kleiner Kotzbrocken, der offenbar zu einem großen, reichen Anwaltskotzbrocken mit Designer-Sonnenbrille herangewachsen ist«, lachte sie. Und setzte nach kurzer Überlegung hinzu: »Wobei – er seltsamerweise so getan hat, als wäre er mir ganz überraschend über den Weg gelaufen. Dabei hat er gewusst, dass ich hier lebe.«

Wallys Augen wurden schmal. »Wollte er etwas Bestimmtes?«

»Von mir? Eigentlich nicht. Offenbar reist er im Auftrag eines reichen Klienten in ganz Kimberley herum.«

»Ein Kerl, der auf Geld aus ist? Falls er wiederkommt, solltest du herauskriegen, was er vorhat.«

»Oh, er war schon wieder da, aber ich bezweifle, dass er noch mal kommt. Da fällt mir ein, ich soll dich von Lydia grüßen.«

»Ein kluges Kind. Ich könnte ihr im Radio stundenlang zuhören. Sag ihr, ich hätte nichts dagegen, wenn sie mich mal wieder besuchen käme. Ich hab sie gern um mich, genau wie dich.«

Als Jacqui später die Tassen spülte, fragte sie, ob er etwas brauche.

»Nein, ich habe alles, danke. Wann kommt dein Junge?«

»Bald. Ich vermisse ihn schon sehr. Wenn er da ist, bringe ich ihn mal mit, damit er dir all seine Neuigkeiten selbst erzählen kann.«

»Ich freue mich drauf.«

»Wie wär's, wenn wir dann alle drei zusammen ins Kino gingen, falls im Sun Pictures etwas Gutes läuft?«, schlug Jacqui vor.

»Das klingt sehr schön, Liebes. Also, bis bald.«

Tief in Gedanken radelte Jacqui zum Buchladen zurück. Da es schon dämmerte, beschloss sie, heute länger im Geschäft zu bleiben und ein paar liegen gebliebene Dinge zu erledigen.

Etwa eine Stunde später fuhr sie den Computer herunter, schloss die Ladentür ab und zog das Gitter vor. Als sie gerade die Treppe hinuntergehen wollte, hielt vor ihr ein Wagen. Aus dem Beifahrerfenster lehnte sich Damien.

»Hi, Jacqui! Was für ein Glück, dass wir dich noch erwischen. Wir wollten kurz etwas trinken gehen, bevor wir zum Flughafen fahren. Kommst du mit auf einen Abschiedsschluck?«

Jacqui strahlte. »Aber gern. Wie ist es denn gelaufen?«

»Das erzählen wir dir gleich. Vielleicht kannst du mit zum Flughafen kommen?«

»Klar doch. Ich radle kurz heim und hole meinen Wagen«, erwiderte Jacqui, die sich freute, Damien und Richie wiederzusehen.

Die beiden Männer checkten gerade ein, als Jacqui am Flughafen eintraf, und winkten ihr eifrig zu.

»Ich belege mal draußen einen Tisch für uns. Was wollt ihr trinken?«, fragte sie.

»Sorg du für den Tisch, ich bringe die Getränke«, sagte Damien.

»Möchtest du auch einen Happen essen?«, fragte Richie.

»Eigentlich nicht, aber lasst euch von mir nicht abhalten«, antwortete Jacqui und ging auf die Terrasse des Gastronomiebereichs hinaus.

Wenige Minuten später kam Damien zu ihr und küsste sie auf die Wange. »Richie bringt den Mietwagen zurück. Schön, dich zu sehen. Wie schade, dass es nur so kurz ist. Ich hole uns was zu trinken – trockener Weißwein für dich?«

Jacqui nickte und sah Damien nach, der sich zwischen den anderen Reisenden einen Weg zur Bar bahnte. Sie musste zugeben, dass sie hin und wieder einen attraktiven Mann an ihrer Seite vermisste. Zwar kamen eine Menge ungebundener Männer durch Broome, die meist in abgelegenen Gegenden zu tun hatten, aber ihr Typ war noch nie darunter gewesen.

Sie fuhr aus ihren Gedanken auf, als er wieder am Tisch erschien, und errötete. Zum Glück konnte er nicht Gedanken lesen.

»Bitte sehr.« Er stellte ein Glas Wein und zwei Gläser Bier auf den Tisch. »Ich wette, Richie bringt etwas zu futtern mit. Der Mann isst für sein Leben gern.« Damien lächelte sie an. »Wie geht's dir?«

»Gut. Obwohl ihr mir Appetit darauf gemacht habt, mehr von Kimberley zu erkunden. Ich beneide euch ein bisschen um euren Job.«

»Na ja, es wird jedenfalls nie langweilig. Erst verbringe ich Monate damit, einen Dreh vorzubereiten, dann hetze ich durch die Gegend, um all die Aufnahmen, die ich haben will, in den Kasten zu kriegen. Dabei jagt ein Adrenalinstoß den nächsten, denn ich hoffe die ganze Zeit, dass das Wetter hält, die richtigen Leute zur richtigen Zeit am richtigen Platz sind und alles nach Plan verläuft. Hinterher verkrieche ich mich dann monatelang in einen winzigen Raum und mache die Postproduktion, Montieren, Schneiden, Ton et cetera. Das kann ein ganz schöner Stress sein.« Er trank einen Schluck von seinem Bier. »Ich wiederum beneide dich ein bisschen um deinen geruhsamen Job, insbesondere da du an einem so einzigartigen Ort lebst. Wenn du mich fragst, ist das die schönste Gegend von ganz Australien.«

Richie tauchte mit einem Tablett auf, auf dem sich Käse und Chips, Kekse, Donuts und Erdnüsse türmten. »Ich hoffe, das reicht«, sagte er und riss eine Chipstüte auf. »Wo ist die schönste Gegend von Australien?«

»Hier oben im Nordwesten«, antwortete Damien. »Und wir haben noch nicht mal ein Zehntel davon gesehen.«

Jacqui lächelte. »Dann müsst ihr wiederkommen.«

»Finde eine gute Geschichte für mich und nichts lieber als das«, erwiderte Damien.

»Du hast doch mit Lily Barton gesprochen. Hat sie dir denn nichts über sich erzählt?«

»Nein, eigentlich nicht. Hauptsächlich ging es um James Browns Unternehmen an der Cygnet Bay.«

»Wie schade! Du solltest dir wirklich ihre Geschichte anhören. Lily ist eine wundervolle Frau. Vor vielen Jahren fand sie nach dem Tod ihrer Mutter heraus, dass sie einst in Broome eine längst in Vergessenheit geratene Verwandte hatte. Also machte sie sich auf die Suche und recherchierte zu Olivia Hennessy, die vor über hundert Jahren mit ihrem englischen Ehemann Conrad hierhergekommen war. Conrad wurde der Partner des Perlenbarons Captain Tyndall, der in jenen wilden und gefährlichen Tagen zu den schillerndsten Gestalten von Broome zählte. Als Conrad unter tragischen Umständen starb, führten Olivia und Tyndall nicht nur das Perlenunternehmen weiter, sondern konnten sich endlich zu ihrer lang verleugneten Liebe zueinander bekennen. Doch da kehrte plötzlich Tyndalls Ehefrau zurück, die in London untergetaucht war, weil sie auf sein Vermögen scharf war. Lily meint, falls jemand Olivias und Tyndalls Geschichte verfilmen wollte, käme als Hauptdarsteller nur jemand wie Clark Gable oder Errol Flynn infrage.«

»Oder heutzutage Colin Farrell?«, schlug Damien vor.

Jacqui lachte. »Ja, genau. Allerdings ist Olivia die eigentliche Hauptperson. Um sie rankt sich diese erstaunliche Geschichte, in der es Missverständnisse, Morde und Körperverletzungen zuhauf gibt. Außerdem ist noch eine andere großartige Geschichte damit verwoben, die von Captain Tyndalls vermisster Geliebten, einer wunderschönen Frau namens Niah mit eurasischen und Aborigineswurzeln und einem Riji, einer mit eingeritzten Mustern verzierten Perlmuttschale, die ›Die Tränen des Mondes‹ genannt wurde und ein wichtiges Geheimnis barg. Doch vor allem wird dir Lily bestimmt von der dramatischen Beziehung zwischen Olivia und Tyndall erzählen.«

»Wow, das klingt wirklich nach einem spektakulären Film«, meinte Richie.

»Ich hätte mit Lily wohl nicht nur am Telefon sprechen sollen«, bedauerte Damien. »Hoffentlich habe ich einmal Gelegenheit, sie persönlich kennenzulernen.«

»Es wäre gut, dann auch mit ein paar anderen Alteingesessenen zu reden«, sagte Jacqui.

Da die Passagiere nun zum Boarding aufgerufen wurden, schnappten sich die beiden Männer ihre Sachen und gingen zum Gate. Doch unversehens drehte Damien sich um und umarmte Jacqui voller Zärtlichkeit. »Falls du mal nach Perth kommst, ruf mich an«, sagte er und blickte ihr tief in die Augen.

»Mach's gut, Jacqui, hoffentlich sehen wir uns mal wieder«, rief Richie, der schon fast am Gate war, und winkte ihr zu.

Sie beobachtete, wie sich die beiden in die Schlange einreihten. Dann machte sie kehrt und ging zum Parkplatz zurück.

Etliche Tage später stand Jacqui im Zimmer ihres Sohnes und fragte sich, ob sie irgendetwas ändern oder alles so lassen sollte, wie es war. Eine neue Tagesdecke? Irgendein Computer-Gadget? Am besten entscheidet er das selbst, überlegte sie. Schließlich konnte sich Jean-Lucs Geschmack völlig geändert haben, mit seinen knapp sechzehn Jahren war er ja fast schon ein junger Mann. Wie schnell doch die Zeit verfliegt!, dachte sie. Nicht mehr lang, und er würde auf die Universität gehen.

Nîmes in Südfrankreich war schrecklich weit weg von Broome, die Reise von einem Elternteil zum anderen dauerte eine kleine

Ewigkeit. Immerhin unterhielten sie und Jean-Luc sich oft über Skype. Und Jacqui flog zu ihm nach Frankreich, wann immer sie es sich zeitlich und finanziell leisten konnte, was aber leider selten der Fall war. Inzwischen schien Jean-Luc nur noch einmal im Jahr Zeit für einen Besuch bei ihr zu haben, während der langen Sommerferien in Frankreich. So hatte sie sich ihre Rolle als Mutter ganz und gar nicht vorgestellt. Doch sie hatte gelernt, das Leben mit seinen überraschenden Wendungen zu nehmen, wie es eben kam. Während sie auf dem Bett ihres Sohnes saß, kamen all die alten Gefühle wieder hoch, der Schmerz, das Bedauern darüber, was hätte sein können … *C'est la vie*. Mit einem Seufzer stand sie auf, verließ das Zimmer und schloss sacht die Tür hinter sich.

Als sie eine Woche später einen schnellen Espresso mit Lydia trank und von Damien erzählte, war sie bemüht, ihrer Freundin nicht allzu sehr von ihm vorzuschwärmen. »Er hat mich drei- oder viermal angerufen. Beim ersten Mal wollte er nur ein paar Fakten überprüfen, aber ich hatte das Gefühl, dass er mich gern wiedersehen würde, wenn er das nächste Mal in Broome ist. Und er meinte, ich soll bei ihm vorbeischauen, falls ich irgendwann nach Perth komme. Was meinst du, Lydia? Soll ich warten, bis er wieder hier ist, oder ihm erzählen, dass ich bald nach Perth fliege, um Jean-Luc abzuholen?«

»Jacqui, warum denn nicht? Er ist ein netter Bursche. Du fliegst doch sowieso einen Tag vor Jean-Lucs Ankunft hin, oder? Weshalb willst du Damien dann nicht erzählen, dass du in Perth bist? Zumindest könntest du ihn auf einen Drink oder zum Abendessen treffen. Mach dir einen netten Abend mit ihm, ich bin mir sicher, er steht genauso auf dich wie du auf ihn. Sonst würde er nicht immer wieder anrufen.«

»Mal sehen«, meinte Jacqui und wechselte das Thema. Aber am Abend saß sie auf ihrer hinteren Veranda, beobachtete den

Sonnenuntergang und ließ sich Lydias Worte durch den Kopf gehen. Ja, warum sollte sie sich nicht mit Damien in Perth verabreden und sich von ihm zeigen lassen, was seine Filmfirma machte? Um dann vielleicht etwas mit ihm trinken zu gehen … Das wäre doch nett. Also teilte sie Damien per E-Mail mit, dass sie demnächst mit jemandem in Perth verabredet sei, aber am Tag davor Zeit hätte und sich freuen würde, ihn zu sehen. Irgendwann musste sie ihm von Jean-Luc erzählen, aber das wollte sie lieber tun, wenn sie ihm gegenübersaß.

Am nächsten Tag rief Damien sie an. Er klang hocherfreut. »Ich hole dich am Flughafen ab und nehme dich dann mit ins Büro, um dir unsere Firma zu zeigen. Danach könnten wir zusammen zu Abend essen, bevor ich dich ins Hotel bringe. Wie klingt das?«

»Das wäre großartig. Ich übernachte im Hotel am Flughafen«, sagte Jacqui. »Aber du musst mich wirklich nicht abholen.«

»Doch, wir sehen uns am Flughafen«, beharrte Damien. »Das ist nicht weit von der Stadt entfernt. Und wir haben mehr Zeit, uns zu unterhalten. Sag Bescheid, falls dein Flug Verspätung hat.«

Als Jacqui auflegte, flatterten ihr die Nerven. Einerseits freute sie sich, andererseits war ihr auch ein bisschen bange zumute. Nicht nur wegen des Treffens mit Damien, sondern auch weil sie ihren Sohn nach fast zwölf Monaten endlich wiedersehen würde.

Wie versprochen schlenderte Damien an der Gepäckausgabe des Flughafens von Perth auf sie zu und nahm ihren Koffer vom Transportband.

»Lass mich den tragen. Ich parke gleich da vorn. Wie war dein Flug?«

»Danke, gut. Es ist schön, dich zu sehen«, lächelte Jacqui.

»Ja, ich freue mich auch.« Damien erwiderte ihr Lächeln. »Wir fahren zuerst zu unserer Firma. Richie und Rita erwarten uns mit ein paar Häppchen und kalten Getränken. Du hast Rita noch nicht kennengelernt – sie ist unsere Assistentin, was eine interessante Bezeichnung für jemanden ist, der uns alle unter der Fuchtel hat. Sie freuen sich schon auf dich«, meinte Damien fröhlich. »Und danach gehen wir essen. Es gibt da einen großartigen Thai ganz in der Nähe.«

»Wie sind denn die Aufnahmen geworden, die ihr im Norden gemacht habt?«, fragte Jacqui, als sie ins Freie traten.

Damien grinste. »Verdammt großartig! Auch wenn ich mich damit selbst lobe. Die Landschaft ist einfach toll. Übrigens habe ich deinen Vortrag auf eine DVD gebrannt, falls du ihn haben willst?«

»Das ist sehr aufmerksam von dir, danke. Allerdings sollte ich mein Geld wohl lieber nicht mit öffentlichen Vorträgen verdienen.«

»Stell dein Licht nicht unter den Scheffel«, widersprach Damien. »Du kommst sehr natürlich und nett rüber. Vielleicht solltest du dich nicht immer in deinem Buchladen vergraben.«

»So sehe ich das nicht«, gab Jacqui zurück. »Der Buchhandel ist mein Geschäft, und ich liebe es. Außerdem ist Broome eine fantastische kleine Stadt mit viel Gemeinsinn.«

»Tut mir leid, Jacqui, das sollte nicht abwertend klingen. Ich bewundere, was du machst, und offensichtlich mag und schätzt man dich in der Stadt.« Er klang reumütig. »Und wenn es dich glücklich macht, ist das doch die Hauptsache, stimmt's?« Er öffnete die Autotür.

»Schon in Ordnung. Manchmal sagen meine Eltern das Gleiche.« Sie setzte sich auf den Beifahrersitz. »Dass ich mich in Broome niedergelassen habe, verstehen sie bis heute nicht.«

»Meine Eltern fragen immer, wann ich mich endlich überhaupt irgendwo niederlassen will«, gluckste Damien. »Aber ich bin ja ständig unterwegs. Da leuchtet mir der Gedanke, ein Haus zu kaufen, nicht ganz ein. Ich wäre ja nie dort.«

Während sie in die Stadt fuhren, unterhielten sie sich über die Cygnet Bay und Damiens Pläne, die Perlenfarm der Browns erneut zu besuchen und dort weitere Filmaufnahmen zu machen.

»Weißt du, was mich an Kimberley noch interessiert? Die Felsmalerei! Sie ist doch unglaublich«, sagte Damien. »Ich will versuchen, auch daraus etwas zu machen.« Er trat auf die Bremse, denn gerade schaltete die Ampel auf Rot.

Jacqui nickte und blickte dann auf die lange Autoschlange vor ihnen. »Staus kennen wir nicht in Broome. Wir haben noch nicht einmal Ampeln. Ich finde diesen Verkehr hier ziemlich nervig.«

Vor einem Reihenhaus hielt Damien an, und als Jacqui ausstieg, öffnete sich die Eingangstür und Richie trat heraus. Er begrüßte sie mit einer Umarmung. »Willkommen in der stinkenden Großstadt.«

»Danke« sagte sie und trat ein. »Das ist ja nett hier.« An den Wänden des Korridors hingen Filmplakate und Schwarz-Weiß-Fotos mit ehemaligen Hollywoodstars. Ein mit Mänteln übervoll behängter Garderobenständer stand neben dem Eingang, und weiter hinten im Gang wucherten Topfpflanzen in einem antiken Keramikgefäß. Auf den honigfarbenen Holzdielen lag ein langer, stellenweise schon verschossener Perserteppich.

Richie führte sie in ein Zimmer mit Sesseln, einem Tiffany-Lampen-Imitat und zwei Schreibtischen. Außerdem stand da ein Aktenschrank eingeklemmt zwischen Bücherregalen, und gegenüber einer breiten Couch mit Kissen hing ein großer Flachbild-Fernseher an der Wand.

»Ein Glas Wein?«, fragte Richie.

»Wenn ihr mittrinkt, gern«, willigte Jacqui ein und schaute sich um. »Ist das euer Büro? Es wirkt sehr heimelig.«

»Nein, das Büro ist oben, außerdem gibt es dort zwei Schlafzimmer. Hier unten haben wir Küche, Esszimmer und dieses Wohnzimmer. Besprechungen, Einladungen und Ähnliches finden oben auf der Terrasse statt«, erklärte Damien. »Rita hat eine kleine Filmvorführung vorbereitet, damit du siehst, wie weit wir bisher gekommen sind. Ich muss noch rasch telefonieren, inzwischen zeigt dir Richie das Obergeschoss.«

Auch im Büro gab es nicht viel freien Raum neben den drei kleinen Schreibtischen und einem langen Tisch mit mehreren Computern und Equipment, das, wie Jacqui vermutete, zum Schneiden gebraucht wurde. Durch die Flügeltüren, die auf die Terrasse führten, flutete Licht herein. An einem der Schreibtische saß eine Frau.

Sie stand auf und streckte Jacqui lächelnd die Hand entgegen. »Schön, Sie kennenzulernen, Jacqui. Ich bin Rita. Damien und Richie haben beide in den höchsten Tönen von Ihnen geschwärmt. Und ich kann es kaum erwarten, selbst einmal nach Broome zu kommen, nachdem ich die Filmaufnahmen gesehen habe.«

»Ja, das müssen Sie unbedingt mal machen«, ermunterte Jacqui sie und schüttelte ihr ebenfalls lächelnd die Hand. Rita war schätzungsweise Mitte zwanzig, hatte einen exakten Kurzhaarschnitt und war dramatisch dunkel geschminkt, während ihre Fingernägel metallisch blau glänzten.

»Der Film ist im Rohschnitt fertig. Wenn ihr alle so weit seid, können wir mit der Vorführung beginnen«, sagte sie und wies auf den TV-Bildschirm auf dem Schneidetisch.

»Sobald Damo hier ist, schauen wir es uns an. Inzwischen zeige ich Jacqui die Terrasse.«

»Wie toll ist das denn!«, rief Jacqui aus, als sie auf die überdachte Terrasse hinaustrat, wo Palmen in Kübeln, Rattanmöbel, ein großer Grill und ein langer Tisch mit Bänken standen.

»Man beachte den Blick über die Stadt«, sagte Richie stolz. »Wir hatten hier schon ein paar Empfänge und Partys. Ritas wichtigste Aufgabe ist es, all diese Pflanzen am Leben zu erhalten.«

»Wohnt Rita auch hier?«, erkundigte sich Jacqui.

»Sie kann hier übernachten, wenn wir unter Zeitdruck stehen. Ansonsten hat sie eine eigene kleine Wohnung in Freo.«

»Fremantle ist inzwischen ziemlich angesagt, stimmt's? Perth ist wirklich eine entzückende Stadt«, sagte Jacqui und genoss den großartigen Blick auf die Stadt.

»Das kann man wohl sagen«, nickte Richie. »Aber komm, sehen wir uns die Rohfassung mal an.«

Inzwischen hatte sich Damien zu ihnen gesellt, und so hockten sich die vier auf Schreibtischen und Stühlen vor den Bildschirm, wo zu den atemberaubenden Luftaufnahmen von den Horizontal Falls die Filmmusik aus *Out of Africa* erklang.

»Wow! Das ist so dramatisch, dass mir fast die Tränen kommen«, rief Jacqui aus. »Oh, und da ist die *Kimberley Sun.*«

»Ich liebe John Barrys Musik. Kann sein, dass sie den Leuten von der Tourismusbehörde nicht gefällt, aber ich finde, das ist ein toller Einstieg«, sagte Damien. »Die Erzählstimme kommt später dazu.«

Nun schwiegen alle, während die hinreißende Landschaft von Kimberley auf dem Bildschirm erschien. Es folgte eine kurze Sequenz mit Jacqui, die über Broomes Vergangenheit und die Geschichte der Perlenfischerei referierte, überblendet von einem alten Schwarz-Weiß-Film, in dem japanische Helmtaucher an Bord eines Loggers gezogen wurden, auf dessen Deck sich Perlmutt türmte. Schließlich endete die Bildfolge mit einem Sonnenuntergang an einem abgelegenen Küstenabschnitt von Broome, wo man die Silhouetten angelnder Aborigines sah und Kinder an einem Lagerfeuer zur Musik der Pigram Brothers »Nowhere Else But Here« sangen.

»Wie zauberhaft!«, rief Jacqui. »Und selbst ich habe eine gute Figur gemacht. Habt ihr das schon euren Auftraggebern gezeigt? Sie sind bestimmt begeistert!«

»Wollen wir es hoffen«, sagte Damien bescheiden. »Es gibt noch eine Menge mehr, was ich im Norden filmen will.«

»Das ist alles so interessant«, meinte Rita. »Ich war im Maritim Museum und habe mir die Southern Cross Pearl angeschaut, die Sie erwähnt haben. Faszinierend.«

»Ganz meine Meinung«, erwiderte Jacqui.

»Lasst uns runtergehen und etwas trinken«, schlug Damien vor. »Es gibt auch Käse und Oliven. Dabei würde ich mit dir gern ein paar neue Ideen durchgehen, Jacqui, schließlich kennst du Broome weitaus besser als wir.«

»Du hast ja schon eine Liste von Orten und Personen zusammengestellt, Damien«, sagte Jacqui. »Viele davon kenne auch ich nicht.«

Dokumentarfilm war ein Bereich, in dem Jacqui sich nicht auskannte, aber sie fand das Pingpong der Ideen zwischen den drei Filmemachern anregend. Und sie konnte buchstäblich bildlich vor sich sehen, was jedem von ihnen vorschwebte. So inspiriert hatte sie sich seit Jahren nicht gefühlt. Und so warf sie unversehens einen eigenen Vorschlag in die Runde.

»Vielleicht braucht ihr ein Leitmotiv, das dem Ganzen einen Rahmen gibt«, meinte sie. »Wer ist denn das Zielpublikum? Reisende, Abenteurer, Backpackers und Rentner, die mit dem Wohnmobil das Land erkunden? Oder Leute, die nicht reisen, aber etwas über Kunst und indigene Kultur eines Ortes erfahren wollen, über seine geografischen, historischen, politischen und wissenschaftlichen Aspekte?«

»Eine gute Frage«, sagte Damien. »Was käme da infrage?«

»Etwas, das zeitgemäß wirkt«, überlegte Richie.

»Ja. Was würde jemanden wie mich locken, dorthin zu reisen, oder, wenn das nicht geht, meine Aufmerksamkeit fesseln?«, fragte Rita.

»Unberührte magische Felswasserbecken, Mangrovenkrabben mit Chili an einem Lagerfeuer am Strand, Tanz zur Musik der Ureinwohner im Roey Hotel«, lachte Jacqui.

»Ich bin dabei!« Rita wedelte mit den Armen über dem Kopf.

»Wie kommt es, dass du schon dein ganzes Leben hier verbracht hast und noch nie im Norden warst?«, fragte Damien seine Assistentin.

»Ich hab darauf gewartet, dass mich jemand dazu überredet«, antwortete sie.

Damien warf einen Blick auf seine Uhr. »Hey, wir sollten demnächst los, Jacqui. Ich habe im Restaurant einen Tisch für uns reserviert, und wenn wir zu spät kommen, wird er womöglich anderweitig vergeben.«

Rita sammelte Teller und Gläser ein, wobei ihr Jacqui zur Hand ging.

»Das war echt interessant, Rita. Du machst deine Arbeit hier bestimmt sehr gern«, meinte Jacqui.

»Es kann ganz schön stressig sein, wenn wir Zeitdruck haben. Und oft geht beim Drehen etwas schief. Aber normalerweise bringt die Jungs nichts aus der Ruhe. Ich habe gelernt, dass ich ihnen auch bei einer Krise erzählen muss, ich hätte alles im Griff. Dabei muss ich mir fast ein Bein ausreißen, damit es wirklich klappt«, antwortete sie.

»Können wir, Jacqui?«, fragte Damien.

»Hat mich gefreut, dich wiederzusehen«, verabschiedete sich Richie.

»Und dich kennenzulernen«, setzte Rita hinzu.

»Ach, ihr kommt nicht mit?«, fragte Jacqui.

»Nein, wir sind nur zu zweit«, antwortete Damien und ging eilig zur Tür. Jacqui winkte den anderen zum Abschied zu und folgte ihm.

Sie sah sich in dem Restaurant um, das Damien ausgesucht hatte. »Es ist schön, mal woanders zu essen. In Broome gibt es ja nicht viel Auswahl, da hab ich alle Lokale schon durchprobiert. Obwohl ein paar nette dabei sind, in die man gern immer wieder geht. Lieblingsrestaurants, in denen man sich auf die Qualität verlassen kann.«

»Ich mag das Essen hier, und zudem ist es nur einen Katzensprung von unserem Hauptquartier entfernt«, sagte Damien.

»Ihr drei scheint ein gutes Team zu sein. Rita ist nett und offenbar sehr tüchtig.«

»Ja. Gerade in Notfällen springt sie auch selbst ein und übernimmt bei Bedarf die Continuity.«

Angesichts von Jacquis verständnisloser Miene erklärte Damien genauer, was er damit meinte.

»Alles, was wir filmen, muss genauestens kontrolliert werden, damit es keine Anschlussfehler gibt. Denn wenn an einem Tag eine Szene gedreht wird und am nächsten Tag die Fortsetzung, brauchst du jemanden, dem auffällt, wenn irgendetwas anders ist. Eventuell trägt die Hauptdarstellerin andere Ohrringe, oder sie hat die Armbanduhr vergessen, die sie gestern getragen hat. Vielleicht steht auch ein Möbelstück an einer anderen Stelle. Bei Spielfilmen ist Continuity unverzichtbar, aber auch bei einer Doku müssen wir sicherstellen, dass alles am richtigen Platz steht, wenn wir eine Szene im Lauf von mehreren Tagen drehen. Bei so etwas ist Rita ein Ass. Und wenn's nötig ist, klatscht sie dir Make-up drauf wie eine gelernte Visagistin. Außerdem ist es praktisch, wenn jemand bei Interviews Notizen macht, falls man eine Frage wiederholen muss oder so.«

»Es klingt, als hätte sie einen interessanten Job.«

»Allerdings keinen geregelten Acht-Stunden-Tag.«

»So wie ich«, nickte Jacqui. »Obwohl ich in den letzten paar Jahren schon auch viel rackern und improvisieren musste.«

Der Ober brachte die Speisekarten und eine Flasche sprudelndes Mineralwasser.

Damien bestellte eine Flasche Wein. »Für das Essen brauchen wir noch ein bisschen, Peter, danke«, sagte er, während er eine der

Speisekarten entgegennahm. Offensichtlich war er hier Stammgast. »Ich weiß, dass du aus Sydney kommst, Jacqui. Aber hast du noch woanders gelebt, bevor du nach Broome gezogen bist?«

Jacqui zuckte die Achseln. »Eine Zeit lang hab ich hier und da in Australien alle möglichen Jobs gehabt, mal in der Verwaltung, mal als Köchin in einer kleinen, gehobenen Touristenlodge im Daintree-Nationalpark.« Die Jahre in Frankreich unterschlug sie, aber sie war einfach noch nicht so weit, dieses Thema zur Sprache zu bringen.

»Da bist du ganz schön herumgekommen! Aber warum Kimberley?«

»Ich wollte es mir eigentlich nur ansehen, aber kaum war ich in Broome angekommen, habe ich mich in das Städtchen verliebt. Und ehe ich mich's versah, hatte ich ein Geschäft und fühlte mich plötzlich als Teil dieser Gemeinde. Ich habe dort ein paar wundervolle Freundinnen und Freunde gefunden.«

»Ja, das scheint mir typisch für kleinere Orte zu sein. Man ist eben mehr aufeinander angewiesen«, meinte Damien.

»Das stimmt. Und in einer so multikulturellen Gemeinde wie Broome ist es wichtig, wer das Sagen hat. Da habe ich eine steile Lernkurve hinter mir. In meinen jungen Jahren in Sydney hat mich Lokalpolitik kaum interessiert. Mein Dad hat zwar über die Stadträte gemeckert, aber nie einen Finger gerührt, um etwas zu ändern. In Broome ist das ganz anders. Dort haben die Menschen das Gefühl, es ist ihre Stadt. Und sie engagieren sich«, erzählte Jacqui. »Aber was ist mit dir? Hast du mal im Ausland gearbeitet?«

»Ja, sogar ziemlich oft. Aber man kriegt dabei nicht unbedingt viel zu sehen. Man fliegt hin, arbeitet bis spät in die Nacht und fliegt wieder heim. Und im Urlaub gehe ich lieber zum Sporttauchen, Angeln oder entspanne mich irgendwo. Nicht, dass ich interessante Orte und fremde Kulturen nicht zu schätzen wüsste, aber für mich ist es einfach keine Erholung, in einem fremden Land von einer Ruine oder einem Schloss zum nächsten zu hetzen.«

Der Ober kam mit einer Flasche Wein. Damien probierte und nickte zustimmend.

»Warst du mal im Ausland, Jacqui?«

Nun konnte sie keine Ausflüchte mehr machen, sie wollte ihn nicht anlügen. »Ja. Ich habe etliche Jahre in Frankreich gelebt.«

»Ach? Und dort gearbeitet?«

Jacqui lächelte verkniffen. »Ja, es war tatsächlich Arbeit. Ich war mit einem Franzosen verheiratet.«

»Meine Güte! Wie lange?«

Jacqui holte tief Luft. »Lange genug, um einen Sohn mit ihm zu haben. Er heißt Jean-Luc.«

»Du hast einen Sohn? Kaum zu glauben. Wie alt ist er?«

»Fast sechzehn. Er lebt in Nîmes bei seinem Vater. Ich sehe ihn meist nur einmal im Jahr.« Sie klang bitter.

»Da vermisst du ihn natürlich. Und was ist mit deinem Mann?«, erkundigte sich Damien zögernd.

»Mein Ex-Mann«, erwiderte sie rasch und fuhr nach kurzer Pause fort: »Das ist ein Thema, über das ich nicht sprechen möchte.« Sie trank einen Schluck Wasser. »Und du? Nie verheiratet gewesen?«

»Nein. Es gab ein paar festere Beziehungen. Aber jetzt bin ich solo. Ich bin viel zu beschäftigt und viel zu gern unterwegs, um sesshaft zu werden. Wenn man so viel reist wie ich, kann man kaum eine ernsthafte Beziehung führen. Und wie ich es sehe, ist das hier ein riesiges und wunderschönes Land, von dem ich noch möglichst viel kennenlernen und filmen möchte.«

Später, nach dem Essen, fuhr Damien Jacqui zu ihrem schlichten Hotel. Kaum hatte er in der geschwungenen Auffahrt angehalten, sprang er schon heraus, um ihr die Autotür zu öffnen und ihr Gepäck aus dem Kofferraum zu hieven.

»Danke, Damien«, sagte sie und wandte sich zu ihm um, »es war ein sehr schöner Abend.«

»Lass von dir hören, und wenn – falls – wir einen Auftrag kriegen, in Kimberley zu drehen, melde ich mich bei dir.«

Er zog sie an sich und küsste sie auf den Mund. Zuerst fühlte sich Jacqui überrumpelt, doch dann genoss sie seine warmen, weichen Lippen und erwiderte den Kuss.

Inzwischen warteten bereits mehrere Taxis hinter Damien, und einer der Fahrer hupte.

»Geh jetzt lieber rein. Und genieß die Zeit mit deinem Sohn.« Er strahlte sie an. »Bis bald, Jacqui!«, rief er, stieg in den Wagen und fuhr davon.

»Danke für die DVD«, rief sie ihm hinterher.

Was für ein blöder Satz, dachte sie im selben Moment. Sie war ziemlich aufgewühlt. Doch innerlich wurde ihr ganz warm, und ein stilles Lächeln spielte um ihre Lippen.

Am nächsten Morgen brach sie viel zu früh von ihrem Hotel auf, denn sie hatte jedes Mal Angst, sie könnte im Stau stecken bleiben und Jean-Luc verpassen, wenn er nach dem Zoll in die Ankunftshalle kam.

Tatsächlich war an diesem Morgen am Flughafen ziemlich viel los. Irgendeine Sportmannschaft wurde von einem erfolgreichen Auswärtsspiel zurückerwartet, weshalb sich Fans mit Fahnen und Plakaten an der Absperrung drängten.

Jacqui beobachtete die Menschen, die einzeln, paarweise oder in lärmenden Grüppchen herauskamen.

Mehrere Pärchen, eine Familie mit Kindern im Schlepptau, ein schlaksiger Teenager und ein Pulk aus mehreren Mädchen mit großen Rucksäcken waren die nächsten Ankömmlinge. Jacqui sah auf ihre Armbanduhr. Das mussten bereits die Nachzügler der letzten beiden Maschinen sein, die gelandet waren. Inzwischen waren die Sportfans weg, sie hatten sich ihren Idolen an die Fersen geheftet.

Da tippte ihr jemand auf die Schulter, sie fuhr herum und schnappte nach Luft.

Dieser große, schlanke junge Mann mit tief ins Gesicht gezogenem Hut, der seine Tasche mit nachlässiger Eleganz über die Schulter geworfen hatte und so zielstrebig wirkte, war ihr Sohn! Ach, wie unterschied sich dieser Jean-Luc doch von dem kleinen Buben, der vor vielen Jahren zum ersten Mal allein nach Australien gereist war, mit ernster Miene, kurzer Hose und einem verschlissenen grünen Frosch in der Hand, eine erschöpfte Stewardess neben sich. War das wirklich das Kind, das sich damals losgerissen hatte und auf sie zugerannt war, die Ärmchen um sie geschlungen hatte und kein Wort herausbrachte? Das sie ein bisschen ängstlich mit einem sehnsuchtsvollen Blick angesehen hatte, der sich ihr mitten ins Herz bohrte? Dieser Jean-Luc stand jetzt an der Schwelle zum Erwachsensein.

»Du musst direkt an mir vorbeigelaufen sein.« Nachdem sie sich umarmt und auf die Wangen geküsst hatten, hielt sie ihn auf Armeslänge von sich, legte ihm die Hände auf die Schultern und sah staunend in sein leicht amüsiertes Gesicht.

»Es ist erst ein Jahr her, Maman.«

»Viel zu lang! Ich habe dich vermisst. Komm, nehmen wir uns ein Taxi.«

Draußen warf Jean-Luc seine weiche Ledertasche schwungvoll in den Kofferraum des Wagens und legte noch ein Handgepäckstück obendrauf.

»Du hast nicht viel Gepäck dabei.«

»Alles, was ich in Australien brauche.«

Er schlüpfte neben sie auf die Rückbank.

Als das Taxi losgefahren war, zog er sein Handy heraus und schrieb eine SMS.

»Gibst du Papa Bescheid, dass du gut angekommen bist?«

Er nickte, während seine Finger über die Tastatur flogen. Danach schob er das Handy in seine Jackentasche und streckte sich. »Wie lautet der Plan?«, fragte er.

»Wir haben für ein paar Tage ein Hotelzimmer in Perth. Ich dachte, wir könnten ein bisschen shoppen und nett essen gehen und uns ein paar Sehenswürdigkeiten anschauen. Wenn du willst, können wir auch nach Rottnest Island rüberfahren. Am Freitag fliegen wir dann nach Broome.«

»Was macht der Buchladen? Bist du da immer noch gern?«

»O ja. Für mich ist es eine angenehme Art, mir meinen Lebensunterhalt zu verdienen.«

»Können wir noch woanders hin, nicht nur nach Broome?«

»Klar, für ein, zwei Tage ist das kein Problem. Sylvia kümmert sich auch jetzt um den Laden, das macht sie sicher gern wieder, wenn wir irgendwohin fahren wollen. Allerdings klappt das wohl erst nach dem Autorenfestival, das ich mitorganisiere, aber danach haben wir jede Menge Zeit. Ich war neulich an ein paar fantastischen Orten im Norden, die dir bestimmt gefallen werden. Wir können auch mit einem Boot zu einigen tollen Angelplätzen fahren.«

Er zuckte die Achseln. »Schön. Wie du meinst. Hoffentlich leide ich dann nicht an *mal de mer!*«

»Wieso solltest du? Du warst noch nie seekrank. Und bei deinem letzten Mal in Broome warst du doch begeistert vom Angeln!«

Den Rest der Taxifahrt schwieg Jean-Luc, und Jacqui ließ ihn in Ruhe. Auch wenn sie per Skype in Verbindung geblieben waren, konnte sie immer nur erahnen, wie es ihrem Sohn wirklich ging. Hier im Taxi spürte sie eine leichte Abwehrhaltung bei ihm, er wirkte wie ein gelangweilter junger Erwachsener. Was für einen enormen Entwicklungssprung Jean-Luc doch gemacht hatte!

Eventuell musste sie den einen oder anderen ihrer Pläne überdenken. Ihr liebevoller und begeisterungsfähiger kleiner Junge war, obwohl noch keine sechzehn, zu einem jungen Mann herangewachsen – groß und schlank, blass, mit langgliedrigen Fingern und feinen Zügen, breitem Mund und einem umwerfenden, etwas schiefen Lächeln. Sein weiches, dunkles Haar fiel ihm bezaubernd ins Gesicht. Schon als kleiner Junge hatte er mit seinen rehbraunen Augen zu ihr aufgeschaut und ganz langsam dieses wissende, spitzbübische Lächeln auf seinem Gesicht erstrahlen lassen, dem man nur schwer widerstehen konnte.

Ihr fiel auf, dass Jean-Luc sich ganz anders kleidete als noch vor zwölf Monaten. Anstelle seiner durchaus schicken Turnschuhe trug er jetzt weiche Lederslipper. Sein Blazer hatte ebenso wie sein Freizeithemd einen edlen Schnitt, und seine Jeans aus hochwertigem Denim sah teuer aus.

Schließlich sagte sie: »Du kannst selbst entscheiden, was du machen möchtest. Es gibt da viele Möglichkeiten. Außerdem kommen deine Großeltern aus Sydney zu uns, sie haben vielleicht auch ein paar Ideen und eventuell etwas vorbereitet, von dem ich nichts weiß.«

»Das ist nett. Hoffentlich haben sie sich nicht zu viel Mühe gemacht oder in Unkosten gestürzt. Denn in manchen Dingen hat sich mein Geschmack geändert«, erwiderte Jean-Luc betont höflich.

»Du bist wirklich reifer geworden«, sagte Jacqui liebevoll und musterte ihn.

»Ich bin fast erwachsen, Maman. Demnächst belege ich die Kurse für mein *baccalauréat*.«

»Also wirst du nicht mehr mit den Jungs aus Broome Sandhügel hinunterrollen und Mangrovenkrabben fangen?«

Seine Mundwinkel zuckten, doch er verzog keine Miene.

»Welchen Zweig willst du wählen?«, erkundigte sie sich dann.

Ihm war offensichtlich wohler dabei, über seine Pläne zu sprechen, und so unterhielten sie sich nun ernsthaft über die Optionen, die ihm seine exklusive bilinguale Schule bot.

»Mich interessiert Geologie. Also könnte ich Mathematik mit Physik und Chemie oder Biologie und Geologie kombinieren.«

»Ich dachte, du wolltest unbedingt Anthropologie dabeihaben?«

»Ja, aber das wird nicht angeboten. Und ich frage mich inzwischen, ob ich wirklich an entlegenen Orten arbeiten möchte.«

»Aha? Warum nicht?«, fragte Jacqui.

»Na ja. Es ist weit weg von zu Hause. Meist irgendwo in der Wildnis, ohne jeden Komfort. Keine Freunde in der Nähe … keine Familie.« Er sah aus dem Fenster.

Jacqui war schon versucht zu fragen, woher dieser Sinneswandel rührte, nachdem er jahrelang allein um die halbe Welt gejettet war, von Frankreich nach Australien und zurück. Aber sie hielt sich zurück und meinte in gelassenem Ton: »Vermutlich hast du gerade ein Alter erreicht, in dem sich die alten Freunde allmählich in die verschiedensten Richtungen zerstreuen. Aber ich hoffe, du läufst nicht der Herde hinterher, sondern konzentrierst dich auf das, was du wirklich willst, ganz unabhängig davon, was deine Freunde tun.«

Jean-Luc zuckte mit den Schultern, eine Geste, die Jacqui frappierend an seinen so durch und durch französischen Vater erinnerte. Dessen geringschätzige Attitüde ihren Ideen gegenüber hatte sie nie ausstehen können. Sie hoffte, dass Jean-Luc nicht denselben Charakterzug entwickelte.

»Freunde werden hoffentlich immer Freunde bleiben«, sagte er.

»Ja. Und gute Freunde sind wichtig. Aber eine echte Freundschaft hält es auch aus, wenn man sich nicht mehr so häufig sieht, wie man es gern hätte. Manche meiner Freundinnen und Freunde sehe ich oft jahrelang nicht. Aber kaum treffe ich sie wieder, machen wir nahtlos dort weiter, wo wir aufgehört haben.«

»Das ist schön für dich, Maman. Aber ich möchte meine Freunde um mich haben«, erwiderte Jean-Luc in gleichgültigem Ton.

Jacqui sagte nichts mehr. Dabei lag ihr die Bemerkung auf der Zunge, dass er doch offenbar nie Schwierigkeiten gehabt hatte, die bei früheren Besuchen geschlossenen Freundschaften mit den Jungs aus Broome Jahr für Jahr wiederaufleben zu lassen. Trotz seiner Höflichkeit hatte sie eine Spur von Überdruss aus Jean-Lucs Stimme herausgehört. Der vor Begeisterung übersprudelnde Junge, der dieses tun, dorthin fahren, sich jenes anschauen wollte, schien zu einem selbstsicheren, etwas unnahbaren Jugendlichen geworden zu sein, den sie im Moment nicht wiedererkannte.

Sie hoffte nur, dass er im hellen Sonnenschein von Broome auftauen und diese aufgesetzte Gleichgültigkeit ablegen würde.

Schon in den nächsten Tagen wurde Jean-Luc etwas lockerer. Zu zweit erkundeten sie die Geschäfte von Perth und die hübschen historischen Gebäude in Fremantle. Er genoss den Ausflug nach Rottnest Island und war entzückt von den kleinen Wallabys, die die Insel bevölkerten. Besonders gut gefiel es ihm, wenn irgendwo indigene Musiker spielten, und er aß gern in Restaurants und Cafés, vorzugsweise im Freien. Hin und wieder machte er eine Bemerkung über das Essen, das sich seiner Meinung nach nicht mit der französischen Küche messen konnte, aber wie Jacqui feststellte, konnte er auch frischen australischen Gerichten etwas abgewinnen.

Beim Landeanflug auf Broome ein paar Tage später beugte sich Jean-Luc auf seinem Fensterplatz vor und betrachtete die felsige rote Küste und das aquamarinblaue Wasser unter sich, während die untergehende Sonne die Szenerie rotgolden erleuchtete. Und als das Flugzeug über die Wellblechdächer der Stadt flog und dann sanft auf der Rollbahn aufsetzte, nahm Jean-Luc die Hand seiner Mutter und drückte sie.

Jacqui lächelte in sich hinein. Tief im Innern hatte sie immer gewusst, dass ihr Sohn seine australische Herkunft und ihren Einfluss nicht verleugnen konnte. Seine mitunter unausstehliche französische Seite war im Grunde nur Fassade, hinter der sich ein liebenswertes Kind verbarg. Mit der Zeit, so tröstete sie sich, würde er die wahren Werte von Menschen zu schätzen wissen und erkennen, worauf es wirklich ankam.

Wenn ihr Sohn da war, hatte ihr Zuhause eine andere Atmosphäre, die Jacqui sehr liebte. Sie genoss es, für ihn zu kochen, und war überrascht, dass Jean-Luc erstmals helfen und lernen wollte, wie man bestimmte Gerichte zubereitete, anstatt einfach nur aufzutauchen, sich hinzusetzen und zu essen. In Frankreich maß man dem Essen große Bedeutung bei, aber es wurde erwartet, dass die Frauen am Herd standen. Die meisten Männer, die Jacqui dort kennengelernt hatte, waren nicht sonderlich daran interessiert gewesen zu erfahren, wie die Gerichte, die man ihnen vorsetzte, zubereitet worden waren, selbst wenn sie danach mit Lob nicht geizten. Für ein Mädchen, das im Norden von Sydney mit Barbecues, Salaten, Obst, Fish 'n' Chips und Vegemite-Sandwiches aufgewachsen war, war das eine echte Herausforderung gewesen.

Während Jacqui mit ihrem Buchladen und dem Autorenfestival alle Hände voll zu tun hatte, kontaktierte Jean-Luc seine alten Broome-Bekanntschaften. Es gab kurze Telefongespräche und vage Vorschläge, sich zu treffen, die aber nie zu etwas führten. Entweder waren die Freunde, die er bei früheren Besuchen gefunden hatte, in der Schule oder zu sehr mit Sport beschäftigt. Also schnappte sich Jean-Luc stattdessen sein Fahrrad und verschwand damit allein in der Stadt oder irgendwo in der Umgebung. Da Jacqui wusste, wie empfindlich er reagieren konnte, versuchte sie, sich keine Sorgen zu machen und nichts zu sagen. Doch mit anzusehen, wie er zunehmend frustriert und gelangweilt ständig Textnachrichten und E-Mails an seine Freunde in Frankreich schrieb, brach ihr fast das Herz. Er machte neuerdings auch ständig Fotos mit dem Handy.

Trotzdem lief er am Ende der ersten Woche in Boardshorts und Flipflops herum, seine blasse Haut bekam Farbe, und seine Haare waren vom Salzwasser gekräuselt.

Mit genervter Miene erzählte sie Lydia, was Jean-Luc die ganze Zeit so trieb. »Facebook, nehme ich an. Die Teenager können ja ohne diesen Social-Media-Kram nicht mehr leben. Damit hätte ich wohl rechnen müssen. Er möchte nicht von seinen Freunden getrennt sein.«

»Also, das überrascht mich jetzt nicht«, meinte Lydia.

»Er ist nicht süchtig, nur dass er sich früher nicht so viel daraus gemacht hat. Aber wahrscheinlich hängen auch alle seine Freunde in den Social Media rum, und er will mit ihnen in Verbindung bleiben und auf dem Laufenden sein. Wobei er vor allem Musik herunterlädt. Ich kann mich gar nicht erinnern, dass ich jemals so an irgendwelchen Bands hing.«

»Der Zugang ist heute leichter«, antwortete Lydia, die allgemein an Musik und insbesondere an den hiesigen Bands interessiert war. »Ich weiß noch, dass ich wie verrückt Songs heruntergeladen und auf CDs gebrannt habe, und jetzt kommt man halt noch einfacher dran. Im Prinzip hat sich nur die Technik geändert.«

Jacqui lachte auf. »Okay. Ich sehe es also entspannt und freue mich einfach, meinen hübschen Jungen um mich herum zu haben. Lily hat ihn eingeladen, sie ein paar Tage auf der Perlenfarm zu besuchen. Da wird er eine tolle Zeit haben. Der gute alte Ted Palmer nimmt ihn mit, weil er sowieso etwas in der Stadt zu erledigen hat. Und ich hole ihn am Wochenende wieder ab.«

»Palmer ist ein Goldstück. Aber dein Sohn wird seinen Lebensstil etwas anpassen müssen. Auf der Star Two gibt es keine schicken Boulevards«, kicherte Lydia.

Es war gerade einmal acht Uhr, als Jacqui Schritte auf der Veranda hörte.

»Guten Morgen, Jacqui«, rief Ted Palmer fröhlich. »Ist Jean-Luc so weit?«

»Hi, Palmer. Ja, er frühstückt noch. Und auch wenn er sich total cool gibt, ist er in Wahrheit ganz schön aufgeregt. Willst du einen Kaffee oder sonst etwas?«

Sie ging wieder ins Haus, während der schlaksige Buschmann den ramponierten Hut abnahm, sich mit den Fingern durchs graumelierte Haar fuhr und ihr folgte. Sein Gesicht war von der Sonne gegerbt, der Fältchenkranz um seine hellen blauen Augen verlieh ihm einen leicht amüsierten Ausdruck. Obwohl er nach Jacquis Schätzung die achtzig schon überschritten hatte, war er immer noch ein kräftiger und attraktiver Mann. Bei ihrer ersten Begegnung hatte es sie verblüfft, dass jedermann den allgemein geschätzten Archäologen und Buschexperten beim Nachnamen nannte. Und sie hatte schnell gemerkt, dass er ungeachtet seines lässigen Charmes und seines Humors ein ausgewiesener Experte für diese Region war und einen hellwachen Verstand mit einer romantischen Seele verband. Kein Wunder, dass Lily ihn vergötterte.

»Ich habe schon gefrühstückt, danke. Ist fast schon Zeit für meinen Vormittagstee.«

»Aha, du bist also Frühaufsteher?«

»Kann man wohl sagen. Lily lässt fragen, ob du ihre Nachricht wegen der Bücher erhalten hast. Sie hat kein Lesefutter mehr.«

»Ja, du kannst ihr die Bücher bringen. Übrigens, es ist wirklich nett von dir, dass du Jean-Luc mitnimmst. Ich hoffe, er macht euch keine Umstände. Teenager können ja ein bisschen waghalsig sein.«

»Das geht schon in Ordnung, sofern er begreift, was wirklich gefährlich ist.«

Als Palmer in die Küche trat, stand Jean-Luc auf und schüttelte dem Buschmann die Hand.

Palmer blickte ihn fest an. »Wie geht's, Junge? Bitte frühstücke fertig. Bis zu Lilys Farm haben wir eine ganz schöne Strecke vor uns.«

»Arbeiten Sie dort, Mr. Palmer?«, fragte Jean-Luc.

»Ich helfe Lily. Sie hat dort oben eine gute kleine Truppe. In mein Ressort hingegen fällt es, mich bei den Felsenkunststätten und im Busch herumzutreiben. Ich unterhalte mich gern mit den alten Leuten. Es gibt dort eine Menge Wissen, das ansonsten verloren geht.«

Jean-Luc spitzte die Ohren. »Das klingt sehr interessant. Könnten Sie mich dorthin mitnehmen?«

»Wenn du möchtest. Es gibt da ein paar Stellen, die ich nicht jedem zeigen würde, zum Beispiel Aborigines-Baumschnitzereien und Dinosaurier-Fußabdrücke, von denen kaum jemand weiß.«

»*Fantastique!*« Jean-Luc klang unverkennbar begeistert.

Jacqui lächelte Palmer an. »Hört sich an, als hättest du eine tolle Zeit vor dir, Jean-Luc. Dann bis in ein paar Tagen.«

Als Jean-Luc seine Tasche holte, fiel ihm ein, dass er noch sein Ladegerät einpacken musste.

»Warum willst du das mitschleppen? Dort oben hast du sowieso keinen Empfang«, stellte Palmer fest.

»Oh.« Erschrocken sah Jean-Luc auf.

»Du kannst von Lilys Anschluss aus telefonieren, falls du etwas brauchst«, sagte Jacqui.

»Aber Papa … ich muss ihm doch schreiben …«

Jean-Luc sah so verzweifelt aus, dass Jacqui stutzte. »Schick deinem Vater eine SMS, dass du ein paar Tage außerhalb der Stadt bist und keinen Empfang hast. Dann macht er sich keine Sorgen.«

Palmers Hand legte sich schwer auf Jean-Lucs Schulter. »Wenn du unbedingt mit dem Rest der Welt Kontakt halten musst, kann ich dir ein paar Stellen zeigen, wo du Empfang hast.«

»Oh, danke, Mr. Palmer.« Jean-Luc klang ungeheuer erleichtert.

»Und sag Palmer oder von mir aus auch Ted zu mir, aber immer mit Respekt, verstanden?«

Jean-Luc lachte. »Ja. Toll.«

»Kriege ich eine Umarmung zum Abschied?«, fragte Jacqui.

»Tut mir leid, Maman.« Er küsste sie auf die Wangen.

»Ich nehm die Umarmung«, sagte Palmer und drückte Jacqui, während Jean-Luc bereits zu dem staubbedeckten Allradfahrzeug ging. »Wenn es ihm so wichtig ist, Empfang für sein Handy zu haben, gibt es jemanden, zu dem er unbedingt Kontakt halten will. Schätze, er hat eine Freundin«, schmunzelte Palmer und ging zum Wagen.

Jacqui hob den Arm, um ihnen nachzuwinken, war aber in Gedanken ganz woanders.

Natürlich! Wahrscheinlich hatte Jean-Luc eine Freundin. Kein Wunder, dass er ständig am Handy hing. Aber warum hatte er ihr denn nichts davon erzählt? War das der Grund, warum er bei seiner Ankunft so desinteressiert gewirkt hatte? Wollte er einfach nicht so weit weg von ihr sein? Jacqui beschloss, ihn in einem passenden Moment danach zu fragen. Und natürlich war sie neugierig, was für ein Mädchen es war, wofür sie sich interessierte und was ihrem Sohn an ihr gefiel. Vermutlich war es nur eine harmlose Teenagerschwärmerei. Wenn sie Jean-Luc nur nicht das Herz brach!

Diese ersten romantischen Verliebtheiten wurden ja immer unglaublich ernst genommen. Zudem war Jean-Luc ein sensibler Typ. Vielleicht ging er aber auch mit dieser typisch französischen männlichen Unbekümmertheit davon aus, dass alle Frauen ihn attraktiv fanden. Denn Jacquis Erfahrung nach wurden selbst die unscheinbarsten französischen Jungs in dem Glauben erzogen, unwiderstehlich zu sein.

Am Wochenende fuhr Jacqui die lange, anstrengende Strecke hinauf zur Star-Two-Farm. Wie sie sich erinnerte, hatte sie diese Küstenstraße schon nicht gemocht, als sie zur Cygnet Bay gefahren war, und seither war ihr Zustand nicht besser geworden.

Obwohl Jacqui von den Vorbereitungen für das bald bevorstehende Festival ziemlich in Anspruch genommen war, hatte sie ihren Sohn sehr vermisst. Na, hoffentlich hatte Jean-Luc seinen kurzen Aufenthalt auf Lilys Perlenfarm wenigstens genossen. Dass Palmer und Lily sich liebevoll um ihn gekümmert hatten, stand für sie außer Frage.

Jacqui hatte bereits gehört, dass Lily das heruntergekommene Gebäude mit Blick über die Bucht ausgebaut hatte. Als sie den blumengesäumten Pfad zu dem renovierten Haus mit seiner mit Gitterwerk verzierten Veranda entlangging, war sie unwillkürlich beeindruckt. Auf dem Rasen vor dem Haus standen Gartenmöbel unter einem Schatten spendenden Flammenbaum. Ein paar leuchtend rote Blüten, die abgefallen waren, wirkten wie kunstvoll arrangiert. Am Rand bildeten etliche üppig wuchernde Bougainvilleen eine Hecke.

»Willkommen in meinem Haus! Wie schön, dich zu sehen, Jacqui«, rief Lily und trat aus dem Haus, um ihren Gast zu begrüßen.

Zu ihrem schlichten weißen Sommerkleid trug sie einen hauchdünnen Schal um die Schultern und hellrote Sandalen, in ihrem aufgesteckten Haar steckte seitlich eine rote Hibiskusblüte – in Jacquis Augen ein Bild von Tatkraft und Eleganz.

»Lily! Wie schaffst du es nur immer, so schick und propper auszusehen? Wie geht es dir?«, fragte Jacqui und umarmte sie. »Hat Jean-Luc sich gut benommen? Ich hoffe, er hat keinen Ärger gemacht?«

»Ich bin mir ziemlich sicher, dass es ihm sehr gefallen hat. Komm rein und trink etwas. Er war ständig mit Palmer und Freddy unterwegs, das ist einer der einheimischen Landhüter.«

»Das war wahrscheinlich genau sein Ding.«

»Ja, das glaube ich auch. Jean-Luc hat sich überlegt, auf Basis dessen, was er hier von Palmer gelernt hat, ein Schulprojekt zu starten. Und das traditionelle Angeln hat ihm wohl auch viel Spaß gemacht.«

»Hoffentlich hat er Palmer nicht von seiner Arbeit abgehalten«, meinte Jacqui und ließ den Blick über die großzügige Küche mit Frühstücksbereich schweifen. »Himmel, das ist ja fabelhaft geworden.«

»Hier zeigt sich ein weiteres von Palmers verborgenen Talenten. Er hat entschieden, welche Wände herausgerissen werden, wo Anbauten hinkommen und wo wir Oberlichter brauchen, und unser Badezimmer mit einer Freiluft-Dusche davor erweitert. Und ja, es ist recht gut geworden.« Lily holte einen Krug mit Saft aus dem Kühlschrank. »Weißt du, ich glaube, die Gesellschaft von Jean-Luc hat ihm sehr gutgetan. Oft haben sie sich nach dem Abendessen noch lange auf der Veranda unterhalten. Und er hat deinen Jungen morgens ziemlich früh aus dem Bett gescheucht. Sie sind zusammen mit den Arbeitern raus und haben ein bisschen in den Schuppen mitgeholfen, aber vor allem waren sie mit dem alten Freddy im Outback unterwegs. Es ist schließlich sein Land, und er konnte dem Jungen etwas von den Geschichten und dem Wissen seiner Heimat nahebringen. Palmer hat dann noch seinen Teil dazu beigetragen.«

»Wenn Palmer sich so für diese Gegend interessiert, gibt es hier wahrscheinlich wichtige Fundstätten, oder?«

»Allerdings. Wir leben in einem der heiligsten Gebiete der Dampier-Halbinsel. Es gibt hier zwar keine Schnitzereien oder Malereien, aber die längste Fischfalle, die Palmer je gesehen hat. Sie ist rund eineinhalb Kilometer lang. Dahinter liegt, umgrenzt von heiligen Bäumen, ein riesiges Gelände. Laut Freddy war es ein ganz besonderer Ort für Versammlungen und Zeremonien. Und hinter diesem wiederum befindet sich eine faszinierende Dünenanlage, die Skelette Hunderter Generationen beherbergt – ein riesiger Friedhof und für die Aborigines natürlich von größter Bedeutung.«

»Wie wunderbar für Jean-Luc, in all dies eingeweiht zu werden, noch dazu von einem Ältesten! Das hat er bestimmt sehr zu würdigen gewusst. Ich kann dir und Palmer gar nicht genug danken, Lily.«

»Wir haben ihn gern bei uns gehabt. Für dich muss es kompliziert sein, Arbeit und gemeinsame Zeit mit deinem Sohn unter einen Hut zu bringen. Zudem ist er in der einen Minute ein großes Kind, und in der nächsten versucht er, den Erwachsenen zu spielen.«

»Ja, das stimmt. Die Jugendlichen hier haben noch Schule, das ist nicht leicht für ihn. Und ich habe mit den Bestellungen fürs Autorenfestival alle Hände voll zu tun.«

»Darauf freue ich mich schon sehr«, schwärmte Lily. »Wie man hört, haben sich ja ein paar wunderbare Schriftstellerinnen und Schriftsteller angekündigt. Palmer will auch unbedingt hin.«

»Er ist ein wirklich gebildeter Mann, ein Experte auf vielen Gebieten. Und ihr beide wirkt so glücklich miteinander«, wagte sich Jacqui vor. Bisher hatte sie mit Lily noch nie über so persönliche Dinge gesprochen, doch wie jeder in Broome kannte sie ihre Geschichte. »Auch wenn ihr natürlich eure Höhen und Tiefen gehabt habt. So wie ich«, seufzte Jacqui. »Aber ihr macht Hoffnung.«

»Jacqui! Du bist doch noch so jung!«, rief Lily aus. »Aber jetzt sollte erst mal dein Sohn im Mittelpunkt stehen. Ehe du dich's versiehst, ist er erwachsen. Ich trauere Sami und unserer gemeinsamen Zeit ein bisschen nach, obwohl ich mich natürlich darüber freue, dass sie glücklich ist. Aber auch und gerade in Herzensangelegenheiten muss man auf Veränderungen gefasst sein. Es wäre ein Fehler gewesen, wenn ich mit Dale zusammengeblieben wäre. Und nun lebe ich in seliger Sünde – na ja, in schwerer Sünde, hätte mein Mutter gesagt.« Lily hielt versonnen inne und fuhr dann fort: »Im Lauf der Zeit ändert sich der Blick auf die Dinge. Sollen wir jetzt mal los und die Jungs suchen?«

Während die beiden Frauen über das Gelände der Perlenfarm spazierten, plauderte Lily über das, was sie ihr Comeback nannte. »Ich hätte nie geglaubt, dass ich wieder ins Perlengeschäft einsteigen würde, aber wenn man den richtigen Menschen an seiner Seite hat, ist eben alles möglich.« Sie warf einen Seitenblick auf Jacqui. »Du bist inzwischen schon geraume Zeit solo, stimmt's? Hast du mal daran gedacht, aus Broome wegzuziehen? Oder sonst etwas in deinem Leben zu ändern? Jean-Luc hat mir erzählt, dass er in Frankreich studieren wird.«

»Ich werde nicht nach Frankreich zurückkehren. Das war ein völlig anderes Leben«, entgegnete Jacqui ohne Zögern. »Wobei ich manchmal schon einsam bin. Das hat mich bisher nicht gestört, denn da war ich so eingespannt mit dem Umzug hierher und mit der Geschäftsgründung. Außerdem habe ich einen tollen Freundeskreis.« Jacqui hielt einen Moment inne. Lily war so warmherzig und verständnisvoll, und obwohl sie älter war als Jacquis Mutter, erschien sie Jacqui eher wie eine gleichaltrige Freundin. »Kürzlich habe ich einen ziemlich netten Typen kennengelernt, und dann ist mir noch einer über den Weg gelaufen, mit dem ich aufgewachsen bin. Das hat Erinnerungen an die Zeit wachgerufen, als ich noch jung und ehrgeizig war und mir einbildete, die Welt läge mir zu Füßen.« Sie zuckte die Achseln.

»Das Gefühl habe ich immer noch!«, lachte Lily. »Wenn ich allerdings darüber nachdenke, wo ich heute vielleicht wäre, wenn ich nicht vor vielen Jahren in einen Flieger nach Broome gestiegen wäre, in der Hand das Foto eines Mannes, den ich nicht kannte … Dadurch hat sich mir eine ganze Welt und eine Zukunft eröffnet. Ich habe meine Vergangenheit entdeckt. Nachdem ich in den sauren Apfel gebissen hatte und geblieben war, veränderte sich mein Leben. Und übrigens auch das meiner Tochter.«

Schweigend und in Gedanken versunken gingen sie weiter. »Hast du mal daran gedacht, ein Buch zu schreiben, Lily?«, fragte Jacqui schließlich. »Deine Geschichte ist so unglaublich, vor allem diese Episode mit Captain Tyndall und Olivia. Und dann ist da Niah und … na ja, das alles eben. Es ist die Geschichte von Broome, betrachtet durch die Augen einer Familie.« Jacqui begeisterte sich immer mehr für diesen Gedanken. »Ja, wirklich. Je mehr ich darüber nachdenke … die Historie, die Romantik, die Tragödien, die Spannungsmomente. Ich habe einmal gesagt, deine Familiengeschichte tauge als Filmvorlage. Aber nein, sie ist ein großer Roman!«

»Ach, Jacqui, ich weiß nicht recht …«

»Doch, doch! Gerade habe ich all diese Bücher für unser Festival gelesen. Deins wäre eine Sensation! Gib dir einen Ruck. Komm zum Festival, triff die entsprechenden Leute und rede mit ihnen.«

»Nun mal langsam, meine Liebe«, lachte Lily. »Nicht, dass ich nicht schon daran gedacht hätte, meine Familiengeschichte in allen Details festzuhalten. Auch Sami hat so etwas schon vorgeschlagen. Lass mich das mal in Ruhe durchdenken.«

»Sprich mit Palmer. Ich wette, er ist Feuer und Flamme dafür.«

»Er wird sich da nicht einmischen wollen. Er ist keiner von denen, die einem sagen, was man zu tun und zu lassen hat.«

»Sprich trotzdem mit ihm. Ich verspreche, niemandem ein Sterbenswörtchen zu verraten. Aber ich sehe das Buch bereits vor mir.« Jacqui legte ihrer Freundin den Arm um die Schultern. »Ich werde dich regelmäßig daran erinnern.«

»Mach das«, erwiderte Lily schmunzelnd. »Schau, da kommen die Jungs.«

Als Jacqui und Jean-Luc Broome erreichten, war es bereits dunkel. Fast während der ganzen Heimfahrt hatte Jean-Luc begeistert von seinen Erlebnissen erzählt, doch nachdem er Jacqui die Dinosaurier-Fußabdrücke geschildert hatte, die Palmer ihm gezeigt hatte, war er für ein Stündchen eingenickt. Kaum erwacht, nahm er sein Handy, scrollte durch Fotos und schrieb Nachrichten.

Jacqui drehte sich zu ihm. »Schickst du deiner Freundin Fotos?«

Er fuhr hoch. »Woher weißt du es? Wer hat es dir erzählt?«

»Schatz, es ist schön, dass du eine Freundin hast. Du musst das nicht geheim halten. Weiß Papa davon?«

»Keine Ahnung. Kann sein. Du hast nichts dagegen? Sie ist sehr nett.«

»Davon bin ich überzeugt. Wohnt sie bei dir in der Nähe?«

»*Mais non*«, erwiderte er bedrückt. »Aber bei meiner Schule. Ich kenne ihren Bruder.«

»Ah.« Tausend Fragen schossen Jacqui durch den Kopf, die sie sich jedoch verkniff.

Kurz darauf steckte Jean-Luc das Handy wieder ein und sagte leise: »Wenn wir zu Hause sind, zeige ich dir ein Foto von ihr.«

»Ja, gern«, erwiderte Jacqui.

»Wie hast du es gemerkt, Maman?«

»Ein weiser, welterfahrener Mann hat es sofort erraten.«

Jean-Luc lächelte. »Palmer? Ja, der ist wirklich weise.« Er verstummte kurz. »Als ich mit Palmer und Freddy unterwegs war, ist etwas passiert«, sagte er dann leise.

»Ja, Schatz?« Jacqui war bemüht, sich ihre Anspannung nicht anmerken zu lassen.

»Ich habe etwas gefunden. Rein zufällig. Es sah aus wie ein merkwürdig geformter Stein, ein Dreieck. Und als ich es aufgehoben habe, hat da etwas geglänzt.«

»Was war es?«

»Nachdem ich es sauber gewischt hatte, sah ich, dass ein altes Holzstück darin war.«

»Ja, und?«

»Freddy sagte, es sei die Glasspitze von einem alten Speer. Ein sehr seltener Fund.«

»Hast du ihn noch?«

»Ich habe ihn zur Farm mitgenommen. Aber als ich Freddy fragte, ob ich ihn behalten darf, habe ich gemerkt, dass ihm das gar nicht angenehm war.«

»Und?«

»Er hat gesagt, wenn ich wollte, könnte ich ihn mitnehmen – oder ich könnte ihn zurückbringen. Wenn ich ihn behielte, würde er mir vielleicht Unglück bringen. Aber wenn ich stark wäre, könnte er mir auch Glück bringen.«

»Klingt nicht sehr hilfreich. Eher wie eine Prüfung. Wie hast du dich entschieden?«, fragte Jacqui betont gelassen.

»Ich bin zurückgegangen und hab ihn wieder hingelegt.«

»Puh, da bin ich froh. Du hast das Richtige getan. Ich hätte ihn auch zurückgebracht.« Sie hielt vor ihrem Haus. »Es freut mich, dass du eine schöne Zeit hattest«, sagte sie zärtlich.

»Es ist nett … *sympa*, zu Hause zu sein«, meinte Jean-Luc, als er ausstieg.

Jacqui schmunzelte.

4

Draußen goss es in Strömen, und nur wenige Leute waren an diesem Nachmittag zu Fuß in der Stadt unterwegs. Jacqui reckte sich und rieb sich den Rücken. Dass man kartonweise Bücher auspacken musste, war die Kehrseite des Buchhändlerdaseins – auch wenn manche Leute zu glauben schienen, dass Jacqui die meiste Zeit nur gemütlich in einem Sessel saß und die Neuerscheinungen las. Ihre Gedanken schweiften zu Angenehmerem: zu Damien. Sein Kuss hatte sie überrascht und etwas in ihr wachgerüttelt. Seit er sie beinahe täglich anrief, waren ihr diese Telefonate zu einer lieben Gewohnheit geworden. Und nun unterhielten sie sich auch nicht mehr nur über berufliche, sondern auch über persönliche Angelegenheiten. Es gefiel ihr, auch kleine, intime Gedanken mit diesem sympathischen Mann auszutauschen, der sich für sie und ihr Leben interessierte. Beim Gedanken an ihn musste sie lächeln.

Abrupt wurde sie aus ihren Träumereien gerissen, als die Ladentür aufging und eine freundliche Stimme rief: »Bist du da, Jacqui?«

»Hi, Nat, hier drüben.« Ihre Freundin betrat den Laden. »Du kommst wie gerufen. Ich habe gerade nach einem Vorwand gesucht, um eine Pause einzulegen. Was treibt dich denn bei diesem Wetter nach draußen?«

Natalie rückte sich einen Korbstuhl zurecht, schüttelte sich die Regentropfen aus den Haaren und strich über ihr feuchtes Leinenshirt. »Ich sehe bestimmt total zerzaust aus. Tja, kann man nichts machen. Wie geht's dir?«

Jacqui grinste. Nats Shirt mochte vielleicht ein bisschen verknittert sein, und ihre Seidenhose hatte ein paar Falten abbekommen, doch mit ihrer modischen Frisur und der Tönung, die sie sich von einem Friseur in Perth hatte machen lassen, und dem glitzernden Gold- und Diamantschmuck strahlte Jacquis Besucherin trotzdem edle Eleganz aus.

»Du siehst umwerfend aus, Nat. Mir geht's gut, wie immer. Musst du gleich heim, oder hast du noch Zeit für ein Schwätzchen?«

»Dafür habe ich immer Zeit. Gegen einen Kaffee hätte ich auch nichts einzuwenden«, antwortete Nat.

Als sie zu der kleinen Teeküche des Ladens gingen, dachte Jacqui daran, wie schnell sich bei manchen Menschen das Blatt wenden konnte: Als sie vor drei Jahren erstmals in die Stadt gekommen war, hatte Natalie in einem Café gearbeitet und Milkshakes und Sandwiches zubereitet, während ihr Partner Colin einen Job am Flughafen hatte. Sie hatten in einem renovierungsbedürftigen Haus in derselben Straße wie Jacqui gewohnt. Kinder hatten sie nicht, und beide machten sie eine Menge Überstunden. Dann hatte Colin eine Idee, wie man wirbelsturmsichere Häuser in Fertigbauweise herstellen konnte, die einerseits dem klassischen Baustil von Broome entsprachen und andererseits luftig, elegant und modern wirkten. Dieses Konzept für Fertighäuser verkaufte er an einen Bauunternehmer, und von da an änderte sich ihr Leben schlagartig. Jetzt schienen sie ständig an allen möglichen Projekten mitzuwirken, und Jacqui wusste nie so genau, woran sie gerade arbeiteten. Die beiden hatten das große Los gezogen, und sie freute sich für sie.

»Lass mich mal machen«, sagte Natalie. »Nur damit ich nicht aus der Übung komme.« Mit gekonnten Handgriffen bediente sie die Kaffeemaschine.

»Du weißt tatsächlich noch, wie sie funktioniert«, stellte Jacqui lachend fest.

»Klar, nach so vielen Jahren im Café!« Nat goss den Milchschaum in zwei Tassen und trug sie zum Tisch, wo sich die beiden Freundinnen setzten. »Nun zu etwas Ernstem: Als Mitglied des Autorenfestival-Komitees muss ich dir leider einiges Unerfreuliche mitteilen«, fuhr Nat fort und trank einen Schluck Kaffee.

»Oje! Was ist los?«, fragte Jacqui besorgt.

»Wir stehen vor zwei größeren Problemen. Das erste ist, dass Tracey Marvin, eines unserer großen Zugpferde, die Topautorin, die das Festival eigentlich eröffnen sollte, abgesagt hat. Nach dem, was ich gehört habe, ist ihre Mutter plötzlich krank geworden, und sie will sie nicht allein lassen.«

»So ein Mist! Und ich habe Dutzende Exemplare von ihren Romanen bestellt. Da wird das Publikum ziemlich enttäuscht sein. Himmel, ich hoffe bloß, dass uns nicht auch noch Riley Mathieson hängen lässt«, rief Jacqui aus. Mathieson, ein Bestsellerautor mit Kultstatus, war neben Tracey Marvin die zweite Hauptattraktion des Festivals.

»Nein, Rileys Zusage steht, aber … er möchte selbst anreisen. Mit dem Wagen. Von Perth. Er ist ein echter Autonarr, weißt du?«

»Nein, das wusste ich nicht«, erwiderte Jacqui. »So eine Fahrt dauert doch mindestens zwei Tage, wenn nicht noch länger!«

»Er sagt, er braucht eine Auszeit und freut sich auf die Strecke durch offenes, weites Land. Das Problem dabei ist nur, dass er einen Wagen mieten muss. Und er will nicht damit zurückfahren, sondern von Broome aus nach Hause fliegen. Und er besteht auf einem Sportwagen. So einem richtig schicken. Er besitzt ja schon einen Lotus. Oder vielleicht ist es auch eine Corvette.«

»Der Mann muss ein Vermögen verdienen!«, rief Jacqui. »Na ja, kein Wunder, er steht auf den Bestsellerlisten immer ganz oben. Aber er wirkt gar nicht wie jemand, der in einem schnieken Sportwagen durchs Land fährt. Auf mich macht er eher einen schüchternen Eindruck.«

»Wahrscheinlich kurvt er sonst nur in der Großstadt herum und findet die Idee verlockend, knapp zweieinhalbtausend Kilometer auf freier Straße dahinzubrausen«, grinste Nat. »Außerdem hat Colin schon eine Lösung parat. Er sagt, er hat hier oben zufälligerweise einen Käufer für einen Porsche gefunden. Er muss geschäftlich sowieso nach Perth, danach holt er den Wagen bei einem befreundeten Händler ab und fährt damit zusammen mit Riley nach Broome..«

»Die Kosten dafür muss aber hoffentlich nicht das Autorenfestival übernehmen, oder?«, fragte Jacqui mit hochgezogener Augenbraue. »Wir müssen sowieso schon jeden Cent zweimal umdrehen.«

»Um Himmels willen, nein. Allerdings ist das noch nicht einmal der kurioseste Wunsch, der an uns herangetragen wurde«, erwiderte Nat. »Es gibt Autoren, die sind richtig versessen auf gutes Essen und Wein. Der eine möchte dies und jenes in seinem Zimmer haben, der andere ist erst ab Mittag einsatzfähig, weil er sich morgens immer von der Muse küssen lassen will. Nun ist dem Komitee ja durchaus bewusst, dass die Autoren eine lange Anreise auf sich nehmen, aber einige, die solche ausgefallenen Wünsche haben, sind dann doch ziemlich schnell wieder ausgeladen worden. Und ja, es ist eine Schande, dass wir auf die Schnelle keine so prominente Autorin wie Tracey mehr gewinnen können, die ein derartiger Publikumsmagnet ist. Aber mit Riley haben wir durchaus ein Zugpferd.«

»Allerdings, Riley ist eine große Nummer. Und er spricht eine große Bandbreite von Lesern an, Jugendliche ebenso wie Erwachsene«, meinte Jacqui. »Wenn mir nur nicht seine Bücher ausgehen! Man weiß nie, wie sich die Nachfrage entwickelt, zumal viele sein neuestes Werk wohl schon haben.«

»Die meisten Leute möchten ja *signierte* Exemplare. Hoffentlich ist er mit einer längeren Autogrammstunde einverstanden. Liest Jean-Luc eigentlich auch Rileys Bücher?«, fragte Nat.

»Ehrlich gesagt, habe ich keine Ahnung. Ich bringe ihm heute Abend mal eins mit.«

»Kann Jean-Luc es auf Englisch lesen? Na, wohl schon, denke ich. Wie auch immer, wir haben nach wie vor nicht geklärt, wer das Festival eröffnet. Hast du irgendwelche Ideen?«

»Du meinst, wer von den Festivalautoren infrage käme?« Jacqui überlegte.

»Ich denke, es sollte jemand von hier sein, oder? Das würde uns Zeit, Geld und Scherereien sparen.«

»Lass mich mal nachdenken … Ich könnte Lydia fragen, ob ihr jemand einfällt. Aber hast du nicht gesagt, dass es zwei Probleme gibt? Das eine war Tracey, wo also hakt es noch?«

»Jetzt kommt der absolute Hammer«, seufzte Nat. »Sitzt du gut? Also: Miriam geht weg.«

»Wie, weg? Das ist ja eine Katastrophe! Sie ist doch so engagiert, alle mögen sie, sie ist die treibende Kraft hinter dem Festival!«, rief Jacqui aus. »Was ist passiert?«

»Mit ›weg‹ meine ich nicht nur, dass sie aus dem Komitee ausscheidet. Sie zieht aus der Stadt fort. Phil, ihrem Mann, ist gerade ein großartiger Job bei einem internationalen Bergbauunternehmen in Queensland angeboten worden. Wenn er ihn haben will, muss er praktisch sofort dort anfangen. Es tut Miriam schrecklich leid, dass sie uns so Knall auf Fall sitzen lässt – zumal ja noch jede Menge zu tun ist –, aber Phil will sich diese Chance nicht durch die Lappen gehen lassen. Ich sage dir, Jacqui, als ich zu dem Komitee gegangen bin, hatte ich keine Ahnung, wie viel Arbeit an diesem Festival hängt! Und du wusstest das sicher auch nicht«, meinte Nat.

»Ich schätze, Miriam hat alle Hände voll damit zu tun, den Umzug, den Schulwechsel für die Kinder und alles andere zu organisieren. Aber meine Güte, für uns ist es ein echter Tiefschlag. Dabei haben noch nicht mal alle Autoren zugesagt, obwohl der

Termin immer näher rückt. Hoffen wir, dass meine Buchbestellungen rechtzeitig kommen und hinsichtlich Moderationen, Räumlichkeiten, Catering und Medien und Promotion alles so funktioniert, wie wir es geplant haben.« Jacqui stieß einen Seufzer aus. »Wer wird Miriam nun vertreten?«

»Ich fürchte, es wird an mir hängen bleiben!«, meinte Nat und rollte mit den Augäpfeln. »Und zu allem Überfluss ist auch das Sponsoring noch nicht geklärt. Wir können nicht von den Einheimischen erwarten, dass sie das Festival allein finanzieren, auch wenn manche Unternehmen sehr großzügig gespendet haben. Wir müssen über unseren Tellerrand schauen. Aber das allergrößte Problem wird es sein, die Einwohner davon zu überzeugen, dass ein Autorenfestival nicht nur etwas für Bücherwürmer und versnobbte Literaten ist, sondern für alle.«

»Da kann ich dir keine große Hilfe sein, denn ich handle ja mit diesen Büchern«, sage Jacqui.

»Ja, schon klar. Immerhin haben wir eine Menge Freiwillige, die Eintrittskarten verkaufen, im Greenroom-Zelt aushelfen, die Autoren bei den Autogrammstunden betreuen und im Catering mitarbeiten. Vielleicht möchte sich Jean-Luc ja auch beteiligen?«

»Ich werde es ihm vorschlagen, er hilft bestimmt gern mit. Inzwischen ist er wohl wieder zu Hause. Ein paar von den Jungs, mit denen er sich letztes Jahr angefreundet hat, kommen vorbei. Teenager sind ja anscheinend immer mit Schule und Sport vollauf beschäftigt, deshalb bin ich froh, dass sie sich Zeit für ihn nehmen.«

Nat stellte die leeren Tassen zusammen und ging in die Küche, um sie zu spülen. »Gut so. Für Jean-Luc ist es bestimmt nicht leicht, hier mal eben so aufzukreuzen und sich dann an eine für ihn wohl ziemlich ungewohnte Lebensweise anzupassen.«

Als Jacqui heimkam, war Jean-Luc in seinem Zimmer, antwortete aber nicht, als sie ihn rief. Schließlich klopfte sie an seine Tür.

»Alles in Ordnung, Jean-Luc?«

Aus seinem Zimmer drang leises Gemurmel.

»Kann ich reinkommen?«, fragte sie.

Einen Moment lang kam keine Reaktion. Während Jacqui noch zögernd dastand, ging die Tür auf, und ihr Sohn eilte mit gesenktem Kopf an ihr vorbei. Jacqui folgte ihm in die Küche, wo er den Kopf in den Kühlschrank steckte.

»Bist du hungrig? Hattest du nichts zu Mittag? Ich koche dir und den Jungs nachher ein großes Abendessen. Wo wollt ihr denn bei dem Regen essen, drinnen oder auf der Veranda?«

Jean-Luc nahm ein Stück Käse aus dem Kühlschrank, wandte seiner Mutter den Rücken zu und zuckte mit den Achseln. »Egal«, meinte er mürrisch.

»Jean-Luc, willst du ein Sandwich? Sag, stimmt was nicht? Fühlst du dich nicht gut?«

Er kaute an seinem Käse und wich ihrem Blick aus.

Jacqui zog sich einen Stuhl heran. »Schatz, komm, setz dich zu mir. Ich merke doch, dass du irgendwas hast. Komm her und erzähl mir, was dich plagt.«

»Es ist nichts«, brummte Jean-Luc.

Seine leidvolle Miene gefiel Jacqui gar nicht. »War irgendwas mit den Jungs? Kommen sie nicht?«

Jean-Luc schüttelte den Kopf, zerkrümelte den Rest Käse auf seiner Handfläche und steckte sich die Stückchen in den Mund. »Sie kommen schon, denke ich«, nuschelte er.

Jacqui fiel ein Stein vom Herzen. »Wenn ihr auf der Veranda essen wollt, kann ich auch den Grill anwerfen.« Sie hielt inne. »Ist mit Papa alles okay?«

Der Junge nickte, ohne aufzusehen.

»Jean-Luc, muss ich dir Löcher in den Bauch fragen?«, fuhr

Jacqui gereizt fort. »Ich kann nichts für dich tun, wenn du mir nicht sagst, was los ist.«

Da sah er sie lange an, und die Verzweiflung in seinem Blick ließ sie zusammenzucken. »Du kannst nichts für mich tun, Maman!«

Jacqui fasste ihn bei den Händen. »Sag mir, was los ist! Rede wenigstens darüber.«

Er wandte den Blick ab, und auf einmal wurde ihr klar, dass sie einen jungen Mann mit Liebeskummer vor sich hatte.

Nachdem Jean-Luc ihr auf dem Rückweg von Lily und Palmer erstmals von seiner Freundin erzählt hatte, war er ein bisschen aufgetaut, machte hin und wieder Bemerkungen über die schöne Annabelle und erzählte das eine oder andere von ihr. Gelegentlich zeigte er Jacqui auch Fotos von dem Mädchen auf seinem Smartphone.

»Geht es um Annabelle? Was ist passiert?« Es gab Jacqui einen Stich ins Herz, ihren Sohn so unglücklich zu sehen. »Erzähl's mir«, drängte sie ihn behutsam. »Manchmal hilft es, darüber zu reden, auch wenn es an dem Problem an sich vermutlich nichts ändert.«

»Nein … es ist vorbei, *fini* … *terminé*, Maman.«

Trotz seiner melodramatischen Miene bemühte sich Jacqui, gelassen zu bleiben. »Bist du sicher? Vielleicht hat sie etwas mit Freunden unternommen und … jemand hat was falsch verstanden …?«

»Sie war mit Dominique Lefèvre bei der Feria! Und alle haben sie da zusammen gesehen!«

Die Feria war in Nîmes ein echtes Ereignis, das man unter keinen Umständen verpassen wollte. Zweimal jährlich herrschte in der Stadt bei Stierkämpfen und Pferdeshows eine ausgelassene Volksfeststimmung, verbunden mit viel Musik und Tanz und Wein. Und die Konzerte, Umzüge und Corridas während der Festtage sorgten für eine feurige Atmosphäre, die auf verliebte Pärchen höchst ansteckend wirken konnte.

»Kennst du ihn? Diesen Dominique?«

»Natürlich, Maman.« Er wandte den Blick ab. »Ich habe schon immer gewusst, dass er hinter ihr her ist.«

Jacqui wollte sich kein Urteil über das Mädchen anmaßen und meinte daher nur: »Vielleicht steckt da gar nichts dahinter. Du fehlst ihr eben …«

»Pfff«, schnaubte er verächtlich. »Sie ist eine *salope*. Die kann mich mal.«

»Jean-Luc, bitte sag so was nicht. Du magst sie doch und hast mir auch erzählt, dass sie ein nettes Mädchen ist.«

»Sie war sauer, weil ich nach Australien geflogen bin.«

»Na ja, ich denke, die Ferien werden ihr allzu lang, wenn sie auf deine Gesellschaft verzichten muss. Hat sie viele Freundinnen?«

»Die sind blöd.« Er machte eine wegwerfende Geste. »Sie sind alle neidisch auf mich, weil ich hier bin.«

Jacqui sah eine Chance, das Gespräch in andere Bahnen zu lenken. »Aha, sie würden also auch gern mal nach Australien kommen?«

»Klar. Alle finden die Australier viel interessanter als die Engländer. Und die Amerikaner sind doof und unhöflich. Australien ist voll angesagt! Möglicherweise möchte Annabelle den Eindruck erwecken, als würde sie sich ganz toll amüsieren, während ich hier bin. Sie langweilt sich wahrscheinlich. Ihr wird immer schnell langweilig«, fügte er hinzu.

»Klingt anstrengend«, bemerkte Jacqui trocken. »Was meinst du, brauchen wir heute Abend außer Brötchen auch Pommes für unsere Hamburger?«

»Vielleicht.« Der Junge schaute wieder finster drein.

Jacqui fühlte sich der Situation nicht gewachsen. Ihr wäre es lieber gewesen, wenn er diese Unterhaltung mit einem Mann führen könnte, vielleicht mit Palmer.

»Wie soll es jetzt mit euch weitergehen?«, fragte sie.

»Woher soll ich das wissen?« Er sah sie hilflos an.

»Du kannst doch auch deinen Spaß haben. Amüsier dich nachher mit den Jungs. Und überlegt euch, was ihr sonst noch zusammen unternehmen könnt.« Das Autorenfestival fiel ihr ein. Doch in den Augen eines Jugendlichen würde das Autorenfestival von Broome vermutlich nicht mit der prickelnden Feria von Nîmes mithalten können.

Jacqui hatte alle Hände voll damit zu tun, die Jungs mit Hamburgern, Pommes frites und Salaten zu versorgen. Zum Glück hatte der Regen aufgehört, sodass sie hinten im Garten unter den Bäumen sitzen konnten. Sicherheitshalber legte Jacqui noch Würstchen auf den Grill, falls die Hamburger nicht reichen sollten. Sie war froh zu hören, dass die Teenager plauderten und lachten, auch wenn Jean-Luc nicht immer wusste, über welche Leute oder Ereignisse sie redeten.

Jacqui hoffte, die Unterhaltung würde ihren Sohn von seinem Kummer wegen Annabelle ablenken. Offenbar stand ein Football-Match zwischen zwei rivalisierenden Vereinen bevor, das sich alle anschauen wollten, auch Jean-Luc.

Jacqui hielt sich im Hintergrund, bot nur Essen und Getränke an und nahm selbst kaum am Gespräch teil. Später aber, als die Jungen ihre benutzten Teller in die Küche brachten, entdeckte einer von ihnen das Buch von Riley Mathieson, das sie vorhin nach Hause mitgenommen hatte.

»Hey, cool, Mrs. Bouchard! *The Lost Passage*. Das wollte ich schon immer lesen. Kann ich es mir ausleihen?«, fragte er hoffnungsvoll.

»Na klar, Nathan«, antwortete Jacqui. »Gefällt dir Riley Mathieson?«, wollte sie wissen, während sich die Jungen um sie scharten. Offenbar kannten sie alle den Kultautor, auch Jean-Luc. Und er war begeistert von ihm, wie Jacqui mit Erstaunen feststellte.

»Ja, natürlich kenne ich Riley Mathieson. Ich habe alle seine Bücher gelesen. Ist das sein neuester Roman? Ich glaube, in Frankreich ist er noch nicht erschienen. Super, den werde ich auch lesen. Da ist Action garantiert«, sagte er zu den anderen.

Sogleich entbrannte eine lebhafte Diskussion um die Action-Adventure-Bücher, die die Fantasie der jungen Leute so anregten.

Schließlich warf Jacqui ein: »Wisst ihr, dass Riley zu unserem Autorenfestival kommt?«

»Was, echt?«, rief Nathan, und dann redeten alle aufgeregt durcheinander.

»Persönlich? Können wir ihn kennenlernen?«

»Kommt er in seinem coolen Sportwagen?«

»Mit dem fährt er doch nicht durchs halbe Land«, meinte ein anderer verächtlich.

»Warum kommt er her? Hält er einen Vortrag oder so was?«

»Er erzählt darüber, wie er seine Bücher schreibt, wie er als Schriftsteller angefangen hat und woher er seine Ideen nimmt. Man kann ihm aber auch Fragen stellen. Anscheinend ist er sehr nett und umgänglich«, erklärte Jacqui.

Jean-Luc starrte seine Mutter an. »Können wir ihn persönlich kennenlernen? Ich meine, nicht nur Hände schütteln, sondern uns mit ihm unterhalten und so?«

Ehrfürchtig starrten alle Jacqui an.

»Er ist sehr gefragt und hat viel zu tun. Aber er wird die ganzen drei Festivaltage hier sein, also mal sehen, was sich machen lässt. Vielleicht könntet ihr vorab alle schon mal seinen neuen Roman lesen.«

Während sich die Jungen eifrig weiter über Riley Mathieson unterhielten, freute sich Jacqui, dass Jean-Lucs Ansehen bei den anderen dank der Aussicht, den beliebten Autor kennenzulernen, sprunghaft gestiegen war.

Den nächsten Abend wollte Jean-Luc bei seinen Freunden verbringen, worauf Jacqui beschloss, nach Ladenschluss noch in ihrer Buchhandlung zu bleiben und die restlichen neuen Bücher auszupacken. Als sie gerade ein Buch ins oberste Regal stellte, hörte sie die Klingel an der Ladentür. Offenbar hatte sie nicht richtig abgeschlossen, und es kamen noch verspätete Kunden herein. Sie drehte sich zu ihnen um.

»Sie müssen Jacqui sein, nicht wahr? Entschuldigen Sie die Störung, Verehrteste, ich bin Maggie, das ist mein Göttergatte Webster. Wir sind eben in der Stadt angekommen, haben anderthalb Tage Fahrerei hinter uns. Aber jetzt sind wir da.«

Die Frau, die da sprach, war dünn und drahtig, ihr teils graues, teils blassgelbes Haar stach von ihrem tief gebräunten Gesicht ab.

Lächelnd trat nun ihr Ehemann vor. »Wir sind Freunde von Wally. Guten Abend.« Er streckte ihr die Hand entgegen. »Wally hat vorgeschlagen, dass wir uns hier bei Ihnen treffen. Alles Weitere erläutern wir in Kürze.«

Während Jacqui dem Mann die Hand schüttelte, musterte sie die beiden verwundert. Sie hatte keine Ahnung, wer sie waren und was sie wollten.

»Oh, wir sind übrigens die Greens, Maggie und Keith. Wobei ihn niemand Keith nennt«, sagte Maggie lachend. »Er heißt Webster, weil er das Webster-Wörterbuch gefressen hat und seitdem so verdammt gescheit daherredet. Wir haben ein Anliegen, deswegen sind wir in die Stadt gekommen und wollen mit Wally sprechen. Er hat gesagt, wir sollen uns mit Lydia treffen – der Frau vom Radio, Sie wissen schon. Na ja, wir haben sie angerufen, und sie wollte uns hier treffen. Wird bestimmt bald da sein.«

»Ich rufe sie gleich an«, meinte Jacqui, die die beiden nun recht amüsant fand. »Sie sagen, Sie kommen von weit her – möchten Sie einen Kaffee? Ich mache Ihnen gern einen.«

»Lass gut sein, ich glaube, ich habe etwas Besseres«, rief Lydia, die gerade den Laden betrat und eine Tüte in der Hand schwenkte. »Ich war im Getränkemarkt, als ihr angerufen habt, also habe ich gleich für uns alle eingekauft.«

»Hi, Lydia, ich hole Gläser. Was ist denn eigentlich der Sinn und Zweck dieses Stelldicheins?«, fragte Jacqui.

»Ich hoffe, es macht dir nichts aus, dass ich deinen Laden als Treffpunkt vorgeschlagen habe«, erwiderte Lydia und öffnete eine Weinflasche. »Ich dachte, für Lydia und Webster ist es einfacher, hierherzukommen, als zum Sender zu fahren. Allerdings hatte ich nicht damit gerechnet, dass sie erst nach Ladenschluss eintrudeln würden. Also, Wein oder Bier? Ich habe beides da.«

»Hauptsache, kühl und nass«, sagte Maggie.

»Habt ihr schon eine Unterkunft für heute Nacht?«, fragte Lydia und reichte Maggie ein Glas Weißwein.

»Ja, ein Zimmer im Conti. Wir haben nur unser Gepäck reingebracht und sind dann gleich hierhergekommen. Die Fahrt hat mehr als vierundzwanzig Stunden gedauert. Tut mir leid, dass es so spät geworden ist.«

»Kein Problem«, meinte Lydia. »Wir sind einfach gespannt auf eure Geschichte.« Sie gab Jacqui ebenfalls ein Glas Wein, dann nahmen alle an dem langen Holztisch Platz.

»Erst einmal möchte ich Sie ins Bild setzen, Jacqui«, begann Webster. »Meine Frau, mein Sohn und ich haben eine große Farm östlich von hier, kurz vor der Großen Sandwüste. Viehwirtschaft. Ist hart, aber uns gefällt es so. Wir haben ein recht harmonisches Verhältnis mit den Indigenen …«

»Sie sind Verwandte von Wallys Frau Elsie«, warf Maggie ein.

»Wally spricht oft von Elsie«, erinnerte sich Jacqui.

Ungerührt fuhr Webster fort: »Lange Rede, kurzer Sinn: Offenbar schleichen hier Vertreter irgendeiner Regierungsstelle herum und schmeicheln sich bei den hiesigen Aborigine-Führern ein.

Sie haben sich unter der Leitung einiger politisch motivierter und akademisch gebildeter Indigener zusammengeschlossen. Die Gruppe nennt sich New Country Leadership Trust.«

»Und sie haben von irgendjemandem auch Geld dafür bekommen«, ergänzte Maggie.

»Warum? Was machen die? Was haben sie vor?«, fragte Lydia ungeduldig.

»Sie versuchen, die Indigenen alle auf ihre Seite zu ziehen, damit sie tun, was sie ihnen eintrichtern«, erwiderte Maggie aufgebracht.

»Wir vermuten, dass dieser sogenannte Trust die Vorhut für eine staatliche Initiative ist, um – Zitat – ›Land zu erwerben und zu nutzen mit dem Ziel, die Lebensqualität der indigenen Bevölkerung zu verbessern und ihr neue Möglichkeiten zu eröffnen‹«, erläuterte Webster.

»Was ist daran verkehrt?«, wollte Lydia wissen. »Sollte das nicht so sein? Was gefällt Ihnen nicht an diesem Plan zur Förderung der Aborigines?«

»Nichts gefällt mir daran«, erwiderte Webster rundheraus. »Ich traue diesen Leuten nicht. Auch wenn sie in schicken SUVs, in Anzügen und mit Aktenköfferchen aufkreuzen, ist es ziemlich fragwürdig, was sie unseren Indigenen einflüstern.«

»Für mich hört sich das an, als wäre über die Landtitel noch nicht endgültig entschieden. Haben die Leute bei euch draußen ihre Ansprüche geltend gemacht? Und selbst wenn, warum sollte es die Regierung sonderlich interessieren, ob den Aborigines in diesem abgelegenen Winkel irgendwelches Land zugesprochen wird?«, überlegte Lydia. »So was ist seit dem Mabo-Urteil von 1992 ja eigentlich keine große Sache mehr.«

»Wie haben Sie das alles herausgefunden?«, fragte Jacqui.

»War eine komische Sache«, erzählte Webster. »Meine Nichte studiert Geologie an der Uni. In den Ferien blieb sie oben in

Dampier, weil sie irgendwas recherchieren musste, ich weiß nicht mehr, was. Jedenfalls hat sie auf der Website eines Bergbauunternehmens nach Informationen gesucht und ist dabei unverhofft auf eine Landkarte mit Pünktchen gestoßen, die anzeigen, wo Dutzende von Explorationskonzessionen erteilt worden sind.«

»Und dann erfuhr sie von Leuten aus der Tourismusbranche, dass eine ganze Menge Ingenieure und Techniker herkamen und Boote mieteten«, warf Maggie ein. »Sehr seltsam.«

»Da roch sie die sprichwörtliche Lunte«, fuhr Webster fort. »Anscheinend ist da irgendein größeres Ding am Laufen. Deshalb hat sie uns gebeten, hierherzukommen. Wir müssen mit Wally reden, weil er viele Geschichten aus Elsies Land sammelt und aufbewahrt.«

»Hat er sie nicht auch aufgeschrieben?«, fragte Maggie.

»Sie meinen, in einer Art Autobiografie?«, schaltete sich Jacqui ein. »Ja, er hat ein- oder zweimal erwähnt, dass er einiges von dem, was ihm in seinem Leben begegnet ist, schriftlich festhalten wollte.«

»Als ich ihn vor einer Weile dort draußen besucht habe, sagte er mir, es bedrücke ihn, dass so viele Stammesälteste wegsterben. Deshalb habe er beschlossen, die Geschichten niederzuschreiben, die Elsie ihm erzählt hatte«, sagte Lydia.

»Ach, also keine Autobiografie?«, fragte Jacqui.

»Nein, eher überliefertes Wissen und Gesetze der Aborigines«, antwortete Lydia. »Die Geschichten und Legenden von der Entstehung des Landes.« Sie wandte sich an Webster. »Warum hatten Sie also das Gefühl, Sie müssten wegen dieser Sache in die Stadt kommen?«, fragte sie.

»Die Indigenen haben uns berichtet, dass seit der Bildung dieses ›Trusts‹ vor acht Monaten ständig Lkws bei ihnen herumfahren. Mit Landvermessern und so weiter«, erklärte Webster. »Dann rief mich ein Kumpel an. Die Familie seiner Frau hat viel Weideland gepachtet. Ich meine, richtig viel Weideland. Jedenfalls beunruhigte es ihn, dass auf diesem Gebiet immer öfter gelbe Laster auftauchten. Also flog er eine Runde mit seinem Flugzeug, um sich einen Überblick zu verschaffen. Dabei stellte er zu seinem Entsetzen fest, dass auf seinem Land gitternetzartig Standorte markiert waren, fast bis zur Küste.«

»Was hat das zu bedeuten?«, fragte Jacqui.

»Dass sie das Land auf Bodenschätze hin untersuchen«, erwiderte Lydia.

»Genau«, bestätigte Maggie.

»Explorationen zum Auffinden von Rohstoffvorkommen wurden in den Siebziger- und Achtzigerjahren sehr begrüßt. Viele große Bergbaukonzerne pachteten zu diesem Zweck Weideland. Dort entstanden dann oft riesige Tagebaugebiete, besonders in der Gegend von Pilbara«, erklärte Webster. »Es war ein bisschen vor Ihrer Zeit, Jacqui, aber der alte Lang Hancock hat überall in der Gegend solche Pachtlizenzen für Weideland erworben.«

»Was auch heute noch geschieht«, ergänzte Maggie. »Die Bergbaugesellschaften stellen einen Verwalter ein und betreiben Viehzucht, wie es für gepachtetes Weideland vorgeschrieben ist. Zugleich suchen sie dort mit einer zeitlich befristeten Explorationskonzession Rohstoffe, und wenn sie auf ein lohnendes Vorkommen stoßen, lassen sie die Explorationskonzession in eine Abbaukonzession umwandeln.«

»Wonach suchen sie denn?«, fragte Jacqui.

»Öl, Gas, Eisenerz, Diamanten, Uran«, meinte Lydia.

»Teilweise wurden diese Gebiete danach wieder als verbessertes, gut erschlossenes Farmland genutzt«, sagte Webster. »Schließlich hatten die Minenbetreiber viel in die Infrastruktur investiert, in Straßen und Start- und Landebahnen. Aber viele Viehzüchter wollten davon nichts mehr wissen, sobald sie sich die Taschen gefüllt hatten, und kehrten ihrem Pachtland den Rücken. Wohlgemerkt, die Dinge liegen heute anders als vor dreißig oder vierzig Jahren. Jetzt müssen auch ökologische Aspekte und die Landrechte der Ureinwohner berücksichtigt werden.«

»Aber eines gilt auch heute noch: Geld regiert die Welt«, warf Lydia ein.

»Ich fand es früher immer ganz nett, wenn wir Besuch von den Bergbau-Leuten bekamen«, erinnerte sich Maggie. »Erst schickten sie so einen eingeschriebenen Brief – da ging es um die Explorationskonzession, nicht wahr, mein Lieber? Dann tauchten ein paar junge Geologen samt Gehilfen und einem Fahrer auf, der auch sonst für alles Mögliche zuständig war, und brachten ihre ganzen Geräte mit. War interessant, sich mit diesen jungen Leuten zu unterhalten.«

»Jedenfalls änderte sich die Situation in den Neunzigern«, erzählte Webster weiter. »Von da an musste sich die Minenindustrie mit den Landrechten der Indigenen auseinandersetzen. Da geschahen mitunter die merkwürdigsten Dinge. So hörten wir, dass eine Gruppe, die Ähnlichkeit mit diesem New Country Leadership Trust hatte, mit weißen Anthropologen in Hubschraubern herumflog, um die Kulturerbe-Stätten in der Gegend zu kartografieren. Und anschließend kassierte diese Gruppe ordentlich Geld dafür, dass sie dem Bergbauunternehmen Explorationen auf ihrem Land erlaubte.«

»Ein Freund hat uns erzählt, dass eine Bergbaufirma einer winzigen Indigenen-Gemeinde eine Viertelmillion Dollar für ein Bürogebäude auf deren Land bezahlen musste, noch bevor die Firma überhaupt mit der Exploration beginnen konnte. Und von wegen Bürogebäude – es war ein altes Campgelände, auf dem kaum irgendwelche Gebäude standen! Und die Geologen mussten vor Ort ständig von einem Aborigine begleitet werden, der fünfhundert Dollar pro Tag verlangte!«, ereiferte sich Maggie. »Stimmt's, Lieber?«

»Allerdings. Es war zeitweise die reinste Farce. Manchmal erschien der lokale Aborigine nicht zu den vereinbarten Terminen, was die Minengesellschaften Geld kostete. Also einigte man sich darauf, dass die Geologen auch allein losziehen durften, aber die Gesellschaft musste trotzdem jeden Tag fünfhundert Dollar für den Aborigine löhnen.«

Jacqui wechselte einen Blick mit Lydia. »Meine Güte, ist das heute immer noch so?«

»Schon möglich. In letzter Zeit ist es ein bisschen ruhiger geworden, aber ich habe das Gefühl, da braut sich wieder irgendwas zusammen.«

»Was wollt ihr dagegen unternehmen?«, fragte Maggie.

»Wir müssen die Leute von diesem Leadership Trust ausfindig machen und ihnen auf den Zahn fühlen«, erklärte Lydia. »Es muss geklärt werden, ob sie sich von der Bergbauindustrie dafür schmieren lassen, dass sie die betroffenen Indigenen auf ihre Seite ziehen, indem sie ihnen Geld und andere Vergünstigungen für den Abbau irgendwelcher Bodenschätze versprechen.« Sie erhob sich. »Webster, Maggie, euch jetzt eine gute Nacht. Ich sehe zu, dass wir uns morgen noch mal treffen können. Danke, dass du uns deine Räumlichkeiten zur Verfügung gestellt hast, Jacqui.«

»Jederzeit wieder.« Jacqui lächelte ihre Freundin an. »Und halte mich auf dem Laufenden, wenn du was herausfindest.«

Die Tage vergingen, und Jacqui stellte mit Erleichterung fest, dass Jean-Luc sich von der Fußballbegeisterung der Jungs anstecken ließ und nun nachmittags immer mit ihnen *le foot* spielte, wie man es in Frankreich nannte. Er hatte Annabelle nicht mehr erwähnt und schien nun weniger niedergeschlagen und mehr er selbst zu sein. Als Jacqui ihm sagte, dass Lydia sie beide zu einem Abend mit ihren Verwandten am Strand eingeladen hatte, war er davon offenbar sehr angetan.

Das letzte Sonnenlicht ergoss sich über den spätnachmittäglichen Himmel, als Jacqui und Jean-Luc auf der furchigen Sandpiste zur Küste fuhren. Ihr Ziel war ein Platz namens The Point.

»Für die Indigenen ist das hier ein ganz besonderer Ort. Er ist ein Teil der Küste, die die Regenbogenschlange in der Traumzeit erschaffen hat«, hatte Lydia den beiden erklärt. »Für gewöhnlich kann man dort gefahrlos schwimmen und auch ganz wunderbar angeln.«

Die Ebbe hatte ihren Tiefststand erreicht. Als sie auf einem Grasflecken parkten, verschlug es Jacqui schier den Atem angesichts des breiten unberührten Sandstrands, der sich golden und silbern leuchtend vor ihnen erstreckte. Wie verstreut lagen darauf rostrote Felsbrocken, und kleinere Steine säumten den Fuß der niedrigen, zerklüfteten Klippen neben den roten Dünen, die an den Sandstrand grenzten.

»Es herrscht noch Ebbe. Das Angeln muss warten«, sagte Jacqui. »Aber es ist eine gute Zeit, um die Gegend zu erforschen. Einer meiner Kunden meinte, hier draußen seien noch weitere Fußabdrücke von Sauriern gefunden worden.«

»Ja, Palmer hat mir davon erzählt, als wir bei der Star-Two-Farm die Abdrücke einer Sauriermutter und ihres Babys gesehen haben. Echt cool. Palmer sagt, es gibt eine Menge solcher Fußabdrücke an der Küste, aber man hat es nie an die große Glocke gehängt.«

»Ja, es war ein Geheimnis, das die Hüter des Landes bewahrt haben. Aber dann sind die Abdrücke von Touristen entdeckt worden und müssen seitdem sorgsam geschützt werden. Es gibt viele solche besonderen Orte in der Gegend.«

»Schau, da sind auch schon die anderen.« Jean-Luc schnappte sich die Sporttasche mit ihren Sachen und schlenderte zum Rand der Gezeitentümpel, die über der Wasserlinie lagen und von den darüber aufragenden Klippen abgeschirmt wurden.

Hinter den Dünen tauchten ein paar Aborigine-Jungs auf, die trockenes Holz hinter sich herzogen, und Jacqui sah auch eine Gruppe Frauen am Strand, die auf Klappstühlen und einem Treibholzstamm saßen. Einige Mädchen buddelten im Sand.

Jacqui erkannte ein paar der Jungen, die Jean-Luc begrüßten. Ihr Sohn nickte den Frauen zu und rannte mit den anderen Burschen davon, um die Gezeitentümpel zu erkunden.

Dann erblickte sie Lydia und ließ sich neben ihrer Freundin auf einen stoffbezogenen Klappstuhl sinken. Lydia stellte sie all ihren Tanten und Cousinen und Cousins vor und wies dabei auch auf die Männer, die am Wasser nach Köder suchten. Jacqui hatte keine Ahnung, wer mit wem auf welche Weise verwandt war, aber da alle »Tante« oder »Onkel« genannt wurden, war das auch nicht weiter wichtig.

»Die Leute hier sind von Dampier und Cape Leveque hergekommen«, erklärte Lydia.

»Gibt es einen besonderen Anlass?«, fragte Jacqui, während Lydia ihr ein kaltes Getränk aus einer großen eisgefüllten Kühltasche holte.

»Allein schon hier zu sein ist etwas Besonderes. Dafür braucht man keinen Anlass«, meinte Tante Maud.

»Das ist wahr«, seufzte Jacqui. »Sechzig Kilometer von Broome, und die Sorgen scheinen tausend Meilen weit weg. Du hast mir gesagt, dass du ein paar Tage frei hast, Lydia. Hast du schon was vor?«

»Ich fahre morgen die Küste hinauf, vielleicht mit Zwischenstopp in Red Rock Bay und Eagle Bay. Ein paar Verwandtschaftsbesuche, ein bisschen Urlaub. Eventuell gehe ich aber auch dieser Sache von Maggie und Webster nach. Mal sehen, ob meine Leute mehr über diesen New Country Leadership Trust wissen. Normalerweise erfahren sie so was als Erste, weil die Öl- und Gasunternehmen sie schon frühzeitig für sich gewinnen wollen. Aber jetzt ist erst mal Entspannung angesagt.« Sie hob ihre Bierflasche.

»Entspannung klingt gut. Ich habe das Gefühl, mir wachsen die Vorbereitungen für das Festival allmählich über den Kopf. Wie schade, dass Miriam ausgestiegen ist, zumal sie ja sogar Gründungsmitglied war. Aber Nat ist ein durchaus kompetenter Ersatz für sie.«

»Nat kriegt das schon in den Griff, oder? Und ich kann Werbung im Radio machen. Jetzt habe ich endlich auch die Zusage von der Leitung bekommen, dass wir eine Livesendung vom ersten Festivaltag machen.«

»Super.« Jacqui lehnte sich zurück und schloss die Augen. »Hmm, die Salzluft, das Plätschern der Wellen … heute Nacht werde ich schlafen wie ein Stein.«

»Bringen wir mal das Feuer in Gang«, schlug Lydia vor. »Ruf die Jungs, sie machen mit Begeisterung Lagerfeuer.«

Ein paar der Burschen zogen los, um Treibholz für das Feuer zu sammeln, während andere lieber angeln wollten und mit ihren Ruten zum Wasser gingen. Einer von ihnen, Toby, schnappte sich einen Eimer und machte sich auf den Weg zu seinen Kameraden.

»Was hast du denn in dem Eimer, mein Junge?«, wollte Tante Vi wissen.

Toby grinste. »Das ist mein Grundköder, nach meinem Geheimrezept, Tante. Dem können die Bluebones nicht widerstehen.«

»Puh. Was ist denn da drin?« Jacqui fächelte sich Luft zu.

»Ach, nur alter Köderfisch, Muschelfleisch und Hühnerfutter, das alles gut vermanscht. Meine anderen geheimen Zutaten kann ich Ihnen nicht verraten.«

»Fangt uns ein oder zwei schöne Bluebones, Jungs, ja?«, sagte Tante Vi.

»Was sind Bluebones?«, wollte Jacqui wissen.

»Eine Lippfisch-Art«, antwortete Tante Vi. »Man brät sie mit Öl und Zwiebeln über der Kohlenglut. Sehr lecker.«

»Und dazu gibt es Kartoffeln und Maiskolben, die wir in die heiße Asche legen, wenn das Feuer heruntergebrannt ist«, ergänzte eine andere Tante, die gerade einen Klapptisch aufbaute.

Jacqui lächelte Jean-Luc zu, der den Strand heraufkam.

»Toby sagt, wir brauchen noch mehr Holz. Ich gehe Treibholz suchen, bevor es zu dunkel wird«, bot er an.

»Gute Idee. Essen gibt es erst, wenn das Feuer ordentlich brennt«, meinte Lydia.

Jacqui sah ihrem Sohn nach, wie er über den Sand davonging. »Ich bin so froh, dass du uns eingeladen hast«, sagte sie zu ihrer Freundin. »Das ist genau die Abwechslung, die Jean-Luc braucht.«

»Bläst er immer noch Trübsal wegen seiner Freundin?«

»Möglich. Er lässt es sich nicht anmerken. Die anderen Jungs halten ihn ganz gut auf Trab. Die alten Freundschaften von seinem letzten Besuch haben gehalten. Obwohl sich Jean-Luc jedes Mal, wenn er herkommt, ein bisschen verändert hat und sie auch.« Rasch fügte sie hinzu: »Wobei sie von Annabelle allerdings nichts wissen, glaube ich.«

»Ach, an so einem Ort wie The Point besinnt man sich auf das Wesentliche. Auf das, worauf es wirklich ankommt«, meinte Lydia mit einer ausladenden Geste, als wollte sie diese großartige Landschaft umarmen. »Genieße es, so gut du kannst. Das Festival wird dich früh genug mit Beschlag belegen.«

Eine Weile saßen sie schweigend da und genossen die friedliche Atmosphäre. Dann sagte Jacqui: »Dafür, dass dieses Plätzchen so abgelegen ist, sind hier eine ganze Menge Leute unterwegs.« Sie deutete zum Meer. Zwei Männer schlenderten am Wasser entlang.

»Noch zwei Angler«, meinte Lydia.

Tante Vi schirmte die Augen mit der Hand ab. »Meine Güte … das ist doch Eddie Kana.«

»Der Eddie Kana von den Goolarabooloo?«, fragte Lydia.

»Genau.«

»Als Senior Law Boss bewahrt und hütet er das Land und seine alten Traditionen«, erklärte Lydia Jacqui.

»Und der andere ist Victor Rourke. War früher im Land Council. Auch ein guter Mann.«

Die Männer wurden von allen herzlich begrüßt. Sie setzten sich in den Sand, wobei die Tanten respektvoll zur Seite rückten. Jacqui blickte zum Strand und behielt die Jungen am Wasser im Auge. Unterdessen erzählten Onkel Bob und Lydia den beiden Neuankömmlingen, dass sie hier campen wollten.

»Ist ein guter Angelplatz. Passt dort draußen bei den Felsen auf. Ich habe mal einen riesigen Bluebone an einer 33-Kilo-Schnur verloren«, erzählte Eddie. »Als ich ihn rauszog, war nur noch der Kopf dran.«

»Dann waren die Haie schneller als du«, bemerkte Victor grinsend.

»Wollt ihr jetzt auch angeln?«, fragte Lydia die beiden Männer.

»Nein, wir fahren zurück nach Broome. Wir waren draußen auf dem Pfad unterwegs.«

»Er meint den Lurujarri-Kulturerbe-Pfad«, erläuterte Lydia ihrer Freundin. »Du solltest mal Jean-Luc mitnehmen und den Weg mit den traditionellen Hütern des Landes gehen. Nur so kann man die Bedeutung dieser Landschaft wirklich wertschätzen. Sie ist seit Jahrtausenden unberührt geblieben. Das Wissen um jedes Detail der Landschaft wird von Generation zu Generation weitergegeben. Es heißt, diese Wanderung gibt einem ein neues Gefühl für das Land. Sie öffnet einem die Augen.«

Eddie nickte. »Es ist wirklich etwas ganz Besonderes, und deshalb müssen wir auf unser Land achtgeben. Da ist nämlich einiges im Busch …«

»Was denn, Eddie?«, wollte Lydia wissen und wechselte einen flüchtigen Blick mit Jacqui.

»Typen aus der Großstadt machen sich an unsere Leute heran und erzählen ihnen dies, versprechen ihnen jenes. Ködern sie mit viel Geld.«

»Weil sie es auf ihre Unterschrift abgesehen haben«, ergänzte Victor. Und Tante Vi nickte.

Jacqui hörte zu, wie Lydia den beiden Männern weitere Fragen stellte. Am Ende stieß sie einen tiefen Seufzer aus und wandte sich an Jacqui.

»Es ist so, wie Maggie und Webster vermutet haben. Diese Leute vom New Country Leadership Trust verfügen über eine Menge Geld und können den Stammesleuten das Blaue vom Himmel versprechen.«

»Was wollen sie dafür?«, fragte Jacqui.

»Unsere Leute sollen ihren Segen dazu geben, dass sich ein großer Konzern in unserem Land breitmacht und Rohstoffe abbauen kann«, sagte Eddie. »Das nennen sie ›Verhandeln‹. Ist wohl eher Bestechung.«

»Mit meinem Clan haben sie auch geredet«, warf Tante Maud ein. »Angeblich wollen sie viel Geld für neue Schulen und öffentliche Einrichtungen draußen in unseren Gemeinden ausgeben, ja sogar ein Krankenhaus bauen. Das wäre eine gute Sache, finde ich.«

»Und wer leitet all diese Einrichtungen? Wer wird dort draußen arbeiten? Und wo sollen wir leben, wenn sie uns unser Land wegnehmen?«, konterte Tante Vi.

»Was wollen die denn abbauen?«, fragte Jacqui.

»Diesmal geht es um Gas«, erwiderte Eddie und deutete aufs Meer. »Da draußen.«

»Was? Direkt dort draußen?«, rief Lydia entsetzt.

»Nicht nur das. Sie wollen einen großen Gasumschlagplatz hier an der Küste bauen. Ein Riesending mit Aufbereitungsanlage und allem Drum und Dran. Allerdings überlegen sie noch, ob sie es hier hinstellen sollen oder lieber auf der anderen Seite von Broome.«

»Nein!«, entfuhr es Jacqui. »Doch bitte nicht in dieser wunderschönen Gegend!«

»Vermutlich wird einiges hinter verschlossenen Türen ausgehandelt«, meinte Victor. »Ich schätze, die Trust-Leute haben irgendwelche entfernten Verwandten ins Spiel gebracht, die diese Vereinbarungen unterzeichnet haben. Aber das sind Außenstehende, manche kommen aus weit entfernten Ecken des Landes, teilweise sogar aus Queensland. Diese Außenstehenden ermächtigen die Leute vom Trust, in ihrem Namen mit dem Konzern und der Regierung zu verhandeln. Den Stammesleuten wird viel versprochen – wenn sie mit ihrer Unterschrift auf Land verzichten, winkt das große Geld. Aber wir lehnen das ab. Nicht der Trust, sondern wir haben zu entscheiden, was hier in dieser Gegend geschieht.«

»Das ist doch schrecklich!« Entsetzt schaute Jacqui Lydia an. »Ich meine ... das alles«, sie wies auf die friedliche Bucht, »soll so eine Art Gasdrehscheibe werden? Und was genau würde das bedeuten?«

»Industrialisierung mit Schwimmbaggern im Kanal, einem großen Pier für die Tanker, schwerem Gerät, startenden und landenden Hubschraubern und einer Gasaufbereitungsanlage«, antwortete Lydia grimmig. »Das darf nicht passieren! Hier gibt es doch so viele Kulturerbestätten. Das ist heiliges Land!«

»Eine Milliarde Dollar und dazu ein Paket an Sonderleistungen klingt für manche sehr überzeugend«, meinte Victor düster.

»Es wird Zeit, ein paar Nachforschungen anzustellen«, sagte Lydia.

»Wir kommen demnächst bei dir in der Stadt vorbei. Wir müssen uns jetzt gegen diese Leute zur Wehr setzen«, verkündete Victor, während er und Eddie sich erhoben. »Aber wir wehren uns auf unsere Art. Wir stehen hier auf unserem eigenen Land. Niemand wird es uns wegnehmen.«

»Ihr könnt auf uns zählen«, sagte Lydia.

Jean-Luc umrundete die flache Landzunge und suchte entlang der Strandlinie und zwischen den Felsen nach Treibholz. Außer Sichtweite der anderen legte er eine Pause ein, setzte sich auf einen abgeschliffenen Felsbrocken und starrte auf das überwältigende Blau des Wassers. Was für einen seltsamen, schönen Ort hatte sich seine Mutter als Heimat erkoren! Abgelegen, o ja. Weit weg vom kultivierten, weltzugewandten Frankreich. Dennoch hatte ihn dieses beinahe mystische Land in seinen Bann geschlagen. Und es war ihm unmöglich, dies für seine Freunde in Frankreich auch nur in Worte zu fassen. Wenn er früher nach Hause zurückgeflogen war, sonnengebräunt und mit dem unumstößlichen Gefühl, stärker und selbstständiger geworden zu sein, dann schien es ihm immer, als hätte er etwas gefunden, was seine Freunde niemals erleben und mit ihm teilen konnten. Dadurch hob er sich von ihnen ab.

Jean-Luc schätzte die seltenen Augenblicke, in denen er Zeit zum Nachdenken fand. Er war gern bei seiner Mutter, und es entging ihm nicht, dass sie am liebsten jede Kleinigkeit über sein Leben erfahren würde, sich aber mit Fragen zurückhielt. Auch wenn sie häufig telefonierten, schrieben und skypten, war es doch nicht dasselbe, als wenn sie sich gemeinsam zum Essen an den Tisch setzten, gemeinsam spontan loslachten oder so wie jetzt zur selben Zeit am selben Ort den Sonnenuntergang betrachteten.

Derlei Gedanken gingen ihm durch den Kopf, bis er schließlich aufsprang und sich wieder auf die Suche nach Holz für das Feuer machte, das die anderen Jungs inzwischen wohl schon entfacht hatten. Kurz darauf fand er zwischen Sand und Geröll einen wunderbar geformten, sonnengebleichten Myrtenheideast und versuchte ihn herauszuziehen. Während er sich damit abmühte, hörte er jemanden rufen und schaute sich um, sah aber niemanden.

Da purzelten plötzlich von oben ein paar Kiesel herab, und ein junges Mädchen schlitterte ein Stück weit den Hang herunter. Sie war schlank, braun gebrannt und barfuß, bewegte sich aber trittsicher. Ihr Haar sah zerzaust aus, und sie trug verblichene Shorts und ein Trägershirt.

»Soll ich dir helfen, den rauszuziehen?«, fragte sie. »Der ist da bestimmt schon ewig. Er ist eingeklemmt, siehst du? Muss bei einem Sturm halb verschüttet worden sein.«

»Stimmt.« Jean-Luc zerrte an dem Ast. »Vielleicht muss ich ein Stück abbrechen.«

Das Mädchen kletterte das letzte Stück über den Hang herab und sprang neben ihm in den Sand.

»Nein, schieben wir die Steine weg, dann kriegen wir ihn frei.« Sie kniete sich hin und begann den Sand um die Steine wegzubuddeln. Kurz schaute sie auf und lächelte ihn an. Ihr Gesicht war von Sommersprossen übersät, und ihre Augen waren von einem erstaunlichen blassen Grün. »Brauchst du ihn für ein Feuer?«

»Ja, meine Mutter und ihre Freunde kampieren unten am Strand.«

»Echt? Das hab ich auch schon gemacht. Das Schönste ist, nachts zu den Sternen hinaufzuschauen. Mein Vater hat mir all die Sternbilder gezeigt. Warst du schon mal hier? Bist du ein Tourist?«, fragte sie.

Jean-Luc zitterte vor Anstrengung, als er einen Felsbrocken wegzuschieben versuchte. »Nein«, ächzte er. »Meine Mutter lebt in Broome.«

»Aber du nicht. Woher kommst du?«, wollte das Mädchen wissen.

»Aus Frankreich. Und wo wohnst du?« Jean-Luc fasste das Mädchen nun genauer ins Auge. Sie war etwa in seinem Alter und wirkte sehr natürlich. Ein echter Wildfang, dachte er.

»Zurzeit wohne ich hier.« Sie beugte sich vor und schob den Stein, den sie freigebuddelt hatte, beiseite. »Wir hatten schon seit Monaten kein richtiges Hochwasser mehr, deshalb ist der Sand ganz trocken.« Nun fing sie an zu graben, wie ein Hund nach einem Knochen, ohne sich um ihre Hände oder ihre Fingernägel zu scheren. Ganz anders als die französischen Mädchen, die ich kenne, dachte Jean-Luc.

»Habt ihr Fisch zum Grillen?«, fragte sie.

»Ja, falls die anderen was gefangen haben.«

»Angelst du gern?« Sie sah ihn forschend von der Seite an.

»Ja, klar.« Da merkten sie, wie der Ast sich löste, und gemeinsam konnten sie ihn jetzt leicht herausziehen. »Toll! Vielen Dank, dass du mir geholfen hast«, sagte Jean-Luc.

»Ich helfe dir, ihn zu ziehen«, erklärte das Mädchen eifrig. »Wo habt ihr euer Feuer?«

»Ach, das brauchst du nicht«, begann Jean-Luc, doch da hatte das Mädchen schon das eine Ende des Astes gepackt. Also nahm er das andere Ende, und zusammen schleppten sie ihn den Strand entlang.

Schließlich erreichten sie mit ihrem langen Ast den Lagerplatz, und noch bevor irgendjemand etwas sagen konnte, verkündete das Mädchen den am Feuer Versammelten lächelnd: »Hallo zusammen, ich heiße Peggy.«

Tante Vi ergriff als Erste das Wort. »Hallo, Peggy. Bist du ganz allein hier draußen? Wo ist deine Familie?«

»Ich bin mit meinem Dad da. Wir wohnen ein Stück die Küste runter«, antwortete Peggy vage.

»Wie es aussieht, haben wir eine Menge Fisch«, meinte Lydia. »Willst du dich mit deinem Vater nicht zu uns gesellen? Ihr seid herzlich eingeladen.«

»Vielen Dank. Ich gehe ihn fragen. Vielleicht können wir auch ein paar Krabben beisteuern.«

»Das wäre fein«, sagte Tante Maud. »Ich liebe saftiges Krabbenfleisch.«

»Bis gleich.« Und schon sprintete Peggy mit einem fröhlichen Winken los.

»Die barfüßige Prinzessin«, meinte Jacqui. Sie fasste Jean-Luc ins Auge. »Wie hast du Peggy kennengelernt?«

Der Junge zuckte mit den Schultern. »Sie ist einfach aufgetaucht, als ich diesen Ast zwischen den Steinen rausziehen wollte.«

»Peggy und ihr Vater kampieren anscheinend an einem ziemlich abgelegenen Platz«, überlegte Lydia. »Woher sie wohl kommen?«

Die Tanten begannen das Essen zuzubereiten und plauderten dabei, während Lydia in ihrem Klappsessel lag, die Augen geschlossen, ein Buch auf ihrem Schoß. Jacqui stand leise auf, um am Strand spazieren zu gehen, und bewunderte die untergehende Sonne, die die rostroten Felsen anstrahlte. Am Ufer entdeckte sie Jean-Luc und stellte erfreut fest, dass ihm einer der Männer seine Angelrute gab und ihm zeigte, wie er sie in den kleinen Brechern auswerfen musste. Sie blieb stehen und schaute ihm eine Weile zu. Plötzlich begann der knietief in der Brandung stehende Junge hektisch die Schnur einzuholen, während die beiden Onkel wild gestikulierten und ihm anscheinend Ratschläge gaben. Und auf einmal lag ein stattlicher Plattfisch zappelnd im nassen Sand.

»Wow, das ist ja ein Prachtexemplar! Gut gemacht!«, rief Jacqui, während sie zu ihrem Sohn rannte. Sie zückte ihr Handy und machte ein paar Schnappschüsse von Jean-Luc mit dem großen Fisch in den Händen. Im letzten Licht der Sonne wirkte das breite Lächeln auf dem braun gebrannten Gesicht ihres Sohnes noch strahlender.

Danny klopfte ihm auf den Rücken. »Ein guter Fang. An die vier Kilo, schätze ich.«

»Jetzt musst du ihn ausnehmen«, setzte Onkel Paddy hinzu. Er nahm ein Fischmesser aus seinem Gürtel und reichte es Jean-Luc.

Jacqui schoss auch ein paar Fotos von Jean-Luc, wie er den Fisch entschuppte und die Innereien herausnahm. Dann gingen die beiden zum Feuer zurück.

»Gut gemacht, Jean-Luc«, meinte Lydia, die ihr Buch weggelegt hatte und nun ein Glas Wein in der Hand hielt. »Gib ihn Tante Maud, sie ist dafür zuständig.« Dann reichte sie auch Jacqui ein Glas. »Stoßen wir auf den Sonnenuntergang an.«

Die beiden Frauen machten es sich in ihren Klappsesseln bequem, blickten schweigend aufs Meer hinaus und sahen zu, wie das Licht schwand. Jacqui war mit sich und der Welt rundum zufrieden.

Da kam Jean-Luc und setzte sich neben sie. »Maman, kann ich bitte die Fotos sehen?«

»Willst du sie deinen Freunden schicken?«, fragte Lydia.

»Mais oui.«

Lydias Blick wanderte an dem Jungen vorbei in die Ferne. »Hey, Jean-Luc, es sieht so aus, als wären deine Freundin und ihr Dad angekommen«, meinte sie, worauf sich Jacqui und Jean-Luc nach ihnen umdrehten.

Im Zwielicht sahen sie Peggy und einen schlaksigen Mann, die sich offenbar gerade mit den am Strand angelnden Männern unterhalten hatten und nun zum Lagerfeuer schlenderten. Wie Jacqui bemerkte, trug der Mann einen Eimer.

»Bitte bleiben Sie doch sitzen«, meinte er lächelnd. »Ich bin Phillip Knowles. Sehr nett von Ihnen, uns einzuladen.«

Lydia machte Phillip mit allen bekannt, und die Tanten winkten ihm vom Tisch aus zu. Einer der Männer reichte ihm ein Bier.

»Unser Scherflein.« Phillip hob den Eimer hoch. »Mangrovenkrabben, heute Morgen gefangen und gekocht.«

»Das ist lieb von Ihnen«, meinte Lydia. »Jean-Luc, kannst du den Männern am Strand ein paar Krabben bringen?«

»Bin gleich wieder da.« Jean-Luc legte einige Krabben in einen anderen Eimer und lief zu den Anglern am Strand.

»Ich komme mit«, verkündete Peggy und folgte ihm.

»Wo haben Sie Ihr Lager aufgeschlagen, Phillip?«, fragte Lydia.

»Gleich drüben in den Dünen. Da sind wir jetzt schon ein paar Monate. Wenn der Regen kommt, müssen wir allerdings umziehen.«

»Und Ihre Tochter lebt dort bei Ihnen?«, erkundigte sich Jacqui, die es erstaunlich fand, dass ein junges Mädchen für längere Zeit in den Sanddünen leben wollte.

»Ja, aber sie geht zur Schule«, erwiderte Phillip. »Sie wird immer von einem Bekannten im Auto mitgenommen, der in Broome arbeitet und dessen Söhne in dieselbe Schule gehen.«

»Wie alt ist Peggy?«, fragte Jacqui, während sie die beiden Jugendlichen beobachtete, die zum Wasser gingen und mit den Onkeln sprachen. »Sie ist fast so groß wie Jean-Luc.«

»Sie wird siebzehn. Wieso sie so spindeldürr ist, ist mir ein Rätsel. Sie futtert wie ein Scheunendrescher«, meinte ihr Vater grinsend.

»An diese Zeiten erinnere ich mich gut«, schmunzelte Lydia. »Ah, anscheinend packen die Männer jetzt zusammen.«

Alle halfen mit und bekamen Anweisungen von den Tanten, was für das Essen noch vorbereitet werden musste. Nachdem man sich die Krabben hatte schmecken lassen, suchten sich alle einen Sitzplatz. Währenddessen wurden Kartoffeln und Maiskolben aus dem Feuer geholt, Salate, Brötchen, Soßen und Zitronenscheiben herumgereicht und die gegrillten Fische auf die Teller verteilt.

Nach dem Essen wurden die Servierplatten beiseitegeschoben und Pappteller und Papierservietten ins Feuer geworfen.

»Köstlich, vielen Dank, Tanten. Danke den Anglern und danke, Phillip, für die Krabben.« Lydia hob ihr Glas und prostete allen zu.

»Was gibt es zum Nachtisch?«, wollte der junge Toby wissen, was allgemeines Gelächter hervorrief.

»Immer mit der Ruhe. Es gibt frisches Obst und Kokoskuchen, aber erst später«, erklärte Tante Maud. »Wenn wir Tee gekocht haben.«

Alle genossen die entspannte Trägheit und fanden sich zu Grüppchen zusammen, Männer, Frauen und junge Leute. Wie Jacqui auffiel, lauschte Peggy zwar der Unterhaltung der Jungs über Sport, doch gleichzeitig beobachtete sie auch ihren Vater und schien seinem Gespräch mit Lydia zu folgen.

»Kimberley und den Nordwesten kenne ich ziemlich gut«, sagte Phillip. »Ich habe hier eine ganze Weile gearbeitet, aber dann gab es ein paar Probleme, und ich musste meinen Job aufgeben. Daraufhin habe ich Peggy in den Wagen gepackt, wir sind an die Küste gefahren und wohnen jetzt in den Dünen. Mir ist klar, dass wir nur allzu bald wieder in die wirkliche Welt zurückkehren müssen, aber einstweilen gefällt uns das Leben hier sehr.«

»Was treiben Sie denn so den lieben langen Tag hier draußen?«, fragte Lydia. »Abgesehen von Angeln und Krabben fangen?«

»Ich war früher Dozent für Ökologie. Zurzeit schreibe ich meine Feldnotizen und Beobachtungen der letzten Jahre zusammen. Wenn meine Abhandlung gut ankommt, kann ich vielleicht wieder an der Universität Fuß fassen. Hat man aber erst einmal diese Art von Freiheit genossen, fällt es einem schwer, sich wieder an all die Regeln und Vorschriften anzupassen, die einem mittlerweile nur noch albern und kleinlich erscheinen – vor allem nach dem Tod von Peggys Mutter vor zwei Jahren kam mir das so vor. Aber wenn Peggy zu studieren anfängt und wieder im Hamsterrad mitlaufen muss, steige ich wohl auch wieder ein.« Er lächelte seine Tochter über das Feuer hinweg an.

Jacqui warf einen flüchtigen Blick auf Peggy und fragte sich, was das junge Mädchen von dieser Vorstellung halten mochte.

Da erhoben sich die Jugendlichen.

»Wir wollen noch ein bisschen angeln«, sagte ein Bursche namens Joe.

»Aber geht nicht im Dunkeln schwimmen«, warnte Tante Vi.

»Nein, Tante.«

Auch Peggy sprang auf. »Kann mir jemand eine Angel leihen?«

»Nimm meine«, bot Onkel Danny an. »Die grüne dort drüben. Wir haben auch noch Krabben, wenn ihr Köder braucht«, fügte er hinzu.

»Danke. Darf ich die Fische behalten, die ich fange?«, fragte sie mit einem kecken Grinsen.

Jean-Luc griff nach der Angelrute, die er vorhin benutzt hatte. »Mal sehen, bei wem zuerst einer anbeißt.«

Etwa eine Stunde später hatte nur Peggy einen Fisch gefangen. Daher beschlossen die Jungen, sich einen Nachtisch zu holen. Peggy gab Onkel Danny, der am Lagerfeuer saß, seine Angel zurück und bot ihm auch den Fisch an.

Er lächelte sie an. »Behalt ihn, dann habt ihr schon was fürs Frühstück.«

»Es gibt Kuchen, Peggy, möchtest du?«, sagte Phillip. »Danach sollten wir aber aufbrechen.«

Während Peggy sich von Tante Mauds Kokoskuchen nahm, wandte sich Jean-Luc seiner Mutter zu.

»Denkst du, Peggy und ihr Dad würden gern auf das Autorenfestival gehen?«

»Frag sie doch, Jean-Luc.«

Also ging der Junge zu Peggy hinüber, und Jacqui beobachtete die beiden, wie sie ein angeregtes Gespräch führten. Anscheinend war Peggy von der Idee sehr angetan. Sie kam zu Jacqui, um mit ihr zu reden.

»Jean-Luc sagt, Sie haben einen Buchladen? Ich lese für mein Leben gern. Wobei ich nicht die Sachen für die Schule meine. Ich finde Bücher einfach toll.«

»Ich auch«, erwiderte Jacqui lächelnd. »Da haben wir was gemeinsam.«

»Und wegen dieses Autorenfestivals – ich weiß gar nichts darüber. Wer kommt denn alles?«, fragte Peggy aufgeregt.

Jacqui erzählte ihr mehr darüber und schlug ihr vor, gelegentlich nach der Schule vorbeizuschauen und sich ein Programm mitzunehmen.

»Ich werde meinen Vater fragen, ob ich hingehen kann.«

»Ich kann dir auch Eintrittskarten besorgen«, bot Jean-Luc unvermittelt an.

»Hoffentlich hat die Druckerei sie schon fertig«, flüsterte Lydia Jacqui zu. »Noch so ein Drama!«

Nachdem sich Peggy und Phillip für die Einladung bedankt hatten, wanderten sie am Strand entlang zu ihrem Lagerplatz zurück. Einige aus der Gruppe entrollten ihre Schlafsäcke. Die Onkel saßen mit Decken über der Schulter beisammen und unterhielten sich leise, während die Tanten Kuhlen in den Sand unter ihren Decken gruben und sich seufzend und ächzend zur Ruhe betteten.

»Alles okay?«, flüsterte Jacqui ihrem Sohn zu, als sie ebenfalls in ihre Schlafsäcke krochen.

»*Oui,* Maman.« Er warf ihr einen flüchtigen Blick von der Seite zu. »Ich finde, diese Peggy ist ein interessantes Mädchen«, meinte er in ernstem Ton. »*Très sympa!*«

»In welcher Hinsicht?« Jacqui freute sich, dass ihr Sohn so offen mit ihr sprach.

»Ich weiß, sie ist keine umwerfende Schönheit, und sie versucht es auch gar nicht zu sein. Sie ist nicht besessen von ihrem Aussehen, und darin unterscheidet sie sich absolut von den Französinnen, die ich kenne. Annabelle und die anderen Mädchen interessieren sich nur für sich selbst. Sie sind total fixiert auf die neueste Mode und aktuelle Make-up-Trends und wie man superdünn bleibt und möglichst verführerisch wirkt. Ich finde das albern. Über Peggy würden sie wahrscheinlich nur lachen, aber ich glaube, das wäre Peggy egal.«

»Da hast du vermutlich recht«, meinte Jacqui und lächelte in sich hinein. Offenbar hatte Peggys Erscheinen bewirkt, dass Jean-Luc hinter Annabelles hübsche Fassade schauen konnte.

Dann sah sie zum Himmel empor.

»Sieh nur, Jean-Luc, all die Sterne«, rief sie. »Man hat das Gefühl, als könnte man in sie hineintauchen. Sie sind förmlich zum Greifen nahe.«

»Stimmt. So sieht man sie sonst nirgends«, sagte Jean-Luc.

Plötzlich stob ein Regen aus roten Funken in den Nachthimmel, als einer der Onkel das letzte Stück von Jean-Lucs Ast ins Feuer schob.

»Gut, dass du diesen großen Ast gebracht hast«, meinte Jacqui.

»Nur weil Peggy mir geholfen hat«, entgegnete er. »Sie ist ziemlich kräftig für ihre Statur.«

»Peggy … ein hübscher Name.«

Jean-Luc schwieg einen Moment. »Peggy«, sagte er dann noch einmal leise.

»Gute Nacht, mein Junge. Ich hoffe, du hast es einigermaßen bequem.«

»Passt schon, Maman. *Bonne nuit.*«

Jacqui spürte, wie sie langsam in den Schlaf hinüberglitt. Sie kuschelte sich in ihren Schlafsack und warf noch ein Blick auf Jean-Luc.

Er lag mit offenen Augen da und starrte zu den Sternen hinauf. Doch er wirkte zufrieden. Und in diesem Moment hätte Jacqui nirgendwo sonst auf der Welt sein wollen als hier.

5

In Broome herrschte plötzlich eine völlig andere Atmosphäre. Bis zum Festival waren es noch zehn Tage, doch schon jetzt waren mehr Leute als sonst unterwegs. Sie saßen in Cafés, spazierten am Strand entlang und stöberten in Geschäften und brachten so mehr Leben in die Stadt. Dabei handelte es sich nicht nur um Touristen, die den Nordwesten bereisten, sondern auch um Menschen, die ganz gezielt hierherkamen: Das Autorenfestival stand bevor.

Als Nat die Organisation des Festivals übernahm, schlug sie vor, es ab dem folgenden Jahr in »Nordwest-Festival« umzubenennen, um das ganze Gebiet einzubeziehen.

»So können wir andere Städte ins Boot holen. Warum sollte das Festival nicht auch einmal in Derby, Fitzroy Crossing oder Halls Creek stattfinden?«, fragte sie.

»Es ist bestimmt nicht ausgeschlossen, dass wir mit anderen Städten zusammenarbeiten könnten, aber sehen wir erst mal, wie es dieses Jahr läuft«, erwiderte Rachel behutsam; in Wirklichkeit fand sie den Vorschlag grauenhaft. Rachel war Englischlehrerin und kümmerte sich um den Kartenverkauf für das Festival. »Der Vorverkauf ist weniger gut angelaufen als erwartet. Ich hoffe aber auf größeren Besucherandrang an der Abendkasse«, fügte sie hinzu.

»Wir sind hier in Broome. Da erledigen die Leute alles auf den letzten Drücker«, meinte Nat. »Ich habe gehört, dass der Campingplatz praktisch ausgebucht ist. Wir brauchen also vielleicht noch mehr Stellplätze für alle, die mit Wohnwagen oder Wohnmobil anreisen.«

»Der Campingplatz hat eine ideale, geschützte Lage direkt am Strand. Aber es wäre gut, wenn die Gemeinde noch ein Gelände zur Verfügung stellen würde, das wir kurzfristig nutzen können und das nicht zu weit weg ist«, regte Brian an. Als Immobilienmakler mit viel Verkaufs- und Marketinggeschick eignete er sich perfekt für den Aufgabenbereich Sponsoring und Werbung.

»Du hast recht, die Zeit läuft uns davon, aber der Gemeinderat hat bereits Unterstützung zugesichert und mir versprochen, dass gegebenenfalls das Rodeo- und das Ausstellungsgelände für Campingfahrzeuge genutzt werden können«, erklärte Nat.

»Ich habe gehört, dass sich auch ein Biker-Club angekündigt hat«, ergänzte Rachel. »Aber die kommen scheinbar außerhalb der Stadt auf einer Farm unter.«

»War nicht auch die Rede davon, dass Hobbylandwirte draußen bei Twelve Mile ein paar Caravans aufnehmen?«, fragte Brian.

Nat nickte und warf einen Blick auf ihre Notizen. »Tja, viel mehr können wir für die Unterbringung der Besucher wohl nicht tun. Lydia, du berichtest am Freitagvormittag über das Festival und interviewst einige der Schriftsteller in deiner Rundfunksendung, richtig? Außerdem bist du als Moderatorin für eine der größeren Lesungen vorgesehen.«

»Ja, ich freue mich darauf. Zu den Autoren, die ich treffe, habe ich meine Hausaufgaben gemacht«, sagte Lydia.

»Daran habe ich keinen Zweifel«, erwiderte Nat. »Und wenn etwas schiefgeht und wir dich noch für eine andere Lesung brauchen …«

»… springe ich notfalls gerne ein«, versprach Lydia fröhlich.

»Danke, auf dich ist einfach immer Verlass. Inzwischen bringt auch unser Lokalblatt Berichte über die geplanten Ereignisse und schaltet Anzeigen dazu. Unsere Plakate hängen überall am Ort in den Läden, Hotels, Pensionen und anderen Lokalitäten aus. Die Eröffnungsfeier mit Cocktails findet auf der Terrasse des Mangrove Hotels statt, der Abschlussabend im Cable Beach Club. Die Leute dort haben sich großzügigerweise bereit erklärt, Speisen und Getränke zu einem vernünftigen Preis anzubieten und auch für die Musik zu sorgen. Jacqui sagt, sie hat schon alles für den Bücherstand vorbereitet, an dem während des Festivals die Werke unserer Schriftsteller gekauft werden können. Außerdem kümmert sie sich dort um einen Tisch für die Signierstunden.« Nat blickte in die Runde. »Noch etwas?«, fragte sie.

Jacqui meldete sich. »Von Verlagsleuten wie auch von Autoren und ihren Publicity-Managern bin ich gefragt worden, ob wir nicht einen Sightseeing-Ausflug für sie organisieren können. Ich denke, sie würden gern eine Perlenfarm besichtigen und sich in unseren Geschäften nach Souvenirs und Kunsthandwerk umsehen.«

»Die sind doch nicht auf Urlaub hier«, wandte Brian ein. »Wir haben sie dafür bezahlt, dass sie herkommen und ihre Arbeit tun.«

»Komm schon, Brian«, sagte Lydia. »Die Autoren haben eine ganz schön lange Anreise, und sie opfern ihre Zeit für ein ziemlich bescheidenes Honorar. Und es ist ja nicht so, als würden sie hier Unmengen von Büchern verkaufen.«

»Riley Mathieson schon. Die Leute kommen von überallher, um ihn zu sehen«, erklärte Rachel. »Die Tickets für seine Lesungen sind bereits ausverkauft.«

»Schon gut, wahrscheinlich habt ihr recht«, lenkte Brian ein. »Ich rede mal mit dem Tourismusbüro und sehe, was wir auf die Beine stellen können. Vielleicht lässt sich ja ein Besuch auf einer Perlenfarm organisieren, bevor das Festival anfängt, aber wir müssen genug Zeit einplanen, damit alle zur Eröffnungsparty am Abend wieder da sind. Ich kümmere mich drum.«

Anschließend wurde bei Kaffee und Keksen über weniger drängende Fragen diskutiert und die Sitzung schließlich beendet.

Auf dem Weg zu den Autos sagte Rachel leise zu Jacqui: »Es gibt Gerüchte, dass Bergbaufirmen in die Stadt kommen. Hast du etwas gehört?«

»Ja, ein wenig«, erwiderte Jacqui. »Angeblich will ein Konzern eine große Anlage am Point bauen, um Offshore-Gas zu fördern und aufzubereiten. Lydia regt sich deswegen unheimlich auf.«

»Wirklich?«, fragte Rachel. »Es wird etlichen Leuten gegen den Strich gehen, wenn so ein schöner Ort wegen eines solchen Projekts verschandelt wird. Andererseits wären manche vielleicht ganz froh darüber. Leute wie Nat und Colin würden mit dem Bau von Häusern für die Arbeiter wahrscheinlich eine Menge Geld machen.«

»Gut möglich«, sagte Jacqui nachdenklich. »Ich habe das Gefühl, dass eine Bergbaufirma in unserer Stadt für jede Menge Probleme sorgen könnte.« Versonnen winkte sie Rachel zum Abschied nach.

Als Jacqui am nächsten Tag von der Arbeit nach Hause kam, stellte sie fest, dass in ihrem Wohnzimmer noch größeres Chaos herrschte als am Abend zuvor. Immer noch stapelten sich überall Bücher, manche waren aufgeschlagen, in den meisten steckten Haftnotizen und Einmerker, wo sie sich beim Lesen etwas aufgeschrieben hatte. Und jetzt stand auch noch ein Teller mit Jean-Lucs halb aufgegessenen Keksen neben den Blättern mit ihren Aufzeichnungen auf dem Boden.

»Was hast du denn heute so gemacht?«, fragte sie ihren Sohn.

»Hmm«, murmelte Jean-Luc, der sich in den vierten Band von Riley Mathiesons »Passage«-Serie vertieft hatte. Dann blickte er auf. »Maman, warum liegen hier diese ganzen Bücher? Das Zimmer sieht ziemlich chaotisch aus.«

»Hab ich dir erzählt, dass Nat mich gefragt hat, ob ich als Moderatorin bei dem Festival einspringen kann? Da habe ich nur versucht, meine Hausaufgaben zu machen«, erwiderte Jacqui. »Beim Gedanken daran werde ich ganz nervös. Ich möchte ja helfen, aber es ist schwer, Leute zu finden, die sich in der Zwischenzeit um den Laden kümmern.«

Jean-Luc blickte auf. »*Pardon?* Hast du ›Moderatorin‹ gesagt? Also jemand, der den Autor auf der Bühne interviewt?«

»Ganz genau. Aber das ist nicht alles. Ich kann es selbst noch gar nicht fassen, was passiert ist.« Sie holte Luft. »Nat hat mich heute Nachmittag angerufen und gesagt, dass wir noch einen Stargast bekommen.«

»Aber Riley ist doch der Star!«, rief Jean-Luc.

»Ja, aber wir haben einen echten Glückstreffer gelandet. Es hat sich nämlich eine Frau bei uns gemeldet, die hierher aufs Festival kommen will, um für Tracey Marvin einzuspringen. Und diese Frau ist eine Legende!«

Jean-Luc warf ihr einen amüsierten Blick zu. »Echt jetzt? Eine Legende, Maman?«

»Man kann natürlich darüber streiten, was eine Legende ausmacht, aber meiner Meinung nach ist sie eine. Du hast deinen Riley, ich habe Sheila Turner.«

»Wer ist diese Sheila Turner? Warum ist sie wichtig?«

Jacqui schlug die Hände vors Gesicht. »Jean-Luc, sie ist eine Berühmtheit! Eine Feministin aus Neuseeland und eine echte Rebellin. Weißt du, was das Wort Feministin bedeutet?«

»Ja! Ich habe schon von Jane Fonda gehört!«

»Nein, nicht Jane Fonda!« Seine Mutter wusste nicht, ob sie lachen oder weinen sollte. »Und woher kennst du überhaupt Jane Fonda?«

»Wir haben sie in der Schule im Filmkurs durchgenommen. Und wir haben ein Video gesehen, auf dem sie französisch spricht. Sie ist schön, und in ihrer Jugend war sie auch eine Rebellin. Die kommt also nicht zu uns?«, fragte Jean-Luc betrübt.

»Nein, ich glaube kaum, dass sie sich für ein Literaturfestival in Broome interessieren würde. Aber Sheila Turner ist jemand, den sogar Jane Fonda bewundern würde!«

Jean-Luc runzelte die Stirn. »Den Namen hab ich echt noch nie gehört, Maman …«

»Gut möglich. Sheila sagt ziemlich unverblümt, was sie davon hält, wie Frauen in dieser Gesellschaft behandelt werden. Ich weiß nicht genau, wie alt sie ist, schon etwas älter als ich, aber immer noch eine Kämpferin für Frauenrechte. Sie ist ziemlich angriffslustig, was manche Leute, besonders Männer, oft gegen sie aufbringt. Sie hat etliche Bücher und Artikel geschrieben und tritt hier in Australien häufig im Fernsehen auf. Vor allem aber hat sie die Sicht von und auf Frauen verändert. Ihre Botschaft ist, dass die Intelligenz der Frauen Respekt und Anerkennung verdient und dass Frauen den Männern gleichgestellt werden sollen.«

Angesichts von Jean-Lucs ratloser Miene hielt Jacqui inne. »Diese Ideen waren in den 1970er-Jahren ziemlich revolutionär«, erklärte sie. »Und Sheila sagt uns, dass die Revolution noch nicht vorbei ist. Frauen müssen immer noch darum kämpfen, dass sie für die gleiche Arbeit den gleichen Lohn bekommen wie Männer. Häufig wird erwartet, dass sie diejenigen sind, die für die Kinder ihren Beruf aufgeben, anstatt sie so zu unterstützen, dass sie beides unter einen Hut bringen. Sheila Turner hält jedenfalls das Bewusstsein wach, dass dies auch heute noch eine sehr aktuelle Frage ist.« Sie lächelte ihren Sohn an. »Du weißt ja, was ich dir über Respekt gegenüber Frauen und den Umgang mit Mädchen gesagt habe.«

»Natürlich, Maman.« Zögerlich fügte er dann hinzu: »Manchmal kommt es mir vor, als wäre es in Frankreich anders. Die Frauen und Mädchen, die ich da erlebe … na ja, die strengen sich an, den Männern zu gefallen. Aber ich habe eine tolle Geschichtslehrerin. Die ist eine echt starke Frau, und die Eltern legen sich auch nicht mit ihr an.«

»Ich habe den Eindruck, dass die Franzosen Frauen respektieren. Und sie merken schnell, wenn ihnen jemand was vormacht, ob beruflich oder im sozialen Umgang«, sagte Jacqui. »Ich glaube, dass die Franzosen Leute, die sich wichtigmachen, ziemlich schnell durchschauen. Und das sagen sie ihnen auch ins Gesicht. Hier ist es vielleicht eher so, dass die Menschen eine Konfrontation scheuen und daher einfach das Thema wechseln.«

»Dann ist also diese Sheila Turner, die auf dein Festival kommt, eine ziemlich große Nummer«, sagte Jean-Luc.

»Sie ist eine Gigantin! Ich muss Lydia anrufen, denn womöglich hat Nat ihr noch gar nicht Bescheid gesagt.«

Lydia lachte laut auf, als Jacqui ihr die Neuigkeit erzählte. »Wow. Das haut mich um. Du hast recht, Sheila ist eine Legende. Ich habe ein paar von ihren Büchern gelesen, und für die überregionale Presse schreibt sie auch Artikel, die zum Nachdenken anregen. Ach, gib mir doch rasch ihre Kontaktdaten, dann lade ich sie zu einem Interview ein. Vielleicht wird das dann sogar landesweit übertragen.«

»Ich glaube, dass sie, was Publicity angeht, ein bisschen wählerisch ist. Also geh es lieber behutsam an«, riet Jacqui.

»Spricht sie zu einem bestimmten Thema? Und steht schon fest, dass sie wirklich kommt?«

»Sie kommt definitiv, sagt Nat, aber worüber sie spricht, weiß ich nicht. Es hat sich ja alles ganz unverhofft ergeben«, meinte Jacqui. »Ich muss schnellstmöglich ihre Bücher für das Festival bestellen.«

»Hast du eine Ahnung, wie Nat das hingekriegt hat?«, wollte Lydia wissen.

»Ob du es glaubst oder nicht, der ursprüngliche Kontakt lief über mich! Seltsam, wie sich so etwas manchmal ergibt. Ich habe dir doch von Bonnie erzählt, meiner Freundin in Darwin? Sie hat vor ein paar Jahren mit Sheila Turner zusammengearbeitet, und seitdem stehen die beiden miteinander in Verbindung. Jedenfalls war Sheila zu Besuch in Darwin, und Bonnie hat erwähnt, dass wir auf dem Festival händeringend nach Ersatz für Tracey suchen. Dann sagte sie halb im Scherz zu Sheila: ›Warum fährst du nicht hin?‹ Und es stellt sich heraus, dass Ms. Turner schon immer mal Broome kennenlernen wollte. Also hat Bonnie mir eine Mail geschrieben, und ich habe sofort Nat informiert. Worauf Nat Sheila umgehend eine Einladung geschickt hat.«

»Echt erstaunlich«, meinte Lydia. »Ich frage mich, wie sie als Mensch ist.«

»Laut Bonnie ist Sheila recht unkompliziert und hat jede Menge Energie. Sie liebt Wanderungen. Nat bespricht mit ihr, welches Thema sie auf dem Festival behandeln will und ob sie an einer Podiumsdiskussion teilnehmen möchte oder lieber eine eigene Veranstaltung hätte.«

»Ganz gleich, was sie macht, ich gehe hin und höre sie mir an! Sie ist ein echter Wirbelwind. Und ich würde mich zu gern auf der Bühne mit ihr unterhalten. Glaubst du, das lässt sich machen?«, fragte Lydia.

»Sprich mit Nat! Auf alle Fälle kannst du schon mal die Exklusivmeldung bringen, nachdem du jetzt weißt, dass sie kommt.«

Jacqui war begeistert, dass die berühmte Sheila Turner auf dem Festival zu Gast sein würde. Kimberley hat eben seine ganz eigene Anziehungskraft, dachte sie. Als Damien anrief und sich nach dem Stand der Dinge erkundigte, brannte sie darauf, ihre Neuigkeit loszuwerden.

»Das ist ja fantastisch! Und die Zusage steht?«

»Da sind wir alle ganz zuversichtlich. Warum, bist du ein Fan von ihr?«

Damien kicherte. »Na ja, ich weiß nicht so recht. Sie ist schon sehr von sich selbst überzeugt, aber man muss sie dafür bewundern, dass sie all die Jahre nie ein Blatt vor den Mund genommen hat.«

»Ja, sie ist ein großartiges Vorbild. Meine Mutter wird ganz aus dem Häuschen sein, wenn ich ihr erzähle, dass Sheila kommt.«

»Hmmm, weißt du, was ich mir gerade überlege?« Bevor Jacqui antworten konnte, verriet er es ihr: »Ich komme auch nach Broome. Euer Festival wäre eine interessante Bereicherung für meine Doku. Ob Sheila Turner sich wohl von mir interviewen lässt, was meinst du? Das wäre ein echter Pluspunkt. Aber natürlich ist der Hauptgrund, warum ich mich in den Flieger setze, nicht das Festival, sondern dass ich dich sehen möchte, Jac.«

»Klar!« Jacqui lachte. Plötzlich wurde ihr ganz warm ums Herz. Seit ihrem Besuch in Perth waren schon einige Wochen vergangen, und die Idee, Damien bald wiederzusehen, klang verlockend. »Wir haben uns bestimmt eine Menge zu erzählen. Ich werde Nat nach Sheilas Nummer fragen, dann kannst du sie anrufen.«

Jacqui saß am Computer und sichtete unzählige Posts über Sheila Turner. Hin und wieder ließ sie ein Video laufen und lauschte amüsiert den prägnanten, humorvollen, pointierten und trockenen Kommentaren, die die bekannte Autorin über politische Fragen, Frauenrechte, Tagespolitik und allerlei andere Themen abgab, mit denen sie sich über die Jahrzehnte beschäftigt hatte. Teils ging es um Anliegen, für die Sheila gekämpft hatte, teils um Ansichten oder Meinungen, über die sie sarkastisch herzog. Ihr Scharfblick, ihr entlarvender Witz, ihre Faktenkenntnis und ihre überzeugende Argumentation machten sie zu einer beredten und provokanten Meinungsbildnerin.

Jean-Luc schaute über Jacquis Schulter, als sie ein Video ansah. »Sie ist wohl ziemlich klug?«

»Erschreckend klug. Ich würde in einer Debatte nur ungern gegen sie antreten. Aber irgendwie mag ich sie. Und in der Regel ist sie auf der Seite der Guten, meistens jedenfalls.«

»Widerspricht sie manchmal, nur um Leute zu ärgern? Kluge Leute tun das ja gelegentlich.«

»Hmmm, da könntest du recht haben.« Jacqui fuhr den Computer herunter. Sie hatte einmal jemanden mit diesem nervigen Charakterzug gekannt. »Damien, der Filmemacher, mit dem ich befreundet bin, kommt her, um sie zu interviewen.«

»Wird er auch Riley Mathieson filmen?«

»Kommt darauf an. Manche Schriftsteller stehen nicht so gern im Rampenlicht, aber sie müssen sich eben darauf einlassen.«

»Damit sich ihre Bücher verkaufen?«, fragte Jean-Luc.

»Ja. Das ist auch ein Aspekt, der zum Schreiben gehört. Es hat ja nicht viel Sinn, jahrelang Herz und Seele in ein Buch zu stecken, wenn es dann keiner liest.«

»Aber was ist, wenn man schüchtern ist und nicht gern öffentlich spricht?«, fragte ihr Sohn.

»Manche Verleger schicken ihre Autoren zu Kursen, in denen sie lernen, wie man mit den Medien spricht, auf der Bühne agiert und in der Öffentlichkeit auftritt. Die Leser möchten vom Urheber etwas über das Buch erfahren, nicht nur von einem Buchhändler.«

Jean-Luc schauderte. »Das hört sich gut an, aber es dürfte echt schwierig werden, wenn man schüchtern ist!«

Jacqui fand das auch. Doch nachdem Jean-Luc gegangen war, dachte sie über Schriftsteller und ihre Bereitschaft nach, sich ihren Lesern zu präsentieren. Manche Autoren waren selbstbewusst, selbstgefällig, sogar arrogant. Einige erfolgreiche Schriftsteller oder solche, die sich dafür hielten, traten mitunter ziemlich großspurig auf. Doch die allermeisten Autoren, mit denen sie gesprochen, über die sie gelesen oder gehört hatte, erschienen ihr eher unsicher, ängstlich oder sogar hilfsbedürftig. Und wenn sich eines ihrer Bücher gut verkaufte, dann machten sie sich Sorgen, ob sie an den Erfolg würden anknüpfen können, und fühlten sich extrem unter Druck gesetzt. Von wenigen Ausnahmen abgesehen verdienten Schriftsteller an ihren Büchern nicht gerade glänzend. Aber Jacqui wusste auch, dass die meisten nie die Hoffnung aufgaben. Sie nahmen alle möglichen Jobs an, um sich über Wasser zu halten, während sie sich manchmal jahrelang damit plagten, ihre Gedanken und Gefühle zu Papier zu bringen und der Welt offenzulegen. Als Leserin hatte sie nie verstanden, wie es Autoren gelang, Geschichten quasi aus dem Nichts zu erschaffen und einen zum Weinen oder zum Lachen zu bringen, an ferne Orte zu entführen, zu fesseln, Furcht oder Liebe zu erwecken. Sie fand es spannend, wenn ein Buch zum Bestseller wurde, ganz gleich, ob sie das Genre mochte oder nicht. Die Bücher in ihrem Laden behandelte sie stets mit Respekt, manchmal sogar mit Ehrfurcht, denn sie ahnte, wie viel Kreativität in den Schaffensprozess eingeflossen war. Daher machte es sie ein bisschen stolz, wenn sie ein Buch verkaufte und es gewissermaßen in die Welt entließ, sodass es unterhalten, informieren oder inspirieren konnte. Kinderbücher lagen ihr besonders am Herzen. Sie hatte schon miterleben dürfen, wie eine Schar kleiner Leser von den bunten Bilderbüchern in den unteren Regalen zu den Büchern für Leseanfänger wechselte. Es freute sie jedes Mal, wenn ihre junge Kundschaft ein Buch für sich entdeckte, das dann mit nach Hause genommen und manchmal jahrelang wie ein Kleinod gehütet wurde.

Als Damien das Terminal betrat, breitete er die Arme aus, um Jacqui zu umarmen.

»Was für eine schöne Überraschung!« Er trat einen Schritt zurück und betrachtete sie. »Ich hatte gar nicht damit gerechnet, dass du mich abholst.« Dann beugte er sich vor und gab ihr einen weiteren, zärtlicheren Kuss. »Wir haben uns viel zu lange nicht gesehen«, meinte er dann mit einem fröhlichen Lächeln.

Für Jacqui kam diese innige Begrüßung ein wenig überraschend, und als Damien seine Reisetasche schulterte und sich bei ihr unterhakte, fragte sie rasch: »Ist das deine ganze Ausrüstung?«

»Jepp. Richie bringt den Rest mit, wenn ich alles organisiert habe. Ich bin erst mal hergekommen, um die Vorbereitungen zu erledigen. Und natürlich um dich mit Jean-Luc zum Essen auszuführen.«

»Komm doch bei uns vorbei, dann kannst du ihn kennenlernen«, schlug Jacqui vor. »Wo übernachtest du? Ich kann dich irgendwo unterwegs absetzen, aber danach muss ich zurück in den Laden. Es gibt noch so viel zu tun, bevor das Festival anfängt.«

»Die Stadt ist ziemlich ausgebucht, ich musste also eine Weile herumtelefonieren, bevor ich etwas gefunden habe. Ich habe eine Ferienwohnung gekriegt, in der auch Richie übernachten kann. Dass Sheila Turner kommt, freut uns unheimlich. Ich habe mit ihr gesprochen ... sie ist schon eine Nummer. Ich habe da ein paar Ideen, wie ich sie filmisch am besten in Szene setzen könnte, die ich gern mit dir besprechen würde.«

»Ja, natürlich. Ich kann es immer noch nicht fassen, dass wir das mit dem Festival wirklich alles hinkriegen. Wir sind schon ganz aufgeregt, allerdings befürchten wir immer noch, dass in letzter Minute irgendwas schiefgeht.«

»Damit muss man rechnen, das ist eben Murphys Gesetz«, erwiderte Damien lachend. »Man muss die Dinge nehmen, wie sie kommen, das ist mein Motto.«

»Nur nicht unterkriegen lassen, nicht wahr?«, seufzte Jacqui.

Nachdem Damiens Tasche im Kofferraum von Jacquis Wagen verstaut war, fuhr sie ihn zu seiner Ferienwohnung mit Blick auf die Roebuck Bay.

»Treffen wir uns zum Abendessen?«, fragte Damien.

»Klar, aber vielleicht heute nur wir beide. Jean-Luc hat bestimmt nichts dagegen, zu Hause zu bleiben, und du kannst ihn später kennenlernen. Neben deiner Wohnanlage ist ein sehr nettes Hotel. Wie wär's, wenn wir dort erst einmal einen Sundowner nehmen?«

Als sie in den Laden zurückkehrte, kam ihr Jean-Luc ganz aufgeregt entgegen.

»Maman, deine Freundin Nat hat angerufen und erzählt, dass Riley Mathieson mit ihrem Mann angekommen ist. Sie sagt, ich kann zu ihr kommen und ihn dort treffen. Darf ich, bitte?«

»Ach, er ist schon da? Da fällt mir ein Stein vom Herzen. Gott sei Dank ist ihm nichts passiert auf dieser langen Fahrt. Aber ich glaube, es wäre am besten, wenn er erst einmal in sein Hotel geht und sich ausruht. Ich werde Nat anrufen und fragen, was er geplant hat.«

Sie erreichte Nat auf dem Handy.

»Wie ich höre, ist unser Stargast eingetroffen. Wie war die Fahrt? Alles okay?«, fragte Jacqui.

Nat lachte. »Ach, du hättest sehen sollen, wie die beiden aus diesem lächerlichen Auto rausgekrochen sind! Aber anscheinend hatten sie auf der Fahrt von Perth hierher eine Menge Spaß. Jedenfalls findet Colin Riley unheimlich nett. Er ist gerade los, um ihn am Beach Club abzusetzen. Für heute Abend habe ich ein zwangloses Essen vorgeschlagen, was ihm ganz recht war. Du und Jean-Luc könnt auch gern mitkommen. Dein Sohn ist doch ganz erpicht darauf, Riley kennenzulernen.«

»Ich habe gerade einen Freund aus Perth abgeholt, und er hat mich schon zum Essen eingeladen«, sagte Jacqui. »Aber vielleicht kann Jean-Luc ja allein hingehen? Er freut sich so auf Riley.«

»Warum bringst du deinen Freund nicht auch einfach mit? Das wird bestimmt ein super Abend«, schlug Nat begeistert vor.

Irgendwie war Jacqui enttäuscht, dass aus dem trauten Essen nur mit Damien nichts wurde, aber sie wusste, wie sehr sich Jean-

Luc auf das Treffen mit seinem Lieblingsautor freute. Also rief sie Damien an und erzählte ihm von der Planänderung. Damien schien das nicht weiter zu stören.

»Klar, das wird auf alle Fälle nett. Riley Mathieson – den würde ich schon gern kennenlernen. Rita verschlingt alles, was er schreibt, und ich habe auch schon ein, zwei Bücher von ihm gelesen.«

»Jean-Luc ist ganz aus dem Häuschen, dass er ihn treffen darf! Soll ich dich abholen? Ich glaube, wir gehen ins Toshi's«, sagte Jacqui.

»Da Richie und ich sowieso einen Mietwagen brauchen, besorge ich mir den gleich heute Nachmittag. Dann treffe ich euch einfach dort.«

»Diese Abende sind wundervoll, findest du nicht?«, fragte Jacqui ihren Sohn, als sie aus dem Haus traten. Sie atmete tief ein. »Ein sanfter Hauch verweht des Tages Hitze, dazu Blumenduft und goldenes Licht …«

»… und ein Mückenschwarm, der sticht«, reimte Jean-Luc in leierndem Ton.

Jacqui lachte. »Schon gut. Ich verkneife mir besser lyrische Ergüsse. Möchtest du laufen oder sollen wir fahren? Es ist nicht weit.«

»Gehen wir zu Fuß. Vielleicht fährt uns Riley ja in seinem Nobelboliden nach Hause.«

»Danke, ich verzichte. Abgesehen davon passen da drei Leute vielleicht überhaupt nicht rein.« Sie warf ihrem Sohn einen Seitenblick zu. »Mach dir keine zu großen Hoffnungen, Jean-Luc. Wahrscheinlich wird er von Nat in ihrem Wagen chauffiert.«

Damien wartete bereits, als sie ankamen; Nat und Lydia trafen kurze Zeit später ein. Sie ließen sich alle an dem langen Tisch unter einem Baum im Vorgarten des schicken Restaurants nieder, das einst das Heim eines Perlenbarons gewesen war. Zwischen den Bäumen waren Lichterketten gespannt, Fackeln leuchteten dunkle Ecken aus. Junge Kellner eilten zwischen den Gartentischen, der Bar an der Veranda und den Gasträumen hin und her, die mit ihren bambusverkleideten Wänden noch an die alten Perlenfischerzeiten erinnerten.

»Sie sind da.« Jean-Luc stupste Jacqui aufgeregt an.

Ein rotes Porsche-Cabriolet hielt vor dem Restaurant, und Colin stieg auf der Beifahrerseite aus. Der Fahrer, vom matten Schein der Armaturenbeleuchtung erhellt, war offenbar noch mit dem Display des Wagens beschäftigt. Dann sah man die schlanke Gestalt Riley Mathiesons aussteigen und behutsam die Fahrertür schließen. Nat winkte ihnen zu.

»Rück weiter«, murmelte sie Jacqui zu. »Setzen wir Riley neben Jean-Luc.«

Jacqui lächelte Damien über den Tisch hinweg an, und er zwinkerte ihr zu.

Als Colin und Riley an den Tisch traten, stellte Nat alle einander vor. Riley schüttelte jedem die Hand und setzte sich dann auf den Stuhl zwischen Jean-Luc und Jacqui. Colin bestellte Wein, aber Riley begnügte sich mit Mineralwasser. »Ich fahre«, erklärte er.

»Wie war die Reise?«, erkundigte sich Lydia.

»Wir haben ein paar Abenteuer erlebt, doch der Wagen ist absolut cool. Ich bin mir aber nicht sicher, ob der Hersteller wissen möchte, wo er schon überall gewesen ist«, sagte Riley.

»Und was ist mit dem Käufer? Weiß er, dass sein Wagen hier ist?«, fragte Nat ihren Mann, der aber nur mit den Achseln zuckte.

Riley griff nach der Speisekarte und warf einen Blick darauf, dann wandte er sich an Jean-Luc. »Was würdest du empfehlen?«

»Oh, ich bin zum ersten Mal hier«, erwiderte Jean-Luc. »Aber ich denke, es ist alles gut.«

»Ach, was für ein schöner Akzent. Bist du Franzose?«

Jean-Luc lächelte. »Halb. Und halb Australier. Meine Mutter ist Australierin.«

»Durch und durch«, lachte Jacqui. »Ich führe den hiesigen Buchladen, Red Coast Books.«

»Also eine wichtige Dame«, bemerkte Riley mit einem freundlichen Lächeln. »Ich wäre nie bekannt geworden, wenn mir nicht ein Buchhändler eine Chance gegeben hätte.«

»Ich weiß, dass Sie Ihr erstes Buch im Selbstverlag herausgebracht haben«, sagte Jean-Luc. »Das war eine kluge Entscheidung.«

»Danke. Tja, Self-Publishing war noch nicht sehr verbreitet, als ich angefangen habe. Es war auch ziemlich teuer«, erklärte Riley bescheiden. »Heutzutage kann jeder ohne Weiteres online publizieren. Aber ich war ein bisschen frech. Ich habe mir die Cover der Bestseller in meinem Genre angesehen und Ideen für mein eigenes Cover geklaut.« Er lachte. »Ich hatte das Glück, dass ein Buchhändler ein paar von meinen Büchern abnahm und sie ganz vorne in seinem Laden aufstapelte. Als Nächstes kam eine Frau von einem Verlag herein und wunderte sich, warum sie noch nie etwas von diesem ›Bestsellerautor‹ gehört hatte!« Riley malte Anführungszeichen in die Luft. »Sie kaufte das Buch, las es und nahm dann mit mir Kontakt auf. Der Rest ist, wie man so schön sagt, Geschichte. Ich war ein Glückspilz. Möchtest du auch schreiben?«

Jean-Luc schüttelte den Kopf. »Bücher schreiben? Nein, nein, ich glaube, dafür bin ich nicht gut genug, also bin ich nur ein begeisterter Leser.«

Während Jacqui dem Gespräch zwischen Riley und Jean-Luc lauschte, gab Colin eine Anekdote über die Reise nach Broome zum Besten. Die anderen Gäste lachten schallend, als er geendet hatte.

»Ich könnte mir vorstellen, dass Riley nach unserer gemeinsamen Reise genügend Stoff für sein nächstes Buch beisammenhat«, meinte Colin.

Riley nickte. »Und ich kann dir gar nicht genug danken, dass du das alles möglich gemacht hast, Colin. Ich würde das gern wiederholen, dann allerdings mit mehr Zeit. Vielleicht können wir das nächste Mal unterwegs irgendwo kampieren.«

»Mir hat es auch Spaß gemacht. Ich bin froh, dass wir die Küstenstraße genommen haben. Das nächste Mal fahren wir durchs Landesinnere, was meinst du, Riley?«

»Was hat euch daran am meisten gefallen?«, fragte Jean-Luc.

»Du meinst abgesehen davon, dass wir den Fuß auf dem Gaspedal hatten?«, warf Colin kichernd ein. »Glücklicherweise ist inzwischen ja die ganze Strecke asphaltiert. Auf einer unbefestigten Straße wäre das nicht ganz so lustig gewesen.«

Riley blickte Jean-Luc an und antwortete: »Wir hatten eine Menge wunderbare Erlebnisse. Bei Monkey Mia haben wir wilde Delfine gefüttert, und im schönen Ningaloo waren wir am Strand. Wir sind durch die Bergbaustädte Port Hedland und Harratha gekommen. Aber wenn ich es mir recht überlege, war das Schwimmen mit den Walhaien bei Exmouth der absolute Höhepunkt.«

»Wow, das würde ich auch gern mal machen!«, rief Jean-Luc.

Riley wandte sich an Jacqui. »Sind Sie schon mal mit den Walhaien geschwommen? Es ist etwas ganz Besonderes. Man fühlt sich, als wäre man auf einem anderen Planeten.«

»Nein, bin ich nicht, aber ich habe es mir vorgenommen. Und du?«, fragte sie Damien.

»Na klar«, gab er zurück. »Riley hat recht. Es ist eine ganz außerordentliche Erfahrung.«

»Ich wette, du hast es gefilmt. Stimmt's?« Jacqui lachte. »Er ist Filmemacher«, erklärte sie Riley.

»Das muss ein toller Beruf sein! Zurzeit schreibe ich an einem Drehbuch. Ziemlich wilder Fantasy-Stoff. Hauptsächlich Bluescreen- und Greenscreen-Technik. Erstaunlich, was man heute mit Spezialeffekten alles machen kann.«

Damien hob die Hände. »Davon habe ich wenig Ahnung, fürchte ich. Mir ist immer noch die traditionelle Filmtechnik am liebsten, auch wenn heute alle auf Digitalisierung setzen. Aber vielleicht erlebt Zelluloid ja eines Tages ein Comeback. Da hat man diese besondere Qualität, eine Weichheit, ein Licht, um Stimmungen zu erzeugen. Da reicht nichts heran.«

»Lasst uns bestellen«, meinte Lydia. »Das Essen hier ist großartig.«

Es wurde ein schöner Abend, und Jacqui war sehr stolz auf Jean-Luc. Er beteiligte sich am Gespräch der Erwachsenen und äußerte sich zu verschiedenen Themen, wenn man ihn nach seiner Meinung fragte. Dann machte er wohlüberlegte Bemerkungen und brachte fundierte und diskussionstaugliche Gedanken vor. Einmal widersprach Lydia ihm, doch als Jean-Luc ihr ruhig und besonnen antwortete, gab sie zu, dass sein Argument durchaus etwas für sich hatte.

Damien wechselte einen Blick mit Jacqui und hob anerkennend eine Augenbraue. Lächelnd nahm sie es zur Kenntnis, obwohl sie wusste, dass es nicht allein ihr Verdienst war. Es gehörte zur französischen Kultur, dass man gern stundenlang beisammensaß und alles diskutierte – von der großen Politik bis hin zum Frühstückscroissant.

Als sich das Essen dem Ende zuneigte, schlug Colin überraschend vor, noch ins Roebuck Pub zu gehen, weil dort eine Band spielte.

Riley schüttelte den Kopf. »Ich muss noch ein bisschen Schlaf nachholen. Danke für den schönen Abend mit euch. Ich freue mich schon darauf, morgen die Stadt zu erkunden.«

»Ja, Jean-Luc und ich gehen dann auch nach Hause«, verkündete Jacqui. Für einen Besuch im Pub war Jean-Luc noch zu jung.

»Riley, könntest du nicht Jean-Luc mitnehmen? Dann könnten wir anderen alle ins Roey gehen. Komm schon, Jacqui, hat Damien denn das Roey schon erlebt, wenn dort der Bär tobt?«, fragte Colin.

Jacqui wollte abwinken, aber als sie Jean-Lucs Gesichtsausdruck sah, lächelte sie.

»Wenn es Ihnen nichts ausmacht, Riley? Es liegt auf dem Weg, und ich bin sicher, dass Jean-Luc nur zu gerne mal in dem Porsche mitfahren würde!«

Jean-Luc umarmte sie und folgte Riley.

Jacqui rief ihm noch nach: »Es könnte spät werden, mein Schatz! Wir sehen uns dann morgen früh.«

»Viel Spaß, Maman.«

Als die Mexicans spielten und blau-rote Lichtpunkte über das Publikum huschten, drängten sich alle auf der Tanzfläche.

Jacqui fächelte sich mit den Händen Luft zu. »Ziemlich heiß hier drinnen«, rief sie Damien über den Lärm hinweg zu. »Zu viele Leute, und ich bin nicht mehr in Form!«

»Warum setzen wir uns nicht ein bisschen nach draußen? Ich hole uns was zu trinken«, schlug Damien vor.

Sie gingen mit ihren Getränken an einen Tisch im Hof und genossen die kühle Nachtluft.

»Super Musik. Gefällt's dir hier?«, fragte Damien.

»O ja. Ist allerdings schon eine Weile her, dass ich so wild tanzen war«, erwiderte sie mit einem Lächeln. »Ich sage dir, Jean-Luc ist bestimmt begeistert darüber, dass er in Riley Mathiesons Porsche mitfahren durfte!«

»Nur schade, dass es schon dunkel war und sie wohl niemand gesehen hat«, scherzte Damien. »Aber vielleicht ergibt sich ja noch mal eine Gelegenheit. Riley ist ein netter Kerl, kein Angeber.

Hätte ich bei so einem erfolgreichen Autor nicht erwartet. Und da wir gerade über erfolgreiche Autoren reden, ich freue mich schon auf Sheila Turner. Wenn ihr meine Idee gefällt, könnte man auch etwas Größeres draus machen.«

»Welche Idee?«, wollte Jacqui wissen.

»Ich möchte mit ihr aufs Land fahren, damit sie die Geschichte und Kultur dort draußen kennenlernt. Ich würde es gern mit anhören, wenn sie mit den Ältesten redet, sowohl mit den Männern als auch mit den Frauen. Vielleicht gehen wir auch zusammen angeln – warum sich nicht mal die Hände schmutzig machen? Irgendetwas Bodenständiges jedenfalls. Mal sehen, was sie von einer alten Kultur und deren Traditionen hält.«

»Damien, das klingt fantastisch!«

»Komm, trink aus, dann tanzen wir noch ein bisschen. Die spielen gerade einen Song für uns, cool und sexy!« Damien reichte ihr die Hand und führte sie wieder auf die Tanzfläche.

Es war schon eine Weile her, seit Jacqui so etwas erlebt hatte. Starke Arme, die sie hielten, sein Körper, dicht an ihrem, während sie sich im Rhythmus der Musik wiegten und ihr Kopf an seiner Schulter ruhte. Damien küsste ihr Ohr und murmelte: »Ich möchte, dass du mit auf mein Zimmer kommst … und vor morgen früh darfst du nicht wieder gehen.«

Jacqui sah ihn an, während nun goldene Lichtpunkte über die Tanzfläche jagten. »Das geht nicht«, flüsterte sie. »Aber ein andermal könnte es klappen.«

»Verstehe. Es wird ein andermal geben, Jacqui.« Damien lächelte sie an und küsste sie lange und zärtlich. Ohne sich um ihre Umgebung zu kümmern, erwiderte sie voller Verlangen seinen Kuss.

Jacqui wachte auf, als ihr der Duft von Toast und Kaffee in die Nase stieg. Sie räkelte sich genüsslich und dachte an Damiens Kuss zurück. An das Versprechen. Der Gedanke an seine Nähe, seine Liebkosungen – und die Möglichkeiten, die er angedeutet hatte – weckten Sehnsüchte in ihr.

Als sie das Klappern in der Küche hörte, sprang sie aus dem Bett.

Jean-Luc machte Frühstück. Er grinste seine Mutter an. »Hast du dich gestern noch gut amüsiert?«

»Und ob! Ich kann mich nicht erinnern, wann ich das letzte Mal auf einem Konzert war. Wir hatten echt Spaß. Alle haben getanzt.«

»Und du warst mit jemand Interessantem dort?«, fragte ihr Sohn und zog die Brauen hoch.

Jacqui lachte. »Kann schon sein. Es war jemand, mit dem ich gern zusammen bin.«

»Fühlst du dich manchmal einsam, Maman?«, fragte Jean-Luc einfühlsam.

Seine Stimme ging ihr zu Herzen. Als er noch kleiner war, kurz nach der Trennung, hatte Jean-Luc sie weinen sehen, hatte ihre Trauer und Verzweiflung gespürt. Manchmal hatte er versucht, die Rolle des Mannes in ihrem Leben zu übernehmen, hatte etwas für sie tun wollen. Doch Jacqui wusste, dass der kleine Junge, der seine Mutter vergötterte, sich damit viel zu viel aufbürdete. Und dann war sie weggezogen, und das hatte ihn verletzt. Wie sie nur zu gut wusste, bestand in Frankreich zwischen Müttern und Söhnen eine sehr enge Bindung. Und deshalb hörte man oft den Spruch: *Couche avec qui tu veux, mais marie-toi dans ton village,* was grob übersetzt hieß: »Schlaf, mit wem du willst, aber heirate jemanden aus deinem Dorf.« Jacqui hatte versucht, diesen Grundsatz zu widerlegen: Ihr Ex-Mann hatte nicht nur eine Frau außerhalb seines Dorfes, sondern sogar aus einem anderen Land geheiratet! Doch leider war es nicht gut ausgegangen.

Genug. Sie fing Jean-Lucs fragenden Blick auf.

Voller Zuneigung lächelte sie ihn an. »Manchmal, vielleicht. Und bei dir – wie war die Fahrt mit diesem Sportwagen?«

»Es war *fantastique!* Wir haben eine Rundfahrt durch Broome gemacht, bis raus zum Cable Beach, wieder zurück zum Hafen und hinauf auf den Kennedy Hill. Dann hat mich Riley nach Hause gebracht. Man kann sich so gut mit ihm unterhalten. Er hat mich alles Mögliche gefragt, wie ich in Frankreich lebe, wie es in der Schule läuft und so. Über sich hat er gar nicht gesprochen.«

»Das klingt sympathisch«, meinte Jacqui. »Gestern Abend hat er auch nicht groß von seinen Erfolgen erzählt.«

»Riley sagt, er findet die ganze westaustralische Küste hochinteressant und möchte mehr davon sehen. Er hat mich sogar gefragt, ob ich ihm interessante Plätze in der Umgebung empfehlen kann.«

»Wirklich? Das ist ja toll. Und woran hast du gedacht?«

Er zog die Schultern hoch. »Ich würde sagen, Hidden Beach oder die Saurierfußabdrücke. Dass er eine Perlenfarm sehen will, glaube ich eher nicht. Maman, ich weiß nicht recht, was ich empfehlen soll. Mir gefällt es hier, aber ich kenne Broome nicht so gut wie du.«

»So viel habe ich von der Gegend auch noch nicht gesehen. Soll ich Lydia mal nach ein paar Tipps fragen?«

»Ja, bitte. Sie hat immer gute Ideen.«

Jacqui rief rasch ihre Freundin an.

»Gib mir mal Jean-Luc«, erklärte Lydia. »Ich wüsste da etwas, was ihm gefallen könnte.«

Jacqui reichte Jean-Luc das Telefon und machte sich für die Arbeit fertig. Sie wollte sich gerade auf den Weg zum Buchladen machen, als Jean-Luc mit vergnügter Miene zu ihr kam.

»Diese Lydia ist *super*, Maman. Sie hat vorgeschlagen, dass sie Riley und mich zur Beagle Bay mitnimmt, wo ihre Familie ein großes Fest feiert.«

»Na, das klingt doch wunderbar. Ich hatte ganz vergessen, dass diese Feier bevorsteht. Ich selbst werde nicht hinfahren, weil es kurz vor dem Festival ist, aber das spielt keine Rolle. Dort oben bekommt man einen Eindruck vom einfachen, urwüchsigen Leben.«

»So etwas könnte Riley vielleicht gerade gefallen. Außerdem gibt es auch Musik, sagt Lydia. Einer ihrer Cousins ist in einer Band, die einmal berühmt war. Und sie wollen Fußball spielen, eine Art Turnier austragen.«

»Jetzt mal langsam, mein Schatz. Bist du sicher, dass Riley auf so etwas Lust hat? Mit dem Porsche kann er da nicht hinfahren, er gehört ihm ja nicht. Er und Colin haben ihn nur für jemand anderen überführt.«

»Doch, er ist bestimmt gerne dabei. Und Lydia will sich auch um Mitfahrgelegenheiten kümmern.«

»Na dann. Wer fährt sonst noch hin?«

»Laut Lydia sind es nur ihre Leute.«

»Dann ist es eine ganz besondere Einladung. Und selbst wenn sich dort nur Lydias Leute treffen, wird das eine größere Veranstaltung. Ihre Sippe ist riesig. Also gut, sobald ich in der Arbeit bin, rufe ich Riley an und schlage ihm das vor.«

Jacqui inspizierte die Bücherstapel für das Autorenfestival in ihrem überfüllten Lagerraum. Wahrscheinlich würde sie noch mehr Helfer brauchen, um die Bestände zum Festivalgelände zu transportieren. Vielleicht konnte ja der eine oder andere von Jean-Lucs Freunde einspringen? Allein würde sie es jedenfalls nicht schaffen.

Etwas ratlos ging sie zurück in den Laden zu Sylvia – und erblickte dort Cameron, der an der Theke lehnte.

»Hallo, Jacqui«, begrüßte er sie grinsend.

»Mensch, Cameron. So eine Überraschung! Dass es dich wieder hierher verschlagen hat! Kommst du etwa zum Festival?«

»Festival? Was für ein Festival? Bongos, Trommeln und paradierende Mädels?«

»Verstehst du das unter einem Festival? Nein, es ist ein Literaturfestival. Vielleicht nicht ganz dein Ding. Liest du viel?«

»Meinst du abgesehen von Berichten und Tabellenkalkulationen? Eigentlich schon. Wenn ich reise, habe ich immer ein Buch in der Aktentasche.«

»Wirklich? Du erstaunst mich. Ich hätte dich eher für einen E-Book-Leser gehalten. Bist du wieder nur auf der Durchreise?«

»Ist noch unklar. Ich wollte mich hier mit einem Geschäftspartner treffen. Und ich habe mich auf das selbst gekochte Essen gefreut, das du mir versprochen hast.«

»Tut mir leid, Cameron, aber so kurzfristig klappt das nicht. Im Moment bin ich am Rotieren, weil ich Hunderte Bücher für das Festival fertig machen muss. Ich muss sie auspacken, zählen, dann wieder in die Kartons packen und anschließend zu meinem Bücherstand auf dem Festival transportieren. Dort angekommen, werden sie wieder ausgepackt und alphabetisch geordnet, damit die Leute leichter finden, was sie suchen. Sylvia, meine Mitarbeiterin, muss hier im Laden die Stellung halten, ich habe also alle Hände voll zu tun!«

Cameron zog die Brauen hoch und stieß einen leisen Pfiff aus. »Verstehe. Das klingt wirklich nach Stress. Ich würde ja gerne helfen, aber du weißt ja: Termine, Termine, Termine.«

»Klar, du hast sicher selbst genug zu tun, und außerdem kann es in Knochenarbeit ausarten.«

»Dann lass mich dich wenigstens auf einen Kaffee einladen, hm?« Cameron schaute sich in dem gut besuchten Laden um. »Tja, das kommt wahrscheinlich auch nicht infrage. Vielleicht verkürze ich meinen Zwischenstopp hier und komme wieder, wenn du mehr Zeit hast.«

»Mal sehen. Laufen deine Geschäfte gut? Oder was auch immer du hier draußen so treibst?«, fragte Jacqui aus reiner Höflichkeit. Im Grunde war es ihr egal.

»Na ja, du hast jetzt wohl nicht die Zeit, dass ich dir das alles genau erkläre. Aber du wirst es früh genug erfahren. Die Gegend gefällt mir inzwischen, du wirst mich also nicht so leicht los.«

Plötzlich hatte Jacqui ein bisschen ein schlechtes Gewissen. Immerhin war er eigens vorbeigekommen, um sie zu sehen. Also beschloss sie, sich mit ihm auf eine Tasse Kaffee nach draußen zu setzen, wo sie für Sylvia im Notfall greifbar war.

»Eine kleine Pause kann ich einrichten, wenn du Zeit hast«, sagte sie. »Schau dich ein bisschen um, ich bin gleich wieder da.« Jacqui kümmerte sich um ein paar Kunden, dann machte sie zwei Tassen Kaffee. Eine reichte sie Cameron, und er folgte ihr zu einem der kleinen Tische im Freien.

»Das mache ich nicht für jeden«, erklärte Jacqui. »Sonst wäre ich bald pleite. Aber um der alten Zeiten willen.«

Sie setzten sich draußen in die Sonne und nippten an ihrem Kaffee, während Jacqui die Kunden im Auge behielt, die sich in ihrem Laden umsahen.

»Du machst ja schon beinahe regelmäßig hier halt. Ich hätte gedacht, in deiner Welt interessiert sich niemand für so ein Nest. Ein Jetsetter in der Provinz?«

Cameron zuckte die Achseln. »Mir gefällt es hier. Verglichen damit, wo ich herkomme, geht es hier verdammt zivilisiert zu.«

Jacqui runzelte die Stirn. »Schaust du dir wieder Immobilien an?«

»Nicht wirklich. Ich schaue mir Hunderte Meilen menschenleere Wüste an, die sich hinter einer angeblich unspektakulären Küste erstreckt.«

»Warum bist du dann überhaupt hergekommen?«

»Bergbau. Die große westaustralische Industrie.« Er lächelte matt. »Und es sieht so aus, als würde sie noch größer. Du solltest dir in dieser Stadt etwas kaufen. Hier steht ein Boom bevor.«

Jacqui verschluckte sich fast an ihrem Kaffee. »Was willst du damit sagen?«

»Ich darf nicht zu viel verraten. Aber ich rechne damit, dass aus Perth bald die offizielle Ankündigung kommt.«

»Und wer macht diese Ankündigung? Die Staatsregierung oder ein Bergbauunternehmen? Und wonach wollen sie hier buddeln? Geht es um Eisenerz so wie in Pilbara?«

»Nein, die Förderung findet draußen vor der Küste statt. Erdgas. Da gibt es riesige Vorräte, unter Wasser, man muss sie nur anzapfen. Das Gas soll an Land gepumpt und verarbeitet werden, um es anschließend zu exportieren.«

»Cameron, ich habe die hiesigen Aborigines darüber reden hören, als ich zum Campen oben an der Küste war«, sagte Jacqui.

»Du gehst campen?«, fragte Cameron mit gespieltem Entsetzen.

Jacqui ignorierte seine Bemerkung. »Nach dem, was ich gehört habe, sind nicht alle Einheimischen davon begeistert, dass diese Gasanlage gebaut wird. Meine Freundin Lydia sagt, dass die Ureinwohner ihr Land als heilig ansehen. Möglicherweise werden sie sich einen Rechtstitel auf das Land erstreiten.«

»Vielleicht – vielleicht aber auch nicht, weil sie gut dafür bezahlt werden, wenn sie auf ihre Ansprüche verzichten. Da könnten einige Millionen Dollar drin sein«, stellte Cameron trocken fest. »Allerdings wird es wohl ein bisschen Hickhack geben, bevor alles in trockenen Tüchern ist. Das Projekt steht ja noch ganz am Anfang.«

»Du wirkst ziemlich zuversichtlich, aber ich habe den Verdacht, dass nicht unbedingt alles so glattlaufen wird, wie du es dir vorstellst«, erwiderte Jacqui kühl und stellte ihre Tasse ab. »Ich muss mich jetzt wieder um meine Kunden kümmern.«

»Jacqui …« Er streckte die Hand nach ihrem Arm aus, um sie zurückzuhalten. Sie sah ihn an.

»Es ist nicht so schlimm, wie du offenbar denkst. Dieser Gasumschlagplatz ist eine gute Sache, glaub mir. Gut für die wirtschaftliche Lage der Stadt, für die Ureinwohner und für den Staat. Wenn du etwas Kapital hast, investiere es. Du wirst es mir irgendwann danken.«

Jacqui stand auf. »Ich muss gehen, Cameron. Sylvia wirkt ein bisschen gestresst. Tut mir leid wegen des Essens.«

»Tja, offenbar hast du gerade schon genug um die Ohren«, erwiderte er ruhig. »Wenn ich das nächste Mal in der Gegend bin, gebe ich dir vorab Bescheid. Und danke für den Kaffee.« Er stand auf und winkte ihr im Gehen zu.

Aufgewühlt von diesem Gespräch eilte Jacqui in den Laden, um Sylvia zu helfen. Dann rief sie Lydia an, die aber unglücklicherweise auf Sendung und deshalb nicht zu sprechen war. Jacqui seufzte ärgerlich und widmete sich wieder den Bücherstapeln für das Festival.

»Hallo, du da!«

Jacquis Herz machte einen Satz vor Freude, sie sprang auf und schloss Damien in die Arme. »Hey, was bin ich froh, dich zu sehen!«

Es war sonst niemand im Laden, also gab Damien ihr einen langen Kuss. »Hmmm, ich freue mich auch, dich zu sehen. Ich sollte öfter einfach bei dir hereinschneien! Wie läuft's?«

»Ich bin mit all den Büchern fürs Festival ein bisschen überfordert. Zwar sind mittlerweile alle geliefert worden, aber ich muss sie zum Veranstaltungsort schaffen. Die Leute von der Ferienanlage haben mir einen Raum zur Verfügung gestellt, in dem ich einen Bücherstand einrichten kann. Regale und Gestelle für die Bücher und einen Tisch zum Signieren habe ich schon. Jetzt muss ich nur noch alles rüberbringen, einsortieren und den Raum so herrichten, dass er nicht komplett chaotisch aussieht.« Sie seufzte.

Damien schaute sich den hinteren Teil des Ladens und den hoffnungslos überfüllten Lagerraum an.

»Du musst all diese Bücher aufs Festivalgelände schaffen? Das ist aber eine ganze Menge. Wie viele Helfer hast du?«

»Nicht gerade viele. Jean-Luc ist mit Lydia an die Küste gefahren. Ich hatte gehofft, dass mir seine Freunde helfen, aber ohne Jean-Luc ist es schwierig, sie zu kontaktieren.«

»Ich kann dir helfen! Das Festival hat noch nicht angefangen, also habe ich ohnehin nichts zu tun, außer Zeit mit dir zu verbringen. Und wenn wir in dieser Zeit Bücherkartons schleppen müssen, soll mir das auch recht sein.«

Jacqui lächelte ihn an und gab ihm rasch einen Kuss. »Du bist ein Goldschatz. Das wäre eine riesige Hilfe. Ich habe einen Kleinbus gemietet, um sie zu transportieren, aber ich kann nicht all diese Kartons allein tragen. Wenn es dir recht ist, können wir heute Nachmittag anfangen.«

»Gut. Je eher wir das erledigt haben, umso früher kann ich dich zum Essen ausführen.«

Nachdem Jacqui den Kleinbus abgeholt hatte, beluden sie ihn mit Kartons und fuhren zum Veranstaltungsort, während Sylvia sich um den Laden kümmerte.

»Es ist so lieb von dir, dass du mir hilfst«, sagte Jacqui, während sie den Wagen durch die Straßen von Broome lenkte. »Zumal ich ja weiß, dass du viel zu tun hast. Hast du schon einen Termin für die Dreharbeiten mit Sheila Turner?«

»Wir treffen uns Freitagvormittag. Ich werde bei den Eröffnungsreden ein bisschen drehen. Lydia hat ein paar Sachen außerhalb arrangiert, die Sheila interessieren könnten. Sie ist anscheinend ziemlich angetan von alldem.«

»Sehr schön. Das hast du gut hingekriegt.«

»Sheila ist richtig cool. Wir haben uns am Telefon ausgiebig unterhalten. Ihr liegt daran, so viel wie möglich über das Leben in Kimberley zu erfahren.«

»Könnte ich mitkommen, falls ich es zeitlich schaffe?«

Damien küsste sie, während sie am Eingang der Ferienanlage parkte. »Natürlich. Du bist dann Teil des Teams. Jetzt legen wir mal los mit diesen Kartons. Wir laden erst einmal aus, dann fahre ich zurück und hole noch mehr Bücher, und in der Zwischenzeit kannst du mit dem Sortieren beginnen.«

»Das wäre ideal. Du bist mir wirklich eine große Hilfe.«

Einige Stunden später warf Jacqui einen prüfenden Blick auf ihren angehenden Minibuchladen. Sie hatte dafür gesorgt, dass alle Bücher rasch ausgestellt und zum Signieren herbeigeschafft werden konnten, sobald der jeweilige Autor seinen Auftritt gehabt hatte.

»Puh, das wär's fürs Erste«, sagte sie zu Damien, als er die letzten Kartons aus dem Bus hereintrug. »Viel mehr bringe ich kaum noch unter, morgen nur die letzte kleine Fuhre, und damit ist's gut. Dann brauche ich noch die Kasse, die Displays, das Kreditkartenlesegerät …« Jacqui ratterte ihre Checkliste herunter.

Damien schaute auf die Uhr. »Es wird spät. Wollen wir was essen gehen? Such dir ein Lokal aus.«

Jacqui streckte sich. »Komm lieber mit zu mir, mal sehen, was ich noch daheim habe. Ich kann immer was aus Resten zaubern.«

»Etwas aus Resten zu zaubern ist eine Kunstform. Ich setze dich zu Hause ab und besorge den Wein.«

Jacqui war müde. Hoffentlich gefiel es Jean-Luc mit Riley und Lydias Leuten. Bei diesem Gedanken lächelte sie in sich hinein. Eine tolle Erfahrung für den Jungen, so viel Zeit mit Riley verbringen zu dürfen! Er hatte Rileys neuesten Titel verschlungen, aber Jacqui vermutete, dass ihr Sohn zu höflich war, um den Autor mit Fragen zu dem Buch zu löchern.

»Am besten sparst du dir deine Neugier für das Festival auf. Bei solchen Ereignissen beantworten Schriftsteller gerne Fragen – vor allem, wenn den Lesern die Bücher gefallen haben«, hatte sie ihrem Sohn geraten.

Jean-Luc hatte gelacht. »Und wenn einem die Bücher nicht gefallen?«

»Das könnte für den Autor peinlich werden, aber darum geht es bei einem Festival – um einen offenen Meinungsaustausch.«

Sie spritzte sich Wasser ins Gesicht, kämmte ihr Haar, trug ein wenig Parfum auf und überlegte sich etwas fürs Abendessen. Wie schön es doch war, ein Essen für einen netten Mann zu kochen, sich darauf zu freuen, dass man gleich zusammen am Tisch sitzen und bei einer Flasche Wein den Tag Revue passieren lassen würde. Nicht, dass sie diese Erfahrung in früheren Beziehungen öfter gemacht hätte.

Wie sie als Kind liebevoller Eltern und in den Familien ihrer Freundinnen festgestellt hatte, ging es in einer Ehe durchaus mal ruppig zu, aber es gab auch viele schöne Momente. Und als ihr klar geworden war, dass sie und ihr Ehemann kulturell einfach nicht zusammenpassten, war das ein Schock für sie gewesen. Sie hatte sich verletzt gefühlt, war fortan vorsichtig und konnte sich kaum damit abfinden, dass der Traum einer glücklichen Beziehung – oder wenigstens einer halbwegs glücklichen – nicht wahr geworden war. Es hatte eine ganze Weile gedauert, bis sie akzeptieren konnte, dass der Fehler nicht bei ihr lag. Lange hatte sie sich dann hinter einer heiteren Fassade versteckt, hatte sich nicht festgelegt, vielleicht für kurze Zeit ein Bett, aber nie ihr Herz geteilt. Seit ihrer Ankunft in Broome und ihrem Entschluss, dieses kleine, aber erfolgreiche Geschäft zu führen, war nach vielen Jahren voller Selbstzweifel ihr Selbstbewusstsein wieder gewachsen. Erstmals hatte sie wieder das Gefühl, aufgehoben zu sein, dazuzugehören. Nach der Begegnung mit Damien sah sie endlich eine Chance auf ein Ende ihrer Einsamkeit. Vielleicht würde ja Jean-Luc nicht mehr die einzige Liebe in ihrem Leben bleiben.

Da kam Damien mit dem Wein zurück, fragte, wo die Gläser seien, und goss für beide ein Glas ein. Dann schnappte er sich wie selbstverständlich ein Messer und begann die Frühlingszwiebeln zu schneiden, die auf der Anrichte lagen.

Als würden sie einer Choreografie folgen, arbeiteten sie in der Küche Hand in Hand. Damien öffnete auf der Suche nach Utensilien eine Schublade oder einen Schrank, fragte Jacqui, was er als Nächstes tun sollte. Als sie Zwiebeln anbriet, stand er hinter ihr, legte die Arme um sie und liebkoste ihr Ohr.

Und dann, so viel war Jacqui klar, würden sie miteinander ins Bett gehen und sich lieben. Was später sein würde, darüber wagte sie nicht nachzudenken. Und als es dann später am Abend geschah, war es das reine Glück. Als wäre ihr Körper aus einem langen Schlaf erwacht.

Jacqui hatte in den vergangenen Jahren ein paarmal Sex gehabt, kurze Zwischenspiele mit netten Männern, manche ebenso einsam wie sie. Aber es war nur Sex gewesen, keine Liebe. Stets war es bei kurzen Affären geblieben, obwohl einmal auch einer eine Beziehung mit ihr wollte. Sie hatte das Verhältnis sofort beendet, weil sie sich scheute, eine festere Bindung einzugehen.

Und plötzlich war da Damien, der sich in ihr Herz stahl …

Bei Tee und Toast mit Vegemite gab es entspannte Gesprächspausen, dann gingen sie kichernd zusammen unter die Dusche, stritten heftig wegen Belanglosem und lachten über Unwichtiges.

Als sie später vor ihren geleerten Kaffeetassen in der Morgensonne saßen, streckte sich Damien ausgiebig. »Soll ich noch eine Fuhre erledigen, bevor ich mich mit Richie auf den Dreh vorbereite? Sein Flieger landet heute Vormittag.«

»Wenn du das noch einschieben könntest, wäre mir das eine enorme Hilfe. Danke.« Jacqui drückte zärtlich seinen Arm. »Ich nehme an, du musst mit Richie noch die Einzelheiten für die Aufnahmen mit Sheila Turner besprechen. Fahrt ihr mit ihr raus in die Wildnis? Muss sie womöglich ohne Komfort im Freien übernachten? Sie ist ja nicht mehr die Jüngste«, überlegte sie besorgt. »Weißt du, ich fühle mich ein bisschen verantwortlich für sie.«

Damien nickte. »Lydia meint auch, es könnte ein bisschen unbequem werden. Aber wenn es sich einrichten lässt, komm doch mit.« Er stand auf und zog den Autoschlüssel aus der Hosentasche. »Jetzt kümmern wir uns erst mal um die restlichen Bücher.«

»Damien, danke für letzte Nacht …« Sie stand auf, lehnte sich an ihn und hoffte, er würde sie in die Arme schließen und ausgiebig küssen.

Stattdessen drückte er ihr einen Kuss auf die Wange und tätschelte ihren Po. Jacqui merkte, dass er schon nicht mehr richtig bei ihr war, sondern den bevorstehenden Tag im Kopf hatte.

»Schön, ich hole nur meine Tasche«, erwiderte sie und versuchte, nicht enttäuscht zu klingen.

Nach der letzten Bücherfuhre setzte Damien Jacqui am Buchladen ab.

»In der ganzen Stadt hängen Plakate für das Festival. Allmählich kommt die Sache in Fahrt«, meinte Damien heiter. »Hey, sieht aus, als würde schon Kundschaft warten.«

»Du und Richie, ihr filmt dann die Eröffnung mit Sheila?«

»Geht klar, Jac.«

Damien küsste sie rasch, bevor sie ausstieg und die Stufen hinaufeilte, wo sich inzwischen auch ein zweiter Kunde eingefunden hatte. Lächelnd zog sie den Ladenschlüssel aus ihrer Handtasche. Während sie aufsperrte, blickte sie Damiens Wagen nach, der gerade in die Dampier Terrace abbog.

6

Nun stand das Festival vor der Tür. In Broome bummelten die zahlreichen Besucher durch die Stadt. Beim Ticketverkauf standen die Leute Schlange, und bei Red Coast Books war so viel los, dass kaum noch Platz für Kunden war, die sich in Ruhe umsehen wollten. Es lag ein Summen in der Luft, sodass Sylvia immer wieder sagte: »Die Stadt ist der reinste Bienenstock!«

Als Jean-Luc von der Beagle Bay heimkehrte, platzte er fast vor Begeisterung über den Ausflug..

»Beagle Bay war so cool«, erzählte er Jacqui. »Die Siedlung ist teilweise ziemlich heruntergekommen und verdreckt. Aber die Lage an der Bucht ist wunderschön. Wir sind mit einigen der Ältesten fischen gegangen, und sie haben uns gezeigt, wie man Mangrovenkrabben fängt. Ich glaube, Riley haben sie ein bisschen nervös gemacht – die Krabben dort droben sind riesig!«

»Seid ihr in die alte Missionskirche gegangen? Die ist ziemlich berühmt.«

»Na klar. Riley hat drinnen eine Menge Fotos von der Perlmuttdekoration gemacht und ich auch. Dann hat Lydias Onkel Riley noch andere besondere Orte in der Gegend gezeigt. Aber ich bin lieber bei der Band geblieben. Die Pistons sind umwerfend.«

Jacqui nickte. »Ja, Lydia hat mir von ihnen erzählt. Sie kommen auch zur Festivaleröffnung, da werden sie das erste Mal seit zwanzig Jahren öffentlich auftreten!« Sie strahlte. »Die Pistons haben eine ziemlich lange Geschichte. Lydia sagt, sie haben in den Achtzigern angefangen, sind aber erst durch das Familientreffen wieder zusammengekommen. Und sobald sie zugesagt hatten, bei der Eröffnung aufzutreten, gingen die Tickets weg wie warme Semmeln. Ich glaube, eine Menge Leute kommen nur, um die Band zu hören. Ich hoffe, dass sie auf unsere Autoren genauso gespannt sind.«

Jean-Luc winkte nonchalant ab. »Keine Sorge, Maman. Jeder redet über das Festival. Nathan sagt, seine Mutter und all ihre Freundinnen kommen.«

»Freut mich, das zu hören. Hast du für den Eröffnungsabend schon irgendwelche Pläne?«, fragte Jacqui. »Ich habe keine Ahnung, wann ich zu Hause bin.«

»Nathan hat mich zu sich eingeladen. Seine Mutter ist zwar auch bei der Eröffnung, aber sein Vater bleibt zu Hause und wirft für uns den Grill an. Ach, und Nathan hat auch angeboten, dass ich über Nacht bleiben kann. Wäre das in Ordnung?«

»Hört sich gut an. Ich werde Nathans Vater anrufen und fragen, ob er mit euren Plänen einverstanden ist«, sagte Jacqui, erfreut, dass sie sich kein Programm für ihren Sohn überlegen musste.

Sie trat vom Spiegel zurück, um ihr neues hautenges Kleid zu bewundern. Die Seide schmiegte sich an ihre schlanke Gestalt. Jacqui zog noch einen perlenbestickten Bolero über, hochhackige Sandalen und Glitzerohrringe komplettierten ihr Outfit. »So müsste es gehen«, beschloss sie, während sie auf Damien und Richie wartete, die sie abholen würden. Die beiden wollten schon eine Weile vorher da sein, um den Sonnenuntergang über der Bucht zu filmen.

Das Mangrove Hotel, in dem die Cocktailparty zur Eröffnung des Festivals stattfand, bot einen wunderbaren Blick über die Roebuck Bay. Obwohl die drei früh eintrafen, standen bereits Gäste an den kleinen Tischen auf dem Rasen, während andere an den langen Tischen Platz genommen hatten und den Auftakt erwarteten. Am Ende des Gartens war eine kleine Bühne für die Begrüßungsreden und die Musiker aufgebaut.

Es war ein wunderbar milder Abend, typisch für Broome. Fackeln flackerten, doch die dezente Beleuchtung beeinträchtigte weder den Blick auf den Sternenhimmel noch auf den Mond, der gerade über der Bucht aufging und zwischen dem Horizont und den Mangroven unterhalb der Anhöhe, auf der das Hotel stand, sein Licht verströmte. Hier war der ideale Aussichtspunkt, um die zauberhafte »Treppe zum Mond« zu beobachten, ein Ereignis, das mehrmals im Jahr eintrat, wenn sich die Spiegelung des Vollmonds wegen der atmosphärischen Bedingungen so brach, dass der Eindruck einer Treppe über dem Meer entstand.

Jacqui beobachtete Damien und Richie, wie sie mit der Filmkamera Eindrücke vom Festival einfingen. Sie begrüßte mehrere Bekannte, ehe sie sich zu den Mitgliedern des Komitees gesellte, die mit Riley Mathieson am Haupttisch saßen. Inzwischen waren noch mehr Menschen eingetroffen, die plauderten oder zur Bar strebten. Kellner und Kellnerinnen boten Getränke und Tabletts mit Vorspeisen an. Im Hintergrund untermalte leise Musik das Geplauder und Lachen, hin und wieder sah man den Blitz einer Kamera, wenn Gäste die Szene festhielten.

Jacqui wandte sich an Natalie, die neben ihr saß. »Es sind bestimmt dreihundert Leute da«, meinte sie staunend.

»Ich sagte dir doch, dass die Leute die Karten auf den letzten Drücker kaufen«, erwiderte Nat glücklich. »Natürlich besucht nicht jeder, der heute Abend hier ist, alle unsere Vorträge und Lesungen. Aber wir haben für diesen Abend eine Menge zusätzliche Tickets verkauft, und wenn nach all den Ausgaben noch etwas übrig ist, können wir es für das Festival im nächsten Jahr zurücklegen.« Sie lächelte Jacqui und Lydia an. »Alle haben sich für heute Abend in Schale geworfen. Sieht so aus, als würden die Damen ihre schönsten Perlen tragen!«

»Und du siehst auch super aus, Jacqui. Genieße den heutigen Abend, denn morgen geht's rund«, sagte Lydia.

»Wir müssen alle früh raus, denke ich, also werde ich ausnahmsweise nicht lange bleiben«, erwiderte Jacqui lachend.

»Ich auch nicht, denn ich möchte mich noch ein wenig auf meinen morgigen Vortrag vorbereiten«, sagte Riley.

»Ach, und ich dachte, wir machen mit der roten Rakete vor deinem Termin noch eine Spritztour hinauf zu den Coconut Wells«, warf Colin ein.

»Du meinst den Porsche?«, fragte Nat. »Colin, sag mir eins: Wer in Broome ist verrückt genug, dieses Auto zu kaufen, noch dazu, nachdem es von Perth hierher überführt und dann noch ewig weiter gefahren wurde?«

Colin schwieg, zuckte nur die Achseln und grinste, wobei er Riley zuzwinkerte.

Da dämmerte es Nat. »Du Schuft! Du kaufst diesen Wagen selbst, stimmt's? Ich hätte es wissen müssen. Du bist wirklich verrückt.«

»Aber du bist doch nicht wirklich erzürnt, schöne Dame meines Herzens?« Colin neigte sich zu ihr und gab ihr einen Kuss. Dann wandte er sich an die anderen. »Unser Geschäft läuft zurzeit wirklich gut, und wenn diese große Bergbaufirma hier anfängt und alles wie geplant klappt, stehen wir noch besser da. Diese Stadt wird einen Boom erleben.«

Jacqui fiel auf, dass Lydia ihm einen empörten Blick zuwarf, aber schwieg. Ihr wurde klar, dass sie zu sehr mit ihrem Minibuchladen für das Festival beschäftigt gewesen war, um sich noch groß über den Erdgasstreit Gedanken zu machen. Doch offensichtlich lag Lydia das Thema schwer im Magen.

»Jedenfalls wird das Leben mit dir nie langweilig, Colin«, seufzte Nat resigniert.

»Das soll es auch nicht«, meinte Colin, der stets mit der Nachsicht seiner Frau rechnete, und lachte laut. Lydias Stirnrunzeln entging ihm.

Plötzlich stand Nat auf und winkte. »Schaut, da kommt Sheila! Ist das nicht großartig?«

Erleichtert darüber, dass der peinliche Augenblick damit vorüber war, drehte sich Jacqui um und erblickte Sheila Turner und an ihrer Seite einen Mann, der ihr irgendwie bekannt vorkam. Sheilas Markenzeichen, der weißblonde Kurzhaarschnitt, umrahmt von langen Glitzerohrringen, fiel sofort ins Auge. Ein schöner Seidenschal in Regenbogenfarben, der, wie Jacqui wusste, das Werk der lokalen Künstlerin Sally Bin Demin war, lag um ihre Schultern. Sie trug ein schlichtes weißes Seidentop und eine maßgeschneiderte schwarze Hose.

Sheila schüttelte allen lächelnd die Hände. Dann drehte sie sich um und wies auf den Mann, der neben ihr stand.

»Darf ich euch meinen alten Freund Phillip Knowles vorstellen? Als er erfuhr, dass ich nach Broome fahre, hat er angeboten, mich heute Abend zu begleiten. Sehr lieb von ihm.« Sie sah Phillip voller Zuneigung an.

Jacqui musterte den unerwarteten Gast, und dann fiel bei ihr der Groschen: Es war Peggys Vater, den sie beim Strandpicknick am Point kennengelernt hatten und der sich nun fein gemacht hatte.

Phillip begrüßte alle reihum. »Ich freue mich so, dass Sheila zu diesem Festival gekommen ist«, erklärte er. »Und ich hoffe, ich kann sie überreden, anschließend noch ein paar Tage zu bleiben, damit ich ihr Verschiedenes zeigen kann.«

»Das ist eine großartige Idee«, meinte Riley. »Die Gegend ist umwerfend, nur die Straßen haben es in sich.«

Während die Kellnerinnen mit Tabletts herumgingen und Getränke anboten, lächelte Jacqui Phillip an, der sich neben sie setzte.

»Wie schön, Sie wiederzusehen. Wie geht's Peggy?«

»Sie ist ziemlich aufgeregt wegen heute Abend. Schulfreunde haben sie zu einem Grillabend eingeladen. Ich glaube, Ihr Sohn wird auch dort sein.«

»Bei den Hendersons? Ja, das stimmt. Ich bin überzeugt, dass sie ihren Spaß haben werden. Verraten Sie mir, woher Sie Sheila kennen?«

»Wir haben beide eine Weile an der Universität von Sydney gelehrt. Natürlich in verschiedenen Fachbereichen, aber wir hatten eine Menge gemeinsame Freunde, und Sheila hat sich vor allem mit meiner verstorbenen Frau gut verstanden. Jetzt halten wir über E-Mail Kontakt, und da es Sheila nun zum Literaturfestival in diesen Teil der Welt verschlägt, war es für mich selbstverständlich, dass ich ihr meine Begleitung anbiete. Die indigene Kultur dieser Gegend ist ihr noch fremd. Sie will mit ein paar Filmemachern in den Busch ziehen, also habe ich angeboten, ihnen einen der Orte zu zeigen, die ich dokumentiert habe.«

Lydia, die zugehört hatte, lehnte sich zu Phillip hinüber. »Entschuldigung, dass ich mich einmische, aber können wir nachher kurz reden, wenn es ein bisschen ruhiger geworden ist? Es würde mich brennend interessieren, woran Sie arbeiten.«

Phillip nickte freundlich.

Nun stand Nat auf. »Ich sehe lieber mal nach, ob unsere Redner schon in den Startlöchern stehen. Es wird Zeit, dass wir anfangen.«

Die Tonanlage funktionierte einwandfrei, es gab keine peinlichen Quietschgeräusche, wie Jacqui sie bei anderen Freilichtveranstaltungen erlebt hatte. Als Erste betrat Tante Vi die Bühne, die als Vertreterin der Ureinwohner den traditionellen Willkommensgruß sprechen sollte. Sie trug ein elegantes Kleid und leuchtend roten Lippenstift und sah sehr förmlich aus. Aber sobald sie zu sprechen begann, verstummte das Publikum und lauschte aufmerksam ihren Worten.

Zunächst hieß sie in der Bardisprache im Namen der Hüter des Landes, auf dem das Festival stattfand, alle Anwesenden willkommen. Dann zollte sie den Ältesten aus Vergangenheit und Gegenwart Respekt und erinnerte damit an das reiche kulturelle Erbe, das sie alle an diesem Abend teilten. Anschließend wiederholte sie das Gesagte noch einmal auf Englisch, machte eine Pause und ließ den Blick über die Menge schweifen.

»Schauen Sie diesen wunderschönen Ort an, an dem wir uns erfreuen dürfen. Über diesen Boden sind Dinosaurier gewandert, an dieser Küste hat unser Volk seit Jahrtausenden gefischt, es hat auf diesem Boden gefeiert und seit Jahrhunderten Fremde willkommen geheißen. An dieser Küste schlummert die heilige Schlange ... und sie darf niemals gestört werden. Unsere Ältesten haben uns davor gewarnt, das Rückgrat der Schlange zu zerschneiden, denn das bringt Zerstörung und Verzweiflung. Jene, die an dieser Küste einfallen wollen, voller Gier und mit protzigen Plänen, seien gewarnt.« Tante Vi schüttelte die erhobene Faust. Doch noch bevor das erstaunte Publikum reagieren konnte, fügte sie mit einem Lächeln hinzu: »Und nun wünsche ich uns allen einen schönen Abend! Ich hoffe, dass Sie alle viel Freude an dem Literaturfestival haben und es ein großer Erfolg wird.«

Hastig trat Nat ans Mikrofon, dankte Tante Vi für ihre Unterstützung des jungen Festivals und ergänzte, sie hoffe, dass die Anwesenden auch viele andere Veranstaltungen besuchen würden. Dann dankte sie den Sponsoren und den ehrenamtlichen Helfern, den Komiteemitgliedern und den wunderbaren Autoren, die nach Broome gekommen waren.

Die Gäste wurden nun aufgefordert, sich an dem Buffet zu bedienen, das im angrenzenden Speisesaal aufgebaut war.

Als die Kellner nach dem Essen Teller abräumten und Gläser auffüllten, folgte der gelungene Beitrag eines Broomer Comedian. Nach seinem Auftritt gab es eine kleine Pause, in der die Pistons auf der kleinen Freilichtbühne ihre Instrumente aufbauten. Einige der Gäste verließen ihre Tische und schlenderten umher. Die Autoren standen in Grüppchen beisammen und tauschten Anekdoten aus. Riley, der sie beobachtete, meinte zu Jacqui: »Schriftsteller zu sein ist ja ein einsamer Beruf, doch auf Festivals bietet sich uns die seltene, aber willkommene Gelegenheit, Kollegen kennenzulernen, die mit der merkwürdigen Welt des Schreibens vertraut sind.«

Auch Lydia mischte sich unter die Gäste, unterhielt sich, gestikulierte, warf den Kopf zurück und lachte. Riley und Jacqui hörten zu, wie Phillip Knowles Sheila Turner von seinen Reisen ins Hinterland von Kimberley erzählte. Dann richteten alle den Blick auf die Bühne, wo die Band ihre Instrumente stimmte.

»Ein bemerkenswertes Comeback«, sagte Phillip.

»Ja, ich habe vor ein paar Tagen alles über die Pistons erfahren, als sie droben an der Beagle Bay gespielt haben«, berichtete Riley.

Sie beobachteten das Treiben der Musiker auf der Bühne, die so entspannt wirkten, als bereiteten sie lediglich eine freundschaftliche Jamsession vor.

»Sie waren jahrelang die angesagteste Band von Broome«, erzählte Phillip. »Wendell, der Sänger, hat damit angefangen, eigene Songs zu singen, und im Lauf der Zeit haben sich die anderen dazugesellt. Jungs aus Broome, die über gute und schlechte Zeiten singen und deren Texte jedem etwas sagen.«

»Als Jungs kann man sie ja nun nicht mehr bezeichnen«, bemerkte Sheila mit Blick auf die Gruppe, die aus Männern mittleren Alters bestand.

»Stimmt, nur schade, dass sie nie den Einstieg in die große Musikwelt gewagt haben. Sie hätten mit ihren Alben echte Stars werden können, aber im Herzen sind sie die Jungs aus Broome geblieben. Trotzdem wette ich, dass sie einen großartigen Auftritt hinlegen werden«, meinte Phillip enthusiastisch. »Ich gehe mal Hallo sagen. Wenn die erst anfangen zu spielen, hören sie so schnell nicht mehr auf.« Er stand auf.

Lydia war wieder an den Tisch zurückgekommen. »Jacqui, könntest du Damien bitten, dass er auch etwas von ihrer Show filmt? Sie sind tolle Typen«, sagte sie und schloss sich dann Phillip an.

»Das hat er bestimmt sowieso vor, aber okay, ich frage ihn.« Jacqui ging zu Damien hinüber, der gerade den Mond ins Visier nahm.

»Hallo, bist du zufrieden mit deiner Ausbeute?«, fragte sie, als er vom Bildsucher aufblickte und sie anlächelte. »Die Band soll super sein. In Broome und Umgebung waren sie ziemlich bekannt, und wahrscheinlich hätten sie den Durchbruch schaffen können, aber sie machten lieber hier ihr eigenes Ding. Heute Abend feiern sie ihr großes Comeback, deshalb fragt Lydia, ob du einen Teil des Auftritts filmen könntest.«

Damien nickte. »Ja, Richie und ich haben auch schon so etwas gehört. Wir filmen auf jeden Fall ein paar Songs, aber halt dich für einen Tanz mit mir frei, wenn wir fertig sind«, bat er und streichelte zärtlich ihren Arm.

»Bleibst du bis zum Ende da?«, fragte Jacqui.

»Und du? Ich nehme an, dass du noch Zeit mit den berühmten Schriftstellern verbringst. Ich habe Sheila Turner kennengelernt. Live gefällt sie mir noch besser.«

»Wirklich? Ich mag sie auch. Aber ich könnte mich schon loseisen, um ein bisschen zu tanzen, vor allem, nachdem Jean-Luc über Nacht bei den Hendersons bleibt und ich es nicht so eilig habe, nach Hause zu kommen«, erwiderte Jacqui mit einem Lächeln.

Damien drückte ihr rasch einen Kuss auf die Lippen. »Ist das etwa eine Einladung?«, flüsterte er.

Sie grinste keck. »Könnte sein.« Bei dem Gedanken, wieder mit Damien zu schlafen, spürte sie ein Kribbeln in der Magengrube. Es war lange her, dass sie sich mit einem Mann so wohlgefühlt hatte wie mit ihm. Bei diesem Gedanken wurde ihr klar, dass

Damien ihr wirklich etwas bedeutete. Trotzdem versuchte sie, sich unbefangen zu geben. »Aber sei gewarnt, ich starte morgen früh in den Tag.«

»Dann tanzen wir am besten nicht bis in die Morgenstunden. Außerdem muss ich um fünf Uhr morgens drehen.«

»Filmst du den Sonnenaufgang?«

»Ich fahr mit raus zum Angeln. Nicht zum Spaß. Ich muss für die Doku ein paar Leute filmen, die auf einem Fischerboot in See stechen. Hey, die Band fängt an, wir müssen loslegen.« Er gab Richie ein Zeichen, warf Jacqui eine Kusshand zu und klemmte sich die Kamera unter den Arm.

Als Jacqui an ihren Tisch zurückkehrte, vibrierte ihr Telefon und sie warf einen Blick aufs Display. Überrascht sah sie eine Nachricht von Cameron.

Ich hoffe, die Eröffnung und das Festival laufen gut. Tut mir leid, dass ich nicht helfen konnte. Bestimmt verkaufst du eine ganze Wagenladung Bücher. Viel Glück. Cameron

Lieber Himmel, damit habe ich nicht gerechnet, dachte sie. Doch ehe sie antworten konnte, wurde sie von den Pistons abgelenkt, die ihre Instrumente stimmten.

Das Gesicht von Wendell, dem Bandleader mit dem grau melierten Haar, war von Lachfältchen durchzogen. Man sah ihm deutlich an, dass unter seinen Vorfahren Chinesen, Malaien und Aborigines gewesen waren. Die anderen Bandmitglieder schienen in seinem Alter zu sein, lediglich Hayden, einer der Gitarristen, war um die vierzig und damit um einiges jünger.

Jacqui sah, wie Wendell Lydia zunickte, während er sich auf seiner E-Gitarre einspielte.

»Schön, euch Jungs wieder auf einer richtigen Bühne zu sehen«, sagte Lydia.

»Schon 'ne Weile her, dass wir vor Publikum gespielt haben«, gab Wendell zu. »Aber Jamsessions machen wir ständig.«

»Hast du ein paar Protestsongs fertig, wie ich es dir für euren Auftritt heute Abend vorgeschlagen habe?«, fragte Lydia laut. »Wenn diese Öl- und Gasleute erst mal anfangen zu graben, dann heißt es nämlich gute Nacht für unsere heiligen Stätten und unser Land.« Sie warf Colin einen wütenden Blick zu.

Einige Leute im Umkreis waren auf Lydia aufmerksam geworden.

Wendell klimperte weiter auf seiner Gitarre, schaute zu ihr hinunter und meinte gelassen: »Ich glaube, dass du ein bisschen voreilig bist. Wir wissen ja noch gar nicht genau, ob und wo da überhaupt was geplant ist.«

»Offiziell vielleicht nicht, aber wir alle wissen, was da auf uns zukommt. Die Leute sollten den Bergbaufirmen den Marsch blasen«, erklärte Lydia laut und zornig, sodass noch mehr Leute verstummten und sich ihr zuwandten.

»Vielleicht täte das Einkommen aus diesem Projekt unseren Leuten gut«, erwiderte Wendell ruhig.

»Wer hat mit dir geredet? Ich finde es grundverkehrt, was du da sagst. Unser Land ist wichtig! Wie kannst du dich freuen, wenn irgendjemand versucht, es uns wegzunehmen?«, entgegnete Lydia noch mehr erbost.

»Hey, Lydia, wir haben jetzt einen Auftritt«, sagte ein anderes Bandmitglied beschwichtigend.

Lydia war rot vor Wut. Bevor sie sich abwandte, zischte sie Wendell zu: »Geld hat unsere Probleme noch nie gelöst.«

Doch nun trat Hayden an den Bühnenrand vor und griff nach dem Mikrofon. »Wir sind die Pistons, wir machen die beste Musik im Land, und wir sind wieder daaaaa!«, verkündete er überschwänglich.

Die Menge jubelte, manche pfiffen, und alle applaudierten.

Als Jacqui an den Tisch zurückkehrte, sah Riley sie an. »Was war das denn?«, fragte er. »Hat es etwas damit zu tun, wovon Tante Vi gesprochen hat – ›das Rückgrat der Schlange zerschneiden‹ und so weiter?«

»Ich habe gehört, dass es draußen vor der Küste ein riesiges Gasfeld gibt, das eine Firma ausbeuten will. Dazu wollen sie in Ufernähe einen Gasumschlagplatz bauen, und zwar auf dem heiligen Boden der Ureinwohner«, erwiderte Jacqui.

»Können Sie mir diese Geschichte von der Schlange erzählen?«, bat Riley Lydia, als sie sich wieder neben ihn setzte. »Die klingt wirklich interessant.«

»Sicher kann ich das.« Ihrer Stimme war der Zorn immer noch anzuhören. »Das Rückgrat der roten Klippen, die sich an der Küste entlangziehen, ist eine Songline, also ein Traumpfad, der von den Geistwesen geschaffen wurde und die Traumzeitgeschichte dieser speziellen Gegend erzählt. Die Gesänge der Songlines werden von Generation zu Generation weitergegeben und sind für unsere Kulturgeschichte sehr wichtig. Das eigene Land zu kennen heißt, seine Songline zu kennen.«

»Das würde bedeuten, dass die physische Gestalt des Landes genauso wichtig ist wie der Mythos?«, fragte Sheila, die ihr ebenfalls zugehört hatte.

»Genau«, bestätigte Lydia. »Die bloße Vorstellung, dass aggressive Maschinen durch die Landschaft baggern oder sich gar durch die Klippen fräsen, ist den Hütern des Landes ein Gräuel. Und vielen Weißen ebenfalls, die nicht dulden wollen, dass diese wunderbare unberührte Landschaft zerstückelt wird.«

»Aber offiziell ist noch nichts bekannt«, gab Jacqui zu bedenken.

»Doch die Gerüchteküche brodelt«, bemerkte Phillip traurig, »und ich beobachte, dass die Leute Stellung beziehen.« Er nickte Lydia zu. »Wie dein Wortwechsel mit Wendell gezeigt hat.«

»Stimmt«, erwiderte Lydia, »aber ich glaube, wenn die offizielle Ankündigung schließlich kommt, ist es zu spät. Dann ist schon alles unterschrieben und beschlossene Sache. Bis dahin haben die hohen Tiere alles unter Dach und Fach, und jede öffentliche Beteiligung hat nur noch Symbolcharakter.«

Riley runzelte die Stirn. »Du glaubst an eine Verschwörung, Lydia? Aber Wendell hat doch recht: Wenn alles seinen Gang geht, könnte das Projekt eine Menge Geld und Arbeitsplätze für die Stadt bringen.«

»Ich denke, Menschen wie Lydia sorgen sich mehr um das, was sie verlieren, als um das, was sie gewinnen könnten«, sagte Jacqui leise.

Trotz Lydias Zank mit Wendell bestand kein Zweifel, dass der Festivalauftakt rundum gelungen war. Die Pistons schlugen voll ein, alte und neue Fans ließen sich von der Musik mitreißen und bevölkerten die Tanzfläche.

Damien hatte seine Dreharbeiten beendet und kam, um seinen Tanz mit Jacqui einzufordern. Unterdessen stand Riley auf und wünschte allen höflich eine gute Nacht. An Jacqui gewandt sagte er: »Jean-Luc ist ein liebenswerter junger Mann. Der Ausflug zur Beagle Bay mit ihm war ein tolles Erlebnis. Sie dürfen stolz auf ihn sein.«

»Sie waren unglaublich großzügig mit Ihrer Zeit, und das hat ihm sehr viel bedeutet. Danke, Riley. Und viel Glück für morgen!«, erwiderte Jacqui.

»Danke. Wir sehen uns beim Signieren!«

Damien und Jacqui machten eine Weile die Tanzfläche unsicher, bis er ihr vorschlug aufzubrechen. »Du bist ein tolle Tänzerin«, flüsterte er ihr zu.

Jacqui holte am Tisch ihre Tasche.

»Ich verschwinde. Glückwunsch, Nat. Wenn das Festival mit demselben Schwung und derselben Leidenschaft weitergeht, wird es ein voller Erfolg!« Jacqui umarmte sie rasch.

Nat warf ihr einen prüfenden Blick zu. »Du gehst aber früh. Na ja, ich kann mir vorstellen, dass morgen ein arbeitsreicher Tag auf dich wartet. Danke für deine Hilfe, vor allem mit den Filmleuten.« Sie zog die Brauen hoch und warf Jacqui einen wissenden Blick zu.

Zu Hause bei Jacqui machte Damien erst einmal für Rita Notizen zu dem am Abend gedrehten Material, während Jacqui ein Omelette für ihn zauberte, da er noch keine Zeit zum Essen gefunden hatte.

»Lydia hat dem Bandleader ganz schön die Meinung gesagt«, bemerkte Damien schließlich und legte den Stift weg. »Wenn das mit dem Gasumschlagplatz anläuft, könnte es eine größere Sache werden. Sieht so aus, als würde das einigen der hier ansässigen Aborigines nicht gefallen. Glaubst du, dass sie es schaffen, einen erfolgreichen Protest zu organisieren?«

»Ich bin überzeugt, dass eine Menge Leute aus der Stadt sie unterstützen würden«, erwiderte Jacqui.

»Sei da nicht so sicher. Nach meiner Erfahrung drängt die Aussicht auf schnelles Geld den Altruismus meist in den Hintergrund.«

»Oje. Das hoffe ich nicht.«

»Tja, wenn sich der Konflikt zuspitzt, könnte das heißen, dass ich öfter herkommen muss, um die Entwicklung im Auge zu behalten.« Damien grinste.

»Das wäre ganz nett«, sagte Jacqui und lächelte.

Als sie das Omelette auf einen Teller gleiten ließ, kam ihr in den Sinn, dass ihr mit der offiziellen Eröffnung des Festivals eine große Last von den Schultern genommen war. Hoffentlich wurde es ein Erfolg. Noch dazu war es schön, alles mit Damien zu teilen. Zwar versuchte sie, einen kühlen Kopf zu bewahren, sich nicht Hals über Kopf in ihn zu verlieben und schon jetzt eine gemeinsame Zukunft auszumalen. Aber der Boden unter ihren Füßen schien ihr längst nicht mehr so stabil wie früher. Eines stand auf jeden Fall fest: Sie würde ihn vermissen, wenn er nach Perth zurückkehrte.

»Iiihh, was für ein grausames Erwachen.« Damien drehte sich um und brachte seinen Handywecker zum Schweigen. Dann zog er Jacqui an sich und vergrub sein Gesicht in ihrem Haar. »Ist verdammt schwer, jetzt zu gehen.«

Sie küsste ihn. »Möchtest du Frühstück?«

»Nein, nur dich.«

Sie kamen schnell zur Sache, ohne gemächliches Vorspiel. Danach lagen sie schweißnass aneinandergeschmiegt und hielten schweigend Händchen, bis Damien wegrückte und sich räkelte.

»Wenn ich jetzt nicht aufhöre, komme ich nie los. Sie sind unwiderstehlich, Madame Bouchard.« Er sprang aus dem Bett und blickte aus dem Fenster. »Wettercheck. Sieht nicht schlecht aus. Ein paar Wolken, das ist gut.« Er blieb am Fenster stehen und guckte durch die Palmwedel in den Himmel.

Jacqui trat zu ihm, umarmte ihn von hinten und drückte ihren nackten Körper gegen seinen. So verharrten sie für einen Augenblick.

»Ich liebe das Morgenlicht. Das Graue, Milchige, Perlige. Erinnert an schöne fette Austern«, meinte Damien.

Jacqui lachte und küsste seinen Rücken. »Ich mache Kaffee. Oder willst du lieber Tee?«

»Ich brauche dringend Kaffee. Muss jetzt nur rasch unter die Dusche.«

Jacqui hantierte in ihrem Sarong in der Küche herum. Der Duft von Kaffee und Toast und das Geräusch der Dusche wirkten ungeheuer anheimelnd. Wie schön, dass es wieder einen Mann in ihrem Leben gab ….

Langsam, ermahnte sie sich. Aber bei der Erinnerung an Damiens Lippen und an seinen Körper konnte sie ein Lächeln nicht unterdrücken.

Das Festival war bestens besucht. Auf dem Gelände der Ferienanlage, wo es stattfand, herrschte reges Treiben. Riley Mathiesons Vortrag erntete stürmischen Beifall. Anschließend wurde er von begeisterten Lesern belagert, die noch Fragen stellen wollten.

Jacqui fand kaum Zeit zum Atemholen. Die Schlange an der Kasse ihres Minibuchladens riss nicht ab, während die Fans, die geduldig darauf warteten, dass ihr Buch signiert wurde, bis draußen vor der Tür anstanden.

Sie war beeindruckt von Rileys Geduld und Charme. Er schien für jeden seiner Fans ein Lächeln und einen freundlichen Blick übrig zu haben.

Jean-Luc half ihr, die Bücher zu finden, die von den verschiedenen Kunden verlangt wurden. Angesichts des großen Andrangs hoffte sie, dass sie von den gefragten Titeln genügend bestellt hatte.

Irgendwann am Nachmittag ging Jacqui auf, dass sie noch Wechselgeld für ihren Minibuchladen benötigte. Fünfzig-Dollar-Noten waren anscheinend das beliebteste Zahlungsmittel! Glücklicherweise kam in diesem Augenblick Nat herein, um zu sehen, wie das Geschäft lief. Jacqui bat sie, eine Weile auszuhelfen, während sie bei Red Coast Books Wechselgeld besorgte.

»Klar, kein Problem. Jean-Luc weiß vermutlich, wo alles steht.« Mit gedämpfter Stimme fügte Nat hinzu: »Ich nehme an, du hattest gestern noch einen netten Abend?«

»Ja, die Eröffnung ist doch super gelaufen«, erwiderte Jacqui fröhlich, ohne auf Natalies Anspielung einzugehen.

Auf ihrer zwanzigminütigen Fahrt zurück zu Red Coast Books kam Jacqui an dem kleinen Bio-Café am Ortsrand vorbei, wo an einem der Tische draußen drei Männer ins Gespräch vertieft waren. Einer von ihnen war Cameron. Sie ging vom Gas und erwog auszusteigen und sich für die SMS von gestern Abend zu bedanken. Da sah sie, wer ihm gegenübersaß. Das Gesicht mit dem buschigen roten Bart kannte sie aus Presse und Fernsehen. Es war Daryl Johnson, einer der reichsten Unternehmer Westaustraliens. Jacqui wusste, dass er mit seiner Firma, Chamberlain Industries, stark im Bergbau engagiert war. Der dritte Mann am Tisch kehrte ihr den Rücken zu, aber es war zweifellos ein Aborigine. Sie beschleunigte wieder und fragte sich, was in aller Welt der Industriemagnat mit Cameron zu bereden hatte.

Wahrscheinlich hing es mit der geplanten Erdgaserschließung zusammen. Ob Cameron dabei seine Finger im Spiel hatte? Vielleicht wusste Lydia ja mehr? Aber inmitten des Festivaltrubels hatte sie keine Zeit gefunden, sie zu fragen.

Auch bei Red Coast Books war viel los, und Sylvia hatte alle Hände voll zu tun. Jacqui stellte den Karton mit den signierten Büchern, die sie mitgebracht hatte, neben dem Ladentisch ab.

»Puh, sind die schwer! Hier sind Bücher mit Widmungen, auch welche von Riley Mathieson.«

»Die Leute fragen ständig nach signierten Büchern von Sheila Turner«, sagte Sylvia.

»Sie signiert bei ihrer Veranstaltung, danach kann ich welche bringen. Eigentlich bin ich nur hier, um Wechselgeld für den Festivalladen zu holen. Ich hoffe, wir haben was da – drüben wird es wirklich knapp.«

»Ich denke, das ist kein Problem.« Sylvia öffnete die Kasse. »Hey, du kommst nie drauf, wer gerade hier war«, fuhr sie fort. »Daryl Johnson! Der ist doch nicht wegen des Festivals hier, oder?«

»Ich habe ihn gerade im Bio-Café gesehen. Hat er etwas gekauft?«, fragte Jacqui.

»Ja, hat er. Einen ganzen Stapel Bücher über die Kultur der Aborigines.«

»Vielleicht interessiert er sich ja für die Gegend hier?«, meinte Jacqui achselzuckend.

»Er kam in Begleitung von diesem Ältesten, der immer in der Zeitung zitiert wird. Er leitet den New Country Leadership Trust«, erklärte Sylvia.

Jacqui überlegte. Offenbar war das der dritte Mann an dem Tisch vor dem Café gewesen. »Interessant. Hast du gehört, worüber sie geredet haben?«

»Schau dich um, Jacqui! Habe ich etwa Zeit, herumzuschlendern und Leute zu belauschen?«, lachte Sylvia und kehrte an den Ladentisch zurück, wo Kunden warteten.

Wieder zurück auf dem Festivalgelände stellte Jacqui fest, dass in ihrem Minibuchladen nach wie vor großer Andrang herrschte. Jean-Luc wurde inzwischen von Brian unterstützt.

»Nat musste gehen«, erklärte der Immobilienmakler. »Weil es hier so hektisch zugeht, bat sie mich, für den Rest des Tages auszuhelfen. Und da bin ich.«

»Wunderbar«, sagte Jacqui. »Danke, du bist super.«

Als es später am Tag etwas ruhiger wurde, schlug Brian vor, sie solle doch die Gelegenheit nutzen und sich ein, zwei Vorträge von Autoren anhören und deren Diskussion mit dem Publikum verfolgen. Unauffällig setzte sich Jacqui auf einen der letzten freien Plätze in der hintersten Reihe eines Saals. Als Buchhändlerin sah sie täglich das fertige Produkt, aber zu erfahren, was eine Autorin oder einen Autor zu einem bestimmten Werk inspiriert hatte und welche Ängste, Leidenschaften und Kämpfe das Schreiben begleiteten, eröffnete ihr eine ganz neue Sichtweise auf ein Buch.

Rasch wurde ihr klar, dass die Leser sich sehr dafür interessierten, wie und warum ein Buch entstand. Sie war beeindruckt von den nachdenklichen und intelligenten Fragen und den Diskussionen zwischen Autor und Publikum, die sich daraus ergaben. Dass viele andere ihre Liebe zu Büchern teilten, hatte sie bereits in ihrem Buchladen gemerkt, wo sie oft Zeugin geworden war, wie Menschen unterschiedlichster Herkunft über ihre Leseleidenschaft miteinander ins Gespräch gekommen waren.

Sie sah sich um und entdeckte Lily Barton und Alison Brown in der ersten Reihe. Lily, die zu spüren schien, dass sie beobachtet wurde, drehte sich um, warf Jacqui eine Kusshand zu und stieß Alison an, die sie anlächelte. Jacqui nahm sich vor, sich mit den beiden zu treffen, solange sie noch in der Stadt waren, und Eindrücke vom Festival auszutauschen.

Plötzlich dröhnte zu Jacquis Erstaunen eine vertraute Stimme aus dem Publikum, die unverkennbar ihrem alten Freund Wally gehörte.

»Sagen Sie mir«, wandte er sich an eine Autorin auf der Bühne, »wie würden Sie es anstellen, aus einem Riesenstapel Aufzeichnungen und Briefen ein Buch zu machen?«

»Gehören sie Ihnen? Oder jemand anderem? Geht es darum, eine Familiengeschichte aufzuschreiben?«, fragte die junge Autorin nach.

»Ach, es ist was noch Besseres. Eine tolle Geschichte, ein Abenteuer und ein Geheimnis. Aber alles wahr«, erwiderte Wally. »Würde einen verdammt guten Film abgeben. Ist aber traurig.«

»Fangen Sie am Anfang an«, riet die Autorin. »Tun Sie so, als würden Sie einem Freund einen Brief schreiben. Haben Sie einen Computer?«

»Darauf können Sie Gift nehmen. Ich bin bei Facebook«, erklärte Wally, was mit Gelächter aus dem Publikum quittiert wurde.

»Ist er nicht großartig?«, wandte sich die Sitznachbarin leise an Jacqui. »Wie alt mag er sein, was meinen Sie?«

»Er ist über neunzig«, antwortete Jacqui ebenfalls flüsternd. »Aber geistig auf Zack.«

»Na ja, Computer sind ja heutzutage groß in Mode, aber ich finde, wir sollten unabhängig davon alle unsere Familiengeschichten aufschreiben«, fuhr Wally fort. »Auch wenn sie nicht veröffentlicht werden, irgendjemand findet sie schon und liest sie. Aber niemand erbt E-Mails und Tweets. Die Familiengeschichte meiner Frau wurde mündlich überliefert. Wenn also die Geschichten nicht an die nächste Generation weitergegeben werden, geht unsere Geschichte verloren. Doch man muss die Familiengeschichten bewahren.«

Für diese Worte erntete er tosenden Beifall und lehnte sich zufrieden zurück.

Jacqui schlich sich zu seinem Platz und tippte ihm auf die Schulter. »Gut gemacht, Wally. Gefällt dir das Festival?«, flüsterte sie.

Grinsend reckte er den Daumen in die Höhe. »Und wie! Ich komme gleich in deinen kleinen Laden rüber und besorge mir das Buch von diesem Mädel da. Klingt, als wäre sie eine klasse Autorin.«

»Brauchst du Hilfe?«

»Nein, ich habe einen meiner Enkel dabei. Er hilft mir, wenn nötig. Bis bald, Jacqui. Eine gute Sache ist das hier«, brummte er.

Sie klopfte ihm auf die Schulter und beobachtete lächelnd, wie der Junge neben Wally aufstand, um seinen Großvater zur nächsten Veranstaltung zu begleiten.

Das Festival neigte sich seinem Ende zu. Obwohl es nur drei Tage gedauert hatte, sah Jacqui befriedigt, dass die Autoren ihren Lesern nähergekommen waren. Und diese waren für kurze Zeit dem Alltag entflohen und in eine andere Welt eingetaucht. Eine neue Stimme zu hören, ein Werk kennenzulernen, von dem sie sonst nie erfahren hätten, unterhaltsame Anekdoten zu hören, von den Problemen und Wechselfällen des Schicksals auf dem Weg zur

Publikation zu erfahren, verlieh nicht nur einem Buch, sondern dem eigenen Leben eine neue Dimension.

Am Ende war es Jacqui erspart geblieben, eine Veranstaltung zu moderieren. Wie sie teils persönlich miterlebte, teils von Lesern in ihrem Festivalbuchladen gehört hatte, hatte es richtige Highlights gegeben. Sheila Turners Veranstaltung war so gut besucht gewesen, dass im Saal zusätzliche Stühle aufgestellt werden mussten. Viele Festivalmitarbeiter, die es irgendwie einrichten konnten, bezogen ganz hinten oder am Eingang Stellung, wo das Geschehen über Lautsprecher nach draußen übermittelt wurde. Alle schwärmten von Sheilas Humor und waren beeindruckt davon, dass sie kein Blatt vor den Mund genommen hatte. Sie wirkte auch keineswegs beleidigt, wenn jemand eine Frage stellte, in der neben Bewunderung leichte Kritik an manchen ihrer Ansichten mitschwang. Viele wollten wissen, ob sie vorhabe, für ein politisches Amt zu kandidieren. Lächelnd erwiderte sie, sie glaube, »ohne die Fesseln politischer Konventionen und Korrektheit« mehr bewirken zu können.

Damien hatte am späten Nachmittag vorbeigeschaut. Jacqui freute sich, ihn zu sehen, aber sie war todmüde und bat darum, das nächste Tête-à-Tête auf morgen zu verschieben.

Als sie und Jean-Luc den Heimweg antraten, waren sie völlig erschöpft, aber guter Laune.

»Danke, du warst so eine große Hilfe, Jean-Luc. Dafür hast du was gut bei mir. Ich hoffe nur, es hat dich nicht gelangweilt«, sagte Jacqui, als sie ins Auto stiegen.

»Ich habe dir gern geholfen. Außerdem konnte ich den Vortrag von Riley hören, und alle fanden ihn einfach toll. Schade, dass er schon abgereist ist.«

»Ja, er ist wirklich nett. Aber mir ist auch aufgefallen, dass du dich häufiger mit Peggy Knowles unterhalten hast«, bemerkte Jacqui mit wissendem Lächeln.

Jean-Luc grinste. »Mit Peggy kann man viel Spaß haben. Sie macht ziemlich ungewöhnliche Sachen.«

»Ach ja? Was denn so?«

»Sie und ihr Vater haben ein kleines Boot, und Peggy geht mit Luke, einem Aborigine-Jungen, damit auf Krabbenfang. Sie sagt, dass er mit seiner ganzen Familie in einer alten Perlenfischerhütte wohnt. Und, Maman, sie haben ein Feuer, das immer brennt, in einem abgeschnittenen Ölfass draußen vor der Tür, wo sie frisch gefangenen Fisch und Krabben grillen. Peggy ist ganz anders als die Mädchen, die ich in Frankreich kenne.«

»Ja, das kann ich mir vorstellen«, meinte Jacqui schmunzelnd.

Zu Hause angekommen ließ sie sich auf der Veranda in einen Stuhl fallen. Jean-Luc hatte sich spontan entschlossen, Peggy in der Stadt zu treffen, und so hatte sie zum ersten Mal seit Beginn des Festivals etwas Zeit für sich. Morgen würde sie die unverkauften Bücher einpacken und sich dem Papierkrieg widmen, der damit verbunden war, sie an die Verlage zurückzuschicken.

Da klingelte ihr Telefon, und sie eilte in die Küche, um das Gespräch anzunehmen.

»Hi, Mum, perfektes Timing. Ich schenke mir gerade etwas zu trinken ein und will mir dann den Sonnenuntergang ansehen. Jean-Luc und ich freuen uns schon darauf, euch zu sehen.« Sie griff nach ihrem Glas und ging damit auf die Veranda zurück.

»Liebes, wir haben ein Problem. Dein Vater hatte einen kleinen Unfall und hat sich verletzt.«

»O nein! Was sagst du da? Geht es Dad gut? Was ist passiert?«

»Es ist nicht schlimm, aber es wirft unsere Pläne über den Haufen. Er ist gestürzt, einfach über den Gartenschlauch gestolpert. Dabei hat er sich den Knöchel gebrochen und das Knie verrenkt. Jedenfalls kann er wohl eine ganze Weile nicht richtig laufen. Sein Knöchel ist eingegipst und das Knie fest bandagiert. Ich sage es nur ungern, aber dein Vater fühlt sich einer Reise nach Broome im Moment einfach nicht gewachsen.«

»Oje, armer Dad und armer Jean-Luc! Er hat sich so auf euch beide gefreut.«

Jacqui trank einen Schluck Wein, während ihre Mutter ihren Plan schilderte. Jean-Luc könne doch nach Sydney fliegen, eine Woche bei ihnen bleiben und dann von dort aus nach Europa zurückfliegen. Jacqui war klar, dass sie wegen der Aufräumarbeiten und dem ganzen Papierkram nach dem Festival auf keinen Fall so lange wegbleiben konnte.

Sie sprach kurz mit ihrem Vater, fragte nach seinem Befinden und versicherte ihm, dass sie die Sache mit Jean-Luc besprechen würde.

»Das wird schon wieder. Gute Besserung, Dad.« Jacqui legte auf und griff mit einem Seufzer nach ihrem Weinglas.

Als sie das Abendessen vorbereitete, hörte sie, wie Jean-Luc durch die Gartentür hereinkam und sich dabei lachend mit einem Mädchen unterhielt.

»Maman, kann Peggy bei uns essen? Ihr Papa arbeitet mit Ms. Turner«, fragte Jean-Luc, als sie in die Küche kamen.

»Ich glaube, mein Vater hilft ihr bei einem Text, den sie schreibt. Oder schreiben will«, sagte Peggy. »Ich dachte, da bin ich lieber nicht im Weg.«

»Natürlich, du bist herzlich willkommen. Aber bitte entschuldige uns einen Moment, ich muss mit Jean-Luc sprechen.«

Bei ihrem Tonfall wurde Jean-Lucs Miene ernst. »Dann setze ich mich erst mal in den Garten«, sagte Peggy.

»Maman, was ist los?«

»Es ist etwas ganz Dummes passiert«, sagte Jacqui und berichtete von dem Telefonat mit ihrer Mutter.

»*Mais non!* Geht es Opa gut?«, fragte Jean-Luc beunruhigt.

»Ich denke schon, aber leider können deine Großeltern nun nicht nach Broome kommen, um dich zu sehen. Deshalb haben sie vorgeschlagen, dass wir sie in Sydney besuchen. Im Moment kann ich allerdings auf keinen Fall länger weg, aber du könntest ja ohne mich fliegen. Man kann dort viel unternehmen – Mum und Dad könnten mit dir in Pittwater segeln gehen. Aber falls du dich dafür entscheidest, wäre es unkomplizierter, wenn du von Sydney aus direkt nach Paris zurückfliegst, statt noch einmal herzukommen.«

Jean-Luc umarmte seine Mutter. »Natürlich möchte ich Oma und Opa sehen ... doch das heißt, dass ich weniger Zeit mit dir habe.«

»Stimmt«, sagte sie leise. »Aber es bleiben uns ja noch ein paar gemeinsame Tage, und deine Großeltern würden sich wirklich freuen. Sie haben dich nämlich sehr gern.« Jacqui drückte ihn fest an sich.

Nach dem Essen spielten die drei Scrabble, und sowohl Jean-Luc als auch Jacqui entspannten sich ein bisschen. Jacqui war froh, dass Peggy da war und sie ablenkte – und dass sie es verstand, Jean-Luc zum Lachen zu bringen. Zwar war Jacqui nicht gerade begeistert darüber, dass ihre gemeinsame Zeit mit Jean-Luc beschnitten wurde, aber im Lauf der Jahre hatte sie gelernt, dass das Schicksal, Flugpläne, Wetter und Krankheiten einem gelegentlich einen Strich durch die Rechnung machten. Also musste sie sich einfach damit abfinden.

Es gab eine heftige Diskussion über die Spielregeln, als Jean-Luc es mit einem französischen Wort versuchte und Peggy mit einem Wort aus der Yawuru-Sprache konterte, die sie lernte. Der Abend verging wie im Flug, und so waren alle überrascht, als Phillip Knowles an die Tür klopfte, um Peggy abzuholen.

»Wunderbares Timing, wir sind mitten in einer hitzigen Scrabble-Debatte«, lachte Jacqui. »Womöglich müssen Sie Schiedsrichter spielen. Und es ist Zeit für Kaffee und Nachtisch.«

»Dad ist die reinste Naschkatze«, neckte Peggy. »Soll ich den Kaffee aufsetzen, Jacqui?«

»Phillip, spielen Sie für mich weiter. Ich koche den Kaffee und mache mich auf die Suche nach etwas Süßem«, bot Jacqui an.

Als sie die Tassen aufs Tablett stellte und in den Gefrierschrank blickte, wo sie süße Vorräte für Notfälle aufbewahrte, drangen Lachen und Scherze aus dem Wohnzimmer zu ihr. Traurig dachte sie daran, dass ihr nun bald wieder einsamere Abende bevorstanden.

Peggy wurde zur Siegerin erklärt. Anschließend kam Phillip in die Küche und bot an, das Tablett zu tragen.

»Wo wollen wir den Kaffee nehmen?«

»Es ist so ein milder Abend, setzen wir uns auf die Veranda.«

Die beiden Jugendlichen hockten sich mit ihrem Frozen Cheesecake auf die Stufen, während Phillip und Jacqui auf den alten Rattanstühlen an dem etwas wackeligen Tisch Platz nahmen.

»Kommt Sheila mit auf die Reise?«, erkundigte sich Jacqui.

»Ja, sie ist ganz gespannt auf das Hinterland, also nehmen wir sie mit nach Kunaan, wo wir für ein paar Tage campen können. Sie möchte die Landschaft sehen, aber auch ein paar Siedlungen besuchen. Und vielleicht Kunst kaufen. Ich habe auch versprochen, ihr einige neu entdeckte Felsenkunststätten zu zeigen. Nicht, dass ich ein Experte für archaische Kunst wäre, aber ich kann nicht leugnen, dass ich die Darstellungen faszinierend finde, vor allem, wenn man bedenkt, wie alt sie sind und welche kulturelle Bedeutung sie haben.« Phillip sah Jacqui an. »Warum kommen Sie nicht mit? Sheila hat genügend Zeit mitgebracht, es könnte also eine längere Expedition werden.«

Jacqui dachte an Damien und seine Einladung, sich ihnen anzuschließen. »Das ist eine super Idee, danke, Phillip«, meinte sie seufzend. »Damien hat auch schon vorgeschlagen, dass ich mitkomme, aber ich schaffe das nicht. Nach dem Festival wartet jetzt eine Menge Arbeit auf mich. Außerdem fliegt Jean-Luc nächsten Montag nach Sydney, um seine Großeltern zu besuchen.«

»Sie könnten ja auch nachkommen. Wir werden eine Weile unterwegs sein«, erwiderte Phillip.

»Klingt toll«, sagte Jean-Luc. »Ich wünschte, ich könnte mitfahren.«

»Es ist auch toll. Ich war mit Dad schon dort. Es ist eine andere Welt.« Peggy stand auf, um die Teller einzusammeln.

»Ich werde drüber nachdenken. Danke für das Angebot«, erwiderte Jacqui.

Phillip erhob sich. »Das war ein köstlicher Nachtisch, vielen Dank, Jacqui«, sagte er.

Jean-Luc sprang auf, um gemeinsam mit Peggy das benutzte Geschirr in die Küche zu tragen.

»Peggy wird ihn vermissen. Die beiden verstehen sich gut«, meinte Phillip mit einem Lächeln. »Sie ist ein richtiger Wildfang, aber auch sehr sensibel. Hätten Sie und Ihr Sohn Lust, mit uns und Sheila zu essen, bevor Jean-Luc abreist?«

»Aber ja. Ich würde mich liebend gern mit Sheila unterhalten. Auf dem Festival hatte ich kaum Gelegenheit dazu.«

»Dann melde ich mich demnächst«, versprach Phillip.

Damien schaute am folgenden Morgen vorbei, als Jean-Luc gerade verschlafen Toast und Kaffee zubereitete.

»Jac, bist du angezogen?«, rief er, als er auf die Veranda trat. »Das Festival ist ja jetzt vorbei, da dachte ich, du hast Zeit für ein Frühstück mit mir. Jetzt bin ich mal an der Reihe, dich einzuladen.«

»Super Idee. Ich hatte wirklich furchtbar viel zu tun, tut mir leid. In einer Minute komme ich runter. Bin nur noch kurz unter der Dusche. Nimm dir einen Kaffee«, rief sie ihm aus dem Badezimmer zu.

Jean-Luc blickte auf, als Damien in die Küche trat.

»Guten Morgen, Kumpel. Ich wette, du bist froh, dass das Festival rum ist. War eine Menge harte Arbeit für deine Mutter.«

»Stimmt, aber es hat mir sehr gut gefallen. Vor allem Rileys Vortrag. Möchten Sie Kaffee?«

»Frühstücke du ruhig. Ich bediene mich selbst.«

Damien, der sich in Jacquis Küche schon wie zu Hause fühlte, holte sich einen Becher und schenkte sich Kaffee ein.

Er lächelte den Jungen mit den verstrubbelten Haaren an, der in T-Shirt und Shorts am Tisch saß. »Deine Mutter hat mir erzählt, dass deine Großeltern nach Broome kommen. Freust du dich auf sie?«

»Leider hatte mein Großvater einen kleinen Unfall und kann nicht reisen. Deswegen besuche ich meine Großeltern in Sydney. Aber dadurch verliere ich eine Woche mit Maman.«

Damien setzte sich ihm gegenüber an den Tisch. »Ist bestimmt nicht leicht für dich, so weit weg von deiner Mutter zu leben.«

Jean-Luc nickte und biss in seinen Toast.

»Ich sehe, sie hat dich als guten Australier erzogen«, meinte Damien und deutete auf das Vegemite, das sich Jean-Luc auf seinen Toast geschmiert hatte.

»Keiner von meinen Freunden isst das. Zu würzig, zu salzig. Aber ich mag's.«

»Von Kindheit an dran gewöhnt, würde ich sagen. Ist dein Besuch hier gut gelaufen?«

»Die Ferien vergehen zu schnell. Aber mir gefällt's immer bei ihr, und Broome mag ich auch.« Jean-Luc steckte sich den letzten Bissen Toast in den Mund.

»Hallo, ihr beiden«, sagte Jacqui, die gerade hereinkam. »Tut mir leid, dass es so lang gedauert hat. Aber ich sehe, ihr habt euch gut unterhalten. Ich bin jetzt startklar. Was hast du heute vor, Jean-Luc?«

»Ich treffe mich mit Peggy, wir gehen an den Strand.«

Damien trank seinen Kaffee aus und stand auf. »Falls wir uns nicht mehr sehen, bevor du abreist: Es war nett, dich kennenzulernen.« Er streckte Jean-Luc die Hand entgegen.

Jacqui tauschte Küsschen mit Jean-Luc. »Bis heute Nachmittag.«

»Viel Glück bei den Dreharbeiten«, rief Jean-Luc Damien nach.

»Ein netter Junge«, sagte Damien, als sie in sein Auto stiegen. »Wo möchtest du denn gern hin?«

»Gehen wir ins Bio-Café. Da bekommt man ein gutes Frühstück. Sättigend und gesund.«

Damien nahm ihre Hand, als sie vom Wagen zum Café gingen. »Sag, fährst du mit mir in den Busch oder nicht?«

»Je länger ich darüber nachdenke, desto besser gefällt mir die Idee. Ich habe mit der Nacharbeit zum Festival eine Menge zu tun, aber anschließend könnte ich mir vielleicht freinehmen, wenn auch nur für ein oder zwei Tage.«

Als sie bei dem gemütlichen Café mit den angenehmen Sitzmöbeln im Freien ankamen, war schon eine Menge los. Viele Leute saßen draußen und genossen ihr Frühstück.

»Setzen wir uns einfach rein, da haben wir mehr Ruhe. Was hättest du gern?«, fragte Damien.

»Mir genügt Obst und Avocadomus auf Toast …« Jacqui verstummte und starrte auf einen Tisch in der Ecke.

Dort saß Cameron mit Daryl Johnson, Colin und dem Aborigine-Ältesten, den sie schon früher im Gespräch mit Johnson beobachtet hatte.

Colin entdeckte sie und winkte fröhlich. »Hey, kommt doch rüber!«

Jacqui und Damien gingen zu dem Tisch.

»So eine Überraschung, Colin«, sagte sie. »Ich glaube, meinen Freund Damien kennst du schon. Er hat die Eröffnung des Festivals gefilmt.«

Die Männer schüttelten sich die Hände. »Ja«, sagte Colin, »Sie waren an dem Abend schwer beschäftigt. Darf ich euch Daryl Johnson vorstellen – ihr wisst natürlich, wer er ist – und Harley

Hamilton, CEO des New Country Leadership Trust. Das ist ihr Geschäftspartner Cameron North.«

»Ich hoffe, wir stören keine Vorstandssitzung«, bemerkte Damien scherzhaft.

Rasch überbrückte Jacqui die Pause, die nun entstand. »Cameron und ich sind alte Bekannte. Wie lange bist du diesmal hier, Cameron? In letzter Zeit bist du ja ziemlich häufig in Broome!«

»Du kennst mich, immer auf Achse«, erwiderte Cameron gelassen. »Wie ist das Literaturfestival gelaufen?«

»Es war richtig viel los. Übrigens danke für deine SMS.«

»War mir ein Vergnügen. Und Sie haben dort gefilmt?«, wandte sich Cameron an Damien.

»Ja. Unter anderem«, erwiderte Damien.

»Jacqui, ich habe dir doch gesagt, dass dieser Stadt ein Boom bevorsteht«, lenkte Colin das Gespräch in eine andere Richtung. Er war offenbar in alle Pläne eingeweiht. »Die Regierung von Kimberley wird demnächst eine massive Finanzspritze für unsere Region ankündigen, tja, und dann wird hier einiges angeschoben.«

»Was genau wird da angeschoben?«, erkundigte sich Jacqui vorsichtig, obwohl sie glaubte, die Antwort schon zu kennen.

»Darf ich raten – Bergbau?«, warf Damien in freundlichem Ton ein.

»Es geht um Erdgas«, erklärte Colin.

Harley, ein stämmiger Mann mit graumeliertem Haar, legte Colin die Hand auf die Schulter. »Noch ist nichts entschieden.«

»Erdgas zu fördern und zu transportieren erfordert schwere Eingriffe in die Natur«, meinte Damien. »Und Gas ist die einzige Ressource, in die die Regierung hier in der Gegend Geld stecken will?«, fragte er. »Ich habe gehört, dass auch Bauxit sehr gefragt ist.«

Jacqui warf Damien einen erstaunten Blick zu. Offenbar hatte er die Hausaufgaben für seine Doku gemacht.

Daryl Johnson musterte Damien eingehend. »Das könnte für den Nordwesten eine große Sache werden.«

»Hast du deshalb für deine Kunden Grundstücke angeschaut?«, fragte Jacqui Cameron unvermittelt.

»Die Suche nach Bodenschätzen läuft hier oben ja schon eine ganze Weile, und manche Leute haben eben Glück.« Cameron lächelte beschwingt. »Wir reden später, Jacqui. Es war nett, Sie kennenzulernen, Damien.«

Damit wollte er wohl klarstellen, dass das Gespräch beendet war. Jacqui ging zu einem Ecktisch und setzte sich mit dem Rücken zu der Gruppe. Damien nahm ihr gegenüber Platz.

»Bestellen wir«, sagte Jacqui, bemüht, ihre Wut zu unterdrücken, aber ihr ging nicht aus dem Kopf, was die Männer gesagt hatten. »Wahrscheinlich ist Chamberlain Industries an der Entwicklung des Gasumschlagplatzes beteiligt«, überlegte sie.

»Könnte sein. Wenn das zutrifft, wird sich deine Freundin Lydia auf die Story stürzen.«

»Das heißt vermutlich, dass Nat auch Bescheid weiß«, überlegte Jacqui.

»Tja, davon kann man ausgehen, nachdem ihr Mann nun ganz oben mitmischt«, sagte Damien.

Jacqui bestellte Frühstück, aber die Freude an dem Treffen mit Damien war ihr verdorben.

Während sie auf ihre Bestellung warteten, beugte sich Damien zu ihr hinüber. »Verrat mir, was es mit diesem Cameron North auf sich hat.«

»Da gibt's nicht viel zu erzählen. Wir sind in derselben Straße aufgewachsen und haben an derselben Uni studiert. Dann hab ich ihn jahrelang nicht gesehen, bis er vor ein paar Wochen aus heiterem Himmel im Buchladen auftauchte.«

»Mir kommt er vor wie ein Schlitzohr. Du sagtest, er hat sich nach Immobilien umgesehen? Anscheinend versuchen er und

Johnson, diesen Harley an Bord zu holen. Harley hat die Verfügungsgewalt über viele finanzielle Ressourcen und Fördergelder der Aborigines. Ich wette, er will versuchen, so viel wie möglich aus Chamberlain Industries herauszupressen.«

»Na ja, dagegen ist eigentlich nichts einzuwenden«, bemerkte Jacqui nachdenklich.

»Das nicht, aber die Frage ist, wie das Geld ausgegeben wird und wohin es fließt«, stellte Damien fest. »Wenn aus dem Projekt etwas wird, schickt Chamberlain garantiert schon bald seine PR-Schwätzer hierher.«

Jacqui seufzte. »Das klingt nicht gut. Ach, vergessen wir die Bande erst mal und widmen wir uns unserem Frühstück.«

»Einverstanden. Ich bin froh, dass das Festival vorbei ist. Jetzt haben wir mehr Zeit füreinander.«

»Ich auch«, sagte Jacqui. »Aber vergiss nicht, Jean-Luc fliegt am Montag. Bis dahin will ich so viel Zeit wie möglich mit ihm verbringen.«

»Selbstverständlich.« Damien griff nach ihrer Hand. »Das verstehe ich vollkommen.«

Die letzten Tage mit Jean-Luc vergingen wie im Flug. Und die vertraute Furcht vor der bevorstehenden Trennung schlug Jacqui auf den Magen. Oft ertappte sie sich dabei, wie sie ihren Sohn beobachtete, bis er es merkte und aufblickte. Dann strahlte sie ihn an und wandte sich ab, als hätte sie etwas zu tun.

An seinem letzten Abend in Broome aßen sie zusammen mit Sheila Turner bei Phillip und Peggy Knowles. Nachdem das Festival nun vorbei war, wirkte Sheila deutlich entspannter.

»Ich fühle mich immer wie ein Tier im Zoo, alles, was ich tue und sage, wird durchgekaut, beobachtet, kommentiert«, seufzte sie. »Festivalbesucher sind anders als Leute, die einen zufällig im Supermarkt erkennen. Sie wissen, was in meinen Büchern steht, sie fragen, warum ich dies gesagt und jenes geschrieben habe und wann ich über dieses und jenes Thema schreiben werde. Sie kritisieren eine Meinung, die ich mal in einem Interview geäußert habe, und kündigen mir dann an, dass sie eines Tages auch ein Buch schreiben werden. Ich sage dann immer: Nur zu!«

»Es muss schön sein, wenn man ein positives Feedback kriegt«, bemerkte Jacqui. »Ihre Leser lieben Ihre Bücher und dass Sie sich hinstellen und Ihre Meinung vertreten. Dafür werden Sie besonders von den Frauen bewundert. Nicht jede von uns ist so mutig.«

Phillip lächelte Peggy an. »In unserer Familie ist meine Tochter diejenige, die notfalls mit dem Kopf durch die Wand will.«

»Und Jean-Luc ist der Diplomat«, sagte Peggy.

»Es führen viele Wege zum Ziel«, meinte Phillip sanft.

Der Rest des Abends verlief angenehm und mit viel Gelächter, und er war viel zu schnell vorbei. Peggy und Jean-Luc versprachen einander, über E-Mail in Kontakt zu bleiben, und Jacqui stellte fest, dass sie sich in Gesellschaft von Sheila sehr wohlgefühlt hatte.

Am nächsten Tag saßen Mutter und Sohn nebeneinander in der Abflughalle des Flughafens von Broome. Jacqui überlegte, was sie sagen konnte, ohne ihre Gefühle zu verraten.

»Hast du das Buch eingepackt, das Sheila Turner für deine Großmutter signiert hat?«, fragte Jacqui.

Er nickte. »Ja, darüber wird sie sich freuen.«

Noch bevor Jacqui weitersprechen konnte, senkte sich eine Hand auf ihre Schulter.

»Na, wohin geht die Reise?«

Sie blickte auf und sah Cameron, der auf sie herunterschaute.

»Was für ein Zufall! Das ist mein Sohn Jean-Luc. Er fliegt nach Sydney, um meine Eltern zu besuchen, dann kehrt er wieder nach

Frankreich zurück. Jean-Luc, das ist Mr. North. Wir kennen uns seit unserer Kindheit.«

Als Jean-Luc aufstand, um ihm die Hand zu schütteln, sagte Cameron: »Tut mir leid, dass ich in diesen zweifellos traurigen Abschied hineinplatze. Ich hoffe, du hattest wunderbare Ferien bei deiner Mutter?«

»Hier ist es immer wunderbar, vielen Dank.«

Sie schüttelten sich die Hände, und Cameron lächelte Jacqui an.

»Bestimmt bist du mächtig stolz auf diesen höflichen jungen Mann. *Bon voyage*, Jean-Luc«, sagte Cameron. »Ich muss noch kurz mit jemandem reden, der auch deine Maschine nimmt.« Damit drehte er sich um und eilte zum anderen Ende der Wartehalle.

Jean-Luc hob erstaunt die Augenbrauen. »Du hast hier wirklich eine Menge Freunde, Maman.«

»Cameron würde ich eher nicht als Freund bezeichnen, obwohl es eine große Überraschung war, ihn nach so vielen Jahren wiederzusehen.«

Jean-Luc küsste sie auf die Wange. »Ich bin froh, dass du hier Freunde hast. Ich wünschte, ich könnte auch mit in den Busch fahren. Erzähl mir alles darüber und schick Fotos.«

»Natürlich, mein Schatz. Und hat es dir diesmal hier gefallen?«, fragte Jacqui und sah den unglücklichen Jungen vor sich, der vor ein paar Wochen hier angekommen war.

»Maman, es war super, danke für alles. Ich habe hier viele Freunde, ich habe einen berühmten Autor getroffen und interessante Erfahrungen gemacht. Meine Freunde in Frankreich werden vor Neid erblassen.«

»Das freut mich«, sagte Jacqui leise.

Plötzlich bewegte sich die Schlange vor dem Abfluggate. Sie umarmten sich fest. Bevor er hinaus auf den Flugsteig ging, drehte sich Jean-Luc noch einmal um und warf ihr eine Kusshand zu.

Tränen liefen ihr über die Wangen, als sie zu den Panoramafenstern ging, von denen man den Abflug beobachten konnte. Sie suchte in ihrer Handtasche nach einem Taschentuch, als Cameron plötzlich auftauchte und ihr eines reichte.

Schweigend stand er neben Jacqui, die sich die Tränen abtupfte, während der vertraute Schmerz an ihrem Herzen nagte.

7

Hinter dem aufsteigenden Rauch des Feuers wirkten die Farben des Sonnenuntergangs diffus. Die Silhouetten der spindeldürren jungen Eukalyptuspflanzen mit ihren graublauen Blättern, das hohe, gelb gewordene Gras und ein dickstämmiger Affenbrotbaum stachen blass von dem diesigen Himmel ab.

»Ist das unser Ziel für morgen?« Jacqui wies auf die ferne Bergkette und sah die anderen fragend an, die entspannt auf ihren Klappstühlen am Lagerfeuer saßen.

»Kommt drauf an, wann Chester auftaucht. Mir kommt's vor, als hätte er einen anderen Zeitbegriff als die meisten anderen Leute«, antwortete Damien. Phillip hatte ihnen seinen Freund Chester, den alten Aborigine, als Führer empfohlen.

»Wir sind hier buchstäblich mitten im Nirgendwo«, sagte Sheila. »Wandern wir zu diesen Bergen? Die scheinen ewig weit weg zu sein.«

»Nein, Chester fährt uns mit seinem alten Bus hin. Es ist ein Allradfahrzeug und hart im Nehmen. Als die Busch-Universität noch lief, wurden damit Touristen hier herumgefahren«, erklärte Phillip. »Eine Schande, dass dieses Projekt eingestellt wurde.«

»Was war die Busch-Universität?«, fragte Jacqui.

»Eine vertane Chance«, seufzte Phillip. »Sie wurde von Adjani, einem weisen Ältesten der Ngarinyin, in den Neunzigerjahren gegründet. Ich hatte das Glück, bei einer seiner Exkursionen dabei zu sein. Adjani erkannte, wie notwendig es war, dass sich die Australier unabhängig von ihrer Hautfarbe in seinem Heimatland an einem Lagerfeuer zusammensetzten, um gemeinsam einen Weg in die Zukunft und zu einer Zusammenarbeit zu finden, bei der die unterschiedlichen Kulturen berücksichtigt werden. Er initiierte eine Gruppe, die er »wichtige weiße Gefährten« nannte, um sich mit ihnen über Themen auszutauschen, die ihm am Herzen lagen – Kindererziehung, die Rolle der Frau und andere kulturelle Differenzen. Dabei wollte Adjani ausloten, inwieweit diese mit den Gesetzen und Vorstellungen der weißen Gesellschaft kompatibel waren.«

»Klingt, als wäre dieser Mann seiner Zeit weit voraus gewesen«, sagte Sheila. »Mit diesen Fragen schlagen wir uns ja heute noch herum. Die Kluft zwischen Aborigines und weißen Australiern ist seither nicht kleiner geworden, weder in kultureller oder ökonomischer Hinsicht noch was Gesundheit und Bildung angeht.«

»Stimmt«, pflichtete Phillip ihr bei. »Viele Aborigines sprechen drei oder vier Sprachen, aber trotzdem haben sie immer noch dieses Loser-Image. Es gibt kaum Unterstützung oder Hilfe zur Selbsthilfe, um die kulturellen Differenzen zu überbrücken.«

»Warum hat es mit der Busch-Universität nicht geklappt?«, erkundigte sich Richie.

»Eine Zeit lang lief es durchaus gut. Es kamen ein paar einflussreiche Weiße, die davon ausgingen, dass sie hier das Sagen hätten. Doch nachdem sie die Ältesten kennengelernt und mit Adjani gesprochen hatten, während ihre Ehefrauen fortgingen und Frauendinge machten, sah es plötzlich ganz anders aus.«

»Haben die Männer etwa festgestellt, dass auch sie nicht auf alles eine Antwort haben?«, kicherte Sheila.

»Ganz genau«, nickte Phillip. »Alle wurden ein bisschen bescheidener, was ihrer Motivation aber nicht abträglich war. Es gab dann ein Austauschprogramm zwischen den Kindern von hier und einer Schule in Perth mit ausschließlich weißen Schülern. Da wurde mit etlichen Vorurteilen aufgeräumt.«

»Aber wenn die Busch-Universität so erfolgreich war, warum gibt es sie dann nicht mehr?«, wollte Richie wissen.

Phillip zuckte die Achseln. »Adjani war der Mann mit dieser visionären Idee. Er wollte, dass sich die Menschen in der Natur aufhielten, die überlieferten Geschichten kennenlernten, die Geister um sich herum wahrnahmen, Wissen ohne innere und äußere Mauern aufnahmen. Nach seinem Tod war es schwer, dieses Konzept beizubehalten, auch wenn sich einige fähige Leute durchaus Mühe gaben. Man hat das Projekt großzügig finanziell gefördert, ein Gebäude und einen festen Lagerplatz errichtet, aber das war ein typisch weißes Herangehen. Leider hat man sich nicht miteinander beraten, nicht wirklich zusammengearbeitet«, schloss Phillip bedauernd. »Im Grunde hatte niemand Adjanis Traum wirklich verstanden, und so ging seine wunderbare Idee sang- und klanglos unter.«

»Wie traurig«, meinte Sheila. »Aber zumindest wir können jetzt hier an diesem erstaunlichen Ort etwas lernen. Ohne Mauern.«

»Genau.« Jacqui ließ den Blick über das einfache Buschlager schweifen. Neben einzelnen Zelten und Biwaksäcken, ein paar Campingtischen und einem kleinen Feuer mit gusseisernem Feuertopf darüber brannte noch das größere Feuer, um das ihre Stühle gruppiert waren. Ein Wassereimer samt kleinem Spaten und einer Taschenlampe standen bereit, falls jemand im Dunkeln in die Büsche verschwinden musste. Dazu funkelten die ersten Sterne am Himmel. Viel mehr brauchte man nicht.

»In gewisser Weise fühle ich mich gerade so entspannt wie seit Monaten nicht mehr«, seufzte Jacqui. »Das Autorenfestival war ganz schön viel Arbeit – viel mehr, als ich gedacht hatte. Ich bin froh, dass es vorbei ist. Aber ich wünschte mir, Jean-Luc könnte jetzt hier sein. Bestimmt hat er es in Sydney wunderschön und genießt die Zeit, aber er fehlt mir. Und auch wenn ich ihm noch so viele Fotos schicke, ist das doch etwas anderes, als es gemeinsam zu erleben.«

»Diese langen Trennungen von Ihrem Sohn müssen hart für Sie sein«, sagte Sheila mitfühlend. »Es ist ein Jammer, dass er nicht auf Dauer bei Ihnen wohnen kann. Würde er denn in Australien leben wollen?«

»Ich glaube schon, aber sein Vater würde das nie zulassen«, sagte Jacqui und klang dabei so bitter, dass alle einen Augenblick betreten schwiegen.

»Ich könnte jetzt was zu essen vertragen«, meinte Damien schließlich und erhob sich. »Wir sollten uns das Stew vornehmen, ehe es verkocht ist.«

Jeder schöpfte sich von dem blubbernden Stew aus dem Feuertopf. In glühender Asche gebackene Kartoffeln und Buschbrot wurden auf dem Tisch neben den Emailletellern auf eine Platte gelegt.

»Nach der langen Fahrt bin ich jetzt am Verhungern«, sagte Jacqui, die vor ein paar Stunden eingetroffen war. Sich auch nur einen oder zwei Tage freizunehmen war ihr schwergefallen. Aber sie hatte sich wegen Jean-Lucs Abreise derart elend gefühlt und Damien hatte ihr so begeistert zugeredet, dass sie den Laden kurzzeitig in Sylvias Obhut übergeben hatte.

»Sie haben hier ein großartiges Lager aufgebaut«, sagte sie zu Sheila, die neben ihr saß.

»Das war gar nicht schwer, und ich fühle mich in dieser Umgebung ausgesprochen wohl. Phillip hat mir schon viel von der hiesigen Tier- und Pflanzenwelt gezeigt. Und nachher werde ich schlafen wie ein Stein, wie auch in den vergangenen beiden Nächten«, erzählte Sheila.

»Ist es immer noch okay für dich, im Biwaksack auf dem Boden zu schlafen?«, fragte Phillip sie.

»Selbstverständlich. Ich fühle mich darin wie in einem gemütlichen kleinen Zelt. Vielleicht schlafe ich künftig auch zu Hause auf dem Boden«, erwiderte sie. Jacqui lachte.

»Hey, da kommt ein Fahrzeug«, sagte Richie.

Sie verstummten und vernahmen das tiefe Dröhnen eines Motors. Dann flackerten blassgelbe Lichter auf und hüpften über das holprige grasbewachsene Gelände.

»Verblüffend gutes Timing«, bemerkte Damien. »Chester kommt genau richtig zum Abendessen.«

Nachdem sie gegessen hatten, nahm Damien Jacquis Hand. »Heute Nacht soll es richtig kalt werden. Ist dir warm genug?«

»Ein heißer Tee und meine Jacke sollten reichen, aber danke der Nachfrage«, schmunzelte sie.

»Ich werde dich auch wärmen«, versprach er und drückte ihre Hand. Dann wandte er sich an Chester. »Wo genau kommen Sie eigentlich her, Chester?«

Chester machte eine ausladende Handbewegung. »Dort an der Küste liegt das Land der Goolarabooloo. Kennen Sie The Point?«

»Ich war sogar schon dort!«, warf Jacqui ein. »Erst neulich habe ich da mit meinem Sohn gecampt. Ein ganz besonderer Ort.«

»Das ganze Land hier ist etwas Besonderes. Es ist Heimat, Schule, Supermarkt. Unsere Aufgabe ist es, unsere Geschichte und unsere Geschichten zu bewahren.«

»Erzählen Sie uns etwas über die Höhle, die wir morgen besichtigen wollen. Wie wurde sie entdeckt?«, wollte Phillip wissen.

Chester rieb sich das Kinn. »Da drin gibt's eine Menge Malereien. Ist auch was Besonderes. Vielleicht wussten die alten Männer vor langer Zeit davon, aber wir durften viele Jahre nicht dorthin kommen und unsere Zeremonien abhalten. Die Viehhüter und Landbesitzer haben es uns verboten …« Er zuckte die Achseln. »Aber jetzt haben wir sie wiederentdeckt.«

»Ich bin überrascht, dass man hier in der Gegend immer noch auf solche Orte stößt«, sagte Phillip. »In ganz Kimberley und überall im Northern Territory gibt es diese vielfältigen Malereien, die die Wanderungsbewegungen der Ureinwohner über den Kontinent deutlich machen. Und diese Kultur ist noch lebendig, sie wird von ihren Vertretern bewahrt und gepflegt – ein Grund mehr, diese einzigartige Umgebung vor der Zerstörung zu bewahren.«

»Ganz recht, Phillip«, stimmte Sheila zu. »Das Erbe der Aborigines muss in seinem Wert anerkannt und geschützt werden.«

»Kann ich eine Erlaubnis bekommen, diese neu entdeckte Felsenkunststätte zu filmen?«, erkundigte sich Damien.

Chester nickte. »Ich bin der Hüter dieses Gebiets. Wir traditionellen Eigentümer können bestimmen, was geht und was nicht. Niemand sonst. Nicht einmal die Regierung. Es ist die Sache meiner Leute. Wir wollen nicht jede Entwicklung blockieren, doch wir müssen die besonderen Orte schützen. Sie sind das kulturelle Erbe dieses Landes.«

»Da bin ich ganz Ihrer Meinung. Aber wenn der Wert einer Ockerzeichnung auf einem Felsen, die ein Beleg für die frühzeitliche Menschheitsentwicklung ist, mit Millionen von Dollar konkurrieren muss, ist das manchmal nicht leicht«, sagte Phillip düster. »Ich habe schreckliche Schäden gesehen, die durch den Bergbau verursacht wurden, teils mit Absicht, teils einfach aus Unwissenheit. Uralte Kunst wurde zerstört, ebenso wie wichtige und sogar heilige Stätten der Aborigines.«

»Ich bin schon gespannt darauf, was Sie uns morgen zeigen werden, Chester«, sagte Jacqui. »Aber es war ein langer Tag für mich. Ich gehe schlafen.«

»Sie nehmen mir das Wort aus dem Mund, Jacqui. Gute Nacht allerseits«, schloss sich Sheila an.

»Ich haue mich auch aufs Ohr«, meinte Damien und griff nach seiner Taschenlampe.

Die Zelte standen verstreut zwischen den Bäumen. Händchenhaltend gingen Damien und Jacqui zu dem ihren, das diskret hinter einem jungen Eukalyptusbaum aufgebaut war. Durchs Gebüsch sah Jacqui den Schein einer starken batteriebetriebenen Lampe in Sheilas Zelt.

»Ich glaube nicht, dass heute Nacht Wind aufkommt, aber es wird kalt werden«, sagte Damien und schlug die Zeltklappe zurück.

»Sieh dir nur diesen Himmel an.« Jacqui legte den Kopf in den Nacken und betrachtete die funkelnden Sterne und die sich klar abzeichnende Bahn der Milchstraße. »Schon allein dafür hat sich die Fahrt hierher gelohnt.«

Dann ließ sie den Kopf auf Damiens Schulter sinken, und sie blickten gemeinsam in den Nachthimmel hinauf.

Er legte die Arme um sie und zog sie an sich. »Phillip hat uns gestern Abend die Legende von der Milchstraße erzählt. Er sagte, dass dort die Geister leben und man sie manchmal auch ›Ozean der Seelen‹ nennt.«

Schweigend verharrten sie noch einige Momente, versunken in den Anblick des Nachthimmels. Dann küsste er sie innig, bis sie erschauerte.

»Ist das Leidenschaft oder liegt's an der Kälte?«

»Ich friere«, lachte sie. »Für mich heißt es: Ab in den Biwaksack!«

Sie krabbelten in ihr Zelt, zogen rasch ihre Trainingsanzüge an und schlüpften in ihre nebeneinanderliegenden Biwaksäcke.

»Träume schön, Süße.«

Als sich Jacqui später in der Nacht umdrehte, merkte sie, dass sie etwas geweckt hatte. Sie hob den Kopf, da hörte sie es wieder. Ein tiefer Klagelaut in der Ferne. Ein Heulen.

Damien streckte den Arm aus. »Dingos. Weit weg.«

»Ach so. Habe ich dich geweckt?«

»Nein. Komm zu mir.«

»Okay.« Jacqui wand sich aus ihrem kuscheligen Biwaksack und quetschte sich neben Damien, der sie an sich zog und anfing, ihr Ohr zu liebkosen.

»So ist es besser«, flüsterte er.

Die Sonne stand schon hoch am Himmel, als Chester den robusten Kleinbus am Fuß der Bergkette anhielt.

Sie stiegen aus. Während Damien und Richie ihre Kameraausrüstung fertig machten, sammelte Chester ein großes Büschel Gras, das er mit seinem Feuerzeug anzündete und anblies, bis Rauch aufstieg.

»Ich teile den Geistern der Ahnen mit, dass wir kommen. Und bitte sie um Erlaubnis.«

Dann schritt er den anderen voraus durch das hüfthohe Gras und wedelte dabei mit dem schwelenden Grasbüschel. Die dünne weiße Rauchfahne stieg kräuselnd in den blauen Himmel, und Chester stimmte einen kehligen Gesang an. Einige Augenblicke später legte er den Kopf schief, lauschte und gab seinen Begleitern ein Zeichen, dass sie hintereinander gehen sollten. Im Gänsemarsch wanderten sie zu einem Felsvorsprung.

Der Platz unter dem Überhang wirkte völlig unspektakulär, sodass man ihn leicht hätte übersehen können. Ein großer Stein, kleine Sträucher und Baumwurzeln verdeckten die Einbuchtung im Fels. Doch als die kleine Gruppe hinter den Felsbrocken kroch und Chester durch eine Engstelle folgte, gelangte sie unvermittelt in eine Halbhöhle, in der man aufrecht stehen konnte.

Der Anblick des niedrigen Dachs und des Höhleninnern, das teilweise im Sonnenlicht lag, raubte ihnen schier den Atem.

Auf dem harten weißen Sandstein wanden sich Dutzende von verschiedenartig gemusterten Schlangen in den unterschiedlichsten Größen. In warm leuchtenden Rot- und Brauntönen gemalt und mit weißem Ocker akzentuiert passten sich die Tiere exakt den Konturen des Überhangs an, die sich windende Masse füllte sämtliche Flächen aus.

»Unglaublich«, murmelte Sheila. »Aber kein Wunder, dass diese Höhle so lange unentdeckt geblieben ist. Selbst wenn man direkt daran vorbeiläuft, ahnt man nicht, was sich hier verbirgt.«

Damien stieß einen leisen Pfiff aus. »So etwas habe ich noch nie gesehen. Ich hoffe, niemand von uns hat eine Schlangenphobie«, setzte er hinzu.

»Na ja, es sind nicht gerade meine Lieblingstiere«, gab Jacqui zu. »Aber ich empfinde es als Ehre, dass ich das hier sehen darf.«

Während Damien die Malereien, die Umgebung der Halbhöhle und die Aussicht von dort über die Landschaft von Kimberley filmte, hockten sich die anderen hin, um diese außergewöhnliche Schlangenhöhle genauer in Augenschein zu nehmen.

»Kennen Sie die Geschichte dieser Stätte?«, erkundigte sich Sheila.

»Die Regenbogenschlange ist die Beschützerin unseres Landes und unseres Volkes und der Quell allen Lebens. Aber sie kann zornig werden. Wenn wir das Land nicht achten, bringt sie Überschwemmungen und Stürme«, erklärte Chester. »Sie legt die Kindgeister in Wasserlöcher, weshalb die Frauen dort ihre Frauensachen machen, um Babys zu bekommen.«

»Also sollte man die Regenbogenschlange besser nicht verärgern«, meinte Phillip mit Nachdruck.

Während Damien und Richie noch in der Höhle blieben, um ein paar letzte Bilder einzufangen, gingen die anderen mit Chester durchs hohe Gras zurück zum Fahrzeug. Kurz darauf folgten ihnen die Filmleute.

Alle waren tief beeindruckt von dem, was sie in der kleinen Höhle gesehen hatten.

Nun fuhr Chester sie zur nächsten Sehenswürdigkeit. Für die Mitfahrer war es ein Rätsel, wie er sich in dieser Gegend orientierte. Doch Chester schien mit der Strecke so vertraut zu sein wie andere Leute mit einer Straße in ihrem Wohnviertel. Offenbar kannte er hier jeden einzelnen Steinbrocken, selbst wenn er durchs Gras nicht zu sehen war. An manchen Bäumen änderte er die Richtung, als wären es Pfosten mit Straßenschildern, die ihm den Weg wiesen.

Schließlich erreichten sie den Eingang einer Schlucht, wo sich ein glitzernder Wasserfall in ein kristallklares Wasserbecken ergoss, das von weißem Sand und üppigen Pflanzen gesäumt war.

»Wow, das sieht aus wie eine Filmkulisse!«, stellte Richie anerkennend fest.

»Jetzt weiß ich, warum wir Badesachen anziehen sollten, Chester!«, rief Jacqui, schlüpfte aus Hemd und Shorts und eilte zum Wasser. Doch am Rand des Beckens zögerte sie. »Sind Sie sicher, dass da nichts Gefährliches drin ist?«, fragte sie.

Chester lächelte und hob den Daumen. Dann setzte er sich unter einen Baum und rauchte eine Zigarette.

Damien griff nach seiner Kamera, um einen Schwenk vom oberen Ende des Wasserfalls hinunter zu Jacqui zu machen, wie sie ins Becken stieg und in die glatte Wasseroberfläche eintauchte. Phillip und Sheila folgten ihrem Beispiel, und kurz darauf legten Damien und Richie die Kamera beiseite und gesellten sich dazu.

Während Phillip sich aus dem Wasser auf einen Steinbrocken hievte, um sich abzutrocknen, setzte sich Sheila auf einen Felsvorsprung und notierte etwas in einem kleinen Büchlein.

»Mensch, das ist fast zu schön, um wahr zu sein«, seufzte Richie, der sich im Wasser vorbeitreiben ließ. »Ich setz mich mal drüben auf die Steine, dort, wo der Wasserfall herunterprasselt.«

Beim Wassertreten in der Mitte des kristallklaren Beckens klammerte sich Jacqui an Damien.

»Pass auf, vielleicht warten hier drin Babys«, flüsterte er. »Komm, wir drehen mal eine Runde.«

Sie legte sich auf seinen Rücken und umarmte ihn von hinten, während er mit gleichmäßigen Zügen den Rand des Beckens entlangschwamm.

Jacqui versuchte die idyllische Umgebung und Damiens schmeichelhaftes Interesse an ihr zu genießen, aber sie war immer noch traurig. Ihre Gedanken kreisten weiterhin um Jean-Luc. Sie liebte ihren Sohn, er war der Mittelpunkt ihres Lebens. Dennoch musste sie ihn immer wieder zu seinem Vater zurückschicken, zu einem Mann, der sie nicht mehr liebte und der auch für sie nur mehr der Vater ihres gemeinsamen Sohnes war. Trotzdem beeinflusste er immer noch ihr Leben. Natürlich war es ihre Entscheidung gewesen wegzugehen, und sie musste tagtäglich mit den Konsequenzen leben. Eines Tages, dachte sie, wenn Jean-Luc unabhängig ist, wird er entscheiden, was er wirklich will. Doch würde sie bis dahin jemals glücklich sein? Tja, dachte sie, man bekommt im Leben nun mal nicht immer, was man will.

»Jetzt würde ich zu gern deine Gedanken lesen können«, sagte Damien neugierig.

»So interessant sind die nicht«, erwiderte Jacqui und gab sich Mühe, dabei heiter zu klingen.

Erfrischt, wenn auch ein bisschen ausgekühlt, nahmen alle wieder im Bus Platz. Chester erklärte, dass sie jetzt zu einer abgelegenen Siedlung fahren würden, wo er ein paar Pakete loswerden müsse.

»Wir können uns dort im Laden einen Hamburger holen, okay?«

»Gibt's auch Kaffee?«, fragte Sheila.

»Hmm, vielleicht Instantkaffee«, antwortete Chester skeptisch.

Eine Stunde später bog er in eine Sandpiste ein, die zu einer behelfsmäßigen Straße wurde.

Als ihnen ein staubiger Pick-up entgegenkam, rief und winkte ihnen eine große Familie fröhlich von der Ladefläche aus zu.

Sie fuhren weiter, bis sie ein verblichenes, verbeultes und mit Graffiti beschmiertes Schild in einer kleinen Aborigine-Gemeinde willkommen hieß. Es informierte sie außerdem darüber, dass Alkohol verboten war, und listete eine Reihe von Telefonnummern für verschiedene Notfälle auf.

Am Rand der unbefestigten Straße lungerten Kinder und Hunde herum und starrten die Besucher an, die in ihrem Bus langsam vorbeifuhren.

Was Jacqui da sah, schockierte sie. Schrottautos rosteten in der Landschaft vor sich hin. Neben der Straße lagen ein altes Sofa und mehrere alte Sessel. Auf den Sesseln tobten ein paar Kinder herum, während auf dem Sofa ein alter Mann in der Sonne döste. Die Häuser sahen aus, als seien sie entweder nicht fertig gebaut oder demoliert worden. Trotzdem waren sie offenkundig bewohnt, denn Jacqui hörte von drinnen Musik und laute Stimmen. In den Vorgärten schnüffelten ausgemergelte Hunde an dem überall herumliegenden, von Fliegen umschwirrten Müll.

Chester hielt bei einem kleinen Laden mit Maschendraht vor den schmutzigen Fenstern an. Daneben lagen eine Tankstelle und ein kleiner, abgeschlossener Wellblechschuppen.

Kleine Kinder, alle mit einer Limonadendose in der Hand, beobachteten schweigend, wie die Gruppe aus dem Bus stieg.

Chester nahm ein paar Pakete aus dem Kofferraum des Wagens und trug sie in den Laden.

»Es gibt hier Essen zum Mitnehmen und Getränke, falls jemand etwas möchte«, sagte er.

»Ich hol die Kamera«, sagte Damien zu Richie.

»Hier sieht's ja aus wie in der Dritten Welt. Nicht zu fassen, dass Australier heute noch so leben müssen«, meinte Sheila empört. »Was für eine Schande!«

»Ja, einfach schrecklich«, stimmte Jacqui zu. Sie folgte Chester in den Laden und fragte: »Gibt es denn hier keine Schule für die Kinder?«

»Früher schon, aber die Lehrerin hat gekündigt. Hier gab's immer Ärger. Freunde von mir haben die Kinder dann regelmäßig rüber zu dieser Künstlersiedlung gefahren, die aber mehr als zwei Stunden entfernt ist. Dort gibt's eine Schule, aber die Kinder von hier sind ständig weggelaufen.«

Im Laden sah Jacqui, dass sich in den Regalen Dosen und Fertignahrung stapelte. In Kisten neben der Ladentheke gammelten Obst und Gemüse vor sich hin.

Philipp nahm einen schlaffen Salatkopf heraus. »Der ist alt und völlig ungenießbar.«

»Wird aus Perth geliefert, über Broome«, erklärte Chester. »Aber sie haben tiefgekühlte Fleischpasteten und Hotdogs und können auch noch anderes Essen warm machen, wenn ihr wollt.« Er zeigte auf die Fertiggerichte, unter anderem gefrorene Pommes, die man nur in die elektrische Fritteuse hinter der Theke werfen musste. »Sie machen euch auch Hamburger.«

»Ich nehme eine Tüte Chips. Haben Sie Kaffee?«, fragte Jacqui die Frau hinter der Theke.

Die Frau holte eine große Büchse Instantkaffee unter der Theke hervor und wies auf eine Packung H-Milch.

»Oh, danke, aber ich hab's mir anders überlegt. Kann ich bitte eine Flasche kaltes Wasser haben?«

Nachdem sie gezahlt hatte, ging Jacqui hinaus zu Sheila und Damien. Ein Junge sauste auf einem alten Fahrrad dicht an ihnen vorbei und wirbelte eine Staubwolke auf.

»Vermutlich gibt's hier auch keinen Spielplatz oder Skatepark«, sagte Sheila.

»Als du im Laden warst, Jacqui, habe ich mich mit einer alten Frau unterhalten«, berichtete Damien. »Sie hat mir erzählt, dass nicht weit von hier ein Bach vorbeifließt, wo sich die Kinder herumtreiben. Außerdem gehen da auch die Männer zum Saufen hin, und die Kids schnüffeln, was sie in die Finger kriegen. Benzin, Klebstoff, Drogen.«

»Wetten, dass hier auch häusliche Gewalt an der Tagesordnung ist«, sagte Sheila und deutete mit grimmiger Miene auf einen Haufen leerer Bierbüchsen und Weinkartons neben einer überquellenden Mülltonne. »Und das soll eine alkoholfreie Gemeinde sein?«

Damien zuckte die Achseln und hob seine Kamera.

»Man sollte diese Siedlung räumen«, meinte Sheila, als Phillip und Richie zu ihnen traten.

»Und wohin mit den Leuten?«, fragte Phillip. »Ob man es glaubt oder nicht, aber hier sind sie womöglich besser aufgehoben als anderswo. In einem größeren Ort kämen sie wahrscheinlich völlig unter die Räder, wenn die Mädchen, teils noch nicht einmal im Teenageralter, Sex für Zigaretten anbieten und die kleinen Jungs alles klauen, was nicht niet- und nagelfest ist.«

»Aber das hier ist wirklich schrecklich«, sagte Sheila. »Ich werde darüber schreiben. Wo bleibt die Hilfe der Regierung? Was ist mit den Fördergeldern? Mit Gesundheits- und Bildungsprogrammen für diese Menschen?«

»Man hat endlos viele Pläne für sie gemacht. Nichts hat funktioniert«, erwiderte Phillip niedergeschlagen.

Damien schaltete seine Kamera aus. »Geld allein reicht nicht«, sagte er und griff in Jacquis Chipstüte.

»Geld ist immer das Entscheidende«, schnaubte Sheila. »Stellt man genug Mittel bereit, gibt es auch Verbesserungen. Eine Schule, ein Krankenhaus, Lehrer, Krankenschwestern. Alle hier sehen so ungesund aus, was kein Wunder ist, wenn man sich das Nahrungsangebot ansieht.«

»Gehen die Männer noch auf die Jagd?«, fragte Jacqui. »Vielleicht sind sie ja Selbstversorger, wie sie es immer schon waren.«

»Was ist mit den Entschädigungsgeldern wegen des geplanten Bergbauprojekts? Diese Rohstoffunternehmen sollten zu Kompensationszahlungen an die Siedlungen in ihrem Fördergebiet verpflichtet werden«, erklärte Sheila.

»Viel Glück bei dem Versuch, das hier durchzusetzen«, sagte Phillip. »Solches Geld fließt üblicherweise an die großen, bekannten Organisationen wie die Aboriginal Development Organisation oder den New Country Leadership Trust. Dort wird es anscheinend bei den allgemeinen Einkünften verbucht und versickert in der Verwaltung, sodass kaum etwas davon dort ankommt, wo es wirklich gebraucht wird.«

»Haben wir nicht neulich diesen Harley gesehen, Damien, den Chef des Trust?«, fragte Jacqui. »Als er mit Colin und Daryl Johnson gefrühstückt hat.«

»Stimmt«, bestätigte Damien. »Zusammen mit deinem alten Kumpel Cameron.«

»Ich finde, jemand sollte Daryl Johnson mal hierherbringen, damit er dieses Drecksloch selbst sieht«, empörte sich Sheila. »Wenn die Bergbauunternehmen, die er leitet, von den Ressourcen dieses Landes profitieren wollen, dann müssen die hier lebenden Indigenen entschädigt werden. Ein paar Millionen Dollar würden bestimmt eine Menge bewirken.«

»Aber hat man das nicht alles schon einmal probiert?«, fragte Jacqui zögernd und sah Phillip an.

»Immer und immer wieder«, antwortete er bedrückt. »Wenn ich bloß daran denke, wie viele Pläne und Vorschläge es gegeben hat und wie viel Geld verschwendet wurde, nur um noch ein weiteres Projekt umzusetzen, mit dem die Ureinwohner aus Elend und Armut befreit werden sollten! Anscheinend hat man den Menschen an Orten wie diesem immer nur gesagt, was sie tun sollen, aber nie wurden sie gefragt, was sie denn wollen. Das ist einer der Gründe, warum sich nie etwas verbessert hat.«

»Wenn man aus einem Ort wie diesem kommt und keine Schulbildung hat, kriegt man wohl nicht so leicht einen Job«, sagte Damien.

»Natürlich nicht«, stimmte Jacqui zu. »Aber was für eine Chance haben die Leute hier, wo es bereits am Nötigsten fehlt? Man kann nicht bloß fordern, ohne zu fördern.«

Schließlich kam Chester aus dem Laden. Er war in ein Gespräch mit einem älteren Aborigine vertieft.

»Das ist Geoffrey, er ist hier der Boss«, erklärte er den anderen.

»Dieser Ort könnte ein bisschen Hilfe dringend gebrauchen«, stellte Sheila unverblümt fest. »Hier fehlt ja jede Infrastruktur. Kümmert sich denn die Regierung nicht darum?«

»Manchmal kommen einige Leute von der Regierung her«, sagte Geoffrey. »Die Menschen hier sind einfach hergebracht worden. Haben nur das Recht zu fischen und zu jagen. Haben kein Land, also nichts zu sagen«, erklärte er.

Einen Augenblick herrschte Stille, dann sagte Phillip düster: »Tja, dann sind sie wohl leichte Beute für jedes Unternehmen, das herkommt und die Ressourcen ausbeuten will.«

»Aber in dem Fall müsst ihr einen Haufen Geld von ihnen verlangen!«, rief Sheila.

»Das ganze Geld behalten die anderen für sich. Bauen große Büros, kaufen teure Autos, kassieren fette Gehälter. Wir kriegen davon nichts zu sehen«, erwiderte Geoffrey.

Jacqui runzelte die Stirn. »Aber es ist doch nicht nur eine Frage des Geldes. Überlegen Sie einmal, wie das Land und die Umwelt darunter leiden würden. Bei Broome wollen sie die Küste verschandeln, und hier könnte der Bergbau einiges an kulturellem Erbe zerstören«, sagte sie und dachte an die eindrucksvolle

Schlangenhöhle, die sie am Vormittag besucht hatten. »Es wäre doch schrecklich, wenn das passieren würde.«

»Das ist der Bergbau, er bringt uns hier nichts Gutes«, warf Chester ein. »Wollen wir weiter?«

Als sie alle in den Allradbus gestiegen waren, nickte Chester Geoffrey zum Abschied zu, wendete und fuhr auf der unbefestigten Straße aus dem Ort hinaus.

Etwa anderthalb Stunden lang fuhren sie denselben Weg zurück, den sie gekommen waren. Dann bogen sie auf eine andere staubige Piste ein. Kurz darauf folgte Chester einem hübschen Schild, das zu einem Kunstzentrum wies, und bog ab.

Als Erstes erblickte Jacqui zwei riesige Ölfässer, die als Abfallcontainer dienten. Ansonsten war nirgends eine Spur von Müll zu sehen. Dann fuhren sie an einer Gruppe ordentlicher Fertighäuser vorbei. An einem Haus hing ein Schild mit der Aufschrift »Verwaltung«, an einem anderen stand »Leitung«. Und auf der gegenüberliegenden Straßenseite, direkt neben der kleinen Schule, gab es eine große Kantine mit Grill, ein Sanitärgebäude und einen luftigen Bau mit einem Schild, das ihn als »Galerie« auswies. In der Nähe saßen einige Künstler unter Baumgruppen auf dem Boden und beugten sich über große Leinwände, die sie vor sich ausgebreitet hatten.

Als Chester anhielt, erhoben sich neugierig etliche Hunde, die im Schatten gelegen hatten, und kratzten sich träge.

»Das hier macht einen eindeutig besseren Eindruck als die Siedlung, in der wir eben waren«, bemerkte Sheila.

Sie stiegen aus, und eine junge Aborigine-Frau kam lächelnd auf sie zu.

»Willkommen. Ich bin Wendy Cardwell. Möchten Sie die Galerie besuchen? Hi, Chester.« Sie nickte ihm freundlich zu. »Hab dich schon eine ganze Weile nicht mehr gesehen. Kommen Sie rein. Darf ich Ihnen etwas Kaltes zu trinken anbieten? Oder Tee?«

»Die Leute sind Kaffeetrinker«, grinste Chester.

»Dann kommen Sie doch bitte mit rüber in die Cafeteria. Es ist ein weiter Weg von Broome hierher.«

»Wir haben im Kunaan Camp übernachtet«, erwiderte Chester, als sie die Straße überquerten.

»Haben Sie die neu entdeckte Schlangenhöhle gesehen?«, fragte Wendy leise.

»O ja. Diese Leute dorthin zu bringen war okay.«

Wendy drückte die Fliegentür auf. »Diese Höhle ist echt fantastisch, was?«

»Gibt es hier jemanden, der Schlangen malt?«, fragte Sheila.

Wendy schüttelte den Kopf. »Nein. Unsere Künstler konzentrieren sich auf die lokalen Geschichten ihrer Heimat. Mr. Babcock, der Leiter einer Galerie in Sydney, kennt die Vorlieben seiner Kunden. Wenn er hierherkommt, sagt er uns, was sie haben wollen.«

Sie führte die Gruppe an einen frisch abgewischten Kunststofftisch. »Möchte jemand einen Schinken-Käse-Toast oder etwas Süßes?«

»O ja, gern«, riefen alle wie aus einem Munde.

»Du lieber Himmel, riecht ihr das? Richtiger Kaffee«, seufzte Sheila erfreut.

Wendy nickte dem jungen Mädchen an der Theke zu. Mit schüchternem Lächeln trat sie zu ihnen.

»Das ist Charlene«, stellte Wendy sie vor. »Ihre Mutter ist eine unserer Malerinnen. Sie nimmt Ihre Bestellungen auf.«

»Das wird also alles privat organisiert?«, erkundigte sich Damien bei Wendy. »Und ausschließlich von Weißen?«

»So hat es angefangen. Besucher, hauptsächlich Touristen, kamen in der Saison vorbei, um Gemälde zu kaufen. Darunter auch Agenten und Galeristen aus dem Ausland. In der Regenzeit haben wir geschlossen, denn dann ist die Anfahrt zu schwierig. In der Zeit kehren alle in ihre Heimatsiedlungen zurück.«

»Ob uns wohl eine der Frauen erzählen könnte, was für eine Geschichte sie malt?«, fragte Damien. »Ich würde das gern filmen.«

»Natürlich. Ich frage Ruby. Ihr Englisch ist ziemlich gut.«

Lächelnd machten die Frauen Platz für Jacqui und Sheila, die sich zu ihnen auf den Boden setzten. Wendy erklärte den Künstlerinnen, dass die Besucher gern die Geschichte hören würden, die sie zu viert gemeinsam auf die große, vor ihnen liegende Leinwand malten.

Ein wenig scheu begann Ruby zu erzählen. Sie drehte den Farbstock um, mit dem sie die schier endlosen Punktereihen von oben nach unten tupfte, und wies auf verschiedene Details des Bildes.

»Das hier ist großer Traumplatz, wo Kindgeister hinkommen. Hier ist das Wasserloch, wo wir besondere Frauensachen machen.« Langsam bewegte sie den Stock und nannte die verschiedenen Orte und Ereignisse, die mit Kreisen, Linien und Punkten dargestellt waren. Abwechselnd soufflierten ihr die anderen Frauen, mal nannten sie einen besonderen Platz, dann wieder ratterten sie Namen in einer Sprache herunter, die in Jacquis Ohren melodisch und rhythmisch klang.

Behutsam umkreiste Damien die Gruppe mit seiner Handkamera, dicht gefolgt von Richie mit dem zugehörigen Mikrofon. Damien filmte die Gesichter der Frauen oder zoomte von oben über ihre Köpfe auf die Leinwand, während Rubys Farbstock sich über die gemalte Landschaft der Traumwelt bewegte.

Auf dem Rückweg zur Kantine, wo sie Tee trinken wollten, sagte Phillip leise zu Jacqui: »Ich hoffe, Sheila schreibt über das, was sie heute gesehen hat. Wir möchten ja, dass die Aborigines eine ordentliche Schulbildung bekommen, in anständigen Verhältnissen leben, ihre Kinder erziehen und gute und einträgliche Jobs haben. Aber wie sich das erreichen lässt, ist eine knifflige

Angelegenheit. Hier draußen sind die Clans der Aborigines immer noch stark mit ihrem Erbe, ihrem Land, ihren Geschichten und ihrer Kultur verbunden. Sie sagen: ›Wir gehören dem Land.‹ Eine solche Auffassung ist den meisten Weißen völlig fremd, die ja vielmehr glauben, dass das Land ihnen gehört. Vielleicht trägt Sheilas Stimme zu mehr Verständnis bei.«

Jacqui nickte. Schweigend gingen sie eine Weile weiter, bis Sheila zu ihnen herüberkam.

»Von diesem Künstlerprogramm bin ich wirklich beeindruckt. Es ist eine Schande, dass es erst durch eine Initiative von Weißen zustande gekommen ist. Aber man sieht deutlich, was für einen Unterschied richtig eingesetztes Fördergeld macht. Diese geplanten Erdgasbohrungen können ein Gottesgeschenk sein, wenn das bedeutet, dass mehr Geld bereitgestellt wird, um solche Siedlungen zu schaffen. Ich würde sagen, sie sollten zuschlagen, solange das Angebot steht.«

Jacqui war überrascht. Nach allem, was sie von Lydia gehört hatte, klang dieses Gasprojekt nach Teufelszeug. Aber Sheila war eine ihrer Heldinnen, eine aufgeweckte und intelligente Frau. Vielleicht war Lydias Sicht doch ein bisschen zu einseitig?

Nachdem sie Wendy für ihre Gastfreundschaft gedankt hatten, stiegen alle wieder in den Bus, und Chester fuhr den langen, unbefestigten Weg zurück zur Straße.

Jacqui drehte sich um und schaute gedankenverloren aus dem Fenster, während das Tageslicht schwand.

Es war ein ereignisreicher Tag gewesen, und alle waren todmüde. Chester legte Känguru-Steaks auf den Grill, dazu gab es Kartoffeln, Zwiebeln und Tomaten aus Wendys Garten. Den Nachtisch, Büchsenpfirsiche oder Haferkekse, lehnte Jacqui dankend ab.

Sie wärmte sich die Hände an ihrem Teebecher, während sich die anderen mit Sheila unterhielten, die plötzlich Expertin für die

Lage der Aborigines geworden zu sein schien. Zwar stellte sie viele Fragen, hatte aber immer auch schon die Antworten parat, die sie so eloquent und entschieden kundtat, als wären sie über jeden Zweifel erhaben.

»Wirst du in den Zeitungen darüber schreiben?«, fragte Phillip.

»Ich möchte mir nicht vorwerfen lassen, ich würde eine kulturelle Aneignung betreiben, und meine Leserinnen interessieren sich wohl eher nicht für die politischen oder kulturellen Folgen dessen, was hier draußen vorgeht. Machen wir uns nichts vor: Die meisten Menschen in den Städten haben keine Ahnung von alldem hier.« Sie machte eine ausladende Handbewegung und erwärmte sich zunehmend für ihr Thema. »Diese Unermesslichkeit, diese Abgeschiedenheit von der modernen Welt, die Schönheit, die Geschichte, der geheimnisvolle Nimbus dieses Ortes und die Tragödie seiner ungenutzten Möglichkeiten ... es ist wirklich der vergessene Kontinent.«

»Vielleicht mögen die Menschen, die hier leben, es ja so«, warf Phillip ein.

»Unsinn. Die Umwelt zu schützen heißt doch nicht, die Menschen als Verlierer ihrer Geschichte zu konservieren. Man kann nicht mit einem Fuß in der heutigen Welt mit all ihren technischen Möglichkeiten und Social Media und so weiter stehen und mit dem anderen Fuß in der Steinzeit stecken bleiben«, erklärte Sheila.

Phillip zuckte die Achseln. »Tja, manchmal ist das eine schwere Entscheidung.« Er gähnte. »Es war ein fantastischer Tag. Danke, Chester, dass du uns so umsichtig chauffiert hast, und auch für deine Geduld und deine Kochkünste.«

Chester grinste und salutierte. »Das ist mein Job, Boss.«

Jacqui goss den Bodensatz von ihrem Tee auf die Erde. »Ich gehe jetzt schlafen. Es war ein wundervoller Tag, danke euch allen. Wir müssen morgen vermutlich früh los, Chester?«

Er nickte. »Möglichst gleich nach dem Frühstück.«

»Gute Nacht allerseits.« Sie sah Damien an, der ihr zuzwinkerte.

Jacqui ging zum Zelt, putzte sich mit einem Becher Wasser die Zähne und kuschelte sich dann in ihren Biwaksack. Dass Damien hereinkam, im Dunkeln herumkramte und sich auszog, bekam sie nur noch im Halbschlaf mit.

»Entschuldigung, habe ich dich geweckt?«, flüsterte er.

»Hmmm«, brummelte sie.

»Ich bin fix und fertig. War ein verdammt langer, aber auch großartiger Tag.«

Jacqui schlug die Augen auf. »Allerdings. Und du hast jetzt tolles Videomaterial, oder?«

»O ja. Und diese Sheila ist eine Wucht, findest du nicht?«

»Ja, schon. Aber ich bin nicht sicher, ob ich ihre Meinung so ganz teile. Lydia sagt, Geld allein löst nicht alle Probleme, die die Benachteiligung der Aborigines mit sich bringt.«

»Ach komm, Jacqui, man muss das praktisch sehen. Wie sonst willst du denn was verändern? Wer Geld hat, hat das Sagen. Geld ist Macht, das weißt du doch.«

»Manche Dinge sind bedeutsamer als Geld. Dazu hat Phillip ein paar interessante Dinge gesagt …«

»Oh, er meint es zweifellos gut, aber man braucht Prominente wie Sheila, die sich engagieren.« Damien schlüpfte in seinen Biwaksack. »Auf sie werden die Menschen hören. Sie wird eine großartige Fürsprecherin sein.«

Jetzt war Jacqui hellwach. »Aber wofür? Ihre Ansichten basieren auf ein paar Eindrücken, die sie bei einer Kurzreise in den Nordwesten gewonnen hat. Phillip hingegen hat Jahre damit verbracht, diesen Teil des Landes zu studieren und zu erforschen.«

»Phillip kommt mir aber ein bisschen naiv vor«, konterte Damien sofort. »Er ist ein Idealist. Ich meine, Sheila hat recht – Geld ist das Entscheidende.«

»Lydia findet andere Dinge wichtiger. Warum bilden sich Stadtmenschen immer ein, alles besser zu wissen?«

»Nichts für ungut, aber man muss das doch realistisch sehen. Wenn die Rohstoffkonzerne mit Geld winken, springen die Leute sofort darauf an.«

»Ich glaube, da irrst du dich. Eine Menge Leute werden sich gegen ein solches Projekt wehren, wenn ihnen klar wird, dass sie dabei mehr zu verlieren als zu gewinnen haben.«

»Wie kommst du auf die Idee, so ein verschlafenes Nest würde sich gegen ein großes, internationales Unternehmen stellen? Und warum sollten die Leute das tun? Falls es Streit gibt, dann höchstens um ein größeres Stück vom Kuchen.«

Jacqui war ein bisschen schockiert. »Ich kann nicht fassen, dass du so zynisch bist. Du bist doch vor Ort, du siehst doch selbst, wie außergewöhnlich und spektakulär diese Region ist!«

»Ich sage ja, es ist kompliziert. Und ich verstehe, dass es dich verwirrt, du bist schließlich keine Wissenschaftlerin wie Sheila. Also zerbrich dir nicht weiter den Kopf darüber.« Er rollte sich in seinem Biwaksack zu ihr und küsste sie neckisch. »Gute Nacht, Schatz.«

»Gute Nacht, Damien.« Unglücklich kuschelte sich Jacqui in ihren Schlafsack. Wie kam es, dass manche Männer ihre Meinung einfach abtaten, als sei sie nichts wert? Sie hatte geglaubt, Damien wäre anders, aber vielleicht hatte sie sich geirrt.

Die heitere Gelassenheit und der Zauber der Landschaft von Kimberley waren schon verflogen, bevor sie Broome erreichten. Während Richie den Allradmietwagen mit dem ganzen Filmequipment fuhr, leistete Damien Jacqui in ihrem Auto Gesellschaft. Sie war immer noch ein bisschen verstimmt über die herablassende Art und Weise, in der er letzte Nacht mit ihr gesprochen hatte. Da ihr nicht nach Reden zumute war, schob sie eine Musik-CD ein, damit das Schweigen nicht zu drückend wurde. Damien schien nichts zu bemerken und sang fröhlich mit.

Unwillkürlich musste Jacqui immer wieder an die Unterhaltung vom Vorabend zurückdenken. Vielleicht hatten er und Sheila ja recht. Vielleicht sollte man die Sorge um die Kultur hintanstellen, wenn doch mit der finanziellen Entschädigung so viele Probleme gelöst werden konnten. Plötzlich war sie sich unsicher.

Irgendwann hatten sie wieder Handyempfang, und prompt meldeten beide Handys Nachrichteneingänge. Jacqui prüfte mit einem raschen Blick, ob Jean-Luc geschrieben hatte, aber das war nicht der Fall. Immerhin teilte ihre Mutter ihr mit, dass sie gerade eine herrliche Zeit in Sydney verbrachten. Außerdem hatte Lydia ein paarmal angerufen.

Auch Damien hatte etliche Nachrichten erhalten, ignorierte sie aber.

»Ich muss wissen, was Lydia wollte«, sagte Jacqui und fuhr an den Straßenrand. Doch Lydia ging nicht ans Telefon, und so hinterließ Jacqui auf ihrem Anrufbeantworter, dass sie fast schon in Broome waren.

Sie fuhren weiter, und plötzlich sagte Damien: »He, was ist denn da los?«

Jacqui reckte den Hals.

»Was um alles in der Welt …?«

Am Ortseingang standen mehrere Menschentrauben neben der Straße. Auch als sie in die Stadt hineinfuhren, sahen sie überall Leute stehen – auf dem Rasen vor dem Gericht, vor dem Funkhaus und dem Zeitungsgebäude, vor dem größten Pub und vor der Touristeninformation. Alle hielten Plakate und Schilder oder Banner aus alten Laken mit darauf gesprühten Slogans in die Höhe. Auch wenn sich der Wortlaut unterschied, war die Aussage eindeutig: »Hände weg von unserer Küste« und »Wir lassen uns nicht kaufen.«

Damien schaltete das Radio ein, und dann hörten sie beide die Kurznachrichten.

»Nun, das war's dann«, sagte Damien. »Jetzt ist es offiziell. Die Regierung hat Chamberlains grünes Licht für die Erdgasförderung vor The Point gegeben.«

»Wie konnten sie nur? Ich habe gehört, dass es sich um eine traditionelle heilige Stätte handelt«, rief Jacqui entrüstet. »Außerdem ist es einer der schönsten Flecken an der ganzen Küste! Damit werden sich viele nicht einfach abfinden, vor allem, weil es so nah an Broome liegt.«

»Schau dir diese Demonstranten an. Offenbar hat der Kampf schon begonnen«, sagte Damien. »Aber um so etwas Großes zu verhindern, reichen ein paar protestierende Chaoten nicht aus.«

Jacqui schwieg.

Als sie vor ihrem Haus anhielt, küsste Damien sie auf die Wange. »Ich bin heute bestimmt bis tief in die Nacht damit beschäftigt, unser Filmmaterial zu sichten. Wir sehen uns dann morgen, okay?«

Jacqui nickte und war erleichtert, Zeit für sich und zum Nachdenken zu haben. Sie lächelte ihn an, als er ausstieg.

Kaum hatte sie ihr Haus betreten, klingelte auch schon das Telefon. Es war Lydia. »Setz Wasser auf, ich komme rüber«, sagte sie.

»Erzähl mir was Erfreuliches, bevor ich mit meiner Horrorgeschichte anfange«, sagte sie zehn Minuten später und goss sich Milch in den Tee. »Wie war der Ausflug? Kommst du mit Damien gut klar? War's schön im Busch?«

»Oh, es war zauberhaft. Ich kam mir vor wie in einer anderen Welt. Und Damien und ich waren, na ja, zuerst ein heißes Liebespaar, aber dann …«

»Dann was?«

»Ich weiß es nicht, Lydia. Anfangs hatte ich das Gefühl, dass wir echt gut zusammenpassen. Damien war ganz reizend und liebevoll, aber dann … keine Ahnung … Um ehrlich zu sein, ich bin ein bisschen durcheinander.«

»Was ist passiert?« Lydia beugte sich vor und trank einen Schluck Tee.

»Es hat gewissermaßen mit Sheila zu tun.«

Jacqui schilderte, wie entschieden Sheila darauf beharrt hatte, dass Geld alles sei, was den Aborigines fehle, um ihre zahllosen Probleme zu lösen. Und dass alle anderen Überlegungen zweitrangig seien.

»Andere Meinungen wollte sie nicht gelten lassen. Und obwohl ich sie und ihr Werk hoch schätze, war mir das nicht geheuer – mir kam es so vor, als hätte sie dort draußen nur die Oberfläche der Dinge gesehen und nicht den wahren Kern, wenn du verstehst, was ich meine. Sie war überzeugt, auf Anhieb die einzig richtige Lösung gefunden zu haben. Phillip hingegen hat ruhig und bedächtig darauf hingewiesen, dass es sich um eine komplexe Materie handelt, aber davon wollte sie nichts hören.«

»Er ist ein kluger Mann.«

»Jedenfalls war Damien Sheilas Meinung, und meine Überlegungen hat er einfach abgetan, was ich ein bisschen als Bevormundung empfunden habe. Aber auf der Rückfahrt ging mir durch den Kopf, dass Sheila und er vielleicht doch recht haben könnten. Weißt du, eine der Siedlungen, durch die wir kamen, war wirklich furchtbar. Vielleicht sollte man die Bedenken wegen der Gasförderung tatsächlich hintanstellen. Geld könnte die Lösung für solche Orte sein.«

»Was versteht Damien denn schon davon? Und wie kann er es wagen, dich so zu behandeln?«, fauchte Lydia. »Jetzt erzähl ich dir mal, was hier vor sich geht.« Sie holte tief Luft. »Sie haben vor, die weltgrößte Erdgas-Verflüssigungsanlage an einem heiligen und praktisch unberührten Abschnitt der Küste zu bauen, wo bis heute die älteste Kultur der Welt gepflegt wird. Außerdem lebt dort die weltgrößte Buckelwalpopulation, und so viele versteinerte Dinosaurier-Fußabdrücke findet man sonst fast nirgends auf der Welt. Der Baggeraushub wird Cable Beach verschandeln. Dazu kommen Molen, Pipelines und ein Hafen, sodass es im Umkreis von fünfzig Kilometern kein Leben im Meer mehr geben wird. Und das ist nur der Anfang. Es ist auch die Rede davon, dass Tausende von Arbeitern regelmäßig ein- und ausgeflogen werden, und zwar über Broome. Das ist es, was der Ressourcenabbau dieser Stadt bringen wird. Kein Wunder, dass so viele Leute stocksauer sind.«

Jacqui seufzte. »Du hast recht. So gesehen klingt es schrecklich. Wir müssen versuchen, es zu verhindern.«

Lydia verzog das Gesicht. »Ja. Du solltest mal hören, was die Anrufer bei unseren Sendungen mit Hörerbeteiligung so alles vom Stapel lassen! Ich kann dir sagen, diese Stadt ist jetzt schon in zwei verfeindete Lager geteilt. Die einen wollen, dass alles bleibt, wie es ist; die anderen glauben, dass diese Erschließung der Stadt Arbeitsplätze, Wohnungen und Wachstum bescheren wird. Leute wie Natalie und Colin sind natürlich hundertprozentig für diesen Gasumschlagplatz. Colin wird jede Menge billige Häuser hochziehen und was ihm sonst noch so einfällt.«

»Du liebe Zeit! Und ich fürchte, Nat spielt dabei gerne mit. Eine heikle Sache. Man sollte meinen, ihnen wäre klar, dass die Stadt dabei vor die Hunde geht. Hier wird nichts mehr so sein wie zuvor, wenn dieser Umschlagplatz gebaut wird.«

»Aber bis dahin haben sich Colin und Nat eine goldene Nase verdient und ziehen weg«, mutmaßte Linda düster. »Kümmert es sie dann noch?«

Jacqui stand auf. »Es ist einfach furchtbar. Was können wir tun?«

»Es wird ein langer Kampf werden. Die eine Hälfte der Stadtbevölkerung hat jetzt schon resigniert und sagt: ›Was können wir schon gegen diese Großkonzerne ausrichten‹, die andere Hälfte malt Protestschilder und kauft Ketten.«

»Ketten?«

Lydia lächelte betrübt. »Um sich an das erste Baumaschinenteil zu ketten, das sie zu The Point schaffen. Ich habe mich schon einer frisch gegründeten Aktionsgruppe angeschlossen, die unter dem Motto ›Rettet die Küste‹ den Bau dieses Umschlagplatzes verhindern will. Wir werden von einem Gönner gesponsert, der anonym bleiben will, aber offenbar jedes Jahr zum Fischen nach Broome kommt. Es ist verblüffend, was für Leute sich beteiligen, zum Beispiel auch ein paar junge Anwälte von der Ostküste, die kostenlos für uns arbeiten wollen. Sie sagen, da wird eine Menge Wind gemacht und den Leuten mit einer riesigen PR-Kampagne vorgegaukelt, es sei ohnehin zu spät, das Projekt noch zu stoppen. Jacqui, du musst wissen, dass du Kunden verlieren kannst, wenn du in deinem Laden darüber sprichst.«

»Wieso?«

»Es gibt bereits Streitereien im Pub. Manche Läden werden boykottiert. Haben die Leute erst mal Dollarzeichen in den Augen, sind Moral und Freundschaften schnell vergessen.«

»Ich werde in meinem eigenen Laden wohl noch sagen dürfen, was ich will«, empörte sich Jacqui.

»Es geht das Gerücht, dass einige Führungskräfte von Chamberlains in Daryl Johnsons Flugzeug nach The Point fliegen wollen, wahrscheinlich mit ein paar Politikern im Schlepptau. Die hohen Tiere versuchen offenbar den Eindruck zu vermitteln, dass jede weitere Diskussion über den Gasumschlagplatz reine Zeitverschwendung ist.«

»Wirst du sie interviewen?«

»Ich hoffe, ich bekomme die Gelegenheit dazu«, seufzte Lydia. »Wahrscheinlich bin ich nicht gerade Daryl Johnsons Lieblingsjournalistin, wenn er erst einmal meine Haltung kennt.«

»Ich finde, der Rest des Landes muss erfahren, was hier vor sich geht. Vielleicht kann Damien ja dabei helfen. Können wir nicht einflussreiche Prominente und Politiker mit Umweltbewusstsein kontaktieren? Oder bekannte Gesichter aus der Unterhaltungsbranche. Einige der Autorinnen und Autoren, die beim Festival waren, würden uns bestimmt auf die eine oder andere Art unterstützen«, überlegte Jacqui. »Sie müssten dazu gar nicht unbedingt nach Broome kommen, sondern nur öffentlich kundtun, dass sie auf unserer Seite stehen.«

»Noch mehr Leute ins Boot zu holen ist eine großartige Idee. Uns bleibt ja auch nichts anderes übrig, als alles zu versuchen. Aber ich geh jetzt lieber. Danke für den Tee.« Lydia schloss Jacqui kurz in die Arme und eilte zu ihrem Wagen.

Während Jacqui sich weiter den Kopf darüber zerbrach, was es für einen Ausweg aus diesem ganzen Schlamassel geben könnte, klingelte ihr Telefon. Es war Jean-Luc, der ihr begeistert erzählte, was er in Sydney alles unternommen hatte und was seine Großeltern für die nächsten Tage noch geplant hatten, bevor er nach Frankreich zurückflog.

»Ich freue mich so, dass es dir gefällt, Schatz. Du rufst aber noch einmal an, bevor du fliegst, ja?«

»Natürlich, Maman. Es ist wirklich schön hier in Sydney, aber ich vermisse dich und Broome, ehrlich.«

»Du fehlst mir auch«, sagte Jacqui und versuchte dabei, heiter und unbeschwert zu klingen, obwohl sie immerzu daran denken musste, wie lange sie ihren Sohn nicht wiedersehen würde.

Im Lauf des nächsten Vormittags kamen immer wieder Leute in den Buchladen, die ihr Entsetzen über den geplanten Gasumschlagplatz zum Ausdruck brachten. Andere wiederum schienen zu glauben, dass der Stadt nichts Besseres passieren konnte. Brian war begeistert von der Vorstellung, dass sich die Einwohnerzahl durch die neuen Arbeitskräfte erhöhen würde, denn dann konnte er noch mehr Immobilien verkaufen. Rachel dagegen fürchtete die langfristigen Konsequenzen, die ein so massives Erschließungsvorhaben haben würde.

Am Nachmittag wurde es ruhig im Laden, und Jacqui fragte sich, ob sich ihre Unterstützung der Gegenkampagne bereits herumgesprochen hatte. Mit Erleichterung hörte sie, wie die Tür aufging. Dann sah sie, dass Cameron hereingekommen war.

»Ach, wieder einmal in Broome«, sagte sie. »Oder warst du gar nicht weg?«

»Dir auch einen schönen guten Tag«, erwiderte Cameron sarkastisch. »Tatsächlich war ich ein paar Tage im Ausland. Ich habe gehört, dass das Autorenfestival ein voller Erfolg war. Und da wollte ich dich fragen, ob wir das nicht feiern wollen und ich dich zum Essen einladen darf?«

»Nein, danke.« Sie starrten einander einen Moment an, er mit fragender, sie mit ärgerlicher Miene. »Ich nehme an, du bist hier, um den Fortschritt deines größenwahnsinnigen Gasprojekts zu überprüfen? Du weißt, dass sich die Leute dagegen wehren und es stoppen wollen.«

»Die Leute? Wer genau? Und wie wollen ›die Leute‹ das anstellen?«, fragte Cameron ruhig. »Es ist also nicht jeder glücklich darüber?«

Sie verdrehte die Augen. »Wohl kaum. Aber du wahrscheinlich schon. Es ist doch das, was du mit deinem Kumpel Daryl Johnson hier durchziehen wolltest, oder? Dann hast du ja jetzt einen Volltreffer gelandet.«

»Ich habe eigentlich gar nicht viel damit zu tun. Aber kümmert es dich wirklich so sehr, was aus dieser Stadt wird, in der du noch gar nicht so lange lebst?«, fragte er.

Jacqui explodierte förmlich. »Ob es mich kümmert? Hast du mal Zeit auf dem Land mit den Ältesten verbracht? Gespürt, wie lebendig die Geschichte dieses Ortes ist?«

Cameron schaute sie ungläubig an: »Du liebe Güte, dir ist es ja wirklich ernst.«

»Ich würde dir am liebsten meinen Schuh an den Kopf werfen!«, fauchte sie und stapfte zu ihrer Theke zurück.

Cameron breitete die Arme aus. »Ich bin sicher, dass bei allem, was gebaut wird, strengste Umweltschutzvorkehrungen getroffen werden und …«

»Ganz egal, was sie tun«, rief Jacqui wütend, »es wird nicht reichen, um die Küste in diesem unberührten Zustand zu erhalten. Und ich wette, du hast deine Finger da mit drin.«

»He, Moment mal, du kannst mich nicht dafür verantwortlich machen, was da an der Küste passiert. Auch wenn ich für dasselbe Unternehmen arbeite. Ich befasse mich mit einem ganz anderen Projekt.« Seine Augen wurden schmal.

»Versuch gar nicht erst, dich rauszureden«, entgegnete Jacqui. »Ich verstehe einfach nicht, warum du so etwas tust.«

Cameron trat einen Schritt zurück und zuckte leicht mit den Schultern. »Jacqui, ich kann das Projekt nicht stoppen. Es hat nichts mit mir zu tun. Ich habe als Anwalt gearbeitet, aber zurzeit bin ich Gutachter und manchmal auch Berater von Daryl Johnson und verhandle Pachtverträge für die Bodenexploration in dieser Region. Die Vereinbarungen in den Pachtverträgen legen genau fest, was auf den jeweiligen Grundstücken erlaubt ist, auch hinsichtlich der Verträglichkeit mit angrenzendem Farmland. Ich sorge dafür, dass alle Kriterien erfüllt werden.«

Er hielt kurz inne und fuhr dann fort: »Du weißt, dass Kimberley seine Reichtümer nicht auf Dauer verstecken kann. Bodenschätze sind die neue Währung, neben Gold, Perlen, Land, Vieh, Wasser …«

»Hau ab, Cameron. Ich ertrage den Gedanken nicht, was du alles ausbeuten willst.«

Sie wandte ihm den Rücken zu. Cameron zögerte. »Okay, Jacqui. Ich melde mich.«

Sie erwiderte nichts darauf, während er langsam hinausging.

Mit leerem Blick starrte Jacqui auf die Bücher in den Regalen. Doch vor ihrem inneren Auge sah sie ferne Bergketten, Junggehölze und die verborgene Höhle mit den Malereien zu Ehren der Regenbogenschlange. Und sie spürte die Brise wie einen Atemhauch auf der Schulter, sie roch das schwelende Gras und hörte den leisen Singsang, mit dem Chester seine Ahnen anrief. Ehe sie es sich versah, rannen ihr Tränen über die Wangen.

»Jacqui?« Eine sanfte Stimme ließ sie aufschrecken.

Als sie das liebe Gesicht Lily Bartons vor sich sah, warf sie sich ihr in die Arme. Wenn jemand sie verstehen konnte, dann Lily.

»Ach, es ist wegen dieses schrecklichen Gasprojekts. Ich habe das Gefühl, mir wird der Boden unter den Füßen weggezogen. Dass mir Broome einmal so am Herzen liegen würde, hätte ich nie gedacht. Aber ich weiß nicht, ob ich noch hierbleiben will, wenn ein solcher Riss durch die Stadt geht. Das Leben ist manchmal auch so schon schwer genug. Ich vermisse Jean-Luc so sehr. Morgen fliegt er nach Frankreich zurück, und dann ist er wieder ewig weit weg.« Langsam wischte sie sich die Tränen ab.

»Das ist bestimmt nicht leicht für dich«, sagte Lily mitfühlend. »Aber würdest du es wirklich schaffen, von hier wegzugehen? Dieses Land nimmt dich mit aller Macht gefangen und gibt dein Herz nicht mehr frei. Ich bin hierhergekommen, weil ich sehen wollte, wo Captain Tyndall und Olivia ihre besten und schlimmsten Zeiten erlebt haben. Und kaum war ich da, wusste ich, dass ich nie wieder fortgehen würde. Dieses Land verändert einen, und auch wenn man geht, trägt man immer ein Stück Kimberley mit sich fort.«

In dieser Nacht lagen Damien und Jacqui zusammen im Bett, von hauchdünnem Moskitonetz umhüllt in ihrer eigenen kleinen Welt, sodass sie vorübergehend vergaßen, was draußen geschah. Jacqui war noch immer verwirrt von ihrem nächtlichen Gespräch neulich. Aber Damien war so begierig darauf gewesen, sie zu sehen, und später, als er dann zu ihr kam, so liebevoll und zärtlich, dass sie all ihre Bedenken als unbegründet abtat. Jetzt, in der Stille der Nacht, kreisten ihre Gedanken jedoch unwillkürlich wieder darum, welche schrecklichen Folgen es hätte, wenn die Rohstoffindustrie in diesen so besonderen Teil des Kontinents eindrang.

Damien fuhr ihr mit den Fingern durch das verwuschelte Haar. »Du bist so still.«

»Ja, ich muss ständig an diesen grässlichen Gasumschlagplatz denken. Von wegen Umschlagplatz. Wird ja wohl eher eine ganze Stadt!«

»Oh. Und ich dachte, du denkst vielleicht an mich und dass du mich vermissen wirst.«

Sie schlang die Arme um ihn. »Ja, das tue ich auch. Aber du kommst ja irgendwann wieder, zumindest um den gewaltigen Widerstand gegen das Gasprojekt zu filmen. Das machst du doch, oder?«

»Da bin ich nicht sicher. Du weißt, dass man von diesem David-gegen-Goliath-Kampf andernorts kaum etwas gehört hat. Und ich bezweifle auch, dass man sich groß darum kümmern wird. Wahrscheinlich hält man es für einen Sturm im Wasserglas. Wer wird also Interesse an einem Film darüber haben?«

Empört setzte sich Jacqui auf. »Du hältst das alles bloß für Zeitverschwendung? Hast du dir das Ausmaß dieses Projekts mal angesehen? Und über die Folgen nachgedacht?«

Zärtlich legte Damien ihr seine Hand auf den Mund. »Beruhige dich. So ist nun einmal der Lauf der Welt, Jacqui. Man nennt es Fortschritt.«

Jacqui ließ sich aufs Kissen zurücksinken. »Wenn all das wirklich kommt, halte ich es hier nicht mehr aus. Dann ziehe ich nach Perth!«

»Mmmm«, murmelte Damien. »Kein schlechter Plan. Der Schlüssel zu meinem Haus liegt unter dem Blumentopf neben der Tür. Ich werde warten.«

»Es könnte sich für dich vielleicht lohnen, eine Weile hier zu verbringen und mitzuerleben, wie ein kleiner Ort ein internationales Unternehmen in die Knie zwingt«, sagte Jacqui leise.

Damien beugte sich zu ihr. »Träum weiter, Baby.« Bevor sie etwas erwidern konnte, küsste er sie innig.

8

Zwischen den Bäumen auf den Klippen verglomm ein Lagerfeuer. Dunkelrot glühte der letzte Rest eines Holzscheits in der nächtlichen Finsternis. Menschen lagen eingemummelt in Biwaksäcken rings um die noch warme Feuerstelle.

Unter ihnen schnellten von Zeit zu Zeit gewaltige glänzende Leiber aus der Tiefe des Meeres, um mit einem Krachen, das von den roten Klippen widerhallte, auf die Wasseroberfläche zu klatschen.

Bei Flut kamen die Wale in Küstennähe, und ihre gespenstischen Rufe waren auch in dem kleinen Nachtlager der Helfer zu hören. Für manche klang der klagende Walgesang wie ein Appell, diese kostbare Küstenregion zu beschützen.

Ein paar Tage später stieg Peggy aus dem ramponierten Geländewagen ihres Vaters und wurde mit großem Hallo begrüßt. Jacqui umarmte sie herzlich.

»Es wird schon dunkel. Ich habe Dad gesagt, wir hätten früher losfahren sollen, um rechtzeitig raufzukommen.«

»Keine Sorge, wir haben noch genug Zeit«, meinte Phillip.

»Willst du das wirklich machen, Peggy?«, fragte Jacqui. »Das wird eine lange Nacht. Und wer weiß, wie lange du dort oben festsitzen wirst.«

Peggy lachte kurz auf. »Je länger, desto besser. Ich hoffe nur, dass es irgendjemand filmt. Ich will in die Nachrichten!«

Philipp Knowles warf glucksend den Kopf in den Nacken. »Ich hätte nie gedacht, dass ich mal eine Tochter habe, die ins Fernsehen will!«

»Nur um der guten Sache willen, Dad. Hey, schaut mal, wie viele Leute da sind. Sollte das nicht eine geheime Aktion sein?«

»Man kann so was schlecht geheim halten, wenn es quasi am Stadtrand stattfindet. Wir können von Glück sagen, dass niemand vom Bergbauunternehmen da ist«, erwiderte Jacqui. Sie warf einen Blick auf den großen Kran der Chamberlains Industries, der neben einer kleinen, von dem Unternehmen errichteten Baracke stand. Sobald der Konzern die Genehmigung hatte, würde man den Kran zu The Point transportieren.

»Es gefällt mir nicht, dass sie sich hier schon breitmachen, als würden sie diesen Kampf sowieso gewinnen«, ärgerte sich Peggy. »Ich hoffe, meine Aktion wird als eine Art Statement verstanden.«

»Wir haben rechtliche Schritte eingeleitet, weil sie ohne Genehmigung technisches Gerät zu The Point geschafft haben«, erläuterte Phillip. »Es ist schlimm genug, dass sie klammheimlich Erdbewegungsmaschinen auf dem Seeweg angelandet haben, um das Gelände einzuebnen. Hast du davon gehört?«

Betroffen schüttelte Jacqui den Kopf.

»Und es kursieren Gerüchte, wonach Chamberlains schon mit dem Planieren anfangen will, obwohl es dort Kulturerbestätten gibt und sie keine Genehmigung dafür haben. Deshalb werden wir die Straße blockieren und ein Camp an der Abzweigung zu The Point errichten, das rund um die Uhr besetzt ist. Wir erstellen bereits einen Einsatzplan mit Unterstützern aus der Stadt, um das Camp mit Lebensmitteln und allem Notwendigen zu versorgen.«

»Ich dachte, die traditionellen Eigentümer hätten mit Verweis auf ihre indigenen Rechte dagegen geklagt – hat das denn keine aufschiebende Wirkung? Und was ist mit all dem zusammengetragenen Beweismaterial über die Wildtiere, die Habitate, die Anzahl der Wale und so weiter, das belegt, wie ökologisch sensibel die Küste ist?«, ereiferte sich Jacqui.

Phillip hob bedrückt die Hände. »Wenn man die Konzerntypen reden hört, könnte man meinen, die Meere seien leer und die Wüste sei eine Todeszone!«

»Okay, Peggy, sehen wir zu, dass wir dich dort raufkriegen«, sagte Gordon, einer der hiesigen Charterboot-Vermieter. Er hatte eine Winde und Seile samt Haken von seinem Boot geholt und machte sich daran, Peggy bei ihrem Aufstieg zur Spitze des Krans zu helfen.

Jacqui stand neben Phillip, als das schlanke Mädchen mit einem kleinen Rucksack auf dem Rücken Sprosse für Sprosse die Schachtleiter des fünfundsechzig Meter hohen Stahlkonstrukts erklomm. »Bleibst du auch hier draußen?«, fragte sie ihn.

»Selbstverständlich. Auch wenn Peggy behauptet, dass sie ohne mich zurechtkommt, lasse ich sie auf keinen Fall allein, solange sie dort oben ist. Ich habe meinen Biwaksack mitgebracht und werde mich dort drüben am Zaun niederlassen. Peggy hat ihr Handy dabei. Sie kann sich also mit ihren Freunden unterhalten, wenn ihr langweilig wird.«

Nachdem Peggy das obere Ende des Krans erreicht hatte, fotografierten die Leute unten, wie sie ein langes Protestbanner entrollte und befestigte.

»Ich schicke Jean-Luc ein Foto von ihr«, erklärte Jacqui. »Kann ich dir irgendwas bringen? Etwas zu essen?«

»Wir haben ordentlich gefuttert, bevor wir aufgebrochen sind, und Peg hat Verpflegung und Wasser in ihrem Rucksack. Außerdem habe ich noch Lebensmittel im Auto, wir sind also gut gerüstet. Aber danke für das Angebot, Jacqui.«

»Wie lange wird sie oben bleiben?«

»So lange, wie es nötig ist, denke ich. Chamberlains wird nicht begeistert davon sein, dass ein Banner mit dem Slogan ›Rettet die Küste‹ an ihrem Kran hängt. Und sobald die Medien davon erfahren, werden sie wohl alle herkommen und darüber berichten.«

»Ihr macht das toll. Peggy ist ausgesprochen mutig, finde ich.« Jacqui war gerührt von dem leidenschaftlichen Einsatz und der Furchtlosigkeit der beiden.

Die Zeit verstrich nur langsam, nun, da es dunkel geworden war und die Zuschauer gegangen waren. Unter Peggy strahlten Scheinwerfer auf den Stacheldrahtzaun. Außerhalb ihrer Lichtkegel erstreckte sich die dunkle Savanne Kimberleys bis zum Horizont. Peggy wusste, dass der geplante Eingriff des Bergbauunternehmens das fragile Ökosystem der Region unwiederbringlich zerstören würde.

In den sich zäh dahinziehenden Stunden versuchte Peggy zu schlafen, während langsam der Mond unterging, die Dämmerung anbrach, die Sterne verblassten. Und im frühen Licht der Morgensonne war sie die Erste, die von ihrem Hochsitz aus sah, wie sich, in eine Staubwolke gehüllt, eine Schlange aus blauweißen Fahrzeugen näherte, um sie herunterzuholen.

Mit ihrem trotzigen Ausharren auf dem Kran hielt Peggy die Polizei, die Angestellten von Chamberlains, die Medien und die Unterstützergruppe der Aktivisten fast den ganzen Vormittag lang auf Trab. Viele Einwohner der Stadt machten einen Abstecher zu dem Gelände, um das unbeirrbare Mädchen anzufeuern, das ihnen lächelnd von dem bannergeschmückten Kran aus zuwinkte. Und so achtete kaum jemand auf die Pkws und Laster, die auf der Halbinselstraße nach Norden in Richtung The Point unterwegs waren.

Als Jacqui später durch die Stadt fuhr, hörte sie im Radio, dass Chamberlains die Genehmigung erhalten hatte, das Baugelände zu planieren. In praktisch jedem Vorgarten sah man nun Transparente, Fahnen oder Schilder. Doch nicht alle Schaufenster der Geschäfte waren mit Plakaten oder Petitionsaushängen geschmückt. Einige, die als Anhänger des Chamberlains-Projekts galten, wurden von eingeschworenen Gegnern des Vorhabens boykottiert. Wie Jacqui wusste, gehörten zu diesen Gegnern auch etliche Standbesitzer auf den Wochenmärkten, die Flugblätter verteilten und ihre Kunden ermunterten, Petitionen für den Stopp des geplanten Gasumschlagplatzes zu unterschreiben. Andere Gruppen hatten eifrig Filmabende, Solidaritätskonzerte, Kunstausstellungen, Grillpartys und Sportveranstaltungen organisiert, mit deren Erlös die Initiative »Rettet die Küste« unterstützt wurde.

Gerüchten zufolge gaben sich einige Handlanger von Chamberlains als Angler aus – ihre Plastikangelruten und ihre kläglichen Versuche, sie auszuwerfen, waren verräterische Hinweise. Offenbar versuchten sie, die Protestbewegung und die Einheimischen am Strand auszuspionieren. Lydia, die neuerdings überall gleichzeitig zu sein schien, erzählte Jacqui mit einer gewissen Häme, dass sich die Demonstranten einen großen Spaß daraus machten, diese Leute mit Falschinformationen zu füttern.

Am Morgen hatte Lydia Jacqui gefragt, ob sie ein paar Stunden erübrigen und einige dringend benötigte Sachen zum Protestcamp bringen könnte. Jacqui hatte sofort ihre Hilfe zugesagt, auch wenn sie zusehends ein schlechtes Gewissen plagte, weil sie Sylvia so oft im Laden allein ließ. Zum Glück lag das Autorenfestival nun hinter ihnen, sonst hätte sie nicht so viel Zeit für die Protestkampagne gehabt. Sie fuhr an dem Kran vorbei, der noch immer am Stadtrand stand, und weiter die Küstenstraße entlang. Als sie die Abzweigung zu The Point erreichte, schien es ihr, als wäre das Camp jetzt mehr auf Dauer angelegt als bei ihrem ersten Besuch. Wegen der Straßenblockade konnte man nur mit einem Motorrad oder zu Fuß über das unwegsame rote Gelände dorthin gelangen. Jacqui parkte ihren Allradwagen an einem schattigen Platz und stieg aus.

Die Demonstranten versuchten es sich offensichtlich so angenehm wie möglich zu machen. Sie saßen im Schatten von Bäumen oder unter behelfsmäßigen Dächern aus Zweigen oder Planen, unter Sonnenschirmen und in Zelten. Jacqui wusste, dass die Leute aus der Stadt sie reichlich mit Essen versorgten, und oft schlossen sich ihnen weitere Demonstranten an oder lösten sie ab. Zudem besuchten häufig lokale Musiker das Camp und trugen mit spontanen Konzerten und gemeinsamem Singen zur Stärkung der Moral bei, was Jacqui überaus sympathisch fand.

Nicht nur im Bundesstaat, sondern auch landesweit gab es viel Unterstützung für die Protestierenden. Politiker, Geschäftsleute und Touristen erklärten sich solidarisch und zeigten sich an der Absperrung. Lydia und ihr für die Kampagne zuständiges Medienteam dokumentierten alle Aktivitäten mit Fotos und Videos, verschickten Meldungen über Social Media und hielten die großen Nachrichtenagenturen auf dem Laufenden.

Doch auch die Zahl der Polizisten wuchs. Die zur Verstärkung teilweise sogar aus Perth eingeflogenen Beamten waren mit der Hitze in diesem Landesteil nicht vertraut und schwitzten in ihren Uniformen. Als sich der Stillstand immer länger hinzog, schienen sie allmählich die Geduld zu verlieren.

Auf dem Weg zum Camp bemerkte Jacqui als Erstes Eddie Kana. Sie erinnerte sich, wie sie und Jean-Luc ihm damals an The Point begegnet waren. Seinen alten Hut tief ins sonnenbebrillte Gesicht gezogen, stand der kräftige Mann in Shorts und dunklem T-Shirt mit verschränkten Armen vor dem Transparent, das quer über die Straße gespannt war. An einem Baum neben ihm wehte eine große Aborigines-Flagge. Wie sie von Lydia wusste, war er noch keine fünfzig, doch bereits als Senior Law Boss der anerkannte Aborigines-Vertreter für die Halbinsel-Region. Eddies Großvater hatte um die Führungsqualitäten seines Enkels gewusst und ihn vor seinem Tod zum obersten Hüter des Landes ernannt, wobei er eine Generation übersprungen hatte. Eddie war ein begnadeter Anführer, ein ausgleichender Ruhepol ebenso wie ein glänzender Taktiker. Jacqui hörte zu, als er das Wort an die versammelten Demonstranten richtete.

»Brüder und Schwestern, wir stehen hier vereint. Wir haben die einzigartige Chance, der Welt zu zeigen, wie sehr wir dieses Land lieben – ob als das Volk dieses Landes, als Hüter, traditionelle Eigentümer, politische Anführer, als Angehörige der vielen Aborigine-Clans oder auch als Menschen anderer Abstammung, die hier geboren wurden oder hier ihre Heimat gefunden haben. Wir machen keine Unterschiede. Und wir brauchen keine Gewalt und auch keine Rechtfertigung. Denn was wir tun, ist wahrhaftig und gerecht. Dies ist unser Land, wir gehören hierher, wir bleiben hier. Wir kümmern uns um das Land, alle gemeinsam und auf die richtige Art. Es ist an uns, es für die gegenwärtige und für künftige Generationen zu bewahren. Wir werden nicht weichen, aber wir bleiben friedlich.«

Er sprach ruhig, doch mit Nachdruck, und am Ende klatschten und jubelten alle. Jacqui sah es den Gesichtern der Demonstranten an, dass sie sich in ihrer Entschlossenheit, ihr geliebtes Land vor zerstörerischer Ausbeutung zu beschützen, nicht irremachen lassen würden. Zumal sie von der Überzeugung beseelt waren, das Richtige zu tun.

»Wir machen so lange weiter, bis wir gewonnen haben«, sagte Eddie und beendete seine Ansprache mit einem breiten Lächeln.

Jacqui ging zu ihm und schüttelte ihm die Hand.

»Eine tolle Rede, Eddie. Das ist ein wichtiger Kampf«, meinte sie.

Er zuckte die Achseln. »Ich mache meinen Job. Nicht mehr und nicht weniger. Ich beschütze unser Erbe, unsere Gesetze, mein Land. Diese Typen in ihren vier Wänden haben überhaupt kein Gefühl für das Land, ihnen fehlt das jahrtausendealte Wissen, das wir weitergeben müssen. Ihre Flüssiggasanlage können sie sonst wo bauen, aber nicht hier.«

»Genau. Ihr werdet gewinnen, da bin ich ganz sicher.«

»Jacqui!«

Sie fuhr herum und lächelte erfreut, als Ted Palmer auf sie zukam.

»Palmer! Schön, dich zu sehen. Ich hätte mir denken können, dass ich dich hier treffe. Ist Lily auch da?«

»Nein, sie ist zu Hause. Aber ich war in der Stadt und habe gehört, dass ich herkommen soll. Auf dem Highway sind Tieflader gesichtet worden, die Bulldozer und Rodungsmaschinen transportieren. Anscheinend versuchen sie jetzt, schon mal das leichtere Gerät zu The Point zu schaffen.«

»Bist du sicher? Vielleicht wollen sie es ja nur auf das Gelände bringen, wo Chamberlains sein provisorisches Büro errichtet hat?«

Palmer schaute skeptisch drein. »Das bezweifle ich. Sie haben mindestens achtzig Polizisten als Begleitschutz dabei.«

»Das ist nicht dein Ernst!«

»Wenn du gehen willst, solltest du es lieber sofort tun, sonst kommst du vielleicht nicht mehr weg. Die Lock-on-Aktivisten wissen, dass die Bullen anrücken, und sind bereit.«

Jacqui wusste, was das bedeutete. Diese Aktivisten waren darauf vorbereitet, sich zu jeder Tages- und Nachtzeit und von einem Moment auf den anderen an Geräte, Fahrzeuge, große Ölfässer, Autowracks oder auch Rohre anzuketten und damit passiven Widerstand zu leisten, bis sie von der Polizei gewaltsam entfernt wurden. Es gab ein rund um die Uhr funktionierendes Frühwarnsystem. Wenn die Leute von der Bereitschaftsschicht mitten in der Nacht geweckt wurden, würden sie aus ihren Betten und Schlafsäcken springen, um die Transporter im Auge zu behalten, oder zu ihren vorgesehenen Posten im Busch und entlang der Straße zu The Point eilen.

»Das klingt nach dem Ernstfall«, sagte Jacqui. »Eigentlich sollte ich beim Kommunikationsteam ein paar Ausdrucke abliefern. Lydia hat mich gebeten, sie ihnen ins Zelt zu bringen. Aber anscheinend beginnt jetzt die heiße Phase, und ich bin mittendrin!«

Jacqui sah sich um und stellte fest, dass während ihres Gesprächs mit Palmer plötzlich alle im Camp aktiv geworden waren. Hatten die Demonstranten eben noch vor den Zelten oder unter Bäumen gelegen, begaben sie sich jetzt rasch zu den vereinbarten Plätzen. Gleichzeitig wurden weitere Fahrzeuge herbeigefahren, um die Barrikade zu verstärken.

Palmer ging zu einer kurzen Besprechung zu Eddie, während Jacqui zu dem kleinen Kommunikationszelt eilte, wo ein junges Pärchen eifrig an Laptops arbeitete.

»Hallo, Lydia schickt euch die Infos, die ihr haben wolltet«, sagte Jacqui, nahm einen Stapel Papiere aus ihrer Tasche und gab sie den beiden. »Obwohl ihr hier ja jetzt mit der ganzen Welt verlinkt seid, oder?«

»Na klar«, sagte das Mädchen mit ausländischem Akzent. »Wir haben eine Satellitenschüssel installiert, und alles wird aufgezeichnet, fotografiert, herumgemailt und für unsere Follower im ganzen Land auf Facebook gepostet. Inzwischen bekommen wir auch eine Menge Unterstützung aus anderen Ländern. Wenn die Leute die Videos und Bilder angucken, die wir von hier ins Netz stellen, denken sie zuerst, wir haben mit den Farben getrickst. Sie können nicht glauben, dass es hier wirklich so aussieht.«

»Woher kommt ihr?«, fragte Jacqui, denn sie sah die beiden zum ersten Mal.

»Eigentlich studieren wir an der Victoria University, aber wir gönnen uns gerade eine Auszeit, und da haben wir uns überlegt, hierherzukommen und mitzuhelfen. Niemand will, dass diese Region vor die Hunde geht«, erklärte der junge Mann. »Und danke für die Unterlagen.«

Plötzlich hallte ein Ruf durchs Camp: »Sie kommen!«

Rasch verabschiedete sich Jacqui, stürmte hinaus zu Palmer, der in Richtung Straße blickte. Eine mächtige Staubwolke in der Ferne kündete die Ankunft mehrerer Schwertransporter und einer Polizeieskorte an. Rumpelnd bogen sie vom Highway auf die unbefestigte Nebenstraße ab.

»Diese Idioten fahren ja mit einem Affenzahn! Wollen die uns einfach niederwalzen?« Palmer drehte sich zu der mickrig wirkenden Absperrung um. »Kommt alle raus! Hakt euch unter und bildet eine Menschenkette quer über die Straße!«, rief er. »Dann müssen sie anhalten«, murmelte er düster.

Große Hektik brach aus. Zwei Leute fassten Jacqui links und rechts bei der Hand und zogen sie in eine der Demonstrantenreihen, die sich vor der Barrikade auf der Straße bildeten. Ehe sie es sich versah, fand sie sich mitten unter den Protestierenden wieder – Menschen jeden Alters und aller Ethnien; manche kannte Jacqui aus Broome oder der weiteren Umgebung, andere hingegen waren ihr völlig unbekannt.

Eddie Kana trat vor die Menge.

»Wir stehen hier, und ich spreche für mein Land. Wir sind friedlich – keine Gewalt! Wir sind im Recht, sie sind im Unrecht«, rief er den Menschen auf seine besonnene Art in Erinnerung.

Die ersten beiden Polizeiwagen rasten auf sie zu, mit heulenden Sirenen und Rot- und Blaulicht, dicht gefolgt von zwei weiteren Streifenwagen. Seite an Seite hielten die vier Fahrzeuge dicht vor der Menschenkette an.

Die Beamten sprangen aus ihren Wagen, verharrten und warfen der schweigenden Menge böse Blicke zu.

Eddie trat vor.

Der Einsatzleiter sah ihn an, richtete seine Worte jedoch an die Demonstranten.

»Das ist eine öffentliche Straße. Sie dürfen diese Fahrzeuge nicht an der Durchfahrt hindern. Geben Sie den Weg frei.«

Niemand rührte sich, keiner sprach.

Da schüttelte Eddie den Kopf. »Diese Lkws haben kein Recht, zu unserem Land zu fahren.«

Dabei deutete er auf den Tieflader, der eine große Planierraupe transportierte und soeben hinter den vier Streifenwagen anhielt. Ihm folgten weitere Polizeiautos sowie ein zweiter Laster, der mit Gerätschaften beladen waren, die offenbar zur Räumung und Rodung dienten.

»Und wer sind Sie, Sir?«, fragte der Officer.

»Ich bin Eddie Kana und als Senior Law Man verantwortlich für den Schutz und Erhalt meines Landes.«

»Tja, tut mir leid, Sir, aber die Firma Chamberlains Industries hat die Erlaubnis, mit dem Planieren ihres Baugeländes zu beginnen.«

»Sie hat kein Baugelände, denn dieses Land gehört uns«, stellte Eddie klar.

»Doch, jetzt schon, Mr. Kana. Denn die Regierung des Bundesstaats hat die Enteignung angeordnet, was sämtlichen Grund und Boden bis zu The Point betrifft.« Damit drückte der Polizist dem Aborigine-Anführer ein Dokument in die Hand. Eddie nahm es ungerührt entgegen, ohne einen Blick darauf zu werfen.

»Officer, ich habe jedes Recht, hier zu sein, so wie meine Vorfahren. Ich bin mit meinem Großvater durch dieses Land gewandert, ich kenne jeden Stein, jede heilige Stätte … ich kenne dieses Land durch und durch. Ihr dürft diese Maschinen nicht hierherbringen und der Schlange das Rückgrat brechen.« Er hielt das Blatt Papier mit spitzen Fingern, als könnte er sich daran verbrennen.

»Tut mir leid, Mr. Kana, das ist eben der Fortschritt. Außerdem haben auch viele von Ihren Leuten das Geschäft abgesegnet. Sie wollen dieses Bauprojekt. Ich teile Ihnen also nur mit, was das Gesetz Ihnen vorschreibt.«

Da rief Palmer von hinten: »Aber die Leute hier wollen kein solches Bauprojekt und viele andere Australier auch nicht. Richten Sie das doch bitte der Vorstandsetage von Chamberlains aus!«

»Wir führen nur Befehle aus und tun unsere Pflicht, Sir«, fauchte der Polizist, der seinen Job offenbar zunehmend frustrierend fand.

»Wir auch!«, ertönte da eine missmutige Stimme. Eine ältere Aborigine-Frau drängte sich nach vorn und stapfte auf die vor den Demonstranten in Reih und Glied stehenden Polizisten zu. Ihr Alter ließ sich schwer schätzen. Sie ging gebeugt, hatte ein scharf geschnittenes Gesicht, und ihre dunklen Augen blitzten.

Sie baute sich vor der Reihe blau uniformierter Polizisten mit den verspiegelten Sonnenbrillen auf, die ihre Gesichter weitgehend verbargen. »Ihr wisst nichts über uns!«, rief sie und hob die geballte Faust. »Unser Volk wird für seine Rechte kämpfen! Für seine Kultur! Für sein Land! Und ihr habt nicht das Recht, uns aufzuhalten.«

Einige der Polizisten machten ein paar Schritte auf die Menge zu, die angespannt wirkte, sich aber nicht vom Fleck rührte.

»Wir müssen Sie verhaften, wenn Sie nicht freiwillig die Straße räumen«, erklärte der Officer lapidar.

Der Fahrer des Tiefladers lehnte sich aus seinem Fenster. »Schaffen Sie sie weg, Officer! Das sind doch alles nur Chaoten. Oder soll ich sie einfach überfahren?«

Angesichts der zugespitzten Lage wurde Jacqui nervös, sie umklammerte die Hände ihrer Nachbarn ein wenig fester.

Eddies Blick wanderte über die Menge, dann setzte er sich ruhig auf den Boden. Die anderen taten es ihm gleich, wobei sie sich immer noch bei den Händen hielten.

Der Einsatzleiter zuckte mit den Schultern, drehte sich zu seinen Leuten um und winkte sie nach vorn. Mittlerweile waren noch mehr Polizisten hinzugekommen, die Demonstranten befanden sich klar in der Unterzahl.

»Bleibt ruhig, seid still und rührt euch nicht vom Fleck!«, hörte Jacqui Palmer sagen.

Doch davon wollte die zornige alte Aborigine-Frau nichts wissen. Dicht vor dem Gesicht des Einsatzleiters reckte sie ihre Hakennase und hieb mit der Faust in die Luft.

»Ihr Burschen bringt uns nicht dazu, den Weg freizugeben, damit diese Mistkerle unser Land zerhacken können. Da draußen liegen die Gebeine unserer Ahnen. Wenn ihr ihre Ruhe stört, kommt Unglück über euch!«

»Lady, wir wollen Ihnen keinen Kummer bereiten, also gehen Sie aus dem Weg. Sonst müssen wir Sie ins Gerichtsgebäude in der Stadt bringen und in eine Zelle sperren.«

»He, Sie können sie doch nicht einsperren«, rief ein junger Mann. »Das ist eine alte Frau!«

Inzwischen wurden die Lkw-Fahrer immer ungehaltener über die Verzögerung und veranstalteten ein Hupkonzert.

»Weg mit dem Pack!«, riefen sie.

Ruhig und bedächtig machten sich die Polizisten an die Arbeit. Jacqui atmete tief durch und rührte sich nicht, als die Polizisten anfingen, jeweils paarweise einen schweigenden Demonstranten nach dem anderen wegzuschleppen oder wegzutragen. Als sie an der Reihe war, ahmte sie das nach, was sie bei den anderen gesehen hatte – sie hing schlaff wie ein Sack zwischen den schwitzenden Beamten, bis diese sie unsanft am Straßenrand fallen ließen.

Während die Aktivisten weggetragen wurden, nahm ein Polizist das große Transparent ab, das quer über die Straße gespannt war. Die Menge brach in Jubel aus, als sich herausstellte, dass sich drei Leute an Metallrohre an der Karosserie eines Autos angekettet und die Ketten mit schweren Vorhängeschlössern gesichert hatten. Einer der drei war Palmer. Die anderen beiden waren Angestellte von Lilys Perlenfarm.

Wortlos kehrten die Demonstranten, die an den Straßenrand verfrachtet worden waren, auf die Fahrbahn zurück, um sich diesmal auf den weichen roten Sandboden zu legen. Erneut begannen die Polizisten, sie auf die Seite zu tragen, doch irgendwann war ihre Geduld erschöpft. Und da fingen sie an, Leute zu verhaften.

»Ich hatte Glück, dass sie mich nicht festgenommen haben, aber ich war ja nicht angekettet, da bestand weniger Risiko«, erzählte Jacqui Lydia, als sie sich am nächsten Morgen im Bio-Café über die Ereignisse des Vortags unterhielten.

Lydia seufzte. »Ich habe gehört, dass es sich über Stunden hingezogen hat. Die Demonstranten haben sich nicht gewehrt und geschwiegen, sie nannten den erschöpften Polizisten nur Namen und Adresse. Du hättest im Gericht dabei sein sollen. Kaum war jemand verhaftet und in die Stadt zurückgebracht worden, wussten schon alle Bescheid, und eine Unterstützergruppe empfing die Aktivisten mit tosendem Beifall. Wodurch sich natürlich nicht verhindern ließ, dass die Leute angeklagt und zu Geldbußen verurteilt wurden. Ich habe auch deinen Freund Palmer dort gesehen.«

»Das überrascht mich nicht. Er war ziemlich aufsässig. Ich weiß nicht, was Lily dazu sagen wird, aber ich denke, sie wird ihm den Rücken stärken. Palmer war wohl schon immer ein bisschen rebellisch.«

»Ich habe gehört, dass Peggy eine Geldstrafe bekommen hat, weil sie auf den Kran geklettert ist«, sagte Lydia. »Das war wirklich eine Meisterleistung.«

»Ja, sie haben ewig gebraucht, um sie da runterzuholen. Ich finde es auch großartig von Phillip, dass er sie so aktiv an diesem Widerstand teilnehmen lässt. Die beiden stehen sich sehr nahe, das ist schön. Und die Medien haben ausführlich über Peggy berichtet. Mum hat mir erzählt, was ihre Zeitung in Sydney darüber geschrieben hat, das war allerdings wenig wohlwollend. Für die ist das nur wieder ein Protest irgendwelcher Volksverhetzer.«

»Mag sein, dass sie das denken. Aber Peggy und Phillip haben Großes geleistet. Und die Kundgebungen haben die Öffentlichkeit aufgerüttelt – es ist eine tolle Sache, wenn Menschen für ihre Überzeugung auf die Straße gehen. Oder wenigstens ein Transparent vor dem Haus aufhängen. Und war der Brief von Riley Mathieson nicht fantastisch?«, meinte Lydia.

Riley hatte einen wohlformulierten und sehr überzeugenden Leserbrief an die Redaktion des Lokalblattes geschrieben, in dem er Transparenz beim weiteren Vorgehen forderte und betonte, wie wichtig es sei, dass alle Meinungen dazu gehört würden.

»Ja, das ist die Sorte ausgewogener, hieb- und stichfester Argumentation, wie wir sie brauchen. Es tut gut zu sehen, dass sich so viele Menschen öffentlich für diese Sache einsetzen. Und wie kreativ sie dabei sind!«, schwärmte Jacqui. »Die Großmütter, die sich in ihrem kaputten Bus mitten auf der Straße zu The Point festgekettet hatten, waren für die Polizei eine echte Herausforderung!«

»Nicht zu vergessen die Wassertürme, die unseren Aktivisten sehr zupasskommen. Sie sind so hoch, dass ein oben angebrachtes Spruchband praktisch meilenweit zu sehen ist«, ergänzte Lydia. »Aber weißt du, ich glaube, wir brauchen mehr als nur Protestaktionen.«

»Woran denkst du?«

»Ich fliege nach Perth. Die Staranwälte, die uns hier unterstützt haben, sind wieder nach Hause an die Ostküste zurückgekehrt und arbeiten von dort aus weiter an unserem Fall. Aber ich denke, wir müssen einen Weg finden, um das Chamberlains-Projekt aus ökologischen Gründen per Gerichtsbeschluss zu stoppen. Es reicht nicht, allein aufgrund der angestammten Rechte der Aborigines zu klagen. Diese großen Konzerne wollen buchstäblich alles plattmachen, was ihren Plänen im Weg steht. Und sie kommen nicht einmal auf die Idee, dass ihnen irgendjemand die Stirn bieten könnte.« Zornig schüttelte Lydia den Kopf und trank einen

Schluck von ihrem Kaffee. »Und zu allem Überfluss streckt Chamberlains seine Tentakeln jetzt offenbar in der ganzen Region aus. Sie behaupten sogar, in anderen Teilen von Kimberley gebe es niemanden, der Zeremonien durchführe oder sich um das Land kümmere, daher seien traditionelle Landrechtsansprüche hinfällig. Das Problem ist, dass das zum Teil stimmt – mancherorts sind die Ältesten ausgestorben. Was aber nicht heißt, dass es keine Bindung an das Land mehr gibt, nicht solange noch jemand das alte Wissen und die Geschichten bewahrt. Deshalb müssen wir beweisen, dass diese Verbindung noch immer besteht, was nicht einfach ist.«

»Das kann ich mir vorstellen«, meinte Jacqui mitfühlend. »Wann fliegst du?«

»Ende der Woche. Ich nehme Eddie Kana als Senior Law Man mit und auch Arthur Nidgeworra, ebenfalls ein Gemeindeoberhaupt. Er wird der Regierung des Bundesstaats im Namen seiner Sippe und anderer hiesiger Stämme eine Petition übergeben, die einen Baustopp für die Gasförderanlage fordert. Dafür habe ich etliche Medienleute zusammengetrommelt. Außerdem habe ich gehört, dass jemand von einer Veranstaltungsagentur einige namhafte Unterhaltungskünstler für ein großes Konzert gewinnen konnte, um die Menschen für das Problem zu sensibilisieren. Und etliche andere Leute in Perth wollen uns ebenfalls unterstützen.« Lydia trank ihren Kaffee aus, lehnte sich zurück und überlegte. »Sag mal, hättest du nicht zufällig Zeit und Lust, mich zu begleiten und mir ein bisschen zur Hand zu gehen? Es wäre nur für eine Nacht. Der Terminplan ist der Hammer! Manchmal geben Eddie und Arthur separat, aber zur gleichen Zeit Interviews bei verschiedenen Sendern, und ich möchte sie da nur ungern allein hinschicken. Deshalb brauche ich Unterstützung, jemanden, der sich auskennt. Meinst du, du könntest Sylvia bitten, den Buchladen solange allein zu schmeißen?«

»Na klar, wenn du glaubst, dass es hilft. Das ist so eine wichtige Sache, das kriege ich schon hin! Und ich bin ja nur über Nacht weg. Sylvia kommt bestimmt auch ohne mich klar.«

»Unsere Flugkosten werden aus dem Soli-Fonds von ›Rettet die Küste‹ beglichen, und wir können Geld sparen, wenn wir bei einer Freundin von mir übernachten«, sagte Lydia. »Danke, Jacqui, das wäre mir wirklich eine große Hilfe. Schau dir bloß mal all diese Termine an!«

Lydia zeigte ihr den vollgedrängten Terminplan mit den Meetings und Medienereignissen in Perth.

»Soll ich Damien fragen, ob er etwas davon filmen will?«, fragte Jacqui.

Seit dem Beginn der Proteste war Jacqui mit ihrem Laden und ihrer Arbeit für die Kampagne so beschäftigt gewesen, dass sie und Damien kaum einmal zum Reden gekommen waren. Doch seine fröhlichen, koketten Textnachrichten klangen charmant, und so fühlte sie sich in dem Glauben bestärkt, dass sie das irritierende Gespräch, das sie damals im Zelt geführt hatten, nun abhaken konnte.

»Da er für keinen Fernsehsender arbeitet, würde das nicht viel bringen. Wir greifen besser auf Leute zurück, die das abends in den Nachrichten bringen können, und verbreiten es dann über unsere Social Media.« Daraufhin nahm sich Lydia noch einmal den Terminplan vor.

»Verstehe. Ist es wirklich in Ordnung, wenn ich auch bei deiner Freundin übernachte?«, fragte Jacqui.

»Absolut. Denyse hat ein großes Haus, und es liegt sehr zentral«, erwiderte Lydia.

Da sie nun ganz in ihre Arbeit vertieft war, rief Jacqui kurz Damien an und teilte ihm mit, dass sie mit Lydia Ende der Woche in Perth sein würde.

»Sehr gut«, sagte Damien. »Ich wünsche euch viel Glück, das klingt ja ziemlich stressig. Leider werde ich dann aber nicht da sein, Süße. Richie und ich drehen unten im Süden einen Werbespot für eine große Firma.«

Jacqui seufzte. »Das ist bestimmt eine tolle Sache für euch, aber ich finde es natürlich schade.«

»Ja, ich auch. Aber unser Auftraggeber ist ein Autokonzern, da winkt gutes Geld, das kann ich nicht absagen.« Sie plauderten noch eine Weile, und Jacqui erzählte ihm von dem Benefizkonzert in Broome, das Lydia organisierte.

»Na, ich hoffe, ihr habt eine gute Reise«, meinte Damien. »Ich habe ja meine Zweifel, dass sich die Politiker umstimmen lassen. Die sehen nur die Dollarzeichen blinken. Aber halt mich auf dem Laufenden. Ich vermisse dich«, fügte er zärtlich hinzu.

»Ich dich auch. Ich hoffe, deine Werbung kurbelt den Umsatz der Autofirma an.«

»Ach, sie sollen mir einfach nur den Scheck schicken, alles andere interessiert mich nicht. Im Ernst, in so eine Karre würde ich mich nicht setzen, das sind richtige Dreckschleudern.«

»Na ja, aber in deinem Spot machen sie bestimmt trotzdem einiges her.«

Jacqui beendete das Gespräch und wandte sich wieder Lydia zu.

»Ja, schade, dass ihr euch nicht sehen könnt«, meinte Lydia, als Jacqui ihr erzählte, dass er nicht in Perth sein würde. »Allerdings wäre es sowieso schwierig für dich gewesen, ihn zu treffen, weil wir so viel in so einem engen Zeitfenster erledigen müssen. Aber vielleicht willst du ihm Mangrovenkrabben vorbeibringen? Als Trostpflaster für euer verpasstes Rendezvous? Die kann man tiefgefroren auf Eis in einer Kühlbox mitnehmen, das habe ich selbst schon gemacht. Und dann verstaust du sie in Denyses Gefriertruhe, bis du ihn wieder triffst.«

»Echt? Eine super Idee. Damien und Richie stehen total auf diese Krabben.«

»Ich besorge dir welche über einen meiner Cousins.«

Da wurde die Tür des Cafés geöffnet, und Jacqui sah Natalie und Colin hereinkommen. »Hey, Nat!«, rief sie. Lydia schien kurz zu erstarren.

Mit zögerlichem Lächeln trat Natalie zu den beiden an den Tisch, gefolgt von Colin. »Ich habe euch beide seit dem Autorenfestival kaum gesehen. Wie geht's euch denn?«, fragte sie.

»Ganz gut. Wir sind ziemlich beschäftigt mit dem, was sich gerade in der Stadt alles tut«, gab Lydia kühl zurück.

»Das glaube ich gern«, bemerkte Colin trocken.

»Wie gut, dass sich nicht jeder hier in der Stadt korrumpieren lässt«, erwiderte Lydia.

»Ihr habt keine Ahnung, wie sehr diese Region von Chamberlains profitieren wird und welchen Schaden ihr mit eurem idiotischen Protest dem Tourismus und der Wirtschaft unserer Stadt zufügt!«, fauchte Colin. »Komm, Nat. Ich hab Hunger.«

Damit fasste er Nat am Arm und bugsierte sie zu einem Tisch am anderen Ende des Raums. Nat warf den beiden einen bedrückten Blick zu.

Jacqui stieß einen Seufzer aus. »Lydia, das war echt unnötig. Nat und Colin sind meine Freunde!«

»Mag sein«, erwiderte Lydia mit einem ärgerlichen Achselzucken. »Aber sie scheinen auch ziemlich dicke Freunde der Bergbau-Bonzen zu sein. Na, immerhin bekennen sie Farbe. Im Gegensatz zu etlichen anderen hier, die sich lieber bedeckt halten, bis sie wissen, wer gewinnt, und dann auf den fahrenden Zug aufspringen. Solche Leute regen mich noch mehr auf als Colin. Lass uns gehen, zurück an die Arbeit.«

Nachdem sie in Perth gelandet waren, hatte Jacqui alle Hände voll zu tun, damit alle den ambitionierten Terminplan einhalten konnten. Sie führte Vorabtelefonate vor den vereinbarten Treffen und kümmerte sich um all die kleinen Details, etwa dass jeder rechtzeitig die richtige Adresse hatte und die Pressemappen, die Lydia zusammengestellt hatte, vollständig waren, sodass sich Arthur, Eddie und Lydia ganz auf ihre jeweiligen Interviews konzentrieren konnten. Während der hektische Tag voranschritt und sie von Radio- und Fernsehsendern zu Zeitungsredaktionen eilten, staunte Jacqui über Eddies und Arthurs neugierige, humorvolle Art und ihre selbstsichere Gelassenheit.

»Die sind wie ein Schwarm Bienen, schwirren hierhin und dorthin. Was treiben die nur alle?«, sagte Arthur schmunzelnd zu Eddie.

Doch es waren Eddies gemessene und zugleich leidenschaftliche Worte, die bei den Medien Eindruck machten, als er direkt nach einer Unterredung im Regierungsgebäude auf der windgepeitschten William Street vor die Presse trat.

»Unsere Zukunft, die Zukunft für uns alle liegt in diesem Land. Wir brauchen das Miteinander, das auf einer gemeinsamen Grundlage, den gleichen Werten beruht. Wir alle und alle zusammen. Es ist an der Zeit, dass wir uns in die Lüfte erheben wie der alte Adler und über unser Land wachen.«

Daraufhin wurde Eddie mit Fragen bestürmt. Die Reporter wollten wissen, wen er und Arthur in Perth getroffen hatten und was ausgehandelt worden war. Doch Eddie schüttelte den Kopf.

»Sie hören nicht zu, und sie verstehen nicht. Diese Leute müssten in unsere Heimat kommen und sie durchwandern, ihre Geschichten und Lieder hören ... sich hinsetzen, miteinander reden, einander zuhören. Dann würden sie es vielleicht eher begreifen.«

Arthur nickte bekräftigend.

»Eddie ist wundervoll«, sagte Jacqui zu Lydia. »Sanftmütig und doch voll innerer Kraft. Höchst beeindruckend.«

»Wenn sie diese Filmaufzeichnung senden, wird er zum Helden. Dann wird es ihnen schwerfallen, ihn wegen irgendwelcher Protestaktionen ins Gefängnis zu stecken«, stellte Lydia fest.

»Ich bin gespannt, was Chamberlains zur Schadensbegrenzung einfällt«, meinte Jacqui. »Als ich bei einem der Radiosender auf euch gewartet habe, habe ich übrigens gehört, dass Sheila Turner gleich in der städtischen Bibliothek sprechen wird. Und bis zu unserem nächsten Termin bleibt uns noch eine Stunde – hättest du Lust, hinzugehen und sie dir anzuhören?«

»Warum nicht?«, sagte Lydia. »Meinen Füßen würde eine Pause guttun, dort kann man wenigstens sitzen.«

Eddie, Arthur, Lydia und Jacqui fanden im hinteren Teil des Saals noch freie Plätze und hörten zu, wie Sheila vor einem verzückten Publikum von ihren Büchern erzählte. Sie erwähnte auch, wie gern sie in Westaustralien sei und wie gut ihr das Autorenfestival in Broome gefallen habe.

»Am Ende bin ich deutlich länger geblieben als geplant, aber diese Gegend hielt einfach so viele Überraschungen für mich parat.«

Als am Schluss noch Zeit für Fragen blieb, erkundigte sich eine Frau nach Sheilas Eindrücken von Kimberley.

Sheila überlegte kurz. »Meiner Meinung nach liefert Kimberley genügend Material für etliche Dissertationen und Forschungsarbeiten. Ich hatte Gelegenheit, ein paar Communities im Outback zu besuchen, und ich sage Ihnen, einige von ihnen hätten Hilfe bitter nötig. Vielleicht haben Sie davon gehört, dass ein internationaler Konzern eine riesige Flüssiggasanlage in einer Küstenregion bauen will, die magisches und heiliges Land ist. Da sind natürlich Konflikte vorprogrammiert. Manche Indigene sind gegen einen solchen Eingriff in ihr Land, und auch wenn ich diese Sichtweise verstehe, kann ich sie nicht teilen. Meiner Meinung nach sind die Entschädigungssummen für den Abbau, sofern sie in sinnvolle Investitionen fließen, die genau überwacht und kontrolliert werden, eine echte Hilfe für diese marginalisierten und vernachlässigten Gemeinden.«

Jacqui merkte, wie Eddie unbehaglich auf seinem Stuhl herumrutschte. Arthur flüsterte Lydia etwas zu, worauf sie die Hand hob und aufstand. Erstaunt sah Sheila sie an.

»Ah, Lydia. Wir haben uns in Broome kennengelernt«, erklärte Sheila ihrem Publikum. »Sie ist eine sehr leidenschaftliche Fürsprecherin für ihr Volk.«

»Mit Verlaub, Ms. Turner, ich gebe Ihnen recht, dass einige der Communities in Kimberley Hilfe und Unterstützung brauchen, aber wie Sie sagten, ergibt sich daraus ein Dilemma. Denn es geht um sehr viel mehr als um finanzielle Kompensationen für den Abbau. Natürlich sind all die Annehmlichkeiten, die für Stadtbewohner selbstverständlich sind, wie Gesundheitseinrichtungen, soziale Absicherung und Bildung, durchaus wichtig. Aber uns ist es auch wichtig, in unserem eigenen Land nach den alten Traditionen zu leben, zu denen das Jagen und unsere Zeremonien gehören. Wenn dieses Projekt realisiert wird, können die traditionellen Stämme all das nicht mehr tun, was ihre Kultur ausmacht. Sicher, finanzielle Unterstützung ist nötig, aber um diesen Preis? Auf der Burrup-Halbinsel hat ein Rohstoffkonzern den Landrechtsanspruch der Aborigines für nichtig erklären lassen, und infolgedessen wurde fast ein Viertel der weltweit ältesten und umfangreichsten Ansammlung von Felsenzeichnungen zerstört. Wir wollen nicht, dass so etwas auch auf unserem Land geschieht, und wir wollen dort auch keinen riesigen Industriekomplex samt Hafen haben. Deshalb sind diese Senior Law Men als Vertreter unseres Volkes in die Stadt gekommen, um die Leute von der Regierung zu Einsicht und Vernunft zu bringen – und um den Menschen hier bewusst zu machen, was auf dem Spiel steht.«

Als sie sich setzte, gab es verhaltenen Applaus.

»Wie gesagt, Lydia, in dieser Frage scheiden sich die Geister«, meinte Sheila aalglatt. »Aber es gibt bestimmt Alternativen.« Sie sah sich um. »Sonst noch Fragen?«

»Also wirklich«, schimpfte Lydia, als sie die Bibliothek verließen. »Diese Frau treibt mich zur Weißglut. Wie heißt es so schön? ›Halbwissen ist schlimmer als Unwissen.‹ Sie hält sich für eine Expertin, dabei hat sie keine Ahnung von unserer Kultur. Aber das eigentliche Problem ist, dass sie prominent ist und die Leute auf das hören, was sie in ihrer himmelschreienden Ignoranz von sich gibt!«

»Ärgere dich nicht«, meinte Eddie besänftigend. »Solche Dinge sind wir doch gewöhnt. Dann müssen wir uns eben einfach noch mehr anstrengen, damit die Leute unseren Standpunkt verstehen.«

»Lydia«, sagte Jacqui, als sie auf dem Weg zum Taxistand einen Blick auf ihr Handy warf, »ich habe eine Nachricht von Cameron bekommen. Anscheinend hat er bei Red Coast Books angerufen, um mich zu sprechen, und Sylvia hat ihm gesagt, dass wir hier sind. Er fragt, ob wir heute Abend mit ihm essen gehen wollen. Er sagt, er würde auch gern Eddie und Arthur kennenlernen.«

»Das kommt mir eigenartig vor«, meinte Lydia. »Was hältst du davon?«

»Ich finde es auch ziemlich seltsam. Mir ist es ein Rätsel, wieso er Eddie und Arthur kennenlernen will. Als ich ihn das letzte Mal getroffen habe, hat er ziemlich unverhohlen zu erkennen gegeben, dass er nicht auf unserer Seite steht«, antwortete Jacqui stirnrunzelnd. »Außerdem hätten wir bei unserem Terminplan sowieso keine Zeit dafür.«

»Tatsächlich«, sagte Lydia, die ebenfalls gerade die Textnachrichten auf ihrem Handy checkte, »ist unser Interview für heute Abend abgesagt worden. Wir könnten Cameron also treffen und uns anhören, was er zu sagen hat.«

Und so antwortete Jacqui Cameron widerstrebend, dass sie sich für den Abend verabreden könnten. Doch sie wurde das Gefühl nicht los, dass er irgendwelche Hintergedanken hegte.

»Ihr wisst, dass er auf der Seite von Chamberlains steht«, betonte sie, während sie die Nachricht tippte. »Möglicherweise macht er uns nur noch mehr Probleme.«

»Chamberlains ist nicht mein Problem«, erwiderte Eddie. »Ich bin ihres.«

Als sie das unaufdringlich elegante Restaurant betraten, das Cameron vorgeschlagen hatte, ging Lydia voraus zum reservierten Tisch. Jacqui und die beiden Aborigine-Repräsentanten folgten ihr.

»Was für Essen gibt's hier denn so, Jac?«, wollte Arthur wissen.

»So wie dieses Lokal aussieht, kannst du hier alles kriegen«, antwortete Jacqui. Plötzlich blieb sie vor Schreck wie angewurzelt stehen.

An ihrem Tisch saß bereits Cameron – und neben ihm kein Geringerer als Daryl Johnson. Sie fragte sich, warum der Unternehmer aus dem Vorstand von Chamberlains dabei war. Die vier traten an den Tisch, und Jacqui stellte alle einander vor.

»Freut mich, Sie kennenzulernen, Eddie«, sagte Johnson. »Sie haben hier in Perth ja für ziemliches Aufsehen gesorgt.«

»Nicht meinetwegen, sondern meinem Volk zuliebe, Mr. Johnson«, erwiderte Eddie höflich.

»Nun, das ist ja sehr löblich. Nennen Sie mich doch Daryl. Sie auch, Arthur.«

»Danke, Mr. Johnson«, sagte Arthur.

»Bitte setzen Sie sich doch. Was möchten Sie trinken? Champagner?«

»Gibt es denn etwas zu feiern?«, fragte Lydia.

»Das hoffe ich doch«, erwiderte Johnson.

Während sich Eddie und Arthur für Bier entschieden, bestellte Cameron Champagner für die anderen.

Zunächst pflegte man zwanglose Konversation. Cameron erkundigte sich nach dem Autorenfestival und ihrer Medienkampagne und wann sie zurückfliegen wollten.

»Wollen wir jetzt das Essen bestellen?«, fragte er schließlich, als Johnson sich in die Speisekarte vertiefte.

Arthur beugte sich zu Eddie vor. »Ich glaub, die wollen uns hier veräppeln«, flüsterte er. »Guck dir mal den Preis für Mangrovenkrabben an. Das ist doch verrückt für so ein Alltagsgericht.«

Während sie bestellten, fiel Jacqui auf, dass Johnson nach der anfänglichen Vorstellung praktisch nichts mehr gesagt hatte. Cameron hatte die ganze Konversation allein bestritten, während der Unternehmer nur zurückgelehnt dasaß und zuhörte.

Als sie auf den Hauptgang warteten, beugte sich Johnson vor.

»Ich freue mich, dass Sie es alle einrichten konnten, sich heute mit mir zu treffen«, erklärte er.

»Wir wussten gar nicht, dass Sie hier sein würden«, sagte Lydia. »Aber es ist interessant, mal die Gegenseite kennenzulernen.«

Ohne auf diese Bemerkung einzugehen, wandte sich Johnson an Eddie und Arthur: »Sie beide sind angesehene Vertreter Ihres Volkes, aber ich kann nicht sagen, dass ich Ihre Kampagne gutheiße. Verstehen Sie mich nicht falsch: Ich respektiere, dass Ihnen Ihre Kultur viel bedeutet. Aber man darf doch den Fortschritt nicht außer Acht lassen. Mir scheint, Sie wollen Ihre Leute vom Fortschritt abschneiden.«

Lydia setzte zu einer Erwiderung an, schwieg aber, während Johnson weiter auf die beiden Männer einredete. »Für mich liegt es auf der Hand, dass Ihre Leute Ihrem Rat folgen werden. Aber ich meine, wir sollten einen Weg finden, wie dieser Rat so formuliert werden kann, dass alle davon profitieren.«

»Und wie sollte das gehen?«, fragte Eddie unverbindlich.

»Mir wäre sehr daran gelegen, dass die ganze Aborigine-Community der Region meinem Projekt zustimmt.«

»Meine Stimme kriegen Sie nicht«, stellte Arthur fest.

»Mag sein«, sagte Johnson. »Aber ich möchte Sie bitten, über den Tellerrand einzelner Communities hinauszuschauen. Und den New Country Leadership Trust in den Entscheidungsfindungsprozess einzubeziehen. Sie beide sind in einer Position, in der das für Sie durchaus machbar ist. Wobei ich davon ausgehe, dass Sie die Angelegenheit auf eine möglichst demokratische Weise regeln wollen.«

»Und was wäre Ihrer Meinung nach eine Regelung auf möglichst demokratische Weise?«, fragte Lydia kühl.

»Vielleicht könnten wir als Orientierungshilfe für Ihre Community ein Aborigine-Beratungsgremium ins Leben rufen. Sie könnten den Vorsitz übernehmen, Mr. Kana, um sicherzustellen, dass wir das Richtige tun.«

»Aber das Richtige wird jetzt gerade getan«, empörte sich Jacqui. »Eddie und Arthur vertreten bereits die Interessen ihrer Gemeinden!«

Johnson ignorierte sie und fuhr fort: »Wir sprechen hier von einem 35-Milliarden-Dollar-Projekt, von dem 1,65 Milliarden in dieses Beratungsgremium fließen würden. Bei der Verwendung der Mittel hätten Sie natürlich völlig freie Hand.« Er ließ seine Worte einen Moment wirken. »Natürlich würden wir nicht verlangen, dass die Mitglieder dieses Gremiums ihre Arbeit ohne eine finanzielle Entschädigung tun müssten. Vielleicht könnten Sie beide vermittelnd tätig sein, und wir würden Ihnen dafür ein Beraterhonorar bezahlen. Wären einhunderttausend Dollar für Sie akzeptabel?«

Es herrschte Schweigen. Nach einer Weile ergriff Arthur das Wort. »Das ist eine schöne Stange Geld. Ich kenne niemanden, der so viel hat«, fügte er trocken hinzu.

»Mr. Johnson, als Sie und Ihre Leute sich dieses Projekt ausgedacht haben, glaubten Sie da, das würde alles ganz problemlos ablaufen und Sie könnten einfach herkommen und auf unserem Land zu buddeln anfangen?«, fragte Eddie in gleichmütigem Ton.

Johnson lächelte dünn. »Tatsächlich hat niemand damit gerechnet, dass die Aborigines so viel Widerstand leisten würden. Aber es hilft ja nichts. Bedenken Sie, welche Zukunft Ihren Gemeinden mit einem solchen Finanzpolster winken würde.«

»Das tun wir durchaus, Mr. Johnson«, entgegnete Eddie.

»Ihr kapiert es nicht, Leute, oder?«, sagte Lydia kopfschüttelnd.

»Ich bin der oberste Vertreter meines Volkes«, erklärte Eddie feierlich. »Und von mir wird erwartet, dass ich zum Wohl meines Volkes handle. Sie, Mr. Johnson, möchten, dass andere, die von Ihrem Vorhaben nicht betroffen sind, Entscheidungen treffen, die unser Land unwiederbringlich verändern werden. Ich kann nicht tun, was Sie von mir verlangen. Die Sache ist doch ganz einfach: Wenn dieser Gasumschlagplatz gebaut wird, zerstören Sie nicht nur die Stätten, an denen meine Leute in Kimberley ihre jährlichen Zeremonien abhalten, sondern auch einen wunderschönen historischen Ort, einen der letzten verbliebenen im ganzen Land.« Während Eddie sich langsam von seinem Stuhl erhob, funkelte Jacqui Cameron wütend an, doch der starrte wie gebannt auf Eddie. »Ich möchte Ihnen dafür danken, dass Sie uns in dieses reizende Restaurant eingeladen haben«, fuhr Eddie fort. »Aber ich kann Ihre Einladung unter gar keinen Umständen annehmen. Gute Nacht.« Und damit ging er gemessenen Schrittes hinaus.

Arthur und Lydia folgten ihm wortlos. Als Jacqui aufstand, sagte sie leise zu Cameron: »Ich kann nicht begreifen, dass du bei so etwas mitmachst.«

Ehe Cameron etwas erwidern konnte, hatte Jacqui sich schon umgedreht und eilte den anderen nach.

Auch am nächsten Vormittag ging es hektisch zu, doch Jacqui gewöhnte sich allmählich daran, dass die Medienleute anscheinend ständig unter Hochdruck arbeiteten, um ihre Deadlines und Zeitvorgaben einzuhalten. Sie agierte jetzt selbstsicherer, wenn sie einem gestressten Sendeleiter einen groben Abriss von der Situation in Broome gab, Hintergründe erläuterte und Auswirkungen und Folgen des Projekts zusammenfasste. Dabei betonte sie, welche wichtige Rolle Eddie und Arthur spielten, und schlug zudem einige weitere Gesprächsthemen vor – und das alles in exakt fünf Minuten.

Ihr fiel nun auch auf, dass sich Lydia bei Interviews dramatisch, aber sehr prägnant äußerte. Arthur wiederum glänzte durch seinen trockenen Humor, während Eddie stets aus einer tiefen inneren Überzeugung heraus sprach.

Mit dem Medienecho infolge ihres Kurztrips nach Perth waren Jacqui und Lydia recht zufrieden, vor allem, weil an jenem Morgen ein Foto von Eddie und Arthur auf der Titelseite einer überregionalen Zeitung prangte.

Direkt nach ihrem Auftritt im Frühstücksfernsehen hatten die beiden Männer ein Taxi zum Flughafen genommen. Jacqui und Lydia wollten später nachkommen, damit Jacqui noch bei Damien vorbeifahren und die mitgebrachten Krabben dort abliefern konnte.

»Kannst du denn ins Haus, wenn er nicht da ist?«, fragte Lydia.

»Rita wird wahrscheinlich auch nicht da sein, aber ich glaube, ich weiß, wo der Ersatzschlüssel liegt. Damien hat es mir mal gesagt, für alle Fälle.«

Offenbar war niemand im Haus, und es war abgeschlossen. Also fischte Jacqui den Schlüssel unter dem Blumentopf hervor, wo er laut Damien versteckt war. Sie sperrte auf und brachte die kleine Styroporbox mit den Krabben in die Küche.

Schon auf den ersten Blick war ihr klar, dass die Box nicht mehr ins Gefrierfach passte. Und so räumte Jacqui ein paar Pizzen um, nahm die tiefgefrorenen Krabben aus der Box und quetschte sie hinein. Sie war erleichtert, dass sie gerade noch hineinpassten, und schlug zur Sicherheit die Kühlschranktür schwungvoll zu. Dann klebte sie die vorbereitete Haftnotiz daran, mit der sie Damien auf ihr Mitbringsel aufmerksam machte.

Auf dem Weg zurück zur Haustür hörte sie im Flur plötzlich jemanden die Treppe herunterkommen. Sie fuhr herum, und ihr Lächeln schwand, als sie sah, wie Damien, nur mit Unterhose bekleidet, ein Metallstativ über dem Kopf schwang.

Unwillkürlich schrie sie auf und riss schützend die Hände hoch. Damien fluchte und ließ das Stativ sinken.

»Jacqui! Was zum Teufel …?«

Sie streckte ihm die Arme entgegen und lachte erleichtert. »Mein Gott, hast du mich erschreckt! Ich dachte, du wärst noch weg. Entschuldige die Störung, aber ich habe dir …«

Da hörte sie unversehens hastige Schritte auf der Treppe, und eine vertraute Stimme rief: »Was zum Teufel ist da los? Damo …?«

Jacqui blickte hinauf und sah entsetzt, wie Rita mit zerzaustem Haar, ein Handtuch um den Körper geschlungen, auf dem Treppenabsatz stand.

»Geh rauf, Rita«, fuhr Damien sie an.

Dann machte er mit verlegenem Lächeln einen Schritt auf Jacqui zu. »Jac, was machst du denn hier … Warum hast du mir keine Nachricht geschickt?«

»Wozu denn? Du hast gesagt, du wärst nicht da. Ich wollte dir einfach nur rasch ein paar Mangrovenkrabben vorbeibringen.« Wütend funkelte sie ihn an. »Hast du schon die ganze Zeit was mit ihr, Damien? War ich nur …?«

»Jacqui, hör zu. Es hat sich einfach so ergeben, das hat überhaupt nichts zu bedeuten. Es war eine verrückte Nacht. Wir sind gestern früher fertig geworden und haben dann gefeiert. Du weißt doch, wie so etwas ist …«

»Erzähl mir keinen Schwachsinn, Damien.« Sie drehte sich um und stürmte zur Tür.

»Jac, warte doch … Schau, da ist nichts, wir können das doch klären …«

Sie schlug die Tür hinter sich zu und ließ sich auf den Rücksitz des wartenden Taxis sinken. Lydia blickte in das schmerzverzerrte Gesicht ihrer Freundin.

»Zum Flughafen?«, fragte der Fahrer.

»Ja, bitte. Ach, Jac, was ist denn passiert?«, erkundigte sich Lydia besorgt.

»Er war mit Rita im Bett«, antwortete Jacqui tonlos. Sie fühlte sich wie vor den Kopf geschlagen.

Lydia blickte betroffen drein. »Männer können solche Schweine sein.« Sie schloss Jacqui rasch in die Arme. »Es tut mir so leid, dass dir das passieren musste. Was für eine verdammte Scheiße.«

Während das Taxi zügig losfuhr, vergrub Jacqui ihren Kopf an Lydias Brust und ließ ihren Tränen freien Lauf.

Auf dem Heimflug war Jacqui sehr still. Sie versuchte zu lesen, ertappte sich aber dabei, wie sie in den Himmel starrte, und fühlte sich leer und ausgelaugt. Ab und zu tätschelte ihr Lydia den Arm und fragte, ob sie ihr etwas Gutes tun könne.

Als das Flugzeug dann in den Sinkflug ging, erblickte Jacqui die vertrauten Farben von Kimberley, dieses sagenhaft türkisblaue Meer und den Grat der roten Klippen. Hinter ihr wandte sich Arthur an Eddie.

»Unser Land, Bruder. Es liegt immer noch da und wartet auf uns.«

»Wie schon so lange. Ein gutes Gefühl, was, Bruder?«

»Ich bin froh, wieder hier zu sein«, sagte Jacqui zu Lydia. »Es fühlt sich nach Heimat an.«

Nachdem sie sich am Flughafen von den beiden Männern verabschiedet hatten, bestand Lydia darauf, dass Jacqui bei ihr übernachtete.

»Wenigstens heute Nacht. Ich fände es nicht gut, wenn du jetzt allein wärst.«

»Danke. Du hast recht. Ich glaube, ich möchte momentan wirklich nicht allein sein. Ich werde nie wieder zulassen, dass mir jemand so wehtut. Nie wieder. Ich bin ja so blöd.«

»Nein – du bist warmherzig und liebenswert. Fahren wir gleich zu mir, ich habe Lust, uns was zu kochen. Überhaupt finde ich, du solltest ruhig länger bei mir bleiben.«

Lydia teilte ihr großes Haus mit ihrer Schwester, Nichten und Neffen und ihrer Großmutter. Zudem sorgten weitere Verwandte und Besucher samt Hunden, eine Katze und Freunde der Kinder für ein ständiges Kommen und Gehen.

Inmitten dieser chaotischen, fröhlichen Gruppe saß Jacqui draußen an einem großen Tisch, während Essen herumgereicht wurde und man die Freundschaft hochleben ließ, einander neckte und zusammen lachte. Jacqui tauchte in die Wärme von Lydias multikultureller Familie ein, die wie Balsam für ihre Seele war.

Nachts teilte sie ein Zimmer mit dem fünfjährigen Jasper und mit Bullseye, einem großen zotteligen Hund mit schwarzer Augenklappe. Als ob er ihre Trauer spürte, war er zu ihr aufs Bett geschlichen, hatte zärtlich ihren Arm geleckt und sich an ihren Rücken geschmiegt.

Der Morgenhimmel über Broome war strahlend blau. Lydia und Jacqui saßen vor ihren Teebechern.

Lydia tätschelte ihrer Freundin die Hand und wies mit einer ausladenden Geste auf die sonnenbeschienene Landschaft. »Guck, Schwester, es ist ein ›bran nue dae‹, wie es der gute alte Jimmy Chi nannte.«

Sie mussten beide lächeln.

»Ja«, pflichtete Jacqui ihr bei. »Es ist wirklich ein brandneuer Tag. Danke, meine liebe Freundin.«

Jacqui half Wally in ihren Wagen, stellte den Korb mit dem Essen und den Getränken auf die Rückbank und setzte sich ans Steuer.

»So, mein Guter, wohin soll es heute gehen?«, fragte sie ihn.

Wally lächelte. »Am liebsten würde ich zu The Point rauffahren und den Leuten Hallo sagen, die dort die Stellung halten. Aber mir ist klar, dass das momentan schwierig ist.«

»Ja, allerdings. Die großen Bagger sind jetzt da, sie haben sie mithilfe eines riesigen Polizeiaufgebots dorthin geschafft. Aber nach wie vor unterstützen alle das Camp, es ist sogar größer denn je. Die Situation ist also immer noch verfahren.«

»Und findet dieses große Solidaritätskonzert statt? Da wäre ich gern dabei.«

»Ja, Lydia hat Großartiges geleistet und viele namhafte Künstler für einen Auftritt zugunsten unserer Sache gewinnen können. Es werden bestimmt eine Menge Leute kommen.«

»Wenn wir nicht zu The Point können, dann lass uns doch zu diesem besonderen Plätzchen an der Küste fahren, das ich dir mal gezeigt habe. Aber hast du überhaupt Zeit für einen Ausflug? Nicht dass ich dir deinen Tagesablauf durcheinanderbringe.«

»Keine Sorge, Wally, das geht schon klar. Am Samstagnachmittag ist im Laden immer wenig los, das schafft Sylvia problemlos allein. Also auf zu unserem geheimen Platz am Cable Beach!«

Jacqui war es ganz recht, dass sie den Nachmittag über beschäftigt war, weil sie dann nicht dauernd an Damien denken musste. Jedes Mal, wenn sie den Vorfall Revue passieren ließ, stieg wieder die Wut in ihr hoch. Daher freute sie sich über jede Ablenkung.

Sie parkte den Wagen neben einem grasbewachsenen Areal, wo ein Tisch im Schatten einiger Bäume stand. Von hier hatte man einen weiten Blick auf den zauberhaften weißen Sandstrand und die dahinter anrollende Dünung. Vereinzelt saßen Menschen im Sand beisammen, manche tummelten sich auch im Wasser. Etwas entfernt, in Richtung des Cable Beach Club, picknickten die Leute am Strand oder aßen in dem schlichten Café neben dem Parkplatz oberhalb des Strandes.

»Das ist so ein wundervolles Plätzchen! Ich frage mich, ob die Touristen uns nicht beneiden. Wie glücklich wir Einheimischen uns doch schätzen müssen, dass wir das jeden Tag genießen können. Aber man darf es eben nie als selbstverständlich voraussetzen, nicht wahr, Wally?«

»Weißt du, Jacqui, wenn der alte Lord McAlpine nicht gewesen wäre, hätten wir heute hässliche Hochhäuser hier an der Küste stehen. Aber dieser Mann hat die Stadt davor bewahrt, und noch mehr, er hat sie neu erfunden! Er wusste, welches historische Potenzial in ihr steckt. Eddies Großvater hatte großen Einfluss auf ihn.«

»Ja, Eddies Großvater muss ein weiser alter Mann gewesen sein. Ich habe mich mal näher mit Lord McAlpine befasst«, sagte Jacqui. Dabei dachte sie an ihren Vortrag auf der *Kimberley Sun*. »Aber ich wusste nicht, dass Eddies Großvater eine ebenso wichtige Rolle gespielt hat. Die Führungsqualitäten liegen anscheinend in der Familie.«

Jacqui betrachtete die friedliche Szenerie des Strandes, den sie so sehr ins Herz geschlossen hatte, und wandte sich dann wieder Wally zu. »Was gibt es sonst Neues? Wie kommst du mit deinen Geschichten voran? Schreibst du immer noch alles auf?«

»Klar. Mein Sohn hat mir ein paar Kartons aus meinem früheren Haus gebracht, da habe ich jede Menge Material. Sogar einen alten Film«, lachte er.

»Echt? Worum geht es da?« Jacqui reichte ihm ein Sandwich.

»Ach, irgendjemand, dessen Namen ich vergessen habe, hat eine Dokumentation für ein Museum gemacht. Bis neulich hatte ich überhaupt nicht mehr daran gedacht. Der Film steckt in einer alten rostigen Blechdose, wahrscheinlich ist nicht mehr viel damit anzufangen.«

Nachdenklich schenkte Jacqui ihm Tee aus ihrer Thermoskanne ein. »Klingt spannend. Vielleicht sollte ihn sich mal jemand näher ansehen.« Ihr fiel ein, dass Damien vermutlich jemanden kannte, der das machen konnte, doch dann fiel ihr wieder ein, dass es in ihrem Leben keinen Damien mehr gab. Sie senkte den Kopf, damit Wally nicht sah, wie sich ihre Augen mit Tränen füllten. In diesem Moment piepte ihr Handy. Dankbar für die Ablenkung nahm sie es in die Hand und sah sich die eingegangene E-Mail an.

Sie las die Mail einmal und ein weiteres Mal. Langsam rollte eine Träne über ihre Wange.

»Jacqui, meine Liebe, ist alles in Ordnung?« Wally beugte sich zu ihr und fasste sie am Arm.

»Oh, dieser Dreckskerl!«, schniefte sie.

Wally sah ihr ins Gesicht. »Von wem sprichst du, Liebes?«

»Jean-Lucs Vater hat mir gerade eine E-Mail geschickt – er macht sich nicht einmal die Mühe, mich anzurufen! Darin teilt er mir mit, dass Jean-Luc nächstes Jahr nicht zu mir nach Australien kommen soll. Er schreibt, der Junge werde dann auf eine neue internationale Privatschule in Montpellier gehen und ein Aufenthalt hier würde ihn zu sehr vom Lernen abhalten. Was für eine lächerliche Begründung! Ich glaube ihm kein Wort.«

»Ach, meine Liebe, das ist ja schrecklich. Wo du dich doch immer so darauf freust, deinen Jungen hier zu haben! Kannst du ihn denn besuchen?«

»Ja, aber wenn ich in Frankreich bin, habe ich immer das Gefühl, unter der Fuchtel der Familie zu stehen. Wir haben dort nicht so viel Freiheit wie hier. Außerdem bin ich mir nicht sicher, ob ich mir das zeitlich und finanziell leisten kann.« Jacqui schluchzte auf. Was würde ihr denn noch alles widerfahren? Erst das Erdgasprojekt, dann Damien und jetzt noch Jean-Luc!

»Herrje. Er ist ein netter Kerl, und es hat ihm hier wirklich gut gefallen. Für welchen Schulzweig hat er sich denn entschieden? Könnte er nicht hierzulande weitermachen? In Perth gibt es etliche gute Schulen.«

»Sein Vater erwartet von ihm profunde Kenntnisse der französischen Kultur, für ihn kommt nur eine französische Schulbildung infrage. Wenn es nach ihm geht, ist Jean-Lucs beruflicher Werdegang bereits vorgezeichnet. Mein Sohn soll einmal den Familienbetrieb übernehmen – ein Weingut. Ach, Wally, als ich hierherzog, dachte ich, in meinem Leben wäre jetzt alles geregelt und ich hätte meine Heimat gefunden. Aber im Leben ist wohl nie alles perfekt.«

Stumm saßen sie eine Weile da, während Wally bedächtig sein Sandwich verzehrte. Schließlich meinte er: »Es kommt darauf an, was man perfekt nennt, Jacqui.«

Ratlos schwiegen sie beide.

9

Jacqui hätte sich am liebsten irgendwo verkrochen, um die Realität zumindest für eine Weile auszublenden.

Ihr wuchs gerade alles über den Kopf. Ihre Heimat war bedroht, ihr Geliebter hatte sie betrogen, und jetzt wollte man ihr auch noch den Umgang mit ihrem Sohn verweigern. In seiner schroffen E-Mail hatte Jean-Lucs Vater sie einfach vor vollendete Tatsachen gestellt – wie typisch für ihn! Ohne Diskussion, ohne Rücksprache, ohne Rücksicht auf Jacquis Rolle als Mutter. Das alte Lied. Und nachdem Jean-Lucs französische Großmutter gestorben und sein Vater dadurch zum alleinigen Oberhaupt der Familie und des Betriebs geworden war, hatte er sich zu einem noch gnadenloseren Autokraten entwickelt. Seine duldsame Lebensgefährtin tat Jacqui beinahe schon leid. Anscheinend hatte sich ihr Mann von ihr scheiden lassen, doch Jean-Lucs Vater dachte offenbar gar nicht daran, sie zu heiraten. Solange die Großmutter noch lebte, hatten sie nicht einmal zusammengewohnt, aber da Jean-Luc ja bald ins Internat kam, würde sie jetzt vielleicht eher von der Familie akzeptiert werden. Wobei Jacqui keinen Zweifel daran hegte, dass ihr Ex-Mann weiterhin nicht viel von Treue hielt.

Kaum hatte Jean-Luc von seinem Vater erfahren, dass Reisen nach Australien bis auf Weiteres nicht mehr infrage kämen, hatte er sie angerufen. Er klang sehr unglücklich.

»Maman, ich komme immer so gern zu dir nach Broome. Und ich habe dort so viele Freunde! Ich kann es nicht fassen, dass ich sie jahrelang nicht wiedersehen soll. Kannst du Papa nicht überreden, dass er mich in den Schulferien zu dir lässt?«

»Ach, Jean-Luc, natürlich werde ich das versuchen. Ich möchte ja auch, dass du wieder herkommst, aber dein Vater scheint unerbittlich zu sein. Doch ich werde tun, was ich kann, das verspreche ich dir. Und ich werde mir auch alle Mühe geben, damit ich zu dir nach Frankreich kommen kann. Genieße bis dahin deine neue Schule und nutze die tollen Möglichkeiten, die sie dir bietet.«

»Ja, ich weiß. Ich will es versuchen. Papa hält mir ständig Vorträge, wie wichtig eine gute Schulbildung für meine Zukunft ist. Aber Maman, ich habe mich immer so auf dich und meinen jährlichen Besuch gefreut. Das kann doch nicht einfach vorbei sein!«

»Nun streng dich einfach in der Schule an, damit ich stolz auf dich sein kann. Und ich verspreche dir, dass ich mit deinem Vater reden werde.«

»Papa versteht einfach nicht, wie mein Leben bei dir drüben aussieht. Er fragt auch nie danach, obwohl ich manchmal glaube, dass er mithört, wenn ich meinen Freunden vom Campen am Strand erzähle oder wie ich mit Riley Mathieson im Busch unterwegs war. Und natürlich von Peggy! Wie *naturelle* sie ist, so ganz anders als die Mädchen hier. Und ich habe ihm erzählt, dass du gegen einen großen Konzern kämpfst, um die wunderschöne Nordwestküste zu retten, und vom Erbe der Aborigines …«

»Tja, für solche Sachen hat dein Vater zweifellos nicht viel übrig«, stellte Jacqui trocken fest. Kein Wunder, dass er so harsch reagiert hatte. Als sie ihn kennenlernte, hatte er sie – typisch für einen Franzosen – zuvorkommend, weltgewandt und charmant behandelt. Doch schon bald hatte sie gemerkt, wie viele Vorbehalte er allem gegenüber hatte, was nicht französisch war und was sich einer Kontrolle entzog. Doch obwohl sie sein Verhalten für unvernünftig und egoistisch hielt, war ihr auch klar, dass sie jetzt mit Bedacht vorgehen musste.

»Du darfst ihm keine Vorwürfe machen, Jean-Luc. Dein Vater will nur das Beste für dich. Ich muss sorgfältig über meine nächsten Schritte nachdenken.«

»Okay«, sagte Jean-Luc bedrückt.

Jacqui schlug einen fröhlichen Ton an. »Überleg dir doch mal was Nettes, das wir zusammen unternehmen können, wenn ich demnächst komme.«

»Ja, gut.« Er schien kurz nachzudenken. »Vielleicht könnten wir in die Camargue fahren, so wie früher, und in Tante Moniques *mas des platanes* wohnen, wenn die *gardians* die Jungstiere zusammentreiben!«

Jacqui lächelte. Die Aufenthalte in Moniques großem, verwinkeltem Bauernhaus inmitten der Platanen waren einst, als Jean-Luc noch klein war, wunderbare kleine Fluchten gewesen. Mit einem Picknickkorb ausgerüstet war sie zusammen mit ihrem Sohn und dem Labrador Sam in ihren alten verbeulten 2CV gehüpft und hatte den Stress und die beklemmende Atmosphäre im Haus ihrer Schwiegermutter hinter sich gelassen, um eine halbe Stunde später den Naturpark Camargue mit seinen *manades* von halbwilden weißen Pferden und schwarzen Stieren zu erkunden. Wie sehr hatte Jean-Luc es geliebt, die Flamingos und all die anderen Vögel dort zu beobachten! Oft waren sie danach in Aigues-Mortes gelandet, einem von einer Stadtmauer umgebenen mittelalterlichen Städtchen, das Jacqui faszinierend fand. Sie hatte sich gern ausgemalt, wie das Leben innerhalb dieser Mauern im Jahr 1248 ausgesehen haben mochte, als sich König Ludwig der Heilige hier zu seinem Kreuzzug eingeschifft hatte.

»Ja, das klingt schön«, sagte sie. »Siehst du, uns fällt schon was ein. Und überleg doch einmal, wie toll es ist, dass du in so verschiedenen Welten zu Hause sein kannst.«

Jean-Luc schien besänftigt und erkundigte sich nun nach der Blockade und den Protestaktionen. Also erzählte sie ihm von ihrem Aufenthalt in Perth und wie viel Eindruck Eddie dort gemacht hatte.

»Eddies Großvater hatte in ihm ganz zu Recht einen Anführer gesehen«, sagte sie. »Sein Widerstand gegen dieses Projekt ist unerschütterlich, aber das zeigt er auf eine so ruhige und überzeugende Weise, die wirkungsvoller ist als alles andere. Er hat den Städtern wirklich deutlich gemacht, worum es geht – und ebenso den Anwälten und den Medien. Lydia und ihre Aktionsgruppe planen ein großes Solidaritätskonzert, um noch mehr Aufmerksamkeit darauf zu lenken. Zahlreiche prominente Leute aus der Musikbranche haben ihr Kommen zugesagt. Es soll am Strand stattfinden. Und das ohne Protestkundgebung, ohne Plakate – einfach nur Familien, Freunde, Nachbarn, die zusammenstehen.«

»Aber erreicht man damit denn irgendetwas, Maman? Ach, ich wäre gern dabei.«

»Lydia sagt, es geht darum, *für* und nicht *gegen* etwas zu sein. Das Motto lautet: ›Familie, Land, Kultur‹. Damit wollen wir ein Zeichen setzen für das, was wir für richtig und wichtig halten.«

»Verstehe«, sagte Jean-Luc leise.

Obwohl Jacqui versucht hatte, während des Telefongesprächs zuversichtlich zu klingen, war ihr schwer ums Herz, als sie auflegte. Sie vermisste ihren Sohn so sehr.

Damien hatte seit dem schrecklichen Vorfall in Perth mehrmals versucht, sie anzurufen, aber Jacqui war nie ans Telefon gegangen. Briefe, Blumen oder sonst irgendein Zeichen einer Entschuldigung gab es nicht.

»Wahrscheinlich wartet er darauf, dass du dich abregst. Dann wird er versuchen, sich herauszureden und dich aufs Neue zu bezirzen. Würdest du denn überhaupt noch was mit ihm zu tun haben wollen?«, fragte Lydia sie bei einem gemeinsamen Kaffee am nächsten Vormittag.

»Ich habe ihm ja nie Gelegenheit gegeben, mir zu erklären, was vorgefallen ist.«

Jacqui wirkte verunsichert, doch das wollte Lydia nicht zulassen: »Es ist doch ziemlich offensichtlich, was vorgefallen ist. Meiner Meinung nach kannst du von Glück reden, dass du dich nicht zu sehr auf ihn eingelassen hast. Ich würde sagen, sei froh, dass du ihn los bist.«

»Wahrscheinlich hast du recht. Haken wir das Thema Damien ab.« Jacqui reichte es schon, dass sie sich mal wieder mit Jean-Lucs Vater herumschlagen musste.

»Wie geht's mit dem Konzert voran?«, erkundigte sie sich.

»Gestern Abend haben wir uns mit ein paar Musikern und Freunden zusammengesetzt. Das Konzert soll jetzt mit einem Picknick an einem Sonntagnachmittag stattfinden. Die Bühne wird samt Lautsprecheranlage auf einem großen Katamaran ganz nah am Ufer sein. Wir werden überall in der Stadt Flugblätter verteilen, und unser Social-Media-Team wird Überstunden machen müssen. Bestimmt kommen die Leute scharenweise, vor allem, wenn sie hören, welche Berühmtheiten sich angekündigt haben. Ich habe ein Kamerateam und einen Hubschrauber organisiert. Der Film von diesem Konzert wird viral gehen, im Internet und in den Nachrichtensendungen.«

»Klingt fantastisch!«, freute sich Jacqui.

»Wir wollen Chamberlains unmissverständlich klarmachen, dass ihre Pläne hier unerwünscht sind und wir nicht lockerlassen werden, auch wenn sich das Ganze Jahre hinziehen sollte. Ich meine, sieh doch nur, wie viel wir schon erreicht haben«, schwärmte Lydia. »Angefangen haben wir mit lauter kleinen Grüppchen, die sich misstrauisch beäugten – sogar die Medien waren gespalten. Und die Einheimischen hatten die unterschiedlichsten Ansichten: ›Wir sind doch keine Ökos‹ und ›Unsere Kinder kriegen dort vielleicht einen Arbeitsplatz‹ und ›Wir sehen dort nie Aborigines, wieso sollte dann dieses Land wichtig für sie sein? Und was kümmert das uns?‹ und ›Zugereiste aus dem Osten des Landes sollten sich lieber um ihren Kram kümmern, statt ihre Nase in unsere Angelegenheiten zu stecken‹ und so weiter. Jetzt ist die große Mehrheit einer Meinung.«

»Das habt ihr wirklich toll hingekriegt«, lobte Jacqui.

»Danke, Jac.« Lydia sah auf ihre Armbanduhr. »Entschuldigung, aber ich muss los. Sehen wir uns beim Konzert?«

»Na klar.«

Alle Vorbereitungen für das Konzert waren getroffen. Jeder schien davon zu wissen, und in den Tagen davor herrschte in der Stadt erwartungsvolle Feststimmung. Es gab spontane Auftritte einheimischer und auch überregional bekannter Bands, Jamsessions in Pubs und bei Partys in Broome und der näheren Umgebung, während immer mehr Musikerinnen und Musiker eintrafen. Jacqui war ganz aufgeregt, als zwei Mitglieder einer landesweit bekannten Band in ihrem Laden auftauchten und ein paar Bücher kauften.

Am Morgen vor dem Konzert herrschte bestes Wetter – es würde ein perfekter Sonntag werden. Jacqui schlang sich einen Sarong um ihren Badeanzug, schnappte sich Hut und Korb und fuhr zum Strand.

Erstaunt sah sie, wie viele Menschen sich bereits versammelt hatten. Ein Helikopter kreiste über ihnen, und sowohl am Strand als auch auf dem großen Katamaran nahe am Ufer waren Fernsehkameras aufgebaut. Das Publikum, vorwiegend Einheimische und dazu ein paar neugierige Touristen, hatte es sich auf dem Sand gemütlich gemacht. Picknickkörbe wurden ausgepackt, Kinder und Hunde jagten einander am Ufer entlang, viele Menschen räkelten sich auf Badeliegen oder Strandlaken, andere schwammen im warmen Indischen Ozean. Eine kleine Flottille von Booten ankerte um den großen Katamaran herum, an dessen Mast ein Transparent verkündete: »Familie, Land, Kultur«.

Die Augen mit der Hand abgeschirmt suchte Jacqui den Strand nach Lydia und ihrer Familie ab und entdeckte sie, zusammen mit Phillip und Peggy, unter mehreren Sonnenschirmen. Nachdem sie sich zu ihnen gesellt und alle begrüßt hatte, erzählte Jacqui ihren Freunden, dass Jean-Lucs Vater entschieden hatte, seinen Sohn in absehbarer Zukunft nicht aus Frankreich wegzulassen. Alle reagierten bestürzt und zeigten Mitgefühl.

»Er ist ein komplizierter Typ. Ich muss noch überlegen, wie ich ihn herumkriege«, erklärte Jacqui und gab sich dabei optimistischer, als sie war. Bisher hatte sie noch keine klare Vorstellung davon, wie sie die Besuchsfrage mit Jean-Lucs Vater regeln konnte. Denn da halfen nur hieb- und stichfeste Argumente.

Nach dem Picknick schlenderte Jacqui den Strand entlang und blieb immer wieder stehen, um mit Freundinnen und Freunden zu plaudern. Sie war entzückt, als sie Lilys Tochter Sami Barton bei ihrer Mutter und Palmer sitzen sah.

»Sami, was für eine schöne Überraschung!«, rief Jacqui aus. »Mit dir hätte ich hier gar nicht gerechnet.«

»Ich bin gestern angekommen. Und habe gehofft, dir hier über den Weg zu laufen«, sagte Sami und umarmte sie.

»Himmel, ich habe dich ewig nicht gesehen. Anderthalb Jahre, kann das sein? Wie geht's dir denn so in der großen Stadt?«, fragte Jacqui und setzte sich neben sie.

Sami zog die Nase kraus. »Beruflich läuft's großartig. Hat Mum dir erzählt, dass das Museum, in dem ich Kuratorin bin, eine Ausstellung über den Einfluss frühasiatischer Kunst in Australien vorbereitet?«

»Wow, das klingt toll. Die würde ich zu gerne sehen.«

»Ich schicke dir den Katalog«, versprach Sami.

»Wie lange bist du hier? Wir müssen uns unbedingt mal ausführlicher unterhalten. Hast du nicht manchmal Sehnsucht nach zu Hause?«

Sami lächelte. »Doch, natürlich. Aber ich bastle jetzt erst mal an meiner Karriere und weiß, ich kann – und werde – zurückkommen. Hier ist meine Familie zu Hause, hier sind meine Wurzeln.«

»Ich freue mich jedenfalls, dass du das hier unterstützt. Was für ein enormer Andrang!« Jacqui schaute sich um. »Ich glaube, jeder aus Broome, den ich kenne, ist hier.«

»Ja, und die Atmosphäre ist fantastisch. Wir wollen uns ganz bald treffen – ich ruf dich an. Und danke, Jacqui, dass du so engagiert mithilfst, diesen wundervollen Ort zu retten.«

Als das Konzert dem Ende zuging, gab es am Strand großen Jubel, die Menschen schwenkten Handtücher und Hüte, während der Helikopter tief über ihnen kreiste.

Die Bilder von sechstausend winkenden Einheimischen, die sich an ihrem geliebten Strand versammelt hatten, gingen um die Welt.

Es war schon nach Sonnenuntergang, als Jacqui am Strand zurückschlenderte. Einige der einheimischen Bands spielten immer noch auf dem Katamaran, und die übrig gebliebenen Zuhörer schichteten auf dem Sandstrand ein großes Lagerfeuer auf. Andere packten zusammen, um den Sonntagabend zu Hause zu verbringen oder vielleicht mit Freunden essen zu gehen. Auch Lydia und ihre Leute waren noch da, und obwohl Lily, Palmer und Sami sie eingeladen hatten, sich zu ihnen zu setzen, hatte Jacqui höflich abgelehnt, denn sie wollte das familiäre Beisammensein nicht stören.

Sie überlegte, ob sie Jean-Luc anrufen und ihm von dem großartigen Konzert erzählen sollte. Aber vielleicht würde ihn das nur noch mehr deprimieren, weil er doch auch so schon traurig darüber war, nicht mehr nach Broome kommen zu dürfen. Lieber wollte sie ein paar Tage warten und ihm dann Fotos von dem Event mailen.

Unversehens wurde sich Jacqui ihrer Einsamkeit bewusst. Und tief in ihrem Inneren spürte sie ein schmerzhaftes Brennen: Wut auf Damien, auf Jean-Lucs Vater, auf Cameron und seine wiederholten Anrufe, die sie alle ignoriert hatte. Doch es waren nicht nur Menschen, die sie aus der Fassung brachten und sie verunsicherten. Es lag auch an dem Kampf um diesen Flecken Land, in den sie sich unversehens verstrickt sah. Zwar lebte sie noch gar nicht lange in Broome, doch sie war hier endlich glücklich geworden und mit sich selbst ins Reine gekommen, was nicht nur der hiesigen Lebensart, ihren neuen Freunden und der wundervollen Lage geschuldet war, sondern auch dem Gefühl, hier dazuzugehören. Diese Landschaft verströmte eine Aura von Zeitlosigkeit, von Beständigkeit über Jahrtausende hinweg, und zwischen den Ureinwohnern und jenen, die später gekommen waren, weil sie hier Möglichkeiten für sich entdeckten, herrschte ein Geist der Gemeinsamkeit. Jacqui hatte das Gefühl, sie habe ebenso sehr das Recht und die Pflicht, für diesen Ort zu kämpfen, wie die traditionellen Eigentümer, die alten Familien, die alteingesessenen Geschäftsleute, die Umweltschützer und die multikulturellen Einheimischen, deren Geschichte ein Symbol dafür war, wie man sich laut Wallys Worten »in einer gemischten Gesellschaft zusammenraufen kann«. Dass Chamberlains diesen kostbaren Zusammenhalt bedrohte, empörte sie.

Als sie ihren Korb auf den Rücksitz ihres Wagens stellte, hörte sie eine vertraute Stimme: »Ich habe gehofft, dich hier zu finden!«

Jacqui wirbelte herum und sah, wie Cameron in weißen Shorts und einem T-Shirt, ein Handtuch über den Schultern, auf sie zueilte.

Er strahlte sie an. »Unglaublich gute Musik! Und für eine gute Sache, natürlich!«

»Haha, sehr witzig«, erwiderte Jacqui ärgerlich. »Was schert dich das überhaupt, Cameron? Ich habe wirklich nichts mit dir zu reden.« Sie setzte sich hinters Steuer, doch Cameron lehnte sich gegen die Autotür, sodass Jacqui sie nicht zuziehen konnte.

»Aber ich muss dir unbedingt einiges sagen, Jacqui. Es tut mir ehrlich leid wegen des Abendessens mit Daryl, das war total daneben. Ich möchte mich dafür entschuldigen. Leider habe ich dich telefonisch nicht erreichen können.«

»Cameron, ich will keine Entschuldigungen von dir hören. Was an dem Abend passiert ist, ist unentschuldbar. Du hast uns reingelegt!« Jacqui schäumte vor Wut.

»Ehrlich, ich hatte keine Ahnung, was Daryl vorhatte! Ich weiß nur, dass er und die Aktionäre wegen des heftigen Widerstands der hiesigen Bevölkerung ziemlich beunruhigt sind, insbesondere weil er sich als so wirksam erweist. Ich dachte, wenn Daryl einfach mal mit Eddie und Arthur reden könnte, die im Fernsehen so gut rübergekommen waren, bekäme er die Sache vielleicht besser in Griff.«

»Für Johnson kam es ja wohl kaum überraschend, dass die Aborigines die Landnahme und Zerstörung ihrer Heimat ablehnen!«

»Bitte, Jacqui, du weißt so gut wie ich, dass viele Aborigines große Hoffnungen hegen, wie sie von dem Geld aus dem Rohstoffabbau profitieren können. Ich glaube, Daryl wollte ausloten, ob er Eddie und Arthur nicht für diese Sichtweise gewinnen kann«, sagte Cameron.

»Nun, Cameron, der geplante Gasumschlagplatz an The Point geht nicht nur die Aborigines an, so bedeutend ihr Anliegen auch ist. Durch die ganze Stadt geht ein Riss. Alte Freundschaften sind deswegen zerbrochen. Familien haben sich darüber zerstritten. Ich kenne ein Paar, das entschieden gegen den Bau ist, aber ihr Sohn arbeitet für Chamberlains und will seinen Job behalten. Deshalb ist er ausgezogen und redet nicht mehr mit seinen Eltern. Das ist hart. Ein Großkonzern glaubt, er kann machen, was er will, ohne sich auch nur im Geringsten darum zu scheren, welchen Schaden er anrichtet. Das scheint diese Bande überhaupt nicht zu kümmern. Es ist diese Arroganz, die mich fertigmacht. Was normale Leute fühlen und wollen und wichtig finden, ist diesen Großkapitalisten offenbar völlig egal. Die meisten Typen, die solch einschneidende Veränderungen vorschlagen, waren noch nicht mal hier. Und falls doch, juckt es sie nicht. Aber Geld ist nicht alles, Cameron!« Jacqui war den Tränen nahe.

Besänftigend hob Cameron die Hände. »Ehrlich, Jacqui, ich möchte dir wirklich gern erklären, was mich bewogen hat …«

»Wozu, Cameron? Außerdem ist es dafür ein bisschen zu spät. Wir stehen auf unterschiedlichen Seiten, und ich habe keine Lust, mich von dir benutzen zu lassen, nur weil wir uns vor Jahren mal flüchtig gekannt haben.«

Einen Moment schwieg Cameron, dann sagte er leise: »Schade, dass du es so siehst. Aber da wir uns schon seit Ewigkeiten kennen, weiß ich, dass ich dir vertrauen kann. Der Punkt ist der, dass ich ein bisschen mehr darüber wissen müsste, wie der Hase hier läuft. Die Reaktion der Einheimischen kam für das Unternehmen völlig unerwartet, und ich frage mich, warum sich die Menschen einen Weg verbauen, der ihnen doch beträchtliche Investitionen bescheren würde.« Als Jacqui erneut aufbrausen wollte, hob er beschwichtigend die Hand. »Ich weiß, Geld ist nicht alles. Eine Haltung, die einen Unternehmer wie Daryl zweifellos irritiert. Aber hör mal, müssen wir wirklich hier im Stehen neben deinem Wagen über eine so wichtige Frage reden? Können wir nicht zusammen essen und das Ganze in einer Atmosphäre diskutieren, die ein bisschen gesprächsförderlicher ist?« Bevor Jacqui etwas erwidern konnte, setzte Cameron hinzu: »Du hast mir mal versprochen, mich zu bekochen. Ich gebe mich auch gern mit einem Käsetoast und einem Bier bei dir zu Hause zufrieden.«

Jacqui überlegte. Sie hatte einen langen Tag hinter sich, war ausgelaugt und niedergeschlagen. Auf eine Diskussion mit Cameron hatte sie nicht die geringste Lust, zumal sie das Gefühl hatte, dass er sie nur aushorchen wollte.

»Nein, lieber nicht, Cameron«, sagte sie schließlich matt.

»Was ist denn? Fehlt dir etwas?«

Er klang besorgt, und einen Moment lang konnte Jacqui nur mit Mühe die Tränen zurückhalten.

»Ach, ich bin einfach ziemlich erledigt.«

»Schau, ich wohne in einem todlangweiligen Hotelzimmer. Und ich hasse es, allein zu essen. Wie wär's, wenn ich in zwanzig Minuten bei dir vorbeikomme?« Er machte einen Schritt zurück, sodass sie die Wagentür schließen konnte.

»Also gut«, gab sie nach. »Bring Wein mit, ich rühre irgendwas zusammen.« Warum sie letztlich einwilligte, war ihr selbst ein Rätsel, da sie doch nichts dringlicher wollte, als sich in ihrem Bett zusammenzurollen und zu überlegen, was sie wegen Jean-Luc und seinem Vater unternehmen wollte. Sie startete den Motor. Doch instinktiv wusste sie, dass Lydia ihr nie verziehen hätte, wenn sie sich die Gelegenheit hätte entgehen lassen, von Cameron vielleicht herauszukriegen, was Chamberlains als Nächstes plante.

Zu Hause öffnete Jacqui den Kühlschrank und hoffte auf eine zündende Idee, was sie auf die Schnelle zubereiten könnte. Warum um Himmels willen hatte sie diesen Typen nicht abgewimmelt? Da summte ihr Handy. Cameron hatte ihr eine SMS geschickt:

Koch nichts.

Hieß das, dass er nicht kam oder nicht lang bleiben würde? Sie stellte Gläser, Eis, Mineralwasser und ein paar Oliven auf den Tisch und holte noch ein Knoblauchbaguette aus der Tiefkühltruhe. Da sie sich beim Picknick mit Häppchen begnügt hatte, war sie mittlerweile hungrig.

Durch die Palmen in ihrem Garten fiel schräg das Mondlicht, als sie Camerons Wagen hörte.

»Hi. Hast du meine SMS bekommen?«, rief er an der Eingangstür. Er trug zwei Behältnisse mit Essen herein, und plötzlich erfüllte ein köstliches, mit Knoblauch und Tomaten geschwängertes Meeresfrüchte-Aroma die Küche. »Muscheln mit Kräutern in Weißweinsoße und ein Töpfchen Ratatouille dazu. Hast du Brot?«

»Ja, habe ich. Wo hast du das denn her?«

»Ein neues kleines Meeresfrüchte-Lokal. Ich habe sie überredet, mir etwas mitzugeben, weil meine Freundin unpässlich ist und deshalb nicht mit mir ins Restaurant gehen kann. Und den Gefallen haben sie mir gern getan.«

»Ich hoffe, es hat ihnen nicht zu viele Umstände gemacht. Die meisten Lokale hier verkaufen nichts zum Mitnehmen.«

»Hey, sie haben zwei Mahlzeiten verkauft und trotzdem einen Tisch frei für weitere Gäste. Die Muscheln müssen vor dem Essen noch mal kurz aufgewärmt werden. Und das passt doch dazu?« Er förderte eine Flasche Margaret River Wein zutage.

»Gut mitgedacht«, lobte Jacqui. »Danke.«

Sie setzten sich auf die Veranda, und Cameron schenkte ihnen Wein ein.

Dann hob er das Glas. »Als Erstes möchte ich mich nochmals entschuldigen, weil ich dich und deine Freunde neulich abends in eine so unangenehme Lage gebracht habe. Ich habe wirklich nicht geahnt, was Daryl vorschlagen würde. Das habe ich nicht erwartet, und ich glaube eigentlich auch nicht, dass ich für so etwas bezahlt werde.«

»Wofür wirst du denn bezahlt? Was springt für dich raus? Was für eine Rolle spielt Cameron North bei alldem?«

»Speziell bei diesem Projekt oder allgemein? Nun, erst einmal habe ich eine Aversion gegen einen Bürojob mit festen Arbeitszeiten. Deshalb nehme ich weltweit Aufträge an, die mich reizen und bei denen ich eine Lösung finden möchte, von der alle Seiten profitieren. Ich versuche es nach Möglichkeit allen recht zu machen.«

»Aha, ein Auftragskiller. Gibt's irgendwas, was du nicht tun würdest?« Jacqui wusste, dass sie bissig klang, aber sie konnte einfach nicht darüber hinwegsehen, dass Cameron für Leute arbeitete, die ihrer Meinung nach vorsätzlich den Interessen ihrer Stadt schadeten.

Cameron lächelte unangenehm berührt. »Ich erschieße niemanden. Und ich mache nichts, was eindeutig gesetzeswidrig ist. Aber ich versuche, Probleme aus der Welt zu schaffen.«

»Es ist also immer nur ein Job. Nichts, was dir am Herzen liegt«, sagte Jacqui.

Er trank einen Schluck Wein. »Im Allgemeinen schätze ich es, wenn das Ergebnis alle Parteien zufriedenstellt.« Jacqui schnaubte leise. »Gerade wenn viel Geld im Spiel ist, verliert niemand gern. Und da die Dinge selten eindeutig schwarz oder weiß sind, liegt eine Lösung nicht immer auf der Hand.«

»Wirklich interessiert bist du vermutlich nur am Sieg deines Auftraggebers, oder?«

»Ich versuche, es nicht als Sieg oder Niederlage zu sehen. Es gibt Chancen, und es gibt Kompromisse.«

»Was ich in diesem Fall für ausgeschlossen halte«, sagte Jacqui. »Du siehst ja, wie entschlossen die Leute kämpfen. Sie werden jahrelang Widerstand gegen dieses Gasprojekt an The Point leisten.«

»Überall, bloß nicht vor meiner Haustür, stimmt's?«, mokierte sich Cameron.

»Cameron, du weißt, wie viel hier auf dem Spiel steht. Das ist das letzte verbliebene große Wildnisgebiet auf der Welt, es geht um das Erbe eines Volkes, um seine Herkunft, seine Heimat. Warst du mal an The Point und hast gesehen, wie schön es dort ist? Und vor der Küste dann die unbezahlbaren Kostbarkeiten dieser Welt: Riffe, Wale und Myriaden anderer Meeresbewohner, einsame Inseln mit uralten Zeugnissen, ganz zu schweigen vom eigentlichen Küstenabschnitt mit der wundervollen Felsenkunst, den Dinosaurierfußabdrücken, den Wasserfällen …« Jacqui merkte, dass sie die Fassung verlor, und brach wider Willen in Tränen aus.

Stumm trank Cameron einen Schluck, während sie sich die Augen wischte und die Nase putzte. Dann nahm auch sie ihr Glas und trank.

»Es tut mir leid, dass dir das so nahe geht«, sagte er schließlich. »Aber ich habe da nichts zu entscheiden. Was ich tue, hat nur sehr indirekt damit zu tun, was an The Point geplant ist.« Schweigend saßen sie noch ein paar Augenblicke da, dann fragte Cameron vorsichtig: »Sollen wir jetzt essen?«

Jacqui war froh über die Ablenkung, und während sie das Essen aufwärmten und es mit dem warmen Knoblauchbaguette am Küchentisch verzehrten, kehrten sie wieder zum Small Talk zurück.

»Das schmeckt großartig, danke. Mir war gar nicht klar, wie hungrig ich war«, sagte Jacqui.

»Diese Muscheln sind köstlich«, bestätigte Cameron, während er seine letzte aß und ihnen dann Wein nachschenkte. »Wie geht's deinem Sohn?«

»Ach, frag nicht! Ich bin auch deswegen total fertig.« Jacqui sprang auf und trug die Teller zur Spüle.

»Das tut mir leid. Es ist ihm doch nichts passiert?«

»Die Sache ist kompliziert. Sein Vater hat Jean-Luc alle Besuche in Broome auf absehbare Zeit gestrichen und plant, ihn bei sich in der Nähe im Internat einer Internationalen Schule unterzubringen.«

»Das klingt nicht fair dir und deinem Sohn gegenüber«, sagte Cameron voller Mitgefühl. »Es muss sehr hart für dich sein.«

Überrascht sah Jacqui ihn an. Er machte sich nicht über sie lustig und klang auch nicht zynisch, im Gegenteil.

»Danke. Ja, ich finde es auch sehr unfair. Und ich weiß einfach nicht, was ich dagegen unternehmen soll. Aber ich will Jean-Lucs Vater unbedingt umstimmen.«

Jacqui versuchte, an etwas anderes als Jean-Lucs Vater zu denken, und machte Kaffee. Als sie dann den Kaffee ausschenkte, kam ihr eine Idee, wie sie möglicherweise bei diesem nun etwas verständnisvolleren Cameron etwas bewirken konnte.

»Vielleicht will diese Stadt ja nicht, dass ihre Zukunft von einem Rohstoffkonzern bestimmt wird«, sagte sie langsam und stellte die Kaffeetassen auf den Tisch. »Die Einheimischen schätzen, was sie hier haben, und wollen keine einschneidenden Veränderungen. Aber du hast recht, viele Aborigines glauben, dass das Geld, das Chamberlains hierfür lockermachen würde, von großem Nutzen sein könnte. Andere, klügere Köpfe sind jedoch überzeugt, dass dabei etwas Wertvolleres verloren gehen würde. Eddie hat das sehr klargemacht.«

»Das stelle ich gar nicht in Abrede. Aber hier herrscht nun mal das Gesetz des weißen Mannes, wenn es um den Umgang mit internationalen Unternehmen, Regierungsbeamten und Bürokraten geht.« Cameron griff nach seiner Kaffeetasse.

»Hör mal, ich möchte, dass du jemandem kennenlernst.«

»Wen? Und wann?«

»Morgen. Kannst du das einrichten?«

»Wenn du denkst, dass es wichtig ist, dann ja.«

»Danke. Ich glaube, du wirst es nicht bereuen.«

Nachdem Cameron gegangen war, versuchte Jacqui Lydia zu erreichen, um ihr von ihrem Vorhaben zu erzählen, aber sie ging nicht ans Telefon. Wahrscheinlich tanzt sie irgendwo die Nacht durch, dachte Jacqui seufzend und ging schlafen.

Am nächsten Tag rief Jacqui Wally an und besprach ihre Idee mit ihm. Dann schickte sie Cameron eine SMS und verabredete sich mit ihm in Wallys Seniorenheim.

Mit ein paar Flaschen Bier für Wally traf sie dort noch vor Cameron ein. Sie und Wally setzten sich draußen auf seine Terrasse und unterhielten sich darüber, was für ein Riesenerfolg das Konzert doch gewesen war.

»Es hat viel Spaß gemacht! All die jungen Leute waren so begeistert. Und weil ich noch jung im Herzen bin, war ich genauso begeistert«, sagte Wally. »Außerdem hat es unsere Botschaft in die Welt getragen, meinst du nicht, Jacqui?«

»Da bin ich ganz sicher. Aber sag, hast du dir inzwischen schon überlegt, was du Cameron erzählen willst?«

»Ich werde mein Bestes tun. Die Sprösslinge meiner Familie lieben meine Geschichten. Einen meiner Enkel hast du ja beim Autorenfestival kennengelernt, nicht wahr? Ich versuche ihnen all dieses alte Wissen zu vermitteln. Tatsächlich haben wir erst gestern darüber geredet. Vielleicht ist es für mich bald an der Zeit, wieder dort draußen zu sein.«

»Wie viele Enkelkinder hast du inzwischen?«

»Wenn ich das so genau wüsste, meine Liebe. Etwa dreißig. Urenkel gibt es auch schon. Manchmal ist es nicht leicht, den Überblick zu behalten«, gluckste er. »Jedenfalls haben mich ein paar von den Jungs gefragt, wann sie zurückgehen und die Lieder singen dürfen. Die Jugendlichen sind wieder begierig, alles über unsere Kultur zu erfahren. Das ist gut, oder?«

»Allerdings. Wie kommst du denn mit deinem Buch voran?«

»Schau, dort hab ich die fertigen Hefte. Ich bin jetzt beim achten.« Dabei zeigte er auf acht Schulhefte, die auf dem kleinen Tisch in seinem Zimmer lagen.

Jacqui ging hinein und nahm eins in die Hand. »Darf ich?«, fragte sie.

»Ja. Ich hoffe, du kannst meine Handschrift lesen. Und drück beide Augen zu bei der Rechtschreibung!«

Jacqui blätterte die ordentlich beschriebenen Seiten durch. Auf manchen waren auch Zeichnungen. »Pass gut darauf auf, Wally. Ich würde die Hefte am liebsten für dich fotokopieren. Ach, du scheinst so viel zu erzählen zu haben.«

»Ich mache das für meine Familie. Wir müssen sicherstellen, dass all diese wichtigen Dinge nicht verloren gehen. In manchen Familien haben die Kinder überhaupt kein Interesse an dem alten Wissen. Aber eines Tages interessiert es sie doch, und dann ist niemand mehr da, der es ihnen beibringen kann.«

Es klopfte an der Tür.

»Ah, dein Freund.«

Jacqui öffnete, ließ Cameron herein und führte ihn hinaus auf die Terrasse zu Wally. Sie stellte die beiden einander vor.

»Jacqui hat mir ein paar Bier mitgebracht. Möchten Sie eins?«, bot Wally an.

Cameron schüttelte den Kopf. »Nein, danke. Aber lassen Sie sich nicht abhalten.« Er zog sich einen Stuhl heran.

»Nun, junger Mann, in welcher Verbindung stehen Sie zu diesem Unternehmen, das uns dieses Monstrum an unsere Küste setzen will?«, fragte Wally ohne Umschweife.

Cameron lächelte. »Ich wurde beauftragt, dem Unternehmen dabei zu helfen, Explorationslizenzen für Bodenschätze in Kimberley zu bekommen. Mit dem Gasumschlagplatz an The Point habe ich nichts zu tun.«

»Aber mit dem, was Sie in anderen Teilen von Kimberley tun, machen Sie es denen leichter, unser Land dort plattzumachen«, stellte Wally klar.

»Nach Maßgabe von Umweltgutachten und kulturellen Analysen«, verteidigte sich Cameron.

»Tja, manchmal warten die aber nicht ab, bis sie die richtigen Informationen haben. Es gibt eine Menge kluger Leute, die ehrenamtlich ihre Zeit und ihr Fachwissen zur Verfügung stellen, um zu katalogisieren, was es da draußen alles gibt«, sagte Wally.

Cameron nickte. »Da haben Sie recht. Und da ich weiß, wie sehr Jacqui sehr daran gelegen ist, dass ich mit Ihnen rede, Wally: Würden Sie mir Ihre Geschichte erzählen?«

Jacqui fasste Cameron scharf ins Auge und fragte sich, ob er den alten Mann provozieren wollte, aber nichts in seiner Miene deutete darauf hin. Vielleicht interessiert ihn ja wirklich, was Wally zu sagen hat, überlegte sie.

»Jacqui hat Sie einen beeindruckenden Mann genannt, der mit beiden Kulturen bestens vertraut ist«, sagte Cameron.

»Da könnte sie recht haben«, antwortete Wally. »Ich habe in ganz Kimberley auf Rinderfarmen gearbeitet. Dort habe ich auch Elsie kennengelernt, die von Missionaren erzogen worden ist. Wir haben uns schließlich zusammengetan und sind nach Broome gezogen, wo ich in der Perlenfischerei gearbeitet habe. Natürlich lief unsere Ehe nicht wirklich gut in der Stadt. Manchmal war es schwierig, weil Elsie sich an vielen Orten nicht aufhalten durfte; wir konnten ja nicht einmal nebeneinander im Kino sitzen. Ein großer Teil ihres Stammes lebte noch im Busch. Dort sind wir dann hin, und ich habe in der Nähe Arbeit auf einer Farm gefunden. Im Lauf der Zeit habe ich die Ältesten kennengelernt, sie fassten Vertrauen zu mir und begannen mir von ihren Geschichten und Bräuchen zu erzählen. Auf diese Weise habe ich ganz allmählich von ihrer Kultur erfahren, von den alten Sitten. Als die Alten immer weniger wurden, haben sie ihr Wissen an mich weitergegeben, denn außer mir war damals niemand da. Und so habe ich alles in diesen Heftchen aufgeschrieben.«

»Fahren Sie ab und zu noch in die Heimat Ihrer Frau?«, erkundigte sich Cameron.

»Aber sicher. Das habe ich ihr versprochen, und die Kinder nehme ich jedes Jahr zu Zeremonien mit.«

Nachdenklich nickte Cameron. »Sie haben vorher von den fehlenden ›richtigen Informationen‹ gesprochen. Was haben Sie damit gemeint?«

Jacqui warf einen Blick auf Cameron und war sich nicht sicher, ob er diese Frage aus Neugier stellte oder sein Gegenüber auf die Probe stellen wollte.

Doch Wally zeigte sich unbeeindruckt. »Sie kennen die Songlines dieses Landes nicht. Das sind die Traumpfade, die von den Schöpferwesen angelegt worden sind, als sie das Land erschaffen haben.« Wally tippte sich an die Stirn. »Es geht dabei um mehr als um eine Landkarte, das ist wichtiges Wissen über Kultur, Werte, Sozialgeschichte. Man muss die Geschichten kennen und sie singen, um das Land am Leben zu erhalten. Du musst alles lernen: die Geschichten, welche Tiere, welche Pflanzen es gibt, die Jahreszeiten. Eine Songline ist wie eine Enzyklopädie. Man weiß dann, wo die unsichtbaren Grenzen sind. So was findet man auf keiner offiziellen Landkarte.«

»Und die Regenbogenschlange? Ihr Rückgrat?«, soufflierte Jacqui.

»Sie wissen, wie die Künstler das Land immer malen – so als wären sie im Himmel und würden von oben draufschauen. Nun, stellen Sie sich vor, dass Sie auf unser Land hinunterblicken und Klippen sehen, die sich quer über unsere Halbinsel und zur Küste hinziehen. Das ist das Rückgrat der Schlange, das Traumzeit-Totem. Es zieht sich auch durch Elsies Land. Diese Schlange ist mächtig. Wenn also Bergbauleute das Land aufgraben und ihr damit das Rückgrat brechen, ist das … nun … eine ganz schlimme Sache. Ebenso wenn sie heilige Bäume fällen.« Wally suchte nach Worten. »Tausende von Jahren war das Land sicher. Es war etwas, das sich einfach nicht geändert hat, das immer da war. Aber jetzt … na ja, kein Wunder, dass die Ältesten sehr besorgt wegen alldem sind.«

Jacqui sah Cameron an. »Begreifst du nun, warum dieses Land den Menschen so viel bedeutet und warum diejenigen, die für dessen Sicherheit und Schutz verantwortlich sind – wie Eddie und Arthur – nicht mit Chamberlains verhandeln wollen?«

Wally nickte mit Nachdruck. »Wenn Chamberlains an Stätten baggert und baut, die dem Volk der Aborigines seit Jahrhunderten wichtig sind, können sie dort ihre Zeremonien nicht mehr durchführen, und die Verbindung bricht ab. Sie verlieren ihre Kultur. Denn selbst wenn sie weit weg von ihrem Land leben, müssen sie um der Zeremonien willen zurückkommen.«

»Verstehst du?«, wandte sich Jacqui an Cameron. »Sie verlieren ihr Wissen, wenn sie nicht an ihren Zeremonien teilnehmen können.«

Cameron schaute die beiden an. »Ich bin im Bilde. Faszinierend. Jetzt ist mir auch klar, wie gewalttätig ein solcher Eingriff an diesen heiligen Stätten wäre.«

Als Wally fortfuhr, blickte er Cameron fest an. »Diese Großindustriellen und die Regierung schaffen es anscheinend immer, alles so hinzubiegen, wie es ihnen passt«, sagte er dann leise. »Aber eine Menge Leute werden es ihnen nicht leicht machen.«

»Mit Geld kriegen sie es jedenfalls nicht geregelt«, ergänzte Jacqui. »Deshalb kriegt Chamberlains jetzt solchen Gegenwind zu spüren.«

»Hier«, Wally wies auf den Stapel Hefte auf dem Tisch, »habe ich meine Geschichten aufgeschrieben und auch die Geschichten von Elsies Volk. Eigentlich ist es für meine Familie gedacht, aber wenn es Sie interessiert, dürfen Sie es gern lesen.«

»Wirklich, Wally? Das fände ich höchst spannend«, sagte Cameron.

»Warte mal, da gibt's noch mehr«, fiel Jacqui ein. »Wally, du hast mir doch von diesem Film erzählt. Wo ist er?«

»Ach, Liebes, ich weiß nicht, ob der noch was taugt. Er ist inzwischen fünfzig Jahre alt.« Langsam erhob er sich aus seinem Sessel.

»Was ist das für ein Film?«, fragte Cameron.

Während sie Wally in seinem Schrank kramen hörten, meinte Jacqui: »Es geht um einen Dokumentarfilm über ihn und Elsie, wie sie draußen im Busch eine Zeremonie abhielten und gesungen haben.«

Cameron hob die Augenbrauen. »Das könnte interessant sein.«

Mit einer kleinen Ledertasche kam Wally wieder. »Die Dose ist hier drin; könnte rostig sein. Ich habe sie nie geöffnet – wozu auch, hab ja keinen Projektor.«

Die Filmdose war sorgfältig in wetterfestes Öltuch eingewickelt. Trotzdem war sie so von Rost überzogen, dass der Deckel klemmte.

»Ich hole ein Messer.« Jacqui sprang auf.

»Nein. Lassen wir sie lieber zu«, sagte Cameron. »Sie sollte besser in einer Dunkelkammer geöffnet werden, und vielleicht braucht der Film auch eine spezielle Restaurierung.«

»Keine Ahnung, ob jemand hier in der Stadt so etwas kann«, überlegte Jacqui.

»Bei so einem alten 16-Millimeter-Film wohl kaum«, vermutete Cameron. »Man sollte ihn Fachleuten geben, zum Beispiel dem National Film and Sound Archive in Canberra.«

»Oh, so wichtig ist er nicht«, meinte Wally.

Jacqui betrachtete das stockfleckige Etikett auf der Dose. »Vielleicht solltest du Camerons Rat annehmen und ihn wirklich diesem Filmarchiv schicken, Wally.«

»Klingt nach viel Aufwand«, meinte Wally zögernd. »Hier, Cameron, nehmen Sie ein paar von meinen Heften mit, wenn Sie wollen.«

»Danke«, erwiderte Cameron.

Jacqui wollte schon vorschlagen, ihm Fotokopien davon zu machen, als Cameron sehr behutsam hinzufügte: »Ich weiß es zu schätzen, dass Sie mir so etwas Wertvolles anvertrauen. Ich bin sehr gespannt auf die Lektüre.«

Einen Moment herrschte Stille, dann sagte Jacqui: »Entschuldigt mich, ich muss wieder in den Buchladen. Kommst du mit, Cameron?«

»Nein. Wenn Sie einverstanden sind, Wally, würde ich gern noch ein bisschen bleiben und mehr von Ihren Geschichten hören.«

»Sicher«, nickte er. »Ich setze Wasser auf.«

Jacqui gab Wally einen flüchtigen Kuss.

»Bis bald, meine Liebe«, rief Wally, als Jacqui hinaus zu ihrem Auto eilte und dann tief in Gedanken versunken zu ihrem Buchladen fuhr.

Am Sonntag öffnete Red Coast Books erst später, aber Jacqui stand früh auf, um Verschiedenes im Haushalt zu erledigen. Als sie so herumwirtschaftete, klopfte es an der Tür. Sie öffnete und sah zu ihrer Überraschung Wally und Chester draußen stehen.

»Hi, Chester, wie geht's? Ich wusste gar nicht, dass ihr euch kennt.«

Die beiden Männer lachten. »Jeder kennt jeden hier in der Gegend«, erwiderte Chester. »Eine von Wallys Töchtern ist eine Tante von mir. Als der alte Wally mir erzählt hat, dass er mit dir befreundet ist, habe ich mir gedacht, ich begleite ihn und sag Hallo.«

»Ich bin immer noch ganz hin und weg, wenn ich an die Schlangenhöhle denke, die du uns neulich gezeigt hast, Chester«, sagte Jacqui und bat die beiden herein. »Was führt dich in die Stadt?«

»Ach, bloß Familienangelegenheiten.«

Als der Tee fertig war, gingen sie auf die hintere Veranda.

»Was hältst du von Cameron North?«, fragte Jacqui Wally. »Ich hatte noch gar keine Gelegenheit, dich danach zu fragen. Von Cameron habe ich seither auch nichts mehr gehört.«

»Interessanter Bursche«, antwortete Wally und ließ sich in einem Sessel nieder. »Er ist letztes Wochenende noch ein paar Stunden geblieben, nachdem du gegangen warst.«

»Wirklich? Worüber hat er gesprochen?«

Wally gluckste. »Er hat mir erzählt, dass ihr beide euch schon aus dem Sandkasten kennt«, grinste er. »Aber eigentlich habe hauptsächlich ich geredet. Er wollte alles Mögliche wissen. Danach hat er mich gefragt, ob ich jemanden kenne, der ihn auf dem Kulturerbe-Pfad begleiten würde. Also habe ich Chester angerufen. Sie sind aber noch nicht weit gekommen. Haben nur eine Nacht gecampt und waren gestern spätabends wieder da.«

»Hat es ihm gefallen?«, fragte Jacqui neugierig.

»Anscheinend schon«, antwortete Chester. »Jedenfalls hat er eine Menge Fragen gestellt, vor allem über Zeremonien und Legenden und sogar über spezielle Männersachen.«

»Wo steckt Cameron jetzt? Ist er noch in Broome oder nach Perth zurückgeflogen?«

»Ich weiß es nicht genau«, antwortete Chester nachdenklich. »Er hat gesagt, er will zu irgendeiner Farm am Rand der Gibsonwüste. Eine echte Herausforderung. Die Straße dorthin ist nichts für Weicheier.«

»Dass er ausgerechnet dorthin will?«, wunderte sich Wally. »Dieser Cameron ist schon ein komischer Kerl, aus dem man nicht so recht schlau wird. Redet viel, sagt aber nicht wirklich was, wenn ihr versteht, was ich meine.«

»Das ist hohe politische Kunst«, meinte Jacqui trocken.

»Na, jedenfalls liest er meine Hefte. Und wir wollen herausfinden, wie wir diesen Film anschauen können. An dem ist er auch interessiert.«

Nachdem Wally und Chester gegangen waren, wollte Jacqui sich gerade der Gartenarbeit zuwenden, als sie auf der vorderen Veranda Schritte hörte.

»Bin hier hinten!«, rief sie.

»Hallo«, sagte Cameron, während er in den Garten schlenderte.

»Oh. Ich gärtnere gerade und sehe entsprechend aus«, meinte Jacqui entschuldigend.

»Mir gefällt's. Ich mag den natürlichen Look.«

Sie ließ die Pflanzschaufel fallen und wischte sich mit dem Arbeitshandschuh über die Stirn. »Ich brauche was Kaltes zu trinken.«

»Du, ich bin nur kurz vorbeigekommen, um Bescheid zu sagen, dass ich demnächst abreise. Und ich wollte fragen, ob wir uns davor noch mal unterhalten können? Ich würde dich gern zu einem verspäteten Mittagessen oder auch am Abend einladen.«

»Danke, aber ich muss gleich in den Laden. Doch wir können gern etwas zusammen trinken, so viel Zeit habe ich noch. Wally und Chester waren heute Vormittag auch schon da.« Sie ging ins Haus, und er folgte ihr.

»Fantastische Burschen, nicht wahr? Es war toll mit Chester auf dem Pfad. Aber eigentlich wollte ich mit dir über Wally sprechen.«

»Du hast seinen Film noch?«

»Ja, mach dir bitte keine Sorgen deswegen, dem passiert nichts. Ich wollte ihn nach Canberra schicken, aber dann hab ich drüben bei Sun Pictures recherchiert und von einem Restaurator in Perth erfahren, der ausgezeichnet sein soll. Bin gespannt, was darauf ist. Es wird bestimmt einige Erinnerungen bei Wally wachrufen. Wally sagt, Elsie muss ziemlich oft zu sehen sein.«

Jacqui musterte ihn. »Du bist sehr nett zu Wally. Gibt's dafür einen Grund?«

Lächelnd setzte sich Cameron. »Ich finde Wally hochinteressant. Er hat sich viel Zeit für mich genommen, und dafür möchte ich mich erkenntlich zeigen.« Dann setzte er plötzlich eine ernste Miene auf. »Okay, ich will offen sein. Als mich Daryl Johnson für Chamberlains Industries angeheuert hat, wollten sie damit sicherstellen, dass alle Vereinbarungen zwischen den Landbesitzern und dem Konzern juristisch hieb- und stichfest sind. Mehr nicht. Das zu beurteilen und nur das war meine Aufgabe.«

Jacqui schwieg erwartungsvoll.

»Aber seit ich hierhergekommen bin, habe ich viel dazugelernt. Davor war ich noch nie im Outback. Und in den letzten Wochen, in denen ich hier herumgefahren bin und mit den verschiedensten Menschen gesprochen habe, ist mir klar geworden, dass man bei dieser Erschließung unbedingt beide Seiten der Medaille sehen muss.«

»Aber du stehst auf Chamberlains' Seite.«

Cameron blieb ruhig. »Daryl hat mich eingestellt, damit ich potenzielle Explorationsstätten ausfindig mache und dafür sorge, dass eine geplante Rohstoffförderung dort umsetzbar ist. Natürlich wusste Chamberlains, dass ein so großes Projekt gewisse Verwerfungen in der Region zur Folge haben würde, aber man war davon ausgegangen, mithilfe von Entschädigungszahlungen und der Aussicht auf künftige Verdienstmöglichkeiten sämtliche Widerstände überwinden zu können.«

»Nun, da haben sie sich gründlich geirrt«, meinte Jacqui grimmig.

»Offensichtlich, ja. Da die Pläne jedoch so weit fortgeschritten sind, wollen sie sie nur ungern aufgeben.«

»Aber Cameron, wenn sie keinen Rückzieher machen, werden die Leute einfach immer weiter Widerstand leisten! Und das nicht nur mit Demonstrationen. Derzeit bereiten die Anwälte eine Klage wegen der schädlichen Auswirkungen auf die Umwelt vor. Das alles kann sich jahrelang hinziehen.«

»Ich weiß, und daher beginne ich mich zu fragen, ob das letztlich noch im Unternehmensinteresse liegt. Ich glaube, dass Daryl die Aktivitäten von Chamberlains in Kimberley noch einmal überdenken sollte. Natürlich kann ich ihm das selbst sagen, aber ich denke, er sollte es auch von jemandem hören, der aus tiefstem Herzen gegen dieses Projekt ist und gleichzeitig überhaupt keine eigennützigen Interessen damit verbindet. Von jemandem, der redegewandt ist und all die Beweggründe für diesen Widerstand verdeutlichen kann. Daher möchte ich vorschlagen, dass *du* Daryl sagst, wie es dir mit alldem geht.«

»Was? Warum ich? Dafür ist Lydia bestimmt viel besser geeignet.«

»Lydia ist in der Öffentlichkeit bekannt und ihre Haltung ebenso. Sie und ihre Leute sind direkt von der Erschließung betroffen. Das verstehe ich. Aber ich glaube, du verkörperst eine unvoreingenommenere, weniger emotionale Sichtweise. Schau, Jacqui, in manchen Situationen kann jemand, der nicht im Mittelpunkt eines Konflikts steht, mehr zu seiner Beilegung beitragen. Begleite mich zu Daryl! Ich muss sowieso zu ihm fliegen, weil er ein paar Dokumente unterzeichnen muss.«

»Du willst tatsächlich, dass ich mit dir nach Perth fliege?«

»Nein, Daryl ist zurzeit nicht in Perth. Wie du bestimmt weißt, hat er jede Menge Grundbesitz, unter anderem eine riesige Rinderfarm südöstlich von hier. Daryl sieht sich nämlich weniger als Geschäftsführer denn als Unternehmer. Jedenfalls ist er im Moment mit seiner Frau dort, und ich will morgen hin – und zwar am liebsten mit dir.«

Jacqui starrte ihn an. »Cameron, wenn ich mitkomme, bringt mich das in eine unmögliche Situation. Es ist lächerlich. Was, wenn ich die Sache vermassele? Dann werden sich all meine Freunde gegen mich stellen.«

»Unsinn. Du hast die Gelegenheit, mit dem wichtigsten Entscheider bei diesem Projekt zu sprechen. Und du kannst ihm in einem nichtkonfrontativen Umfeld ruhig und nüchtern den Fall darlegen und für eure Sache eintreten. Was hast du zu verlieren? Schlimmstenfalls ignoriert er, was du zu sagen hast. Jacqui, ich möchte wirklich, dass du ihm erklärst, warum es einen so massiven Widerstand gegen diese Erschließung gibt, der wohl auch nicht nachlassen wird, ganz gleich, mit wie viel Geld Chamberlains um sich wirft.«

Schweigend saß Jacqui da und überlegte. Was Cameron ihr vorschlug, war ungeheuerlich, aber …

Plötzlich stand sie wieder mit James und Alison Brown am Ufer der Cygnet Bay und blickte auf das kristallklare blaue Wasser, in dem die Perlmuscheln in den Netzgestellen gediehen. Sie erinnerte sich an etwas, was James gesagt hatte, als sie seinen Betrieb besucht hatte. »Perlenfarmer sind ausgewiesene Umweltschützer, denn ihnen ist daran gelegen, ökologische wie auch ökonomische Interessen in Einklang zu bringen. Wenn es den Muscheln gut geht, geht es uns gut; beides geht Hand in Hand. Alles hängt mit allem zusammen, wir brauchen eine nachhaltige und angemessene Entwicklung. Was Australien hier hat, ist ein Glücksfall der Natur, den wir wertschätzen und respektieren, hegen und pflegen müssen.«

»Also gut«, erwiderte sie schließlich. »Ich fahre mit. Aber ich muss mich erst vergewissern, dass Sylvia allein mit dem Laden klarkommt. In dieser Hinsicht bürde ich ihr in letzter Zeit eine Menge auf. Nur gut, dass sie ihren Job anscheinend wirklich gern macht.«

»Natürlich«, nickte Cameron. »Und wenn wir bei Tagesanbruch losfliegen, sind wir abends wieder zurück.«

»Außerdem werde ich das nicht hinter Lydias Rücken tun. Ich will nicht, dass es eine Geheimmission ist. Deshalb werde ich ihr erzählen, was ich vorhabe.«

»Kein Problem. Ich organisiere uns einen Flug. Es ist zu weit, um mit dem Auto zu fahren. Und … ich will jetzt nicht aufdringlich erscheinen, aber könntest du Daryls Frau vielleicht ein, zwei Romane mitbringen? Sie liest leidenschaftlich gern und ist da draußen ziemlich abgeschnitten von der Welt.«

Jacqui zuckte die Achseln. »Klar, kann ich machen. Falls was bei der Sache rauskommt, ist das ja nur eine kleine Geste.«

Nachdem Cameron gegangen war, räumte Jacqui ihre Gartengeräte auf und zog sich um. Dabei ging ihr eine Menge durch den Kopf. Vor allem beschäftigte sie noch immer das ungelöste Problem mit Jean-Lucs Vater, und ihr kam plötzlich der Gedanke, dass sie Cameron in dieser Angelegenheit um Rat fragen könnte. Aber dann schien es ihr doch zu persönlich zu sein, und sie verwarf die Idee.

Das Telefon klingelte, und sie ging sofort dran, ohne zu bedenken, dass sie eigentlich schon auf dem Weg zum Buchladen sein müsste.

»Jac … Süße, ich bin's.«

»Damien!« Jacqui holte tief Luft. »Ich habe dir nichts zu sagen.« Überrascht stellte sie fest, wie ruhig sie dabei blieb. Nur nicht emotional werden, ermahnte sie sich.

»Aber ich dir. Hör mal, lass es mich erklären. Ich würde ja gern behaupten, dass du die Situation missverstanden hast, aber das stimmt nicht. Es ist nur, dass …«

»Genau, Damien. Ich habe das ganz richtig verstanden. Und es war wahrscheinlich nicht das erste Mal. Also halten wir uns nicht lange damit auf. Ich hab in meinem Leben genug anderes um die Ohren.«

»Ich wollte dir nie wehtun, es ist …«

»Tja, du hast mir aber wehgetan. Immerhin bin ich froh, dass ich die Wahrheit erfahren habe, ehe ich mich zu sehr darauf eingelassen habe. Die Sache ist abgehakt. Ich bin drüber weg und schaue nach vorn, also adieu.«

Jacqui legte auf. »Na, war doch gar nicht so schwer«, sagte sie laut zu sich selbst. Dann stellte sie sich vor den Spiegel im Korridor und betrachtete sich. Bis sie plötzlich zu zittern begann. »Oh, Mist, so ein verdammter Kerl. Warum gerate ich nur immer an solche Männer?« Mit einem Seufzer bürstete sie sich energisch durchs Haar. Doch dann musterte sie noch einmal ihr Spiegelbild. Sie legte die Bürste hin und richtete sich die Frisur, bevor sie ihrem Gegenüber zögerlich zulächelte.

»Mit dir ist alles in Ordnung, Mädchen. Du siehst gut aus. Tu, was du tun musst. Und was du tun *willst*. Jawohl. Das Leben ist kurz genug.« Sie nahm Handtasche und Schlüssel und trat durch die Tür hinaus in den sonnigen Sonntag.

Nachdem sie am Spätnachmittag den Laden geschlossen hatte, ging Jacqui zu Lydia und erzählte ihr von Damien.

Lydia grinste. »Ganz gediegen abserviert! Bravo! Ich hätte ihn wahrscheinlich angebrüllt. Jedenfalls hat er gemerkt, dass er einen Riesenfehler gemacht hat. Geschieht ihm recht. Wie geht's dir jetzt?«

Jacqui lächelte. »Ganz okay. Eigentlich richtig gut. Natürlich ärgert es mich immer noch, dass ich ihm auf den Leim gegangen bin. Mir wäre gar nicht in den Sinn gekommen, dass er nebenbei was mit irgendeiner Zwanzigjährigen am Laufen haben könnte. Na ja, es wird nicht wieder vorkommen.«

»He, mach jetzt bloß nicht wieder dicht wie eine Auster. Aber ich bin froh, dass du aus dieser Sache raus bist. Du hast was Besseres verdient. Und du wirkst wieder entspannter, so wie früher.«

»Das freut mich«, erwiderte Jacqui. »Aber eigentlich bin ich heute wegen etwas ganz anderem gekommen.«

Nachdem Jacqui ihr kurz von Camerons Plan erzählt hatte, ging Lydia nachdenklich im Zimmer auf und ab.

»Warum tut Cameron das?«, überlegte sie. »Er müsste das nicht, und ich kann mir nicht vorstellen, dass Daryl Johnson einlenkt. Allerdings hat Cameron recht, dass es sinnvoll sein könnte, wenn jemand wie du mit ihm spricht – jemand, der etwas sachlicher und weniger konfrontativ auftritt.«

»Ich glaube, Cameron will Johnson wirklich gründlich darüber informieren, welche Probleme auf Chamberlains zukommen, wenn sie an ihren Plänen festhalten.«

»Mag sein. Allerdings habe ich allmählich den Eindruck, dass Cameron eurer früheren Verbindung sehr viel mehr Gewicht beimisst als du«, sagte Lydia.

»Für mich geht es bei alldem nur um die Sache«, stellte Jacqui klar.

Auf ihrem Heimweg durch die Stadt, die sie lieben gelernt hatte, erging sich Jacqui in philosophischen Selbstbetrachtungen. Sie war nach Broome gezogen, um hier nach der Trennung von ihrem Sohn neu anzufangen, nachdem sie ein Leben hinter sich gelassen hatte, in dem alle wichtigen Entscheidungen von anderen getroffen worden waren.

Erst nachdem sie in den verschiedensten Ecken Australiens gelebt und gearbeitet hatte, hatte sie hier in Broome ihre Heimat gefunden. Und jedes Mal, wenn ihr Sohn sie besucht hatte, waren sie beide stärker und klüger geworden und einander immer nähergekommen. Ihr Sohn wurde geliebt, man kümmerte sich um ihn, gab ihm Halt und Orientierung. Sie wiederum hatte sich eine neue Existenz aufgebaut, in einer Welt mit vielen Ethnien und vielen Geschichten, mit Alteingesessenen und Neuankömmlingen, die alle irgendwie ihr Leben lebten, nebeneinander her oder miteinander, doch stets inmitten der ältesten noch lebendigen Kultur der Welt.

Ihr wurde klar, dass sie genau das Daryl Johnson erklären musste. Danach konnte sie sich zumindest damit trösten, dass sie versucht hatte, etwas zu bewirken und die Dinge zum Besseren zu wenden. Und das würden dann auch die Geister und Ahnen dieses Landes wissen.

10

Es war noch dunkel, als Jacqui die Haustür hinter sich abschloss und auf die Veranda trat. Doch die winzigen Sterne verblassten bereits, am Horizont schimmerte eine erste Ahnung von Licht.

Camerons Wagen hielt direkt vor der Gartenpforte. Jacqui nahm ihre Umhängetasche und eilte zu ihm. Sie hatte sich ein leichtes Tuch um die Schultern geworfen, weil sie bei Flügen immer fror, und vor Sonnenaufgang war es auch noch ziemlich kühl.

»Guten Morgen.« Er öffnete ihr die Wagentür. »Ich wusste, dass du pünktlich sein würdest.«

»Wenn ich einen Flug kriegen muss, komme ich nie zu spät. Ich hasse die Scherereien.«

»Ja, es spricht einiges für Privatcharter. Bist du nervös?«

»Wegen des Flugs oder wegen Daryl Johnson?«

Cameron lachte kurz auf. »Ich würde mir an deiner Stelle keine Sorgen machen. Es ist wunderbares Flugwetter, und du wirst Daryl und Joanna um den Finger wickeln, da bin ich mir sicher.«

»Ich habe ein paar Bücher für sie eingepackt, wie du mir geraten hast.«

Auf dem Flugplatz stand nur eine einzige Maschine, eine Cessna 210, die in den ersten Strahlen der Morgensonne glänzte. Als sie das kleine Büro der Charterfirma betraten, nickte der Pilot ihnen fröhlich grinsend zu. Er war zwischen dreißig und vierzig, hatte ein rotwangiges Gesicht und blaue Augen. Auf Jacqui wirkte er wie einer der Männer, die sich vorwiegend im Freien aufhalten – Viehzüchter, Cowboys, Schafscherer und Landarbeiter.

Er schüttelte ihnen die Hand. »Ich bin Johnny Banks. Hier, wenn Sie diese Formulare bitte noch ausfüllen würden? Sie reisen ohne Gepäck?«

»Ja, es sind nur wir beide«, antwortete Cameron.

»Sind Sie schon einmal dorthin geflogen?«, erkundigte sich Johnny.

Jacqui schüttelte den Kopf. »Nein, ich bin sehr gespannt auf diesen Landesteil.«

»Ich war schon ein paarmal in der Nähe, aber nie auf diesem Anwesen. Wie weit ist es weg?«, erkundigte sich Cameron.

»Über Land etwa 820 Kilometer, also um die 440 Seemeilen. Zu dritt sollten wir in zweieinhalb Stunden dort sein. Wie lange wollen Sie voraussichtlich am Boden bleiben?«, wandte sich der Pilot an Cameron.

»Ein paar Stunden. Vormittagstee, eine Besprechung, ein bisschen Geplauder, vielleicht ein Rundgang über die Farm. Wie wär's, wenn wir gegen 14.00 Uhr zurückfliegen? Dann schaffen wir es noch vor Einbruch der Dunkelheit.« Er blickte Jacqui fragend an, und sie nickte.

»Gut.« Johnny lächelte. »Dann wollen wir mal los.«

»Darf ich vorne sitzen?«, fragte Jacqui. »Wegen der Aussicht. Ich möchte ein paar Fotos machen.«

»Klar.«

Nachdem sie im Flugzeug Platz genommen hatten, erklärte ihnen Johnny die Sicherheitsvorkehrungen, den Umgang mit den Headsets und wie bei einem Notfall das Funkgerät zu bedienen war. Hinten im Heck waren Notfallausrüstung und Wasser verstaut. »Also dann, auf zur Sightseeingtour in einem der entlegensten Gebiete dieses Landes!«

Jacqui hatte das Gefühl, als würde das kleine Flugzeug die Startbahn entlanghüpfen, dann plötzlich wie eine Tänzerin die Röcke raffen, und – *wusch!* – hatten sie sich in die Lüfte erhoben.

»Ist ein ulkiges Gefühl im Bauch«, sagte sie zu Johnny neben sich.

»Klar«, krächzte seine Stimme in ihrem Kopfhörer. »Das gibt einem jedes Mal einen kleinen Adrenalinstoß. Wir fliegen die Küste entlang, bevor wir ins Binnenland abbiegen. Ist eine spektakuläre Landschaft da unten.«

Die gewundene Küstenlinie, das leere rote Straßenband, das parallel zu den Dünen verlief, und die sich vage in der Ferne abzeichnende rötliche Hügelkette waren in der Tat atemberaubend. Nichts bewegte sich im hellen Sonnenlicht außer den leicht gekräuselten Wellen, die am Strand ausliefen. Plötzlich erkannte Jacqui, was Wally gemeint hatte, als er über die Vogelperspektive in der Kunst der Aborigines sprach.

»Ich dachte, du wolltest fotografieren«, erinnerte Cameron sie.

»Ja, stimmt! Es ist so umwerfend, dass ich gar nicht wegschauen kann.« Jacqui nahm ihre kleine Kamera zur Hand.

»Ab und zu habe ich Passagiere, die mal kurz rausgucken und sagen, da gibt's ja gar nichts zu sehen. Oder sie stellen fest, wie karg das alles ist«, sagte Johnny. »Die sehen einfach nicht, was wir sehen.«

»Vielleicht muss man es erwandern oder durchfahren«, überlegte Jacqui. »Aber so etwas gibt es sonst nirgends auf der Welt.«

»Ich kampiere hin und wieder draußen, wenn ich angeln gehe. Weil ich auch Helikopter fliege, komme ich zu ziemlich abgelegenen Angelstellen. Es ist wirklich ein faszinierendes Land«, stimmte Johnny zu.

»Sie lernen bestimmt eine Menge interessanter Leute kennen«, meinte Jacqui.

»Klar. Viele Geschäftsleute, häufig aus der Rohstoffbranche. Ein paar betuchte Touristen. Vor ein paar Wochen war eine Gruppe Wissenschaftler aus einem Museum hier. Sehr spannende Leute, alle hellauf begeistert von ihrer Arbeit.«

»Was für eine Arbeit?«

»Es ging hauptsächlich um Fossilien und Kunstrelikte. Sie glaubten, jetzt eventuell Beweise für eine menschliche Besiedlung vor fünfundsechzigtausend Jahren entdeckt zu haben.«

»Unglaublich, oder? Wir haben keine Vorstellung davon, was hier draußen alles zu finden ist.« Jacqui starrte auf den Horizont vor ihnen. »Es ist, als ob wir in den Weltraum fliegen … oder in die Vergangenheit.«

Sie verfielen in Schweigen, und die Zeit verging.

Unvermittelt wurde Jacqui von Johnnys Stimme in den Kopfhörern aufgeschreckt. »Dort drüben im Westen liegt eine Farm. Die haben es ziemlich einsam dort«, sagte er und zeigte in die Richtung.

Jacqui beugte sich vor und sah eine dünne rote Linie unter sich. Ein Fahrzeug auf der unbefestigten Straße zog eine rostbraune Staubwolke hinter sich her. Ein Stück weiter säumte etwas Grün einen Wasserlauf, und die Metalldächer des Anwesens glänzten in der Sonne.

»Sie lassen Touristen bei sich kampieren, die es ab und zu auf dem Gunbarrel Highway – der eigentlich nur eine Sandpiste ist – dorthin verschlägt. Ich habe einmal ein paar Tage auf dieser Farm verbracht. An den Wasserstellen kann man gut angeln. Es ist ein riesiges Areal, an die viertausend Quadratkilometer groß«, erklärte Johnny. »Letzte Woche war der Fliegende Doc dort. Einer der Viehhirten wurde von einem wilden Stier attackiert und musste ausgeflogen werden.«

»Man muss dort vermutlich selbst für Abwechslung sorgen, um sich nicht zu langweilen«, mischte sich Cameron ein, der zuvor schweigend einige Unterlagen studiert hatte. »Auch wenn es nicht unbedingt Stierkämpfe sein sollten! Es ist ein ganz anderer Lebensstil. Diese jungen Kerle treiben es auch ganz schön wild, wenn sie mal in die Stadt kommen.«

Im Cockpit war es warm. Jacqui setzte das Headset ab, lehnte sich zurück, schloss die Augen und döste vor sich hin. Irgendwann merkte sie, dass der Motor lauter klang, achtete aber nicht weiter darauf. Ohne Headset konnte sie nicht hören, worüber Cameron und Johnny sprachen.

Sie fuhr zusammen, als Cameron ihr die Hand auf die Schulter legte und sich zu ihr nach vorn beugte.

»Jacqui …«

»Warte, ich kann dich nicht hören.« Sie setzte sich auf und griff nach dem Headset. Da sah sie, dass ein Ölfilm auf der Windschutzscheibe lag und Johnny mit gerunzelter Stirn angestrengt nach vorne spähte.

Ihr stockte der Atem. »Was ist los?«, fragte sie alarmiert.

»Ölleck«, antwortete Johnny knapp.

»Und was tun wir jetzt?« Sie warf einen Blick nach hinten zu Cameron, der ebenfalls den Hals reckte.

»Die Sicht wird immer schlechter«, sagte Johnny. »Wir sind noch etwa hundert Meilen von der Johnson-Farm entfernt.«

»Können Sie das Leck nicht irgendwie flicken?«, fragte Jacqui.

»Nicht von hier drin.«

Als das Motorengeräusch noch lauter wurde, schnappte Jacqui nach Luft. »Stürzen wir ab?«

»Ich hoffe nicht«, erwiderte Johnny.

»Gehen wir runter? Wo sind wir?« Cameron sah aus dem Seitenfenster. »Gibt's irgendwo eine Straße, auf der wir landen können?«

»Nur eine Outbackpiste, die alte Canning Stock Route.«

Jacqui starrte angestrengt hinaus. »Was ist das dort drüben? Es hat eine andere Farbe. Ein Salzsee?«

»Mist!« Johnny konnte fast nichts mehr sehen. Er warf einen flüchtigen Blick in die Richtung, in die Jacqui zeigte. »Sieht aus wie der Lake Disappointment. Geht in Brace-Position! Wir versuchen es. Und setzt die Headsets ab. Wir haben sowieso keinen UKW-Funk mehr.«

»Und HF-Funk?«, fragte Cameron mit gepresster Stimme.

»Keine Zeit mehr! Sicherheitsposition!«, blaffte Johnny.

Und schon verlor das Flugzeug an Höhe, das Dröhnen des Motors war nun ohrenbetäubend.

Cameron drückte Jacquis Schulter, dann duckte er sich mit den Armen über dem Kopf hinter Johnnys Sitz.

»O Gott, das passiert nicht wirklich«, stöhnte Jacqui leise und steckte sich die Finger in die Ohren, um das mahlende Kreischen des Motors nicht mehr zu hören.

Neben ihr riss Johnny den Knüppel zurück. Die Nase des Flugzeugs hob sich, dann setzte es mit einem schrillen, schabenden Heulen hart und dumpf auf, sodass der Rumpf erzitterte. Über den Boden schlitternd durchpflügte es mit der Nase die Erde, neigte sich nach vorn und kippte schließlich auf die Pilotenseite. Ein Schleifen, ein Knirschen, dann nur noch Stille.

Benommen öffnete Jacqui die Augen.

»Jacqui … Jacqui!«, hörte sie Camerons Stimme. »Mach die Tür auf, spring raus und lauf weg!«

»O mein Gott, was ist mit Johnny …?« Sie sah, dass der Pilot gegen die Tür auf seiner Seite gesackt war, wo sich das Flugzeug in den Boden gegraben hatte.

»Raus mit dir!«, brüllte Cameron. »Feuergefahr!«

Jacqui stieß die Tür auf ihrer Seite auf und ließ sich unter der Tragfläche zu Boden fallen. Sofort rappelte sie sich auf und rannte ein paar Meter, bevor sie einen Blick zurückwarf. Cameron war vorn im Cockpit und versuchte Johnny über den Sitz zu schieben, was aber ziemlich unbeholfen wirkte.

Sie wartete ein paar Sekunden. Da das Flugzeug nicht in Flammen aufging, rannte sie zurück. »Ist er schwer verletzt?«, rief sie Cameron zu. »Kann ich helfen?«

»Er ist bewusstlos, ich kann ihn kaum von der Stelle bewegen. Noch dazu hab ich mich an der Schulter verletzt«, keuchte Cameron und verzog das Gesicht. »Ich muss ihn rüber zu deiner Tür ziehen, die auf seiner Seite hat sich verklemmt.«

»Ich helfe dir, ihn rauszuschaffen.«

Sie sah, dass Cameron Schmerzen hatte. Doch es war ihm gelungen, Johnny in aufrechte Haltung zu bringen, auch wenn dem Piloten der Kopf in den Nacken fiel. Er war blass und hatte eine Schnittwunde an der Schläfe.

»Ich hebe die Beine über den Sitz und halte ihn an den Schultern fest. Wenn du an seine Füße rankommst, versuchen wir ihn langsam herunterzulassen.«

Cameron fluchte, während er den Piloten an den Rand des anderen Sitzes bugsierte. Doch schließlich baumelten seine Beine aus der Tür, und sein Kopf sackte nach vorn.

»Kriegst du ihn zu fassen?«

»Ja, ich hab seine Füße. Schieb ihn vorsichtig weiter, ich fange ihn auf.«

Zwar versuchte Jacqui, ihn behutsam herabzulassen, doch Johnny war ein ziemlicher Brocken, und so wurde sie von seinem Gewicht zu Boden gerissen. Cameron sprang hinterher und half ihr, den Bewusstlosen bequem hinzulegen. Rasch fühlte Jacqui Johnnys Puls.

»Scheint normal zu sein. Aber sein Kopf hat was abgekriegt. Wie geht's dir?«

Cameron hob den Arm und zuckte zusammen. »Mit meiner Schulter stimmt was nicht. Aber sonst ist alles okay.«

»Das Flugzeug explodiert jetzt aber nicht mehr? Oder glaubst du, es fängt an zu brennen? Sollen wir lieber ein Stück weiter weg?«

»Ich rieche kein Benzin. Aber die Sonne bringt uns um, wenn wir nicht für Schatten sorgen. Pass auf, ich hebe dich noch mal rauf. Hinten liegen verschiedene Sachen, unter anderem ein Erste-Hilfe-Kasten. Wirf alles runter, was du findest.«

Hastig stöberte Jacqui im Flugzeug herum und warf einige Decken und kleine Kopfkissen heraus. Außer dem Verbandskasten entdeckte sie im Heck auch Wasserflaschen und eine Plastikbox mit der Aufschrift *Notrationen*.

Sie schwang die Beine aus der Tür und ließ sich hinunterrutschen. Cameron versuchte sie ungelenk aufzufangen, stieß einen Schmerzensschrei aus und hielt sich die Schulter.

Jacqui reichte ihm eine Wasserflasche. Dann goss sie sich aus einer anderen ein bisschen Wasser in die Hand und wusch Johnny das Blut von der Schläfe.

Cameron gab ihr eine zusammengelegte Decke. »Schieb ihm die unter den Kopf. Wahrscheinlich hat er nur eine Gehirnerschütterung, aber vielleicht kommt er erst in ein paar Stunden wieder zu Bewusstsein.«

»Wie lange dauert es wohl, bis sie uns finden?«, fragte Jacqui, nachdem sie einen Schluck Wasser getrunken hatte. Zum ersten Mal wurde ihr das ganze Ausmaß ihres Missgeschicks bewusst.

»Keine Ahnung. Ich nehme an, dass man uns suchen wird, wenn wir nicht auftauchen. Das kann aber eine Weile dauern. Schließlich sind wir im entlegensten Winkel des ganzen Landes.«

Jacqui entfernte sich ein paar Schritte und nahm die Umgebung in Augenschein. Sie befanden sich in einer eigenartigen Landschaft, am Rand eines silbrig weißen ausgetrockneten Sees. Orangefarbene Grasbüschel und vereinzeltes rotes Gebüsch säumte die eine Seite, ein Stück weiter weg befand sich eine größere Insel aus Gras und Sträuchern. In der Ferne sah sie niedrige Sand- oder Erdhügel. Wahrscheinlich war dies in der Regenzeit ein riesiger, glitzernder See. Doch jetzt war es Ödland, wenngleich von seltsamer Schönheit.

Da die Sonne heiß herunterbrannte, setzte sich Jacqui wieder in den kümmerlichen Schatten der Cessna, die wie ein verwundeter Vogel dalag, den Flügel gebrochen, die Nase in den Boden gegraben.

Cameron lehnte neben Johnny unter der Tragfläche am Flugzeugrumpf und betastete seinen Arm. Er war blass und hatte die Augen geschlossen.

»Ist alles okay bei dir?«, fragte Jacqui. »In dem Verbandskasten müsste eine Schlinge sein, ich schaue mal nach.«

Jacqui fand geeignetes Verbandsmaterial und legte Cameron eine Armschlinge an, um die verletzte Schulter zu entlasten. Dann gab sie ihm zwei Schmerztabletten und die Wasserflasche.

»Leider kein Brandy.«

Er lächelte gequält. »Wir könnten hier eine ganze Weile festsitzen. Geh sparsam mit Proviant und Wasser um. Nur für alle Fälle.«

»Für welche Fälle?«

Wieder schloss Cameron vor Schmerz die Augen. »Es wird alles gut.«

Jacqui fühlte noch einmal Johnnys Puls. Der Pilot hatte sich immer noch nicht gerührt, aber sein Atem ging gleichmäßig. »Die Blutung hat aufgehört, aber ich mache mir trotzdem Sorgen um ihn. Um dich übrigens auch.«

Cameron antwortete nicht.

»He, Cameron, bleib wach, nicht wegkippen. Sprich mit mir.«

»Ich will mich ausstrecken.«

»Hier, leg dich hin.« Sie reichte ihm eine zusammengefaltete Decke und ein kleines Kissen. »Möchtest du noch Wasser?«

Er nahm ein paar Schlucke aus der Flasche und legte sich dann hin. »Erzähl mir eine Geschichte.«

»Was für eine?«

»Irgendeine. Etwas von dir. Erzähl mir, was passiert ist, nachdem du von der Uni abgegangen bist.«

»Tja, nicht viel. Ich habe einen Franzosen kennengelernt.«

»Ah, die große Liebe. Erzähl mir mehr davon. Warum du ihn geheiratet hast, was ihr gemacht habt. Wohin du gezogen bist, warum du ihn verlassen hast.« Erwartungsvoll sah er sie an.

Jacqui zögerte. Sie fühlte sich hier wie in einem Vakuum. Die Stille, die Weite, die eigenartige Situation, in der sie sich plötzlich befand – es war, als hätte sich ihr Leben eine Auszeit genommen.

Zum ersten Mal seit Jahren gestattete sie sich einen Rückblick.

»Wie jung und naiv ich doch war!«, meinte sie. »Natürlich fühlte ich mich damals ungeheuer weltklug. Ich hatte das Hochschulstudium abgeschlossen und arbeitete zunächst als Assistentin des Geschäftsführers einer Import-Export-Firma in der Stadt, danach wollte ich eine Stelle als Lehrerin antreten. Einer unserer Firmenkunden hatte eine Gruppe französischer Winzer zu Besuch, es gab einen Cocktailempfang, und weil die meisten Gäste männlich und Singles waren, wurde ich mit ein paar anderen ›jungen Damen‹, wie mein Chef uns nannte, eingeladen, um ein bisschen Glanz in die Hütte zu bringen. Es war ein wirklich gelungener Empfang, und so gingen ein paar von uns nachher zusammen essen. Vier junge Frauen und vier französische Männer. Es folgten etliche gemeinsame Mittagessen und ein Wochenende im Hunter Valley. Alles immer hinreißend organisiert und sehr *chichi*. Jede von uns war inzwischen stets mit demselben Franzosen verabredet.«

»Und da hast du dich in deinen verliebt?«

»Nein! Na ja, jedenfalls nicht gleich. Drei der Franzosen blieben zwei Monate im Land, also bekam ich meinen ziemlich oft zu Gesicht. Und verliebte mich immer mehr. Er sah gut aus, war ausgesprochen charmant, und dann dieser französische Akzent …«

»Lässig-elegant … weltmännisch … kultiviert?«, hakte Cameron nach.

»Nein, eher rustikal, ein bisschen *latino* … eben ein Winzer. Seine anderen Eigenschaften lernte ich erst kennen, als wir bereits verheiratet waren, und dann … na ja, hatte ich eine ziemlich steile Lernkurve vor mir.«

»Das klingt derart nach Klischee: Naives australisches Großstadtmädchen verliebt sich in gut aussehenden französischen Winzer. Und findet sich unversehens barfuß, schwanger und ohne Kenntnis der Landessprache in den Weinbergen Südfrankreichs wieder. Hast du Gänse gehalten und deinen eigenen Käse gemacht?«

»Schön, dass es dir besser geht«, erwiderte sie trocken, musste sich aber ein Grinsen verkneifen. »Yves kehrte nach Frankreich zurück, und wir führten eine Fernbeziehung. Ich hatte gespart, um nach Europa zu fliegen – ich wollte reisen, bevor ich als Lehrerin anfing. Also kündigte ich meinen Job und ging nach Paris, wo Yves' Familie eine winzige Wohnung hatte, in der ich wohnen konnte. Sie lag im 7. Arrondissement, dem vornehmsten Viertel der Stadt – ›altes Geld‹, Adel, hohe Militärs und so. Viel eleganter als das grelle 16. Arrondissement mit seinen vulgären *nouveaux riches*, wurde mir gesagt.« Jacqui kicherte. »Ich habe diese Wohnung geliebt. Sie hatte glänzendes Parkett und prächtige offene Kamine. Dass es dort ein bisschen beengt zuging, störte mich nicht. In den Fahrstuhl passten gerade mal drei Leute – wenn alle den Bauch einzogen. Möbel und größere Einrichtungsgegenstände mussten durchs Fenster herein- und hinausgehievt werden, mit Teleskopgabelstaplern – eine ziemlich heikle Angelegenheit!«

»Kann ich mir vorstellen«, lächelte Cameron. »Wie hast du deine Zeit dort verbracht?«

»Die Wohnung war nur einen Steinwurf von der Rue Cler mit all diesen berühmten Delikatessenladen entfernt – allein die Käse-Boutique! –, und zum Champ de Mars und dem Eiffelturm war es auch nicht weit. Sobald Yves zur Arbeit gegangen war, um die Weine seines Familienguts an den Mann zu bringen, joggte ich frühmorgens durch den Park zwischen Eiffelturm und École Militaire. Ich habe Paris damals aus vielerlei Gründen geliebt. Das Leben auf den Straßen und Boulevards, die morgendlichen Gerüche nach frisch gebackenem Brot und gemahlenem Kaffee, die Mode, die Geschäfte, die Märkte, klassische Konzerte in mittelalterlichen Kirchen, die Museen und Kunstgalerien … und das alles um die Ecke! Für ein Mädchen aus einem Vorort von Sydney war das einfach fantastisch. Ich war hin und weg.«

»Hast du dich dort wie zu Hause gefühlt oder eher wie eine Touristin?«, erkundigte sich Cameron, während er seine Liegeposition änderte.

»Ich gab mir größte Mühe, als Pariserin durchzugehen – was mir so lange gelang, wie ich den Mund hielt. Und ich wollte keinesfalls wie eine amerikanische Touristin wirken, mit lauter Stimme, Seidenschal, Bequemschuhen und Kamera, den beigen Regenmantel vollgestopft mit Reiseführern und Stadtplan … eine leichte Beute für die Taschendiebe in der Metro.« Jacqui grinste bei der Erinnerung daran. »Ich meine, wie hätte mir all das denn nicht gefallen können? Als er mir dann also einen Antrag machte …«

»Da sagtest du *oui*. Wie gut war dein Französisch?«

»Grässlich. Eben Highschool-Niveau. Ich hätte mir ja nicht träumen lassen, dass ich mal in Frankreich landen würde. Aber gegen Ende wurde es recht gut.«

»Klingt, als hättest du trotz allem eine tolle Zeit gehabt.«

»In Paris schon. Anfangs.«

»Und ihr hattet eine typisch provenzalische Hochzeit?«

»Nein, nein. Eine nette Feier in Sydney. Darauf hatte ich bestanden, und damals war er noch umgänglicher. Also gab es ein Fest im Kreis von Verwandten und Schulfreundinnen. Als Trauzeuge des Bräutigams fungierte kein naher Angehöriger, sondern nur ein Kollege, den er nicht mal sonderlich gut kannte.«

»Und deine Familie war mit deiner Entscheidung zufrieden?«

»Meine Familie ist ziemlich unkompliziert. Auch wenn meine Großmutter väterlicherseits die Nase gerümpft hat: ›Du liebe Güte, Kind, sein Englisch ist sehr sonderbar!‹ Also wurde ich Madame Yves Bouchard. Wobei mein Vater sich immer einen Jux daraus gemacht hat, seinen Namen zu verballhornen.«

»Ja, so habe ich deinen Vater auch in Erinnerung. Ich habe ihn gemocht. Er blieb immer kurz stehen und hat mit mir geredet, wenn ich vor dem Haus rumhing.«

»Ich weiß. Er meinte immer, du würdest es entweder weit bringen oder in große Schwierigkeiten geraten.«

»Ich habe beides geschafft«, grinste Cameron. »Aber erzähl weiter. Du bist also nach Frankreich gezogen. Und nach den Flitterwochen?«

»Tja, dann begann der Alltag. Anfangs lebten wir in einem langweiligen kleinen Haus in Montpellier. Ein paar Generationen früher hatte die Familie seiner Mutter ein Vermögen in der Textilbranche in Nîmes gemacht. Aber väterlicherseits war es schon immer eine Winzerfamilie. Die Gegend um Nîmes ist bereits seit den Zeiten der römischen Besatzung ein Weinbaugebiet. Yves' Zuhause war ein kompletter Weinbaubetrieb mit großen Anbauflächen, fünf Kilometer außerhalb von Nîmes. Nach zwei Jahren sind wir dorthin gezogen, in sein Elternhaus mitten in den Weinbergen. Ich verstehe bis heute nicht viel von der Weinherstellung, aber nicht etwa, weil es mich nicht interessiert hätte – es hatte mich nicht zu interessieren. Man hat mir deutlich zu verstehen gegeben, wo mein Platz ist.«

»Etwa in der Küche?«

»Seine Mutter sah es so.«

»Also nichts mit Tanz und wildem Gestampfe auf den Trauben in den Bottichen?«

»Du hast zu viele alte französische Filme gesehen.«

»Stimmt. Du bist also eine brave französische Landfrau geworden?«

Jacqui schwieg und schloss kurz die Augen. Der schmerzhafte Stich traf sie unerwartet. Sie hatte es versucht. Sie hatte sich solche Mühe gegeben, eine gute Gattin zu sein und die Erwartungen ihres Mannes und seiner Familie zu erfüllen. Aber ihre Träume und Wünsche waren mit der Realität dieses neuen und so andersartigen Lebens nicht zu vereinbaren gewesen.

»Womit hast du dich beschäftigt? Und wie bist du mit deiner Schwiegermutter zurechtgekommen?«

»Ich war eine unangenehme Überraschung und eine Ausländerin noch dazu. Meine Schwiegermutter hatte ja bereits ein Mädchen für Yves ausgesucht. Sie stammte aus einer einflussreichen Familie, die im südfranzösischen Weingeschäft mitmischte. Ich konnte es Yves' Mutter in keinerlei Hinsicht recht machen. Allerdings gab ich mich auch nicht mit der Rolle als Heimchen am Herd zufrieden. Und auch nicht mit einem Ehemann unter dem Pantoffel seiner herrschsüchtigen Mutter, die weder akzeptieren noch verstehen konnte, warum er nicht eine Frau aus seinem Dorf geheiratet hatte.«

Cameron seufzte. »Wie im Mittelalter.«

»Ja, ziemlich. In diesem Teil von Frankreich wurde man sogar als Ausländer betrachtet, wenn man Franzose war und aus Paris kam. Anfangs war ich eine Art interessante Kuriosität – ein exotischer Fang. Natürlich haben sich die Dinge inzwischen auch dort geändert, und es ist heutzutage nicht mehr so ungewöhnlich, dass jemand eine Ausländerin oder einen Ausländer in die Familie bringt. Damals schon. Dabei wusste ich, dass Yves gerade meinen typisch australischen Sinn für das Praktische liebte. Ich glaube, ihm gefiel, dass ich ganz anders war als die Französinnen, so ungekünstelt – jedenfalls am Anfang. Und Yves' Familie war zwar nett zu mir, aber sie unterschied sich grundlegend von meiner.

Ich fühlte mich wie ein neues Tier im Zoo, das jeder begaffte. Außerdem war mein Französisch anfangs ziemlich lückenhaft, sodass ich mich kaum vernünftig unterhalten konnte. Nach altem Brauch zog die Schwiegermama – *belle-maman* – aus dem Haupthaus, der Familienresidenz, in einen kleinen *mazet* auf demselben Grundstück; sehr hübsch, wir würden es Cottage nennen, aber in einem ganz anderen architektonischen Stil. Sie war ganz und gar nicht glücklich darüber, ihren offiziellen Platz an der Spitze der Hackordnung verloren zu haben, und das auch noch an eine Ausländerin. Nun übernahm also ich die Haushaltsführung. Wir lebten in typisch französisch-ländlichem Stil, mit selbst angebautem Obst und Gemüse. Es gab eine alte Sau namens Claudette und eine Kuh, die auf den Namen Mignonette hörte. *Belle-maman* pflegte sie höchstpersönlich zu melken, bis sie zu alt dafür wurde. Und das tat sie nicht, weil sie es musste, sondern aufgrund einer Tradition, die ihr gefiel und die sie von ihrer Mutter übernommen hatte und diese wiederum von ihrer Großmutter. Ich hingegen weigerte mich, diese Aufgabe zu erledigen!«

»Hattest du denn kein Personal?«

»Natürlich gab es Arbeiter in den Weinbergen und in der Kelterei. Außerdem zwei Dienstmädchen im Haus und einen Gärtner, die jede Gelegenheit nutzten, zum *mazet* hinüberzurennen. Sie hörten, wie Yves und ich stritten, und vermuteten, dass meine Zukunft dort alles andere als sicher war. Also stellten sie sich lieber weiterhin gut mit der alten Chefin.«

»Hast du deine Schwiegermutter irgendwann für dich gewinnen können?«

Jacqui seufzte. »Nein, nie. Sie musste mich tolerieren, weil ich ja nun leider zum Kreis der Familie gehörte, aber in ihren Augen war ich nichts wert. Sie bezeichnete mich als *la pièce rapportée*, was ursprünglich nur ›Stoffflicken‹ hieß, aber heute ein sehr herabwürdigender Begriff für jemanden ist, der eingeheiratet hat.

Ein ähnliches Image hatte wohl Prinzessin Di im britischen Königshaus. Dabei war Yves' Familie zwar wohlhabend, aber sicherlich nicht im Sinne von ›altem Geldadel‹. Wie auch immer, sie hat nie ein Wort Englisch mit mir gesprochen, in ihren Augen wäre das ein Zeichen der Schwäche, wenn nicht gar eine Kapitulation gewesen. Wann immer ich mich um ein freundschaftlicheres Verhältnis bemühte, erntete ich bestenfalls ein verkniffenes Lächeln. Sie machte unmissverständlich klar, niemand könne sich besser um ihren Sohn kümmern als sie – also ihn bekochen, für ihn putzen und waschen, ihn trösten et cetera. Ich glaube, mein Mann schätzte meinen Pragmatismus und meine Marketingideen, um den Weinverkauf anzukurbeln, ein Bereich, von dem seine Mutter offensichtlich keine Ahnung hatte. Doch nachdem Jean-Luc auf der Welt war, redete sie ihm ein, ich würde das Kind wegen meiner Mitarbeit im Geschäft vernachlässigen.«

»Das klingt ja geradezu nach einer Kriegserklärung.«

»Ja, das war es auch. Und es hat mich fertiggemacht. Überflüssig zu erwähnen, dass ich die ganze Zeit angespannt war, weil ich versucht habe, alles richtig zu machen. Die größte Katastrophe war, als ich eines Sonntags gestolpert bin und dabei die kostbare *soupière*, die ich gerade zum Esstisch trug, zu Bruch ging. Diese Suppenterrine war ein Familienerbstück aus dem 18. Jahrhundert. Na, da hat die Alte aber getobt! Natürlich tat es mir schrecklich leid, aber es war eben ein Missgeschick. Sie hingegen hat mich behandelt, als hätte ich es absichtlich getan. Zudem dachte mein Mann gar nicht daran, mich in Schutz zu nehmen. Er versuchte lediglich seine Mutter zu trösten. Und immer wenn es Streit mit ihr gab, verteidigte er sie und sagte: ›Sie meint es doch nur gut.‹ Am meisten Krach gab es wegen der heiligen Kochkunst. Meine Schwiegermutter nannte mich ›Miss Sandwich‹, weil sie wusste, dass mir auch ein Baguette mit Käse oder Schinken schmeckte. Ich hatte keine großen Ambitionen am Herd. Und ich erinnere mich noch lebhaft daran, wie ich einmal bei einem Abendessen mit einem Freund von Yves Kürbissuppe servierte und er mir ins Gesicht sagte, dass man mit Kürbis ausschließlich Schweine fütterte.«

»So ein Flegel! Und deine Schwiegermutter scheint eine ganz schöne Schreckschraube gewesen zu sein.«

Jacqui nickte. »O ja. Wenn sie ein bisschen offener gewesen wäre, hätte sich das alles vielleicht anders entwickelt. Aber sie weigerte sich rundweg, mich in irgendeiner Weise zu akzeptieren. Ich wiederum musste mich ganz darauf konzentrieren, mich zu integrieren und mit Yves zurechtzukommen, der mürrisch und schwierig geworden war und sich stark von dem Mann unterschied, den ich kennengelernt hatte. Daher gab ich es irgendwann auf, mich um ein besseres Verhältnis mit ihr zu bemühen.«

Cameron sah sie an. »Hast du dir nicht überlegt, ihn zu verlassen?«

»Nein, eine ganze Weile lang nicht. Ich wollte mich einfach nicht geschlagen geben. Und als Jean-Luc zur Welt kam, war alles bestens – Yves war überglücklich, dass es einen Stammhalter gab, der den Namen der Familie weiterführen und später den Familienbetrieb übernehmen würde. Auch meine Schwiegermutter freute sich über das Kind, aber dass ich dadurch mehr Aufmerksamkeit bekam, machte sie rasend vor Eifersucht. Zwar mischte sie sich nie offen in die Erziehung von Jean-Luc ein, ließ es sich aber nicht nehmen, mich indirekt zu kritisieren. Entweder fand sie das Kind zu dünn oder zu dick, und wenn der Kleine schrie, wusste sie natürlich ›genau‹, warum. Doch letztendlich traf ich die Entscheidung, wie mein Sohn aufwachsen sollte.« Jacqui lächelte schief. »Eine Trotzreaktion meinerseits war, dass ich am Rand des Weinbergs einen Eukalyptusbaum gepflanzt habe. Das war meine Art zu sagen: ›Jean-Luc ist mein Sohn … und ein halber Australier.‹«

»Aber sie hat nicht versucht, den Baum zu vergiften?«

»Mal nicht den Teufel an die Wand! Ich hatte die ganze Zeit Angst um ihn.«

Cameron schüttelte fassungslos den Kopf, und beide mussten lachen.

»Ich habe meinen Sohn vergöttert«, fuhr sie fort, »und er war der Augenstern unserer Familie. Aber seine Zukunft als künftiger Erbe stand vom Moment seiner Geburt an fest. Dass er solchem Druck ausgesetzt ist, bereitet mir große Sorgen.«

»Wie hast du das alles nur ertragen?«

»Ich denke, ich sehnte mich nach Zuneigung, nach jemandem, mit dem ich wirklich reden und dem ich vertrauen konnte. Dass mein Mann mehrere Affären hatte, auch noch nach Jean-Lucs Geburt, war mir klar. Anfangs wollte ich es nicht wahrhaben, aber letztlich konnte ich nicht mehr die Augen davor verschließen. Da gab es Frauen, mit denen Yves zusammen aufgewachsen war, und er war schließlich eine gute Partie: vermögend, gut aussehend, charmant. Die französischen Männer denken oft, mit jemandem ins Bett zu gehen ist, wie ein gutes Essen zu genießen, die betrogenen Ehefrauen oder Freundinnen sollen sich nicht darüber aufregen. *C'est naturel!*« Jacqui warf ärgerlich die Hände in die Luft. »Etliche Ehefrauen lassen das mit sich machen, weil sie befürchten, nach einer Scheidung ihren komfortablen Lebensstil aufgeben zu müssen. Also spielen sie die Ahnungslose oder gehen selbst heimlich fremd.«

»Und was hast du getan?«

»Du bist echt neugierig!«, rief Jacqui aus. »Yves war überzeugt, ich würde ihn nie verlassen. Er stichelte immer: ›wenn du dich scheiden lassen willst …‹, und bekräftigte, dass ich ihm Jean-Luc niemals wegnehmen könne. Damals lebten wir praktisch nur noch nebeneinander her; er war ständig auf Geschäftsreisen, oder zumindest behauptete er das. Irgendwann war ich zermürbt von dieser herrischen, kontrollsüchtigen und feindseligen Familie und dem schlecht gelaunten Mann, der immerzu mäkelte und zu Depressionen neigte. Dann fand ich heraus, dass er ein Verhältnis mit der Frau hatte, die ihm seine Mutter ursprünglich als Ehefrau ausgesucht hatte. Was *belle-maman* stillschweigend billigte. Ich wusste, dass von mir erwartet wurde, mich damit abzufinden. Aber eines Tages sagte ich: ›Mir reicht's!‹ Ich warf ihm seine *infidélités* vor und sagte, dass ich die Scheidung wolle. Natürlich passte ihm das ganz und gar nicht, denn eine Beziehung zu beenden gilt als Vorrecht des Mannes. Also tagte der Familienrat, wobei es natürlich vor allem um Jean-Luc ging. Ich war denen völlig egal.«

»Und dann?«

»Anfangs lief es gut, weil der Richter zu meinen Gunsten entschied. Zwei Wochen lebte ich als glückselig Geschiedene, dann legte Yves Berufung gegen das Urteil ein. Er hatte sich einen sündteuren Anwalt aus der Stadt genommen, während meiner nur einer aus dem Ort war. Und der bekam kurz darauf auch noch einen Herzinfarkt, sodass ich vollends auf mich allein gestellt war. Infolgedessen verlor ich den Berufungsprozess und das Sorgerecht für Jean-Luc und musste zudem die ganzen Gerichtskosten tragen. Glücklicherweise sprangen meine Eltern ein und regelten das für mich, aber es war mir sehr unangenehm. Die folgenden Jahre lebte ich in einem kleinen Haus in der Nähe von Nîmes, machte Übersetzungen und unterrichtete Englisch am dortigen Lycée.«

Jacqui warf einen Blick auf Cameron, der ihr jetzt mit ernstem Gesicht zuhörte. Ein Weilchen saß sie schweigend da, ehe sie weitererzählte. »Dann wurde Jean-Luc neun, und in seiner Familie, in der Schule und mit seinen Freunden hatte sich alles gut eingespielt. Vor allem wusste er, dass ich immer für ihn da sein würde, wenn er mich brauchte. Da packte mich das unwiderstehliche Bedürfnis nach einem Neuanfang bei meiner eigenen

Familie in Australien. Ich wollte wieder erleben, wie sich Liebe und Zuneigung anfühlten, nachdem ich von meiner französischen Familie jahrelang ausgeschlossen und geschnitten worden war. Und kaum war ich wieder in Australien, wusste ich, dass ich hierbleiben wollte; auch wenn es schwierig werden würde. Hier hatte ich meine Wurzeln. Meine Eltern waren überglücklich, mich wieder bei sich zu haben, und unterstützten mich in jeder Hinsicht. Sie hatten auch während meiner Jahre in Frankreich viel für mich getan. Sie erkannten, dass ich mir ein eigenes Leben aufgebaut hatte, und akzeptierten es, obwohl es sehr schwer für sie gewesen muss, wie mir erst später klar wurde, denn ich war ihr einziges Kind, und ihr einziges Enkelkind lebte so weit weg. Nun kam ich nach Australien zurück, allein, doch mit dem festen Vorsatz, auf eigenen Füßen zu stehen und die Beziehung zu meinem Sohn aufrechtzuerhalten. Die ersten Jahre gestaltete sich das schwierig – wenn ich den Jungen sehen wollte, musste ich jedes Mal auf eigene Kosten nach Frankreich reisen. In der Zwischenzeit zog ich kreuz und quer durch Australien und hielt mich mit Gelegenheitsjobs über Wasser. Es war eine ziemlich unstete Zeit.«

»Ich kann mir vorstellen, wie hart das für dich gewesen sein muss«, meinte Cameron. »Das war also die Zeit, in der du von der Bildfläche verschwunden bist.«

»Als ob dir das aufgefallen wäre«, spottete Jacqui.

Er zuckte mit der Schulter. »Wir treffen eben Entscheidungen, die wir zum jeweiligen Zeitpunkt für die richtigen halten. Ich hoffe, du hast deine nicht bereut. Hattest du Beziehungen, als du in Nîmes gelebt hast? So wie es klingt, hättest du jemand Liebevollen und Fürsorglichen verdient gehabt.«

»Kurzzeitig bin ich tatsächlich in Selbstmitleid versunken. Dann habe ich für eine Weile Zerstreuung bei einem Tennistrainer gefunden. Er brachte mich zum Lachen, was eine willkommene Abwechslung war. Außerdem habe ich jetzt eine sagenhafte Rückhand.«

»Wir müssen mal miteinander spielen. Sofern ich keinen dauerhaften Schaden davontrage.« Cameron bewegte seine Schulter und zuckte wieder zusammen. »Au! Würdest du mir bitte das Wasser geben?«

Jacqui reichte ihm die Flasche und befeuchtete noch einmal behutsam Johnnys Gesicht. Der Pilot stöhnte leise.

»Alles okay, Johnny. Es wird alles gut. Nicht bewegen«, beruhigte sie ihn, dann flüsterte sie Cameron zu: »Ich glaube, er hat ein bisschen mehr Farbe bekommen.«

»Willst du ihm noch mal den Puls fühlen?« Cameron setzte sich auf.

Jacqui kniete sich neben Johnny und legte zwei Finger an sein Handgelenk. »Sein Puls scheint ruhiger und gleichmäßiger geworden zu sein. Wie geht's denn dir, Cameron?«

»Wird schon wieder.«

Schweigend saßen sie eine Weile da, bis Jacqui sich aufrappelte und die Box mit den Notfallrationen durchforstete. »Hier haben wir Nüsse und Trockenfrüchte, verschiedene Snacks, Vitamine, Traubenzucker … Wasserreinigungstabletten.«

»Die bringen hier draußen nicht viel.«

»Insektenschutz, ein Spiegel. Wozu denn das? Streichhölzer …« Frustriert klappte sie den Deckel wieder zu. »Die Suche nach uns hat bestimmt schon begonnen. Wir sind ja seit Stunden überfällig.«

»Es ist ein großes Gebiet, weites, offenes Land. Hab Geduld. Wie wär's, wenn wir eine von diesen Snack-Packungen öffnen?«

Jacqui riss eine der Tüten auf und reichte sie Cameron. »Stell dir vor, es wäre ein Schnitzelsandwich«, scherzte sie.

»Willst du, dass wir uns von unseren Lieblingsgerichten vorschwärmen? Auch wenn du in Frankreich nicht viel gekocht hast, gab es dort sicher oft leckeres Essen, stimmt's?«

Jacqui seufzte. »Ich kann notfalls ein Soufflé zubereiten. Unsere Küche war eher herzhaft, bodenständig und gesund. Sehr traditionell, sehr mediterran.«

»Daran gibt es nichts auszusetzen. Schon gar nicht, wenn man so hungrig ist wie ich.« Cameron kippte sich den restlichen Inhalt der Snacktüte in den Mund und betrachtete dann enttäuscht die leere Packung.

»So, jetzt bist du dran«, sagte Jacqui. »Erzähl von dir. Bist du der Playboy, für den dich alle halten?«

»Wer denkt denn so was von mir?«, gab er etwas gekränkt zurück.

»Na, hör mal. Dein Ruf eilt dir voraus. Lifestyle-Magazine haben über dich berichtet, sogar mit Foto. Hattest du nicht mal was mit einer Schauspielerin? Meine Mutter ist einmal auf so einen Artikel gestoßen und war ziemlich beeindruckt«, entgegnete Jacqui.

»Du kannst ihr ausrichten, dass das alles ziemlich belanglos war. Wie es aussieht, habe ich kein Glück in der Liebe – was zweifellos an mir liegt. Mir wurde öfter vorgeworfen, ich sei beziehungsscheu, und ich will das auch gar nicht bestreiten. Es hat keinen Sinn, sich mit jemandem einzulassen, wenn man nicht das Gefühl hat, man würde für diesen Menschen über Glasscherben gehen oder sich in einen reißenden Strom stürzen oder so etwas.«

»Warum nicht einfach einem Menschen zuhören, der gerade jemanden zum Reden braucht, oder sich zu ihm setzen und ihm eine Tasse Tee bringen, ohne viele Worte? Solche einfachen, herzlichen Gesten?«

»Einfache Gesten sind nicht mein Stil. Was vermutlich ebenfalls ein Fehler ist. Von mir werden große Gesten erwartet. Und die liefere ich. Und stelle dann fest, wie oberflächlich das alles ist«, antwortete Cameron mit einem Anflug von Bitterkeit.

»Mit Geld um sich zu schmeißen, um Eindruck zu schinden? Nur weil man es eben kann? So wie Johnson und diese Bergbaukonzerne? Weil man für Geld alles und jeden kaufen kann?«

Cameron setzte zu einer Erwiderung an, doch plötzlich verstummten sie beide, legten den Kopf in den Nacken und lauschten.

»Hörst du das auch?«, flüsterte Cameron.

»Ich glaube schon ... Ja! Ein Flugzeug, ich höre es! Ganz weit weg. Oh, Gott sei Dank!«

»Siehst du es?«

»Nein, noch nicht.« Rasch sprang sie auf, verharrte still und horchte angestrengt.

»Es wird leiser«, murmelte Cameron.

»Nein! Nein, das darf nicht sein!« Jacqui schlüpfte unter der Tragfläche hindurch und lief ein Stück vom Flugzeug weg, dann starrte sie in den Himmel, hüpfte auf und ab und wedelte mit den Armen. »Wir sind hier, wir sind hier! Ach, verdammt!« Sie hielt inne und ging dann langsam im Kreis, den Blick weiterhin nach oben gerichtet.

Cameron trat neben sie und berührte sie an der Schulter. »Jacqui ... die finden uns schon. Das kann irgendein Flugzeug auf dem Weg wohin auch immer gewesen sein. Bei Suchflügen wird systematisch vorgegangen. Komm zurück in den Schatten, spar deine Kräfte.«

»Können wir nicht zu Fuß losgehen?«, fragte sie verzweifelt.

»Wir schaffen keine 180 Kilometer zu Fuß. Nein, wir rühren uns nicht vom Flugzeug weg. Mit dem, was wir hier haben, kommen wir mehrere Tage zurecht.«

Die Zeit zog sich in die Länge, schien sich mal zu dehnen, mal zu schrumpfen, während Cameron vor sich hin döste und Jacqui in Gedanken versunken dasaß. Von Zeit zu Zeit wischte sie Johnny übers Gesicht und achtete darauf, die Wunde nicht zu berühren.

Inzwischen fiel das Sonnenlicht schräg unter die Tragfläche, weshalb Jacqui und Cameron die Rettungsdecke aus der Box nahmen und als Sonnenschutz über den Flügel drapierten.

»Ich mache jetzt die Cashewnüsse auf«, erklärte sie, schüttelte ein Dutzend ungesalzene Nüsse aus der Tüte und legte sechs vor Cameron und sechs vor sich hin. »Die übrigen sind für Johnny. Ich werde alle halbe Stunde eine Cashewnuss essen.«

Behutsam nahm sie eine der kleinen sichelförmigen Früchte, steckte sie sich in den Mund und kaute langsam und bedächtig.

»Komm, Jacqui, lass uns über die Stränge schlagen.« Cameron schnappte sich all seine sechs Cashewnüsse, warf sie sich in den Mund, kaute und schluckte. »Vielleicht ein Schluck kühler trockener Weißwein zum Runterspülen?« Er nahm einen Mundvoll Wasser, schraubte die Flasche wieder zu und grinste Jacqui an.

Jacqui lächelte, verschränkte jedoch die Arme. »Ich spare mir meine auf.«

Kaum war die Sonne untergegangen, spürte Jacqui die kühle Nachtluft auf der Haut. Sie veränderte ein wenig ihre Sitzposition, und in diesem Moment gab Johnny ein kratziges Husten und ein leises Stöhnen von sich. Rasch rutschte Jacqui zu ihm hinüber, während er blinzelnd die Augen aufschlug.

»Johnny, wie geht es Ihnen? Möchten Sie Wasser?«

»Danke«, krächzte er. Jacqui hielt ihm die Flasche an den Mund, und es gelang ihm, ein paar Schlucke zu trinken. »Herrgott, was für ein Schlamassel. Seid ihr beide okay?«

»Einigermaßen. Wie fühlen Sie sich?«, fragte sie.

Vorsichtig betastete Johnny seine Schläfe. »Ging mir schon mal besser.« Er schloss die Augen.

»Wir haben ein Flugzeug gehört«, sagte Jacqui. »Aber es hat uns nicht gesehen.«

Johnny öffnete wieder die Augen und stützte sich mühsam auf einen Ellbogen auf. »Sie werden uns suchen. Als ich auf Johnsons

Farm war, habe ich mich nicht beim SAR der Luftverkehrskontrolle abgemeldet. Also werden sie dort anfangen. Habt ihr eine Leuchtrakete gezündet und die Notfunkbake eingeschaltet?«

»Nein. Wo sind die denn?«

»Die EPIRB – die Bake – und die Raketen sind in einer Kiste unter dem Pilotensitz.«

Cameron half Jacqui, ins Flugzeug zu klettern. Nach kurzer Suche im Halbdunkel fand sie die Box und reichte sie hinunter.

»Dann wollen wir mal sehen«, meinte Cameron. Mit einer Hand tastete er in der Kiste herum und förderte schließlich Tag-und-Nacht-Signalraketen und die EPIRB zum Vorschein.

»Schaltet die Bake ein, damit jeder unser Signal empfangen kann. Und wenn ihr ein Flugzeug hört, dann zündet die Raketen. Allerdings bezweifle ich, dass sie in der Nacht suchen«, sagte Johnny.

»Warum haben sie uns vorhin nicht entdeckt?«

»Das ist ein großes Gebiet. Es hängt auch vom Sonnenstand ab. Ein silbernes Flugzeug auf silbernem Sand ist leicht zu übersehen.« Er schloss die Augen. »Ich fühle mich nicht gut, ich glaube, ich werde ohnmächtig …« Jacqui half ihm, sich wieder hinzulegen, und gleich darauf schien er schon wieder zu schlafen.

»Was meinte Johnny damit, dass er sich nicht beim SAR abgemeldet hat?«

»SAR steht für ›Search and Rescue‹. Wenn ein Pilot das auf seinem Flugplan angegebene Ziel erreicht hat, meldet er sich beim Search-and-Rescue-System der Luftverkehrskontrolle ab. Weil Johnny das nicht getan hat, geht die Rettungsstelle davon aus, dass wir uns irgendwo zwischen unserem letzten Startpunkt und dem angepeilten Ziel befinden müssen. Zwar handelt es sich um ein riesiges Gebiet, und dass sie uns nachts ausfindig machen können, ist nahezu ausgeschlossen. Aber sie werden kommen, Jac, ganz sicher. Beim ersten Tageslicht fliegen sie los.

Das Notfunksignal werden sie bestimmt auch empfangen. Lass uns noch so eine Snacktüte öffnen und dann versuchen zu schlafen.«

Sie machten es sich so bequem wie möglich. Johnny schlief tief und fest, sein Atem ging gleichmäßig.

Es dauerte eine Weile, bis die beiden anderen ihre Schlafpositionen gefunden hatte, wobei sie wegen der Kühle fast auf Tuchfühlung gingen.

»Gemütlich, was? Geht's, Jac?«

»Ich denke schon. Wird eine lange Nacht.«

»Soll ich dir was vorsingen?«

Jacqui schnaubte. »Nein, lieber nicht.«

Im Dunkeln lagen sie da und lauschten auf Johnnys Atem. Jacqui dämmerte allmählich weg, zuckte aber plötzlich zusammen, schüttelte sich und hob den Kopf.

Cameron legte ihr sachte eine Hand auf die Schulter. »Entspann dich, Jacqui. Lass los und schlaf.« Er ließ seine Hand auf ihrer Schulter ruhen, was sie als wohltuend empfand. Sie verwob ihre Finger mit seinen und hatte das Gefühl, seine Hand nicht loslassen zu dürfen, denn sonst würde sie am Rand dieses merkwürdigen Sees, an den es sie verschlagen hatte, in einen finsteren Abgrund stürzen.

Die Nacht verbrachte Jacqui in einem Schwebezustand zwischen Wachen und Schlafen. Kaum bewegte sie sich, regte sich auch Cameron.

Mit steifen Gliedern rappelte sie sich schließlich auf, kroch unter der Tragfläche hervor und streckte sich.

Im weichen Licht der Dämmerung war alles ruhig. Nichts rührte sich. Jacqui schlenderte um das Flugzeug herum und verharrte vor seltsamen Abdrücken im weichen Sand. Welches Tier mochte nachts an ihnen vorbeigeschlichen sein?

Während sich der Schleier der Nacht allmählich hob, trat Cameron zu ihr.

»Guten Morgen. Alles klar bei dir?« Er reichte ihr eine Wasserflasche. »Ist leider kein Tee. Tee und Toast wären jetzt genial.«

»Wie geht es Johnny?«

»Scheint okay zu sein.«

»Und deine Schulter?«

»Tut weh. Vermutlich ein Muskelriss.«

Seite an Seite standen sie da und sahen zu, wie die Sonne langsam über dem Horizont erschien.

Cameron drehte sich um. »Klingt, als wäre Johnny aufgewacht. Ich sehe mal, ob er Hilfe braucht.«

Erleichtert stellten sie fest, dass Johnny einen klareren Kopf hatte. Allerdings klagte er über Schmerzen.

»Anscheinend haben wir die Nacht erstaunlich gut überstanden«, stellte Cameron fest.

»Zum Glück haben wir keine Aborigines dabei. Die wären wahrscheinlich alle weggerannt«, sagte Johnny.

»Wieso?«, fragte Cameron.

»Diesen Salzsee hat der Forschungsreisende Frank Hann entdeckt, als er auf der Suche nach Süßwasser war. Als er dann nur auf diese trockene Salzpfanne stieß, nannte er sie Lake Disappointment – See der Enttäuschung. Aber die hiesigen Indigenen behaupten, es sei eines der gefährlichsten Gebiete in der Western Desert. Hier soll es kannibalische Traumzeitwesen geben, die unter dem See in ihrer eigenen Welt leben, mit einem eigenen Himmel und einer Sonne, die niemals untergeht. Scheinen ziemlich gruselige Gesellen zu sein.«

»Oh, danke, dass Sie uns das nicht schon letzte Nacht erzählt haben!«, erwiderte Jacqui und schauderte.

»Dann haben wir also eine heilige Stätte demoliert?« Cameron überlegte. »Gab es hier nicht einmal Pläne, nach Kali zu graben?«

»Ich glaube, die Bergbauleute wurden verjagt ... aber was weiß ich.« Johnny rieb sich die Augen. »Mann, habe ich Kopfschmerzen!«

»Ich hole Ihnen Aspirin.« Jacqui wandte sich zum Flugzeug um, da schrie sie auf.

»Ich sehe dort drüben was, ein Pünktchen, ganz sicher. In Richtung Sonne!«

»Vielleicht ein Keilschwanzadler?«, meinte Cameron, während er die Augen mit der Hand abschirmte.

»Ist da nicht ein Geräusch? Könnte das etwa ...?« Jacqui blinzelte in das funkelnde goldene Licht, das schon ein gutes Stück über den Horizont geklettert war.

»Schnell, Jacqui, holen Sie die Signalraketen«, drängte Johnny. Er erklärte ihr, wie man sie zündete. Dann beobachteten sie, wie die Rakete in den morgendlichen Himmel schoss und sich mit einem Knall in einen glühenden Feuerschweif verwandelte.

Sie warteten. Das Pünktchen wurde etwas größer, und dann vernahmen sie leise, aber unverkennbar ein Motorengeräusch.

»Einen Moment noch, dann zünden wir die nächste. Sie sind auf der Suche nach uns, deshalb werden sie das nicht übersehen«, sagte Johnny.

»Ach, Gott sei Dank.« Jacqui fasste nach Camerons Hand.

»Können die hier landen?«

»Nicht, wenn es ein Starrflügler ist. Ein Rettungshubschrauber kann es schon.«

In angespanntem Schweigen verharrten sie, und kurz darauf schossen sie eine weitere Rakete in den Himmel. Dann sahen sie im Licht des neuen Tages, wie das Pünktchen immer größer wurde und auf sie zukam.

Es wurde schon dunkel, als Jacqui mit Camerons Mietwagen zu seiner Unterkunft fuhr, einem weitläufigen Haus im klassischen Stil von Broome, das in eine schicke Frühstückspension umgewandelt worden war.

»Tut mir leid, dass ich dich nicht heimfahren kann«, meinte Cameron. »Nimm du den Wagen, ich lasse ihn dann später abholen. In ein paar Tagen müsste ich meinen Arm wieder gebrauchen können.«

»Wir können ihn auch in meiner Einfahrt stehen lassen. Wie du willst«, sagte sie müde.

»Ich weiß, es war ein langer Tag. Geht's dir gut?«

Jacqui nickte, fühlte sich aber völlig erledigt. Der Rettungshubschrauber hatte sie alle nach Karratha geflogen, wo sie im Krankenhaus untersucht worden waren. Johnny hatte man zur Beobachtung dort behalten und dann Jacqui und Cameron nach Broome gebracht. Seit sie heute Morgen am Lake Disappointment aufgewacht war, schien eine Ewigkeit vergangen zu sein. »Bin nur todmüde. Muss das Ganze wohl erst mal verdauen. Zum Glück ist mit Johnny nichts Ernstes.«

Cameron nickte, während er sich schwerfällig nach dem Türgriff streckte. »Es wäre wohl keine gute Idee, jetzt noch irgendwo etwas essen oder trinken zu gehen. Du solltest dich besser zu Hause ausruhen und deinen Sohn anrufen. Und dir morgen eine Massage oder ein Wellness-Bad gönnen. Wozu ich dich einladen möchte.«

»Danke, Cameron, aber ich muss arbeiten. Sylvia musste schon einen zusätzlichen Tag für mich einspringen.« Jacqui stieg aus, nahm Camerons Umhängetasche vom Rücksitz und reichte sie ihm.

»Danke. Hör mal, Jacqui, wir haben ja noch was zu erledigen – lass uns darüber reden. Ich bin noch ein paar Tage hier. Ruf mich an, wenn du so weit bist.«

»Okay.« Momentan hatte sie nicht die geringste Lust, sich mit Daryl Johnson zu befassen.

»Schlaf gut.«

»Gib auf deinen Arm acht«, erwiderte sie, als er zwischen flutlichtbeschienenen Palmen zu seiner Unterkunft, dem ehemaligen Wohnsitz eines Perlenbarons, ging.

Zu Hause angekommen packte Jacqui in Ruhe ihre Tasche aus. Danach duschte sie, wusch sich die Haare und schlüpfte in einen weiten Kaftan.

In der Küche nahm sie sich ein paar Cracker und Ziegenkäse und schnitt eine frische Mango vom Baum in ihrem Garten auf. Dann schenkte sie sich ein Glas Wein ein und ging zu ihrem Lieblingsplätzchen im Garten, um sich dort ihr Mahl schmecken zu lassen. Dabei bewegte sie sich behutsam und machte sich bei jeder kleinen Tätigkeit bewusst, dass sie hier war und dass das Leben weiterging, so wie immer. Ab einem bestimmten Punkt hatte sie nicht mehr darauf geachtet. Jetzt wollte sie jeden Augenblick voll auskosten. Plötzlich war sie überwältigt von der Stille ihres Gartens, wo sie vor Blicken geschützt saß, von der Milde der Abendluft, ihrem schlichten Mahl und dem Schluck Wein … und sie begann leise zu weinen.

Wie rasch hätte ihr all das genommen werden können – oder grausam geschmälert infolge einer fürchterlichen Verletzung. Vor ihrem inneren Auge blitzten noch einmal jene Momente im Flugzeug auf, der tumultartige Absturz und was hätte passieren können … Sie fing an zu zittern, stellte hastig ihr Weinglas ab, griff nach ihrem Telefon und wählte eine Nummer.

»Maman! Geht es dir gut? Wo bist du gerade? In irgendeiner spannenden Gegend?« Beim Klang von Jean-Lucs fröhlicher Stimme ging ihr das Herz auf, und sie atmete tief durch.

»Mein Schatz, ich sitze in meinem lauschigen Garten und lasse mir eine Mango schmecken.«

»*Oh, là, là* … wie ich diese Mangos vermisse!«

Da Jacqui etliche Stimmen im Hintergrund hörte, fragte sie: »Störe ich gerade, Jean-Luc? Es klingt, als wären da eine Menge Leute!«

»Ach, das sind nur ein paar Freunde«, antwortete er. »Morgen habe ich schulfrei, deshalb bin ich zu Hause bei Papa, und sie sind alle vorbeigekommen.«

»Na, dann halte ich dich nicht lange auf, mein Schatz. Ich wollte dir nur sagen, dass ich demnächst mit deinem Vater über deine Ferien sprechen werde.«

»Das ist toll, Maman! Ich hoffe wirklich, ihr findet eine Lösung.«

»Das hoffe ich auch, mein Schatz.« Plötzlich fühlte sie Entschlossenheit und Zuversicht in sich. »Genieß deinen freien Tag. Du fehlst mir, und ich habe dich sehr, sehr lieb.«

»*Moi aussi. Au revoir, Maman, je t'aime.*«

Jacqui beendete das Gespräch und trank einen Schluck Wein. Das muntere Hintergrundgeplauder während des Telefonats hatte unvermittelt Erinnerungen in ihr wachgerufen, an ausgedehnte Mittagsmahle auf der Terrasse hinter dem *mas provençal*, dem weitläufigen zweistöckigen Bauernhaus mit Blick auf die Weinberge. Im Geiste sah sie die Leute an der langen Tafel vor sich, und immer waren auch die Kinder dabei. Zweifellos saß auch Yves' Lebensgefährtin am Tisch, die zu heiraten er immer noch nicht gewillt war.

Jacqui vernahm leise Schritte und das Klicken der Gartentür.

»Ich dachte mir schon, dass ich dich hier draußen finde. Alles in Ordnung?«, fragte Lydia behutsam. »Ich meine, dass dir körperlich nichts passiert ist, weiß ich ja, aber …« Sie erschauerte und drückte Jacquis Schulter. »Das macht mich ganz verrückt. Vor allem, weil ihr am Kumpupirntily, dem Lake Disappointment, notgelandet seid. Das ist ein Ort voller böser Geister.«

»Ja, das hat uns der Pilot auch erzählt – aber erst, nachdem wir es schon fast überstanden hatten. Hol dir doch was zu trinken. Ich bleibe einfach faul hier sitzen.«

»Recht hast du.«

Kurz darauf kam Lydia mit einer Flasche Wein, Eis und einem Glas für sich zurück. »Was haben wir uns Sorgen gemacht! Hat denn dein Gespräch mit Daryl überhaupt stattgefunden?«

»Nein! Und eins kann ich dir versprechen: Ich fliege garantiert nicht noch mal dorthin!«

Lydia schmunzelte. »Und dann sitzt du ausgerechnet mit Cameron North fest! Wie ging es euch denn so?«

»Er hat sich an der Schulter verletzt, ist aber nicht allzu schlimm. Der Pilot war bewusstlos. Nur ich habe nichts abbekommen. Und Cameron war nett.«

»Ihr hattet dort draußen ja eine ganze Menge Zeit totzuschlagen. Was habt ihr denn gemacht?«

»Geredet. Na ja, vor allem habe ich geredet. Wie sich herausgestellt hat, ist Cameron ein guter Zuhörer.« Jacqui schüttelte den Kopf. »Ich kann es selbst kaum fassen, dass ich ihm Dinge erzählt habe, die ich noch nie jemandem anvertraut habe, nicht mal dir.«

»Oha. Ob das klug war?«

Jacqui zuckte die Achseln. »Es ging um nichts Weltbewegendes. Um Dinge, die wohl kaum jemanden interessieren. Nur um meine Ehe und Frankreich und so.«

Lydia zog eine Augenbraue hoch. »Nur? Davon hast du mir so gut wie gar nichts erzählt. Und was war mit Cameron? Hat er auch aus dem Nähkästchen geplaudert?«

»Nein. Da kam schon der Rettungshubschrauber.«

»Wie geht es dir denn damit, dass du so viel Persönliches preisgegeben hast?«

»Ach, dafür interessiert sich niemand groß«, meinte Jacqui gleichmütig. »Ich glaube auch nicht, dass Cameron es weitererzählen wird. Aber dort draußen in der Wüste war er ein anderer Mensch – ruhig, freundlich, mitfühlend.«

Lydia wirkte nicht überzeugt. »Na ja, wenn du kein Problem damit hast, soll's mir recht sein. Hast du schon mit Jean-Luc gesprochen?«

»Ja. Aber ich habe ihm nicht gesagt, was passiert ist. Er saß gerade mit seinem Vater und seinen Freunden beim Essen, und ich weiß ja, wie es dabei zugeht.«

»Hoffentlich erfährt er es dann nicht von Peggy oder sonst jemandem. Du solltest es ihm auf alle Fälle sagen.«

»Ja, das habe ich auch vor. Morgen.« Sie trank einen Schluck Wein. »Eigentlich finde ich es echt schade, dass aus diesem Gespräch mit Daryl Johnson nichts geworden ist. Ich hoffe, dass Cameron bei einer anderen Gelegenheit ein Treffen arrangieren kann. Johnson kommt ja immer wieder in die Stadt.«

»Das ist aber vielleicht nicht dasselbe. Ich schätze, wenn du Johnson dort draußen getroffen hättest, bei sich zu Hause, hättest du etwas bewirken können. Wenn er hier in der Stadt von einer Lobbyistin angesprochen wird, ist das etwas ganz anderes. Ich fürchte, die Gelegenheit ist vorbei, Jac.«

»Das klingt aber gar nicht nach der Lydia, die ich kenne. Wir knicken doch nicht vor Chamberlains ein!«

»Nein, ganz und gar nicht. Wir haben noch etliche andere Optionen. Allein schon die juristische Verzögerung bereitet Chamberlains Kopfzerbrechen. Dazu kommt die Debatte um die Umweltverträglichkeit, zusammen mit den Protesten und der Medienberichterstattung. Unser größter Trumpf ist Eddie mit seinem Engagement für die Kultur der Aborigines und ihrer Bindung an das Land.«

»Weißt du, als ich dort draußen an diesem trostlosen Ort festsaß, hatte ich unwillkürlich das Gefühl, er wäre … irgendwie lebendig, verstehst du das? Ich war von dem Gedanken beseelt, dass ich meinen Teil dazu beitragen könnte, Daryl Johnson umzustimmen.«

»Vielleicht war das ja eine Art Weckruf«, meinte Lydia in ernstem Ton.

Jacqui lachte. »Ja, klar. In der Art wie: ›Werde ein bisschen lebendiger‹.«

»Ich weiß nicht. Es ist nur so eine Ahnung, du kennst ja meine spirituelle Ader. Bist du sicher, dass mit dir alles in Ordnung ist?« Lydia beugte sich vor und drückte Jacquis Hand.

»Du bist wirklich eine gute Freundin«, erwiderte Jacqui. »Mir geht es gut. Vielleicht hat mich dieser kleine Zwischenfall aufgerüttelt, aber auf positive Weise. Ich habe beschlossen, mich zur Wehr zu setzen und mir nicht mehr von meinem Ex vorschreiben zu lassen, wie und wann ich meinen Sohn sehen darf. Früher war es natürlich immer der einfachere Weg, Jean-Luc zuliebe nachzugeben. Er steht nun mal unter der Fuchtel seines Vaters, da wollte ich den Jungen nicht in die Bredouille bringen. Die Probleme zwischen Yves und mir sollten nicht die seinen sein, aber sie betreffen ihn natürlich auch.«

»Kinder sollten nie der Zankapfel ihrer Eltern sein. Aber es kommt vor.«

»Stimmt. Und deswegen bin ich immer diejenige, die nachgibt. Was Yves genau weiß.«

Plötzlich wurde ihr klar, was sie Jean-Lucs Vater sagen musste: dass es Schwache und Starke gab, Gerechtigkeit und Ungerechtigkeit, Gleichheit und Diskriminierung. Dass jeder seine eigene Wahrheit besaß und seinen eigenen Weg gehen musste. Jetzt begriff sie, warum sie hier war und warum sich zwischen diesem Land und ihrem Sohn eine eigene Beziehung entspann. Jacqui fühlte sich wie erneuert; sie glaubte an sich, vertraute ihren Instinkten und wusste, dass sie ihr Leben im Griff hatte. Und dass

Liebe bedeutete, Seite an Seite durchs Leben zu gehen, weder als Anführer noch als Geführter.

»Was denkst du?«, unterbrach Lydia ihre Gedankengänge.

»Ich werde ihm Paroli bieten und alles Notwendige tun, selbst wenn ich nach Frankreich fliegen und mich mit Yves streiten muss. Ich werde hier nicht gottergeben herumsitzen und mir diktieren lassen, ob mein Sohn mich besuchen darf oder nicht. Jean-Luc und ich haben ein sehr enges Verhältnis zueinander – ich weiß, dass er eine ausgeprägte australische Seite hat. Aber Jean-Luc weiß auch, dass ihm väterlicherseits eine glänzende Zukunft winkt. Wenn er älter wird, kann er selbst entscheiden, welcher Weg der richtige für ihn ist und was er tun will. Doch er muss seine Optionen kennen. Bei seinem letzten Besuch hatte ich ganz stark das Gefühl, dass er anfängt, seine australischen Wurzeln wahrzunehmen.«

»Das ist gut.«

Jacqui atmete tief durch. »Aber genug von mir! Wie geht es eigentlich dir, Lydia?«

»Ach, du weißt doch, ich habe alle Hände voll mit der Chamberlains-Sache zu tun. Aber wenn all das vorbei ist … na ja, dann brauche ich vielleicht eine Veränderung.«

»Beruflich? Oder einen Urlaub?«, fragte Jacqui neugierig.

Lydia rutschte auf ihrem Stuhl herum. »Weißt du, ich habe mit Eddie und den alten Tanten und der Familie gesprochen … ich glaube, ich gehe in die Politik.«

»Wow! Das ist eine super Idee, du wärst eine tolle Volksvertreterin! Meine Stimme hast du. Und es sind nicht nur deine Leute, die jemanden wie dich brauchen, es ist die ganze Stadt. Du siehst immer beide Seiten eines Problems und stehst leidenschaftlich für deine Überzeugungen ein. Ja, ich kann mir das gut vorstellen, wirklich!«, schwärmte Jacqui. »Mir scheint es absolut naheliegend. Das wäre eine gute Sache.«

»Na ja, bis dahin ist es noch ein gutes Stück Weg, da muss eine Menge Vorarbeit geleistet werden. Aber ich habe einfach das Gefühl, mit der Arbeit in den Medien und dem Engagement an der Basis kommt man nur bis zu einem gewissen Punkt. Ich möchte dort sein, wo die Entscheidungen getroffen werden.«

»Dorthin wirst du auch kommen, da bin ich mir sicher.«

»Aber behalte das erst mal noch für dich. Ich werde es öffentlich kundtun, wenn die Zeit gekommen ist. Zuerst muss ich diesen Kampf gewinnen.«

»Wie wir alle«, nickte Jacqui.

Lydia leerte ihr Glas und erhob sich. »Leider muss ich schon wieder los. Familienfeier.« Auch Jacqui stand auf, und die beiden Frauen umarmten sich. »Ich denke, wir beide kriegen das hin, Jac.«

Jacqui blickte ihrer Freundin nach, die in der Dunkelheit des Gartens verschwand. Das Klingeln des Telefons riss sie aus ihren Gedanken.

»Hi, Cameron, alles in Ordnung?«

»Ich rufe an, weil ich dich dasselbe fragen wollte. Manchmal tritt ja ein Schock mit Verzögerung ein.«

»Nein, es ist alles okay. Lydia war gerade da und hat nach mir gesehen. Ich fühle mich wohl. Es kommt mir allerdings so vor, als hätte ich manches nur geträumt. Danke für alles, was du da draußen getan hast. Du warst ein Fels in der Brandung. Das vergesse ich dir nicht.«

»Nun, dann haben wir noch etwas gemeinsam. Hast du schon mit deinen Eltern gesprochen?«

»Noch nicht. Mache ich morgen.«

»Das ist vernünftig. Sag ihnen, ich finde, dass du dich großartig geschlagen hast. Schlaf gut, Jac.«

»Du auch, Cam. Gute Nacht.«

Verwundert darüber, dass sie ihn mit dem Spitznamen aus seiner Kindheit angesprochen hatte, beendete sie das Gespräch.

Die diskret zwischen Bäumen und Sträuchern versteckten Solarlampen schalteten sich ein. Wie so oft ließ Jacqui den Blick über ihre verschwiegene Gartenidylle schweifen und fühlte sich dabei, als schwebe sie durch ein zauberhaftes Märchenland, das ihre Heimat geworden war.

11

In Kimberley zerfließt die Zeit förmlich, sie schmilzt unter dem sengend blauen Himmel dahin und sickert in die uralte Landschaft.

Jacqui hatte gelernt, sich an die gemächliche Lebensweise anzupassen, an die schläfrigen Nachmittage, an denen man immer genug Muße hatte, um innezuhalten und einen kleinen Plausch mit Fremden zu halten.

Gelegentlich beschleunigte sich das Tempo: bei den Pferderennen des Broome Cup Carnival, beim Shinju-Matsuri-Festival, bei Musikveranstaltungen oder beim prächtigen Naturschauspiel des Staircase to the Moon, das einen Abend lang bestaunt und gefeiert wurde.

Doch an diesem Nachmittag folgte Jacqui Lydia und Bobby Ching, die bei Ebbe durch den grauen Schlamm des Barred Creek wateten und mit langen Metallstangen zwischen den Wurzeln der Mangrovenbäume herumstocherten. Sie ließen sich Zeit, schoben ihre Stangen vorsichtig ins Wurzelwerk und bewegten sich langsam.

»Ich hab eine!«, kreischte Jacqui, als sie auf den Panzer einer Mangrovenkrabbe traf und den festen, sich bewegenden Widerstand spürte. Sie drehte ihre mit einer Hakenspitze versehene Stange, und während sie das widerspenstige Tier aus seinem Versteck unter den Baumwurzeln hervorzerrte, reckte sich ihr warnend eine große, schlammgraue und bedrohlich aussehende Krabbenschere entgegen.

Bobby trat neben sie, fasste die Krabbe mit einer dick behandschuhten Hand von hinten und zog sie von Jacquis gekrümmter

Stangenspitze. Dann ließ er das Tier in den mitgebrachten Sack fallen.

»Ein Prachtexemplar! Wie viele hast du, Lydia?«, rief er.

»Vier!«, antwortete Lydia, die ein Stückchen entfernt war.

»Zusammen mit meinen Krabben müsste es reichen. Wollen wir gemeinsam kochen?«, fragte Bobby.

»Na klar. Kommt später zu mir nach Hause«, sagte Lydia. »Meine Nichten und Neffen werden sich freuen.«

»Warum kochen wir nicht mal wieder zusammen am Strand? Das haben wir schon seit einer Ewigkeit nicht mehr gemacht«, schlug Jacqui vor.

»Es ist eine ganze Weile her, dass wir draußen an The Point waren«, seufzte Bobby. »Wir müssen diese Kerle loswerden, die sich unser Land unter den Nagel reißen wollen.«

»Wir tun unser Bestes, Kumpel«, sagte Lydia. »Demnächst steht wieder eine Gerichtsverhandlung an. Chamberlains ist ziemlich genervt darüber, dass sich das alles so hinzieht.«

»Unsere Anwälte haben ganz schön zu tun. Ich wette, sie haben es angesichts ihres Verdienstausfalls längst bereut, dass sie uns ihre Unterstützung kostenlos angeboten haben«, meinte Bobby.

»Sag das nicht. Aber wir sind ihnen dankbar und liefern ihnen die notwendige Munition für die Gerichtsverfahren«, erwiderte Lydia. »Noch immer tobt ein stiller Krieg zwischen ehemaligen Freunden, Nachbarn und Einwohnern der Stadt. Aber inzwischen finden die Kämpfe vorwiegend in Vorstandsetagen und Anwaltskanzleien, Chefredaktionen und Hinterzimmern der Parteien statt. Die Rechten diffamieren alle, die gegen das Gasprojekt sind, als ›bezahlte Berufsdemonstranten‹.« Sie atmete tief durch. »Wir wissen, dass der Konzern im großen Stil Geld verliert, aber anscheinend rechnet er damit, dass es sich letzten Endes für ihn lohnt.«

Jacqui nickte. »Allerdings kann für die Gegner ihres Vorhabens kein noch so hoher Geldbetrag jemals wettmachen, was sie mit The Point verlieren. Oder was uns künftig vielleicht mit ähnlich zerstörerischen Projekten droht.«

»Wir müssen unseren Anwälten einfach weiterhin belastbares Material liefern«, sagte Lydia. »Na gut, fahren wir heim.« Sie ging voraus, um ihren Leinensack mit Krabben von dem Ast zu nehmen, an den sie ihn gehängt hatte.

»Wie läuft dein Laden, Jac?«, erkundigte sich Bobby, während er und Jacqui durch den Bach zurück zum Parkplatz wateten.

»Nicht schlecht. Ich habe es hier im Norden gut getroffen. Wie in vielen anderen Branchen gehen auch beim Buchhandel die Umsätze zurück, und in den größeren Städten mussten viele Läden schließen.«

»Ja, und dieses ganze Drama hier hat etlichen Leuten einen Dämpfer verpasst. Viele haben geglaubt, die Gas- und Rohstoffindustrie würde Arbeiter herbringen und die lokale Wirtschaft ankurbeln. Eine Menge Land, von dem man dachte, dort würden Arbeiterunterkünfte und Ähnliches gebaut, liegt jetzt brach. Da haben sich einige ganz schön verspekuliert, was sie jetzt vermutlich bereuen.«

»Wie Colin und Natalie. Colin ist inzwischen Bauunternehmer in Perth, aber Nat würde liebend gern wieder hierherziehen, sollte Chamberlains das Projekt realisieren.« Jacqui seufzte. »Ich fürchte aber, wir werden keine so guten Freundinnen mehr sein wie früher.«

»Ja, diese Erfahrung haben viele gemacht. So manche alte Freundschaft ist an der Frage zerbrochen, ob Geld wichtiger ist, als das Richtige zu tun.«

»Und wie geht es dir, Bobby?«

»So lala. Wir brauchen mehr Touristen und mehr touristische Attraktionen. Alternative Sachen, weißt du? Chester hat da einige gute Ideen. Wir beide haben uns überlegt, spezielle geführte Touren zu organisieren, ich in der Stadt und er im Busch.«

»Klingt gut. Unterhalte dich mal mit Wally darüber, er bringt seinen Enkelsöhnen die alten Geschichten bei, und einige der Jungs wären ausgezeichnete Fremdenführer in ihrem Land. Genau solche Dinge finden Besucher interessant. Auch Palmer und Phillip Knowles wären geeignet, sie kennen sich aus und sind gute Redner.«

»Leute von der Uni können wir uns nicht leisten.«

Jacqui überlegte. »Vielleicht sollten wir sie dafür gewinnen, dass sie etwas von ihrem Wissen an die Jüngeren weitergeben, wie an Wallys Enkel. Ich spreche mal Lydia darauf an. Es könnte sein, dass sie irgendwelche Finanzierungsmöglichkeiten finden kann, vielleicht im Rahmen der Tourismusförderung.«

»Ja, Lydia hat ein Händchen für diese politischen Dinge. Gute Idee, Jac.«

Als Jacqui nach Hause kam, ging sie unter die Dusche, zog sich um und steckte die Turnschuhe, die sie im schlammigen Bachbett getragen hatte, in einen Eimer Wasser. Nach einem Blick auf die Uhr tat sie dann das, was sie sich schon lange vorgenommen hatte und wofür sie all ihren Mut zusammennehmen musste. Sie griff nach dem Telefon und wählte Yves' Nummer.

Beinahe euphorisch gestimmt legte Jacqui ein paar Mangos und die Zutaten für einen Salat bereit, nahm spontan auch noch eine Flasche Champagner aus dem Kühlschrank und packte alles in einen Korb, ehe sie, leise vor sich hin lächelnd, zu Lydia aufbrach.

Bei Lydia tummelten sich wie immer eine Menge Freunde und Verwandte, und Jacqui fühlte sich augenblicklich wie zu Hause. Eifrig schwanzwedelnd sprang ihr Bullseye zur Begrüßung entgegen, während sie ihren Korb in die Küche trug.

»Wo sind die Krabben?«, fragte sie Lydia, die gerade einen Kartoffelsalat abschmeckte.

»In der Gefriertruhe. Ich kann die armen Tierchen einfach nicht in kochendes Wasser werfen, solange sie nicht hinüber sind. Aha, Champagner? Gibt es etwas Besonderes zu feiern? Abgesehen von deiner unfreiwilligen Stippvisite am Lake Disappointment?«, grinste Lydia.

»Ja, in der Tat. Ich stehe selbst noch ein bisschen neben mir. Ich hatte ein ausgiebiges Gespräch mit meinem Ex-Mann! Dass ich mir einfach das Telefon geschnappt und ihn angerufen habe, hat ihn wohl total überrascht. Noch dazu in seinem Büro! Die Sekretärin stellte mich erst durch, als ich betonte, dass es sehr dringend sei.«

»Und?« Lydia nahm die Champagnerflasche, während Jacqui nach Gläsern suchte.

»Anfangs war er höflich distanziert, dann schnaubte und keuchte er und probierte es mit seiner üblichen arroganten Masche, bei der er den Obermacker mimt. Aber ich hatte das alles genau durchdacht und ganz ruhig und entschlossen argumentiert – glaube ich jedenfalls. Offenbar war er völlig baff, dass ich so mit ihm redete, anstatt immer zu allem Ja und Amen zu sagen. Weißt du, ich kann mich gar nicht erinnern, wann ich mit meinem Ex zuletzt ein solches Gespräch geführt habe. Und er hatte ja nicht die Zeit, sich seine Argumente zurechtzulegen. Hat nur herumgestammelt.«

»Klar, weil es auch keinen vernünftigen Grund gibt, deinem Sohn die Reisen hierher zu verbieten«, meinte Lydia.

»Genau. Neulich, als ich über all das mit Cameron gesprochen habe – einem Außenstehenden und unter so merkwürdigen Umständen –, da sah ich meine Ehe plötzlich in einem ganz anderen Licht. Ich habe mir ja alle Mühe gegeben. Wirklich. Aber nun sehe ich die Dinge klarer.«

»Was deine Ehe betrifft?«

»Eher was meinen Ex betrifft. Wenn ich zurückblicke, frage ich mich, wie konnte ich mir das so lange bieten lassen? Und warum? Nach all den Jahren lasse ich mich immer noch von ihm herumkommandieren und mir Vorschriften machen? Ich sage dir, damit ist jetzt Schluss!«

»Hey, das ist Musik in meinen Ohren«, freute sich Lydia. »Seid ihr euch einig geworden? Brauchst du also doch nicht nach Frankreich zu fliegen, um dich mit ihm zu zoffen? Dann ist es das nächste Mal, wenn du dort bist, bestimmt viel einfacher für dich.«

»Das hoffe ich. Mein erster Gedanke war tatsächlich, hinzufliegen und mich mit ihm zu zoffen, wie du es nennst. Aber stattdessen habe ich erst mal meine Hausaufgaben gemacht. Jean-Luc hat an seiner Schule in Nîmes ja gerade das *Brevet des collèges* gemacht – was ungefähr der mittleren Reife entspricht – und ist jetzt an der Internationalen Schule in Montpellier angemeldet, wo er bis zum *baccalauréat* im Internat wohnen wird. Danach wird er wohl studieren. Du und ich haben uns ja neulich darüber unterhalten, dass die Sommerferien Ende Juni beginnen und in der ersten Septemberwoche enden. Also habe ich Yves vorgeschlagen, dass Jean-Luc seine Zeit halbe-halbe aufteilen könnte: Im August und bis Anfang September ist er zur Weinlese bei seinem Vater und lernt das Geschäft kennen, davor verbringt er einen Monat hier bei mir. Das erscheint mir als eine vernünftige Lösung. Und ich habe es satt, dass ständig der Verdacht im Raume steht, ich könnte ihm den Jungen wegnehmen. Sein Vater lässt ihm stets von irgendeiner Amtsperson den Pass abnehmen, sobald er am Flughafen in Perth gelandet ist, und Jean-Luc bekommt ihn erst unmittelbar vor dem Rückflug zurück. Weil ich meinen Sohn ja womöglich in Australien festhalten könnte! Das ist ein Witz, nach all den Jahren. Ich denke, indem ich Yves endlich die Stirn geboten habe, blieb ihm nichts anderes übrig, als sich auf diesen Kompromiss einzulassen.«

»Klingt, als wäre er ein richtiger Vollidiot.« Lydia nahm kein Blatt vor den Mund.

»Na ja, er sorgt sich eben um Jean-Luc. Er ist sein einziges Kind. Und wenn ich zwischen den Zeilen lese, denke ich mir jetzt, dass Yves wahrscheinlich eifersüchtig auf mich ist. Und auf meine Familie. Und Australien.«

»Weil es Jean-Luc bei uns besser gefällt als bei ihm?«

»Er hat hier mehr Spaß, ist entspannter, kann mehr er selbst sein und auch mal Fehler machen und seine Gefühle zeigen. Ich glaube, Jean-Luc weiß, welche Zukunft ihn erwartet und was von ihm verlangt wird, und das akzeptiert er. Aber er will auch seine australische Seite ausleben, und das, denke ich, macht seinem Vater Angst.«

»Na, bei seinem letzten Aufenthalt hier hat er jedenfalls eine Menge Kultur abbekommen«, grinste Lydia. »Buschkultur statt der verstaubten europäischen.« Sie nahm Jacquis Hand. »Mir erscheint das alles sehr vernünftig. Du wirkst auch viel klarer und konzentrierter. Keine Ahnung, was dort draußen nach eurer Notlandung am Lake Disappointment passiert ist, aber du hast einen neuen Blick auf die Dinge. Und scheinst stärker geworden zu sein.«

»Ich schätze, die Nahtoderfahrung war hilfreich«, schmunzelte Jacqui.

Lydia widmete sich der Champagnerflasche, bis der Korken knallend und zischend herausflog. »Super! Siehst du, ich hab dir ja gesagt, dass du das kannst. Jean-Luc ist bestimmt heilfroh, oder?«

»Absolut begeistert. Ich habe ihn nach dem Gespräch mit Yves angerufen. Er war ein bisschen verdutzt, dass ich seinem Vater plötzlich derart Paroli biete. Anscheinend war Yves mir zuvorgekommen und hatte Jean-Luc schon von unserem Gespräch erzählt.

Er meinte, mein Französisch sei noch ganz passabel.« Jacqui brach in schallendes Gelächter aus. »Seine Familie machte immer verächtliche Bemerkungen über meine schlechte Aussprache.«

»Hast du mir nicht gesagt, dass du als Übersetzerin oder Dolmetscherin gearbeitet hast? Dann können deine Sprachkenntnisse ja nicht so schlecht gewesen sein.« Lydia schenkte den Champagner ein und hob ihr Glas. »Auf die neue Jacqui!«

»Ich muss zugeben, dass ich mich tatsächlich wie neugeboren fühle. Jetzt kann ich das Vergangene hinter mir lassen ... die letzten Monate, ja, Jahre! Mir war damals klar, dass es nicht leicht werden würde, aber ... Himmel, nach der Scheidung stand ich praktisch mit leeren Händen da, und es war ein großer Augenblick für mich, als ich nach den unsteten Jahren, in denen ich immerzu sparen und knausern musste, diesen Buchladen hier kaufen konnte. Dadurch fühlte ich mich stark, und ich dachte mir: Ich werde es euch zeigen!«

»Du hast es verdient, dass es dir jetzt mal gut geht. Und dass du nicht immer nach anderer Leute Pfeife tanzen musst. Auf dein Wohl, meine Liebe!«

Sie stießen mit ihren Gläsern an. »So, dann schnipple ich jetzt mal den Salat«, meinte Jacqui, um auf andere Gedanken zu kommen.

»Und ich kümmere mich um die Krabben. Bobby und einer der Jungs haben angeboten, sie zu zerlegen«, sagte Lydia.

In diesem Moment klingelte Jacquis Handy, und Camerons Name leuchtete auf dem Display auf.

»Hi, Cameron.«

»Hallo, Jac. Klingt nach Trubel im Hintergrund – schmeißt du eine Party?«, scherzte er.

»Wenn du es genau wissen willst, ich bin bei Lydia und trinke Champagner mit ihr, weil unsere Mangrovenkrabbenjagd so erfolgreich war. Wo bist du? Wie geht's deinem Arm?«

»Schon wieder gut. Hör mal, hat Lydia einen DVD-Player, und würde es ihr was ausmachen, wenn noch jemand zum Essen käme? Ich habe Wallys Film aus Perth zurückbekommen. Sie haben ihn auf DVD kopiert, und ich würde ihn mir zu gern anschauen.«

»Verstehe. Warte mal kurz.« Jacqui drückte auf die Stummtaste und besprach sich mit Lydia.

»Klar«, meinte Lydia achselzuckend. »Sag ihm, er ist herzlich eingeladen zu einem verspäteten Mittagessen.«

Als Cameron eintraf, köchelte ein Teil der Krabben in einer Chilisoße vor sich hin, der Rest wurde in Butter angebraten. Dazu hatte Lydia Reis gekocht, Jacquis Salat war angemacht, und in einem Korb lag aufgeschnittenes Brot. Aufgetragen wurde das Essen auf Lydias großem Tisch im Garten.

Cameron hatte gekühlten Wein, Limonaden und einen großen Becher Gourmet-Eis mitgebracht. Er drückte Jacqui die Hand, dann stellte Lydia ihm ihre Verwandten und Freunde vor. Besonders herzlich begrüßte Cameron Bobby.

»Hi, Bobby, schön, Sie wiederzusehen.«

»Du hast dir Wallys Film also noch nicht angeschaut?«, fragte Jacqui. »Und Wally auch nicht?«

»Nein, ich dachte, ich gucke ihn mir lieber vor ihm an. Offenbar ist er beschädigt. Und ich muss erst wissen, was darauf zu sehen ist, bevor ich mit Wally rede. Ich möchte keine allzu großen Hoffnungen bei ihm wecken, falls die Restaurierung nicht viel gebracht hat.«

»Wollen Sie ihn jetzt gleich anschauen?«, fragte Lydia.

»Nein, er dauert ungefähr eine halbe Stunde. Von mir aus können wir gern bis nach dem Essen warten. Hallo, Kumpel.« Cameron wandte sich Bullseye zu, der ihn neugierig beschnupperte.

Lydia reichte Cameron ein Glas. »Trinken Sie ein Glas Champagner mit. Jacqui hat etwas zu feiern.«

»Wirklich? Das ist ja schön. Und was genau? Du hast doch nicht etwa Geburtstag?«

»Ich bin dem Vater meines Sohnes wegen des Besuchsrechts auf die Pelle gerückt. Früher habe ich bei Diskussionen mit ihm immer den Kürzeren gezogen, aber diesmal nicht.«

»Hey, Glückwunsch! Das sind ja wirklich gute Nachrichten. Ich weiß, wie sehr dich das belastet hat. Ausgezeichnet!« Er hob sein Glas, stieß mit ihr an und schenkte ihr ein warmes Lächeln. »War bestimmt nicht einfach.«

»Sie ist wie ausgewechselt«, meinte Lydia. »Nehmen Sie sich in Acht.«

Das Mahl mit den frischen, saftigen Krabben verlief recht zwanglos, denn alle benutzten zusätzlich zu den kleinen Gabeln ihre Finger, um das köstliche weiße Fleisch herauszupulen. Am Tisch herrschte ein herzlicher Umgangston, wie man es oft bei Großfamilien erlebte.

Als Cameron mit Jacqui zusammen Teller in die Küche trug, meinte er: »Als Einzelkind verpasst man einiges, nicht wahr?«

Sie nickte. Wie sie wusste, hatte auch Cameron keine Geschwister gehabt. Dann dachte sie an Jean-Luc. Er hatte zum Glück viele Freunde und Cousins.

Während der Kaffee serviert wurde, nahm Lydia Cameron beiseite, und sie gingen ins Wohnzimmer, um zu prüfen, ob die DVD funktionierte.

Cameron tauchte wieder in der Küche auf, als Jacqui gerade Geschirr in die Spülmaschine räumte. »Ich helfe dir nachher damit. Du musst rüberkommen und dir das ansehen.«

Der Schwarz-Weiß-Film war stellenweise verkratzt, doch binnen weniger Augenblicke hatten sich alle vor dem Fernseher versammelt, sogar die kleinen Kinder. Alle verstummten, als ein blutjunger Wally mit dunklem Haar und nacktem Oberkörper auf dem

Bildschirm erschien – er trug alte Shorts und Stiefel, hatte Speere und eine Speerschleuder bei sich. Er ging neben zwei älteren Aborigines her, auf deren nacktem Oberkörper die furchenartigen Narben ihrer Initiation deutlich zu erkennen waren. Sie schritten über offenes Gelände durch hohes Gras auf einen niedrigen Felsvorsprung und ein paar stämmige Bäume zu.

»Dieses Land kommt mir bekannt vor«, meinte Bobby.

»Ich weiß, wo das ist!«, platzte ein Junge heraus, einer von Lydias Neffen, der aber sogleich zu Ruhe ermahnt wurde.

Ein professioneller Sprecher erklärte aus dem Off: »Hier, im abgelegenen Kimberley in Westaustralien, wird diesem weißen Mann eine seltene Ehre zuteil. Er wird von den Ältesten seiner Aborigine-Frau in die besonderen Geheimnisse, die Männerangelegenheiten und das Wissen des Stammes eingeweiht. Da die Stammesältesten allmählich aussterben und die jungen Männer lieber auf Farmen oder in den Siedlungen des Outback leben, gerät das ehrwürdige Wissen dieses Volkes zunehmend in Vergessenheit, denn immer mehr junge Eingeborene und Mischlinge entscheiden sich für den Lebensstil der Weißen.«

Nun zoomte die Kamera auf eine Frau mittleren Alters, die zusammen mit mehreren kleinen Kindern und zwei dösenden Hunden im Schneidersitz unter einem Baum saß. Sie webte gerade einen Korb, blickte auf und schenkte der Person hinter der Kamera ein breites Lächeln.

»Das muss Elsie sein«, flüsterte Lydia.

»Den Korb kenne ich!«, rief Jacqui aus. »Den hat Wally immer noch!«

Was Elsie in einem stark mit Aborigine-Dialekt durchsetzten Englisch erzählte, wurde mit Untertiteln wiedergegeben: »Unsere Gebräuche gehen auf die ersten Tage zurück, die Traumzeit-Tage, als unser altes Volk das Wissen erhielt: von der Entstehung des Landes, seinen Geschichten und wie wir auf unser Land und unsere

Kultur achtgeben müssen. Hier oben sind alle von unserem Land verschwunden. Sie arbeiten und leben in der Welt der Weißen. Deshalb haben die Alten meinen Mann Wally ausgewählt, um ihm das Wissen zu übergeben, und so geben wir es an unsere Enkelkinder weiter, halten es am Leben, und auch unsere Kultur …«

»Wow«, staunte Jacqui.

Lydia stupste Cameron an. »Das ist ein wichtiges Dokument.«

»Ich weiß«, erwiderte er leise.

Im weiteren Verlauf sah man, wie Wally gekonnt einen Bumerang warf und beim Rückflug auffing und dann mit einem Speer ein kleines Känguru erlegte. In der nächsten Szene wurde es unter Anleitung der alten Männer über einem Lagerfeuer gebraten. Dann war wieder Elsie zu sehen, wie sie in einem Wasserloch Seerosenwurzeln pflückte und diese zwischen zwei Steinen zu Mehl zerrieb.

»Die australischen Aborigines machen für sich geltend, schon vor Tausenden von Jahren Brot gebacken und auf ihrem Land Nutzpflanzen angebaut und zu allen Jahreszeiten geerntet zu haben, während sie durchs Land zogen. Damit waren sie die ersten Ackerbauern des australischen Kontinents.«

»Wirklich?«, murmelte Cameron. »Erstaunlich.«

»Ja, und fragen Sie uns mal nach Carbon Farming«, warf Lydia ein. »Unser Volk betreibt seit Jahrhunderten kontrolliertes Abbrennen von Savannenland. Jetzt weiß man, dass sich dadurch nicht nur Buschbrände verhindern, sondern auch Kohlendioxidemissionen verringern lassen. Da lässt sich gutes Geld mit Emissionszertifikaten verdienen. Ich habe bereits ein paar Ideen in dieser Richtung.«

»Lydia wird als erste Aborigine Premierministerin werden«, witzelte einer ihrer Neffen.

»Werde du erst mal groß, dann wird dir das Lachen schon vergehen, Bürschchen«, erwiderte Lydia und gab ihm einen scherzhaften Knuff.

»Das ist alles höchst interessant«, stellte Jacqui fest, als es auf dem Bildschirm kurz schwarz wurde, ehe der Abspann lief.

Cameron nickte. »Ich hatte gehofft, dass es nützlich sein könnte.«

»Wally und seinen Leuten wird das emotional ziemlich nahegehen«, gab Lydia zu bedenken. »Und wir haben das kulturelle Problem, dass Bilder von Verstorbenen gezeigt werden. Für mich als nur halbe Aborigine ist das okay.«

»Ich schlage vor, wir zeigen den Film zuerst Wally und lassen ihn dann entscheiden, was damit geschehen soll«, sagte Cameron.

»Eine gute Idee«, meinte Lydia. »Und jetzt nehmen wir uns das Eis vor.«

Zwei Tage später, als Jacqui gerade Kunden in ihrem Laden beriet, rief Cameron an.

»Hi, hast du gerade Zeit?«

»Nein, jetzt passt es gerade nicht – kann ich dich zurückrufen? Geht es um Wally?«

»Schön, dass dein Geschäft gut läuft. Ich muss zu Besprechungen nach Perth. Und wollte dir eigentlich nur sagen, dass Wally sehr gerührt war, als er diesen Film mit Elsie gesehen hat. Vielleicht willst du mal auf einen Sprung bei ihm vorbeischauen?«

»Geht es ihm gut?«

»Ja, aber der Film hat viele Erinnerungen bei ihm geweckt. Ich glaube, er würde gern darüber sprechen. Möglicherweise täte es ihm gut, eine mitfühlende Zuhörerin zu haben.«

»Danke, dass du Bescheid gesagt hast. Ich gehe ihn heute Nachmittag besuchen, sobald ich den Laden zugesperrt habe.«

»Prima. Bis bald, Jac.« Er legte auf.

Nach der Arbeit fuhr Jacqui mit einem kleinen Umweg über die Konditorei zu Wally.

»Hey, Wally.« Sie steckte den Kopf zur Tür herein. »Ich bin's, Jacqui.«

»Hallo, meine Liebe, das ist ja eine schöne Überraschung. Ich habe gerade an dich gedacht.«

»Ich habe unsere Lieblingsleckerei gefunden: Maracuja-Käse-Kuchen. Möchtest du einen Tee? Oder ein Bier? Kaffee?«

»Tee geht immer«, grinste er. Das war eine der bevorzugten Redewendungen zwischen ihnen. »Und Maracuja auch!«

»O ja. Meine Mutter macht den köstlichsten Maracuja-Biskuit-Kuchen überhaupt. Mein Sohn und seine Freunde konnten gar nicht genug davon kriegen. Anscheinend kennt kein Mensch in Frankreich Maracuja. Nimm den Kuchen mit nach draußen, und ich koche uns Tee.«

Dieses gemeinsame Kuchenessen war zu ihrem Ritual geworden. Jacqui erkannte, wie sehr es ihr fehlte, solche kleinen Dinge für ihren Sohn, ihre Eltern oder einen Mann an ihrer Seite zu tun.

Auf der Terrasse stellte sie Wallys Teetasse auf den Tisch und legte ihm die Hand auf die Schulter. »Wie ist es dir ergangen, alter Freund? Als du diesen Film wieder gesehen hast?«, fragte sie leise.

»Ich glaube, ich habe ihn tatsächlich zum ersten Mal gesehen. Es war mir alles völlig neu. Aber er hat mich in diese Zeit zurückversetzt. Els ... wenn sie dieses Lächeln hatte ...« Seine Stimme brach. »Ihr Lachen ließ die Sonne aufgehen und die Vögel singen. Eine starke Frau mit einem großen Herzen, in dem immer Platz für Kinder und Tiere war. Und das haben sie gespürt. Es war schön, uns beide so zu sehen, draußen auf dem Land, mit diesem Gefühl von Freiheit.«

Jacqui setzte sich neben ihn, und eine Weile tranken sie nur schweigend ihren Tee.

»Wally, ich habe die künftigen Besuche meines Sohnes geregelt. Mein Ex-Mann hat mir wieder mal Scherereien gemacht.

Aber weißt du, was – diesmal habe ich mich gewehrt, und jetzt ist es entschieden! Jean-Luc wird mich weiterhin wie üblich besuchen kommen. Und ich überlege sogar, ob ich nicht auch mal Urlaub in Frankreich mache.«

Ein Lächeln malte sich auf Wallys Gesicht. »Das ist schön zu hören, meine Liebe. Ja, ich denke, du bräuchtest mal richtig Urlaub. Vor allem nach diesem Flugzeugdrama! Wie hat sich denn das alles ergeben?«

»Seltsamerweise hat gerade dieser Flugzeugabsturz einiges bei mir geradegerückt. Ich habe lange mit Cameron geredet, habe ihm von meinem Leben in Frankreich erzählt, und da fiel es mir wie Schuppen von den Augen: Ich muss eine Bestandsaufnahme machen und dann entsprechend handeln.«

»Klingt gut. Und ist Cameron auch mit sich ins Reine gekommen? Er scheint ebenfalls an einer Art Scheideweg zu stehen.«

»Wie kommst du darauf?«, fragte Jacqui neugierig.

»Ach, wir haben uns nach dem Film ein bisschen unterhalten. Er hatte eine Menge Fragen. Ich habe ihm gesagt, er soll sich an Eddie wenden.«

»Hat er's getan?«

»Ich glaube schon. Wenn ihm jemand beibringen kann, was hier oben wirklich zählt, ist es Eddie. Eine geborene Führungspersönlichkeit.«

»Eddie ist ein ganz außergewöhnlicher Mensch, keine Frage. Und dabei so sanftmütig und bescheiden. Weißt du, wer noch eine geborene Führungspersönlichkeit ist? Lydia!«

»Jepp. Das sehe ich ganz genauso. Ich habe mir schon immer gedacht, dass sie es noch weit bringen wird. Tatsächlich habe ich den Eindruck, dass unser Fleckchen Erde hier mittlerweile in guten Händen ist. Diese ganze Auseinandersetzung hat sicherlich vielen zu schaffen gemacht, aber erst in stürmischen Zeiten erweist sich, wer guten Willens ist und wer nicht.«

»Hoffen wir, dass die Gutwilligen gewinnen«, meinte Jacqui lächelnd.

»Ich denke, das tun sie bereits«, sagte Wally. »Wenn meine Zeit gekommen ist, kann ich jedenfalls in Frieden gehen.«

»Sag so was nicht.« Sie fasste nach seiner Hand.

»Ach, manchmal denke ich mir, ich möchte einfach nur unter einem Baum einschlafen und nicht mehr aufwachen. Die Erde spüren und den Himmel sehen. Nicht in irgendeinem Krankenhaus sein, mit Wänden drum herum und Maschinen …« Er hielt inne und schluckte. »Lass sie das nicht tun, Jacqui, ja? Lass es nicht zu, wenn du kannst. Richte das den Kindern von mir aus. Ich werde es ihnen auch selbst sagen, aber …«

»Wally, ich werde auf dich achtgeben, alter Freund. Ich verspreche es.« Jacqui spürte, wie ihr Tränen in die Augen stiegen.

Jacqui hatte wieder zu der beschaulichen Routine ihres Buchhändlerinnenlebens zurückgefunden. Abgesehen von den Wochen des Widerstands und der Unterstützung für das Protestcamp an The Point war der einzig echte Lichtblick in ihrem Leben die Zeit mit Jean-Luc gewesen. Die letzten Monate waren für sie gleichermaßen bedeutsam wie aufrüttelnd gewesen – und zweifellos turbulenter als all die letzten Jahre, die sie hier verbracht hatte. War es ein Anzeichen dafür, wie gut sie sich hier eingelebt hatte? Dass sie ein organischer Bestandteil dieser Gemeinschaft geworden war und an den Menschen hier, an ihrer Zukunft und ihrer Vergangenheit leidenschaftlich Anteil nahm? Zweifellos war Kimberley nicht einfach nur ein Ort, an dem man wohnte und seinen Lebensunterhalt verdiente, eine bloße Zwischenstation, bis es einen woandershin verschlug. Hatte sie hier, wie man sagte, »Wurzeln geschlagen«? Jacqui wusste nicht, ob sie den Rest ihrer Tage in Broome verbringen würde. Aber sie hatte verstanden, dass dieser kleine Kosmos, dieses multikulturelle, geschichtsträchtige und bunte Fleckchen am Rand einer weiten, urtümlichen Landschaft, ein Symbol für so vieles war: für Toleranz und die allmähliche Akzeptanz ethnischer Vermischung, die eine Folge der Landnahme durch die Weißen war; für die Würdigung des überlieferten Wissens der Aborigines und für ein Bewusstsein, das ihr weit zurückreichendes Erbe und ihre Kultur anerkannte; für die Schönheit und den Reichtum des Landes; für die zunehmenden Konflikte zwischen jenen, die Bodenschätze ausbeuteten, und den traditionellen Landbesitzern; und für die Probleme des Tourismus, der zur Zerstörung der Sehenswürdigkeiten beitrug, deretwegen die Menschen eigentlich herkamen. All das machte diese kleine Stadt und ihre Umgebung zum Mikrokosmos einer größeren Welt.

Dennoch war Kimberley auch eine Einheit für sich, von den abgelegenen Außenposten der Farmen, Gemeinden und Städtchen bis hin zu den Landschafts- und Meeresszenarien und Tieren, die man sich nicht vorstellen konnte, solange man sie nicht mit eigenen Augen gesehen hatte. Und dann gab es noch das Kleinod Broome. Jacqui wusste, dass diese Region in ihrer Gesamtheit weltweit einzigartig war.

Große Veränderungen konnten durch kleine, aber bedeutsame Ereignisse herbeigeführt werden. Sollte der Widerstand gegen Chamberlains am Ende erfolgreich sein, wurde er vielleicht zum Symbol für andere, die für ihr Dorf, ihre Stadt, ihr Land kämpften. Ob Sieg oder Niederlage – wer schwieg und resignierte, hatte schon verloren.

Als Jacqui die Bücherregale voller Träume, Abenteuer, historischer Geschehnisse, Essays und Weltfluchten entlangging, fragte sie sich, was die Geschichte dieses Ortes über diese Zeit, die sie durchlebten, einmal zu erzählen haben würde.

Sie erinnerte sich, was sie empfunden hatte, als sie nach Frankreich gekommen war – die Faszination über die Unterschiede, die zeitgeschichtlichen Zeugnisse, auf die man allerorten stieß, die kulturelle Andersartigkeit des Landes und seine *Bedeutsamkeit*. Verglichen damit war ihr ihr Heimatland – mit seiner jugendlichfrischen Flapsigkeit und der temperamentvollen, nassforschen Art, derer sich die Australier gern rühmten – als derb, unbedarft und kulturlos erschienen, worüber sie jetzt nur noch den Kopf schütteln konnte. Denn ihr war damals nicht bewusst gewesen, was für eine weit zurückreichende Geschichte Australien aufzuweisen hatte. Sie wusste, dass jedes Jahr Hunderttausende die Nachbildungen der Chavet-Höhle in Frankreich besuchen, deren Originale 35 000 Jahre alt sind. Hier, praktisch vor ihrer Haustür, gab es *Tausende* von Höhlen und Felsnischen mit Kunstwerken, die bis zu 65 000 Jahre alt waren, und ihre Geschichten lebten in den mündlichen Überlieferungen und Zeremonien der Nachfahren jener Künstler bis heute fort. Die hiesige Geschichte war sicherlich die älteste der Welt.

Ja, dafür lohnte es sich zu kämpfen.

Jacqui saß vor ihrem Laden, schlürfte einen Cappuccino und las das Lokalblatt, als Lydia sich auf den Stuhl neben ihr fallen ließ.

»Hallo. Mhmm, der Kaffee duftet wunderbar.«

»Ist das ein Wink mit dem Zaunpfahl? Ich bringe dir einen. Sylvia ist beschäftigt, sie gibt die Bestellungen für die Neuerscheinungen auf. Ist schön, wieder im Alltag angekommen zu sein.«

»Du hast dein Leben wieder in die richtige Spur gebracht.« Lydia lehnte sich zurück und verschränkte die Hände hinter dem Kopf. »Und ich bin gerade dabei, meines auf den Kopf zu stellen.«

»Wie? Was meinst du damit? Das hört sich nicht gut an. Warte, ich hole dir einen Kaffee.«

Mit einer neu gefüllten Tasse für sich und einem Cappuccino für Lydia kehrte Jacqui an den Tisch zurück. »Also, inwiefern stellst du dein Leben auf den Kopf?«

Lydia nahm einen Schluck, dann stellte sie die Tasse behutsam auf den Unterteller und sah Jacqui mit einem schiefen Lächeln an. »Ich habe gerade meinen Job gekündigt.«

Jacqui starrte sie einen Moment lang nur an und fasste dann nach der Hand ihrer Freundin. »Lydia, ist alles in Ordnung mit dir? Du bist doch nicht etwa krank oder so?«

»Nein, mein letztes Stündlein hat noch nicht geschlagen«, grinste Lydia. »Na ja, oder vielleicht doch. Ich orientiere mich beruflich neu.«

»Du tust es also wirklich? Du gehst in die Politik?«, rief Jacqui aus. »Ich dachte, das wäre eher langfristig geplant gewesen.«

»Nein, das nicht. Aber so ähnlich. Ich steige in die Verwaltung ein. In gewisser Weise ist das auch Politik, denke ich, aber fürs Erste bedeutet es, dass ich mit guten Leuten aus meiner Community und auch von außerhalb zusammenarbeite, um zu Ergebnissen zu kommen, von denen alle gleichermaßen profitieren. Momentan neigt sich die Waagschale zu Ungunsten meines Volkes. Wir brauchen ein faireres Verhältnis, und ich denke, ich kann meinen Teil dazu beitragen.«

»Mit so etwas habe ich fast schon gerechnet«, meinte Jacqui bedächtig. »Es ist ein naheliegender Schritt für dich. Während aller Augen auf Eddie als den führenden Kopf dieser Kampagne gerichtet waren, hast du die praktische Arbeit gemacht.«

»Na ja, aber Eddie ist unsere Inspirationsquelle, unser Leitstern. Er ist derjenige, den wir in der Bundespolitik haben wollen. Ich bin nur die Scharfmacherin im Hintergrund. Aber ich kann mit Leuten reden, verhandeln, mich ausdrücken, öffentlich meine Meinung kundtun und so … als PR-Frau würde ich mich allerdings nicht gern bezeichnen, eher als eine, die ihre Stimme gegen die Mächtigen erhebt. Ich kämpfe für das, was ich für richtig halte, auch wenn es unpopulär ist. Es geht darum, das Risiko nicht zu scheuen und sich für andere einzusetzen, besonders für die, die das nicht selbst können oder wollen … Entschuldige, jetzt klinge ich wirklich schon wie eine Politikerin.« Sie blickte Jacqui an. »Manchmal macht es mir Angst, aber ich weiß, dass meine Familie, mein Volk und meine Freunde das von mir erwarten. Und ich auch von mir selbst.«

»Ich bin echt stolz auf dich«, sagte Jacqui sanft. »Du tust einen großen Schritt. Wir können uns glücklich schätzen, dich zu haben. Was hat dein Chef im Sender dazu gesagt? Wird Jason deine Stelle übernehmen?«

»Ja, zweifellos. Jason weiß, dass er, wenn nötig, auf meine Hilfe zählen kann. Aber bei ihm läuft's gerade großartig. Ehe wir's uns versehen, hat er vielleicht schon zu einem Sender in der Hauptstadt gewechselt. Der Intendant in Perth hat mich für verrückt erklärt, doch er bewundert meine Courage.«

»Deinem Engagement für die Sache steht also nichts mehr im Weg. Hast du Wally schon davon erzählt? Das wird ihn bestimmt sehr interessieren. Und auch, wie er dich dabei unterstützen kann«, sagte Jacqui.

»Nein, ich habe noch nicht mit ihm gesprochen. Übrigens arrangiert dein Kumpel Cameron gerade irgendetwas in Perth, ich weiß nicht genau, was. Offenbar soll ein Treffen mit Eddie, Arthur, einigen Lokalpolitikern und Leuten von Chamberlains stattfinden. Und Cameron meinte, er hätte mich auch gern dabei. Ich unterhalte mich gleich nachher noch mit ihm darüber. Aber ich dachte mir, ich weihe dich schon mal in all die Neuigkeiten ein.«

»Wird Daryl Johnson auch bei der Besprechung sein?«

»Höchstwahrscheinlich.«

»Hast du Cameron schon von deiner beruflichen Neuorientierung erzählt?«, wollte Jacqui wissen.

»Ich glaube, Eddie hat es ihm gesagt. Eddie ist ziemlich erledigt von all diesen Meetings und Konferenzen. Ihm gefällt diese Vorgehensweise nicht. Er wollte ja die Politiker dazu bewegen, dass sie hierherkommen, sich an The Point mit ihm zusammensetzen und dort alles bereden. Aber natürlich vergeblich, leider.«

»Eddie hat sich wirklich aus dem Fenster gelehnt, um ihnen begreiflich zu machen, um was für eine komplexe Sache es bei alldem geht.«

»O ja, das hat er in der Tat, der arme Kerl.« Lydia leerte ihre Tasse. »Danke, das habe ich jetzt gebraucht.« Sie stand auf. »Ich bin froh, dass du mein Vorhaben gut findest. Meine Familie steht auch hinter mir und scheint nicht einmal sonderlich überrascht zu sein. Der eine oder andere Kollege und ein paar Geschäftsleute sehen in mir bloß eine großmäulige indigene Unruhestifterin.« Sie grinste. »Und das ist mir ganz recht so.«

Jacqui sprang auf und schlang die Arme um ihre Freundin. »Ich finde dich große Klasse und hab dich sehr gern!«

Nachdem Lydia gegangen war, kehrte Jacqui gedankenverloren zu ihrer Arbeit zurück.

»Hallo, Jacqui, meine Liebe!«

Jacqui sah auf und strahlte. »Lily! Schön, dich zu sehen! Ist Sami auch da?«

»Sie musste dringend zurück nach Perth. Die Kunstausstellung ruft. Aber sie wollte bald wieder raufkommen, sie hat hier einige wundervolle Künstler entdeckt, ebenfalls noch recht jung. Außerdem möchte sie dir etwas schenken und hat mir damit einen guten Vorwand geliefert, heute bei dir vorbeizuschauen. Hier ist es.«

»Das wäre doch nicht nötig gewesen!« Jacqui nahm den harten, flachen Gegenstand entgegen, den Lily ihr reichte. Ein kleineres, ebenfalls in Papier gewickeltes Päckchen war auch dabei.

»Sie hat an dich gedacht und daran, was du alles für die Stadt tust. Das Autorenfestival war ja ein voller Erfolg. Und du hast mir so aufmunternd zugeredet, an meinem Buch weiterzuarbeiten.«

»Wie kommst du voran? Ich würde es zu gern lesen, sobald du fertig bist. Über deine Familie weiß ich ja nicht mehr als das, was ich im Museum erfahren habe!«

»Ich hab's fast geschafft. Ich wüsste gern deine Meinung dazu, wenn es so weit ist. Es geht viel um die Geschichte dieses Ortes.«

»Dann wird Wally es auch unbedingt lesen wollen, da bin ich mir sicher. Er hat aufgeschrieben, was ihm Elsies Älteste beigebracht haben, die Geschichten, die Zeremonien und ihr Wissen. Die Nachwelt braucht solche Geschichten aus der Vergangenheit in gedruckter Form. Wer hebt schon E-Mails oder Facebook-Posts auf?«, lachte Jacqui, während sie das größere Geschenk auspackte.

Das große Päckchen enthielt eine Muschel von der Größe eines Untertellers. In die Perlmuttoberfläche waren dramatische blutrote Zacken und Wellenlinien eingeritzt.

»Das ist ein spezielles Riji, ein Perlmuschelschmuck, der von unseren älteren männlichen Künstlern hergestellt wird. In die Rillenmuster wird Ocker gerieben, um sie hervorzuheben. Hier sieht man die drei Schlangen, die unsere rote Küste symbolisieren«, erklärte Lily.

»Es ist fantastisch«, rief Jacqui.

»Perlmutt steht für Wasser, bedeutet also Leben. Rijis werden von Männern getragen, wurden aber auch verschenkt oder gehandelt. Manche hat man Hunderte Kilometer von ihrem Herkunftsort entfernt gefunden.«

»Das ist wirklich etwas Besonderes.« Jacqui war überwältigt.

»Üblicherweise bekommen junge Männer sie bei ihrem Eintritt ins Erwachsenenleben. Ich habe mir gedacht, du könntest es vielleicht Jean-Luc schenken.«

»Lily, mir fehlen die Worte.« Jacqui spürte, wie ihr die Tränen kamen. »Zweifellos wird Jean-Luc davon begeistert sein.«

Lily griff nach dem kleineren Präsent. »Das ist ein Perlmuttarmreif mit eingeritzten Mustern von einem der jungen Künstler. Ich fand ihn hübsch. Und es ist auch ein Muster von The Point. Sie haben sich alle der Kampagne für den Erhalt von The Point angeschlossen.«

»Er ist wirklich schön.« Jacqui streifte sich den Reif übers Handgelenk. »Toll – vielen Dank!«

Lily ergriff ihre Hand. »Manchmal nehmen wir es als gegeben hin, was Menschen füreinander tun. Egal, was aus diesem schrecklichen Gasförderprojekt wird oder was die sonst dort suchen, manchmal vergessen wir Alteingesessenen, uns bei denen erkenntlich zu zeigen, die später hierhergezogen sind und mit uns und für uns kämpfen. Menschen wie du. Es ist nur eine Geste, Jacqui. So, jetzt zeig mir, was an Neuerscheinungen reingekommen ist. Allison und mir ist der Lesestoff ausgegangen.«

Zwei Tage darauf war Jacqui an der Reihe, frische Lebensmittel zu The Point zu fahren. Die Begeisterung und die Entschlossenheit, Chamberlains die Stirn zu bieten, war nach wie vor ungebrochen. Jacqui wurde fröhlich begrüßt, und Leute eilten herbei, um ihr behilflich zu sein und Neuigkeiten auszutauschen.

So viele von ihnen hatten über Monate hinweg ihre Zeit geopfert, ihre Leidenschaft und ihre Talente eingebracht, und sie dachten nicht im Traum daran aufzugeben. Während Frühstückstee gekocht wurde, suchte sich Jacqui einen Stuhl im Schatten und begann mit den anderen zu plaudern. Gleich darauf tauchte eine hübsche schwedische Helferin aus dem Kommunikations- und Medienzelt auf und bot ihr ein Glas Saft an.

»Danke. Ich habe Sie hier schon einmal gesehen«, stellte Jacqui lächelnd fest.

»Ja. Gerade war ich ein paar Tage weg, um Wale zu beobachten. Es war überwältigend! Jetzt ziehen sie weiter nach Süden.«

»Schön, dass Sie wieder hier sind. Gibt es etwas Neues?«

»Wir haben eben erfahren, dass in Perth ein größeres Treffen stattfindet. Da ist irgendwas im Busch. Eddie hat eine Ansprache gehalten. Es sind etliche Leute dort, und die Gerüchteküche brodelt. Für den späteren Nachmittag ist in Perth eine Pressekonferenz angekündigt.«

»Vor der Küste von The Point herrscht neuerdings viel Betrieb«, sagte einer der Männer. »Könnte sein, dass sie versuchen, schweres Gerät über den Seeweg herzubringen. Das haben sie ja schon mal probiert.«

»Und weiter im Landesinneren, wo sie angeblich die Rechte dazu erworben haben, haben sie viel gerodet und Probebohrungen gemacht«, berichtete ein anderer.

»Möglicherweise brauchen wir Verstärkung. Wir haben ja noch eine Gruppe auf Abruf«, warf ein dritter ein.

Jacqui trank ihren Saft aus und verabschiedete sich, denn sie wollte möglichst schnell in ihren Laden zurück. Nachdem sie den Müll eingesammelt hatte, den sie später im städtischen Recyclinghof abgeben würde, fuhr sie auf der unbefestigten Straße zurück.

Kaum hatte sie wieder Handyempfang, piepte ihr Telefon mehrmals und kündigte SMS-Eingänge an. Zunächst reagierte Jacqui nicht darauf, aber als weitere Textnachrichten kamen, hielt sie am Rand der roten Sandpiste an und checkte ihr Handy.

»Jede Menge Action in Perth – schalte Radio und TV ein! Presseerklärung folgt«, schrieb Lydia.

Camerons SMS lautete: »Wallys Film hat sie aufgerüttelt!«

Und schließlich war da eine Nachricht von ihrer Mutter: »Was ist dort droben los? Hab was in den Nachrichten gehört.«

Jacqui wählte Lydias Nummer, erreichte aber nur den Anrufbeantworter. Dann versuchte sie es bei Cameron, der sich sofort meldete.

»Hi. Wo bist du?«

»Auf der Straße von The Point zurück in die Stadt. Was ist passiert?«

»Die Zeichen stehen anscheinend gut für dich. Wallys Film hat den Ausschlag gegeben. Dank dem Mabo-Urteil gibt es ja bereits jede Menge Belege, was die ökologischen Aspekte und die Songlines und die Landrechte der Aborigines angeht. Aber dieses Filmmaterial liefert das entscheidende Glied in der Kette, indem es die bis heute fortbestehende Verbindung mit dem Land dokumentiert. Anhand einer Familie, die eine solche Verbindung zum Land hat, wird eben alles, was ihr an Argumenten vorgebracht habt, viel konkreter. Ich wünschte, Wally wäre dabei gewesen. Der New Country Leadership Trust ist komplett auf Eddies Linie eingeschwenkt, das war großes Kino. Und mit Daryl hatte ich ein längeres Gespräch. Offenbar soll es heute noch eine offizielle Stellungnahme geben.«

»Eine Stellungnahme wozu? Kommt das nicht alles ein bisschen plötzlich? Wollen sie etwa abziehen? Von The Point verschwinden?«

»Ich möchte da nicht vorweggreifen. Es sind auch etliche Joint-Venture-Leute aus dem Ausland da. Allerdings mache ich mir Sorgen um Eddie. Das alles nimmt ihn enorm mit. Er hat sich großartig geschlagen, aber jetzt ist er am Ende seiner Kräfte.«

»Meine Güte, er braucht dringend eine Pause. Ist jemand von seiner Familie bei ihm?«

»Ich habe ein Auge auf ihn. Trotz allem ist er immer noch so entschlossen, so gefasst und konzentriert!«

»Cameron, auf welcher Seite stehst du? Wen unterstützt du in dieser Sache?«, fragte Jacqui plötzlich.

»Jac, ich habe dir doch schon gesagt, ich versuche mich auf keine Seite zu schlagen. Aber mit der derzeitigen Situation sind alle unglücklich. Ich versuche zu vermitteln und einen gangbaren Weg zu finden. Wallys Film war ein Volltreffer. Daryl steckt in einer Zwickmühle, und die Regierung möchte klare Verhältnisse. Alle verlieren hier Geld. Und niemand will auch noch sein Gesicht verlieren.«

»Unsere Leute werden sich auf keinen Kompromiss einlassen. Ich kann nur hoffen, dass sie sich nicht allzu viel von alledem erwarten«, seufzte Jacqui. »Und wohin geht es für dich als Nächstes? Zurück nach Sydney? Ist dein Job hier dann erst einmal beendet?«

»Nein, ich bleibe noch in der Gegend, muss mir vielleicht irgendwas zur Miete suchen. Diese Verhandlungen werden sich hinziehen. Und danach wartet noch eine andere Aufgabe auf mich.«

»Na gut. Bitte gib auf Eddie acht, ja? Obwohl Lydia das bestimmt auch tut.«

»Ja, aber sie ist immer auf Achse und wird ständig in Beschlag genommen. Diese Frau ist das reinste Energiebündel, sie wird noch viel bewirken. Entschuldige, ich muss los. Telefonieren wir noch mal nach der Presseerklärung?«

Jacqui fuhr auf der verlassenen Straße weiter, die ihr inzwischen so vertraut war. Trotz allem befürchtete sie, dass die Sache nicht wie erhofft ausgehen würde. Es kam ihr einfach zu unwahrscheinlich vor. Und welche Rolle spielte Cameron dabei? Rührte ihre Vertrautheit und Verbundenheit nur daher, dass sie gemeinsam die bedrohliche Krisensituation am Lake Disappointment durchgestanden hatten? Allmählich hatte sie Vertrauen zu ihm gefasst und mochte ihn auch, wie sie sich eingestehen musste. Hatte womöglich die enttäuschende Affäre mit Damien ihre Urteilskraft getrübt?

»Genug, zurück ins Hier und Jetzt«, ermahnte sie sich.

Mehrere Leute schauten kurz bei ihr im Laden vorbei und fragten, ob sie etwas von Lydia gehört habe und was es mit dieser Presseerklärung auf sich habe. Die Nachricht schien sich in Windeseile in der Stadt zu verbreiten. Jacqui erfuhr auch, dass sich etliche Unterstützer und Sympathisanten der Protestbewegung im Pub versammelt hatten.

Sie rief Wally an. »Es soll eine Presseerklärung geben – kommst du auch in den Pub oder hängst du vor deinem Radio?«

»Bei mir läuft ABC. Willst du vielleicht bei mir vorbeikommen, meine Liebe? Es ist ja, wohlgemerkt, noch nichts spruchreif, aber mein Gefühl sagt mir, dass es wichtige Neuigkeiten geben wird. Denn da sitzen einfach zu viele große Tiere beisammen.«

»Ich komme nach Ladenschluss vorbei.«

Jacqui versuchte sich auf das Geschäft zu konzentrieren. Als sie während einer Kundenflaute auf die Uhr sah, stellte sie fest, dass in zehn Minuten die Vier-Uhr-Nachrichten begannen. Sie hängte ein Schild an die Ladentür, sperrte ab und ging zum Pub auf der anderen Straßenseite.

Für einen Mittwochnachmittag hatten sich ungewöhnlich viele Leute an der Bar versammelt.

Bobby Ching entdeckte Jacqui und organisierte ihr einen Platz. »Willst du was trinken, Jacqui?«

»Gern, Bobby, danke.« Sie warf einen Blick auf den Fernseher über der Bar. »Gibt es schon irgendwas Neues?«

»Nee, es läuft das normale Programm. Vielleicht ist ja alles nur ein Sturm im Wasserglas. Diese Typen legen sich doch nie verbindlich fest, die halten sich immer ein Hintertürchen offen.«

Für Jacqui war es ungewohnt, so viele Bekannte hier zu treffen, denn normalerweise ging sie nur in den Pub, wenn die Pigram Brothers oder lokale Bands spielten.

Da drehte der Barkeeper die Lautstärke des Fernsehers hoch, und alle verstummten, als die Nachrichten begannen.

Verschiedene Schlagzeilen wurden eingeblendet, und plötzlich …

»Wir haben eine Eilmeldung aus Perth. Eine geplante Erdgasförderanlage auf der Dampier-Halbinsel hat zu einem anhaltenden Rechtsstreit zwischen Chamberlains Industries sowie deren Joint-Venture-Partner einerseits und Landtitelinhabern sowie der lokalen Bevölkerung andererseits geführt. Nach langwierigen Verhandlungen scheint man nun zu einer Lösung gekommen zu sein. Wir schalten live zu unserem Reporter David Maine.«

Für einen Moment war Jacqui abgelenkt, als sie auf dem Bildschirm Eddie, Daryl Johnson, die Chamberlains-Anwälte, zwei Abgeordnete, einen Minister und – ganz am Rand, von der Kamera gerade noch erfasst – einen gleichmütig wirkenden Cameron erblickte.

Sie hörte wieder genauer zu, als Daryl Johnson zu sprechen begann.

»... und in Anbetracht der derzeitigen wirtschaftlichen Lage und der Marktsituation, der Probleme und des anhaltenden Widerstands in einem extrem schwierigen äußeren Umfeld haben sich Chamberlains Industries und unsere Partner entschieden, unsere Pläne zum Bau einer Erdgasförder- und -verflüssigungsanlage an The Point an der Küste von Kimberley in West Australia momentan nicht weiter zu verfolgen. Die Erschließung der dortigen Offshore-Gasvorkommen bleibt jedoch unser langfristiges Ziel.«

Der Reporter stellte Johnson Fragen, was jedoch in allgemeinem Jubelgeschrei, Klatschen und Fußgetrampel der Gäste das Pubs unterging. Ein paar Leute rannten jubelnd hinaus auf die Straße.

Bobby klopfte Jacqui auf den Rücken. »Sie haben aufgegeben! Wir haben gewonnen!« Ringsum klingelten Telefone, und die Angestellten hinter dem Tresen wurden mit Bestellungen bestürmt.

Jacqui umarmte Bobby und erklärte, dass sie in ihren Laden zurückmüsse. Während sie nach draußen eilte, strömten noch mehr Leute in die Kneipe. Tränen liefen Jacqui übers Gesicht. Es war beinahe zu viel für sie.

Mit zittrigen Händen sperrte sie die Ladentür auf, schloss sie hinter sich und atmete mehrmals tief durch. Die Stille und der vertraute Geruch beruhigten sie. Sie ging zur Kaffeemaschine, und als ihr Cappuccino fast fertig war, klingelte ihr Handy. Sie hoffte, dass es Lydia war, von der sie bereits mehrere Textnachrichten erhalten hatte.

»Ich bin's. Freust du dich?« Cameron sprach ruhig und emotionslos.

»Na klar! Ich bin total platt. Das kam ja ganz überraschend. Aber ich freue mich. Die ganze Stadt steht kopf. Und wie geht es dir?«

»Ich freue mich für dich.«

»Lydia ist bestimmt völlig aus dem Häuschen. Wie geht es Eddie?«

»Er ist sehr erleichtert, aber erschöpft. Diese Sache hat ihm einiges abverlangt. Und Lydia wird von den Medien geradezu umlagert, die Journalisten sind begeistert von ihr.«

»Na ja, sie weiß eben, was die Medien hören wollen«, meinte Jacqui und nippte an ihrem Cappuccino. »Sag mal, ist das Ganze wirklich vorbei oder nur verschoben?«

»Sie werden versuchen, die Förderanlage auf eine Art schwimmende Bohrinsel vor der Küste zu verlagern oder auch in eine ganz andere Gegend. Die Umwelt ist damit also noch nicht gerettet. Das Problem ist erst einmal nur verschoben. Außerdem gibt es noch weitere Möglichkeiten, etwa eine Gaspipeline nach Pilbarra. Diese Erkenntnis hat Chamberlains und seine Partner allerdings ein paar Jahre und ein paar Milliarden Dollar gekostet.«

»Du wirst also weiter für deinen Auftraggeber kämpfen?«

Die Türglocke bimmelte, und aufgeregte Stimmen riefen von draußen nach Jacqui.

»Ich stehe nicht so auf Kämpfen. Mehr auf ehrliches Abwägen und Verhandeln«, erwiderte Cameron. »Und du hast ziemlich einflussreiche Freunde – Lydia, Wally, Eddie … Hör mal, ich bringe Eddie nach Hause. Hier sind jetzt alle beschäftigt und feiern. Ich habe sowieso noch ein paar Dinge bei euch oben zu erledigen. Morgen Nachmittag bin ich mit Eddie an The Point verabredet. Ich glaube, sie wollen eine kleine Dankesfeier abhalten. Würdest du auch hinkommen?«

»Sehr gern«, sagte Jacqui und lächelte, als sie das Gespräch beendete.

Im Laden versammelten sich jetzt Kunden und Freunde, die sich lebhaft unterhielten, lachten und einander in den Armen lagen.

Unversehens tauchte auch Sylvia auf. »Ich habe gerade die Nachrichten gehört und mir gedacht, du kannst vielleicht Hilfe gebrauchen. Nicht unbedingt beim Bücherverkauf, aber beim Kaffeemachen.«

»Wie umsichtig von dir! Vielleicht sollten wir einen Sekt aufmachen«, überlegte Jacqui.

Wie aufs Stichwort hielt Sylvia eine Flasche Champagner hoch. »Die ist für dich. Dein Freund Cameron hat mich angerufen und gebeten, dir eine in seinem Namen zukommen zu lassen. Ich wollte sie dir dann gleich persönlich vorbeibringen.«

»Ach, wie reizend von ihm! Danke, Sylvia. Aber die hebe ich vielleicht lieber für später auf.« Zu gern hätte sie den Champagner jetzt mit Lydia getrunken. »Ich muss noch bei Wally vorbeischauen. Und Jean-Luc anrufen.«

Nachdem alle gegangen waren, checkte Jacqui ihre SMS-Eingänge und sah, dass auch eine Nachricht von Lydia darunter war: »Tolle Neuigkeiten! Bin noch beschäftigt. Müssen feiern, wenn ich zurück bin. Cameron war eine große Hilfe.«

Mit einem Lächeln auf den Lippen schloss Jacqui den Laden ab und machte sich auf den Weg zu Wally.

Sie umarmten sich und teilten sich ein Bier.

»Ich kann es immer noch nicht fassen«, meinte Jacqui mit einem Seufzer.

»Man darf eben nie vorzeitig aufgeben«, sagte Wally. »Alle haben Großartiges geleistet, vor allem die Leute draußen an The Point. Es wird Jahre dauern, bis die Menschen begreifen, wie wichtig der heutige Tag war.«

»Meinst du? Ich denke, alle sind einfach froh, dass wir einen Aufschub erreicht haben.«

»Es ist nicht nur das. Den Leuten ist noch nicht klar geworden, welche Bedeutung dieser Kampf hatte. Das war ein Meilenstein und ein Beweis dafür, was einzelne Menschen, eine Kleinstadt, weitsichtige Visionäre, kluge Älteste und Stammesanführer bewirken können. Sie haben nicht klein beigegeben, haben gestritten, Lobbyarbeit geleistet, für ihre Rechte demonstriert, gegen Habgier, eigennützige Interessen, die Regierung und Großkonzerne gekämpft, um unser Land und unser Meer, die Umwelt, unsere Stadt und unsere Lebensart zu erhalten. Die Leute werden sich daran erinnern, wie alle sich zusammengeschlossen haben … und wie sie gewonnen haben. Und sie werden es wieder tun, wenn es nötig ist. Um der Dinge willen, die wirklich wichtig sind: Familie, Kultur, Land, Gemeinschaft.« Am Ende dieser Rede hielt der alte Mann inne. »Ich werde dann nicht mehr da sein, aber ich hoffe, meine Kinder und Enkel werden sich für ihr Land und all das starkmachen.«

Jacqui betrachtete ihn gerührt. »Darauf lass uns trinken, Wally.« Sie stießen an, dann drückte sie ihm die Hand. Er hatte alles gesagt.

Erst später erfuhr Jacqui, dass anscheinend nur wenige Leute die gute Nachricht mit spontanen Feiern begingen. Die meisten saßen im Kreis ihrer Familien beisammen, sangen miteinander und vergossen Tränen. Freunde schlossen einander in die Arme. Alle waren erschöpft von diesen Monaten voller Angst. Nun war es an der Zeit, sich auszuruhen und zu entspannen.

Am Nachmittag des nächsten Tages trafen Cameron und Eddie wieder in Broome ein, und Jacqui holte Cameron danach von seiner Frühstückspension ab, um mit ihm zu The Point zu fahren.

»Willkommen zurück. Wie geht es Eddie?«

»Abgekämpft. Ausgelaugt. Er meinte, er braucht sein Zuhause, um wieder zu Kräften kommen. Er ist ein außergewöhnlicher Mensch. Hat stets eine unglaublich starke Ausstrahlung. Er lässt keine Hasstiraden vom Stapel, schimpft nie, wird niemals zornig. Trotzdem hat man immer gespürt, wie es ihm geht. In seine Stärke mischte sich etwas Tieftrauriges. Alles, was er sagte, kam aus vollem Herzen. Es war nahezu unmöglich, ihm zu widersprechen oder mit ihm zu streiten.«

Jacqui nickte. »Und mit Lydia war es vermutlich ganz ähnlich. Es ist, als spielte sie plötzlich in einer anderen Liga.«

Als sie die Stadt hinter sich ließen, deutete Cameron auf die Gebäude, die Chamberlains als lokalen Stützpunkt hatte errichten lassen. »Schau.«

»Oh. Na, so was …« Der Kran, auf den Peggy geklettert war, war verschwunden, das Gelände wirkte verlassen.

»Sie sind weitergezogen«, bemerkte Cameron.

Als sie auf die Küstenstraße abbogen, meinte Jacqui: »Ich habe das Gefühl, als würde ich diese Straße mittlerweile in- und auswendig kennen. All diese Fahrten zum Protestcamp und zurück. Was für ein immenser Aufwand. Viele von den Aktivisten haben das Camp kein einziges Mal verlassen.«

»Tatsächlich war ich noch nie an der Küste von The Point, bin nur einmal mit dem Hubschrauber drübergeflogen. Eine atemberaubende Landschaft.«

»Jean-Luc und ich haben mal hier draußen mit Lydia und ihrer Familie übernachtet, mit all den Onkeln und Tanten, Eddies Familie … das war ein ganz besonderes Erlebnis«, erzählte Jacqui. »Hier hat Jean-Luc auch Peggy kennengelernt. Ich finde es schön, dass sie offenbar immer noch Kontakt zueinander halten. Gestern Abend habe ich ihn angerufen, er war so froh über diesen Ausgang. Und kann es gar nicht erwarten, wieder herzukommen. Mir scheint, er lebt ganz gern in zwei verschiedenen Welten.«

»Wer weiß, eines Tages kommt womöglich auch mal Jean-Lucs Vater her, um herauszufinden, warum sein Sohn so sehr an alldem hängt. Wohlgemerkt, wenn genug Zeit verstrichen ist. Vielleicht will er Australien dann durch die Augen seines Sohnes sehen und begreifen, was den Jungen hierherzieht«, meinte Cameron bedächtig. »Und dann wird er es auch eher verstehen.«

Jacqui blickte kurz zu Cameron hinüber. »Daran habe ich nie gedacht. Ich hoffe, du hast recht.« Der Gedanke hatte etwas zutiefst Beruhigendes.

Zu Jacquis Erstaunen war das Blockadegelände menschenleer. Einige übrig gebliebene Transparente wehten in der Brise, und auch das Medienzelt stand noch da, allerdings ohne die Technik darin. Etliche übereinandergestapelte Kisten mit Habseligkeiten und Krimskrams warteten auf den Abtransport.

Jacqui und Cameron wanderten umher und bemerkten den Ring aus rußgeschwärzten Steinen, wo das zentrale Lagerfeuer gewesen war und sich bereits roter Sand auf die erloschene Asche gelegt hatte.

»Es sieht jetzt so trostlos aus. Dabei tobte hier der Bär, da war so viel Action und Leidenschaft … aber immerhin kommen wir ungehindert zum Strand durch.«

Als sie die Dünen hinauffuhren und auf den Sandstreifen hinabblickten, glänzte das Meer in der Spätnachmittagssonne wie poliertes Gold. Von einem kleinen Lagerfeuer in der Nähe, um das mehrere Leute saßen, stieg Rauch auf.

Cameron stieg aus und betrachtete die Szenerie. »Zauberhaft«, sagte er leise. »Es ist wirklich ein ganz außergewöhnlicher Ort.«

Jemand am Lagerfeuer winkte ihnen zu.

»Komm!« Jacqui hatte Lydia erkannt und rannte über den Strand zu ihr.

Sie umarmten sich. Lydia wirkte müde. »Das Leben steckt voller Überraschungen, nicht wahr?«, meinte sie mit einem erschöpften Lächeln.

»Ich bin so stolz auf dich«, sagte Jacqui.

»Alle haben getan, was sie konnten. Einschließlich Cameron«, erwiderte sie leise, während Cameron Arthur und Phillip Knowles die Hand schüttelte und mit Tante Vi bekannt gemacht wurde.

Sie nahmen am Feuer Platz. »Wie geht es für dich nun weiter?«, fragte Jacqui ihre Freundin.

»Ich habe eine ganz besondere Aufgabe vor mir. Eine ziemlich anspruchsvolle«, antwortete sie lächelnd.

»Nämlich?«

»Die Aufnahme von Kimberley als Weltkultur- und -naturerbestätte in die Liste der UNESCO. Dann wäre die Region geschützt – aufgrund ihrer Kultur und auch weil sie eines der besterhaltenen Wildnisgebiete des Planeten ist. Ich arbeite mit einem Team zusammen, das das durchsetzen will. Und gleichzeitig möchte ich für den Bezirk kandidieren.«

»Wow, das ist klasse! Ich weiß, wenn das irgendjemand schafft, dann du. Du bist ein echtes Vorbild, Lydia, wirklich.«

»Was ist denn hier für heute Abend geplant?«, erkundigte sich Cameron und ließ den Blick über den weiten Strand schweifen.

»Wir wollen eine kleine Zeremonie abhalten. Arthur, Eddie und Vi nennen sie ›Besänftigung der Schlange‹. Ein Dankesritual.«

»Wo ist Eddie?«, fragte Cameron.

Lydia runzelte die Stirn. »Keine Ahnung. Er ist mit seiner Familie hergekommen. Aber du hast ihn gestern ja auch gesehen – er ist ziemlich erledigt. Diese Reise und die ganze Kampagne haben ihn sehr mitgenommen. Nicht nur körperlich, auch emotional. Ich frag mal, ob jemand weiß, wo er steckt.« Lydia wandte sich wieder ihrer Gruppe zu.

»Wollen wir einen kleinen Spaziergang machen, bis Eddie auftaucht?«, schlug Jacqui Cameron vor. »Dort bei den Felsen gibt es Dinosaurierfußabdrücke.«

Während sie am Strand entlanggingen, fragte Jacqui: »Und was hat Cameron North Enterprises als Nächstes vor?«

»Nun, es gibt noch mehr zu feiern als die Nachricht von Chamberlains' Rückzug. Ich habe einen neuen Klienten.«

»Aha? Wen denn?«

»Die Kana Foundation. Sie ist ziemlich neu, und Eddie ist ihr Schirmherr. Als Aborigine-Körperschaft vertritt sie in Umwelt- und Rechtsfragen die Interessen der Indigenen gegenüber der Regierung. Gelegentlich nehmen sie aber auch einen Weißen als Berater. Mein Glück.«

»Hat Eddie dir das vorgeschlagen? Weiß Lydia davon?«

»Na klar, sie haben sich für mich eingesetzt. Das war sehr hilfreich. Also habe ich bald ein Büro in Perth. Und einen guten Grund, immer wieder mal hier raufzukommen. Außerdem bin als Rechtsbeistand für eine neue Gesellschaft namens Art of the Kimberley tätig. Sie geht auf eine Idee von Palmer und Phillip Knowles zurück: Ihr Zweck ist die Förderung und der Schutz der hiesigen Kunst sowie die Suche und Erfassung vieler weiterer Kunstwerke. Offizieller Träger ist die Universität, allerdings großzügig finanziert von … rate mal … Daryl Johnson!« Grinsend beugte er sich zu ihr. »Du siehst, ich kann durchaus überzeugend sein.«

Jacqui lachte. »Gut gemacht. Ich nehme an, Lydia weiß von alldem? Ich erfahre es wohl als Letzte?«

»Ich habe ihr das Versprechen abgerungen, dass ich es dir selbst sagen darf.« Unversehens drückte er Jacqui einen flüchtigen Kuss auf die Wange. Erstaunt sah sie ihn an und erblickte erstmals einen ganz anderen Cameron. Doch er lachte nur. »Also, wo sind diese Fußabdrücke?«

Als sie später zurückgingen, sahen sie, dass sich am Ufer eine Gruppe von Leuten versammelt hatte.

»Anscheinend ist Eddies Familie eingetroffen«, sagte Jacqui. Sie lächelte Cameron an. Sie hatten sich zwanglos unterhalten, mit der Vertrautheit von Freunden, die sich schon lange kannten.

»Ich sehe Eddie aber nicht. Du?«, fragte Cameron und blinzelte in die Nachmittagssonne.

»Vielleicht ist er zu Hause geblieben.«

»Nein, dazu war ihm das zu wichtig …« Plötzlich rannte Cameron los.

Jacqui sah, wie er bei der Gruppe ankam, Lydia sich zu ihm umdrehte und ihn umarmte. Und da begriff sie.

Langsam näherte sich Jacqui den beisammenstehenden Menschen. Cameron löste sich von ihnen und kam auf sie zu, unfähig zu sprechen, mit kummervoller Miene. Er streckte ihr die Arme entgegen, und sie warf sich an seine Brust, weinte und schluchzte. Lydia gesellte sich zu ihnen, das Gesicht tränenüberströmt.

»Eddie ist vor ein paar Stunden gestorben. Das Herz«, erklärte sie, um Fassung ringend. »Er wollte unbedingt nach Hause, obwohl man ihm geraten hatte, in Perth ins Krankenhaus zu gehen.«

Cameron hielt die weinende Jacqui umschlungen und strich ihr übers Haar. »Vielleicht hat er es geahnt. Er wollte nicht fern von allem sterben, was ihm lieb und teuer war.«

»Wäre das alles nicht passiert, würde er vielleicht noch leben«, meinte Lydia. »Er hat einen schrecklich hohen Preis dafür bezahlt.«

Die Gruppe machte kehrt und ging langsam zu dem verglimmenden Lagerfeuer zurück. Die letzten Sonnenstrahlen ließen die zerklüfteten roten Klippen erglühen. Eine Weile standen die Menschen schweigend in einem Kreis beisammen und hielten sich an den Händen.

Jacqui lehnte sich Trost und Halt suchend an Cameron. Da ließ er ihre Hand los und zog sie an sich, während Lydia leise sprach:

»Seine Stimme fand Gehör, überall in Kimberley. Und sie wird auch von künftigen Generationen gehört werden. Das ist erst der Anfang.«

»Ich habe das Gefühl, ich könnte ewig schlafen«, meinte Cameron, als er am Sonntag kurz vor Ladenschluss bei Jacqui im Buchladen vorbeikam. »Nach dieser riesigen Bestattungsfeier für Eddie und all den Familientreffen …«

»Sie bringen ihn gerade hinaus in sein Land«, ergänzte Jacqui.

»Ja. In der Zwischenzeit muss ich Verschiedenes für ›Art of the Kimberley‹ und die Kana Foundation erledigen, die jetzt wichtiger denn je ist. Außerdem steht noch mein Umzug von Sydney an. Und wie schon gesagt, hält mich hier noch etwas anderes.«

»Was denn?«

»Du.«

»Was?« Lächelnd schaute sie ihn an. »Sei nicht albern. Was meinst du damit?«

»Ich möchte dir den Hof machen.«

Jacqui brach in Gelächter aus, wurde jedoch gleich wieder ernst, als sie seinen Gesichtsausdruck sah: eine Mischung aus verlegenem Lächeln, Beklommenheit und dem flehentlichen Bitten eines kleinen Jungen.

»Mir den Hof machen? Wie goldig. Aber Cameron …« Ihr fehlten die Worte. Dass er so eine altmodische Redensart gebrauchte und es offensichtlich ernst meinte, stürzte sie in Verwirrung. Von seiner steifen Kultiviertheit und dem geschäftsmäßigen Gebaren war nichts mehr übrig. »Warum?«, fragte sie. »Darüber sind wir doch inzwischen hinweg, oder nicht? Nach all den Jahren …«

»Ich habe mit zehn Jahren beschlossen, dass ich dich heiraten will«, erwiderte er.

»Du wolltest doch nie heiraten!«, entgegnete Jacqui.

»Du hast dich mal für mich eingesetzt. Erinnerst du dich, wie Jackson Donovan einen Ball in Mr. Andrews' Haus geschossen und es mir in die Schuhe geschoben hat? Du bist zu Mr. Andrews gegangen und hast ihm gesagt, dass ich es nicht war. Weil du mir aufs Wort geglaubt hast.«

»Tatsächlich? Das habe ich vergessen.« Jacqui musste lachen. »Du hast es nie erwähnt. Wir waren auch nie besonders enge Freunde.«

»Ich habe abgewartet. Und als du dann mit diesem Franzosen abgehauen bist, war ich völlig außer mir. Sag, wo hast du denn die Sektgläser?« Er stellte seine Umhängetasche ab und holte gekühlten Champagner heraus, die Flasche feucht von kondensiertem Wasser, und einen Strauß Rosen – ein wahrer Luxus in Broome.

»Das ist verrückt. Um Himmels willen, Cameron, wir haben doch ganz unterschiedliche … Lebensstile.« Ihr hatte »Interessen« auf der Zunge gelegen, doch sie wusste, dass er inzwischen verstanden hatte, weshalb und wofür sie diesen Kampf geführt hatten.

Cameron schenkte ihr ein breites Lächeln. »Ist schon in Ordnung. Ich werde ziemlich oft hier sein. Du wirst dich an mich gewöhnen.« Er entkorkte die Flasche.

Während Jacqui ihn anstarrte, sah sie plötzlich wieder den Jungen in ihm, den sie vor all den Jahren gekannt hatte. Und sie erinnerte sich, wie er sie geneckt und sie ihn getröstet und sich über ihn geärgert hatte. Wie gern ihre Eltern ihn gehabt hatten. Wie sie größer und älter geworden waren, Fehler machten, unterschiedliche Wege einschlugen.

Und jetzt waren sie auf einmal zusammen hier, ob beabsichtigt oder zufällig, jedenfalls auf dem gleichen Weg. Seite an Seite. Als hätte es so kommen müssen.

»Oh, du wirst mir noch lang den Hof machen müssen«, sagte sie schelmisch.

Er nickte eifrig. Und beide brachen in Gelächter aus.

Dank

Zwar sind Red Coast Books und Jacqui Bouchard reine Erfindung, aber es gibt einen echten und ganz wunderbaren Buchladen in Broome, The Kimberley Bookshop: Schauen Sie unbedingt mal rein, wenn Sie in Broome sind!

Und es findet auch tatsächlich alljährlich im August ein Autorenfestival in Broome statt: Corrugated Lines!

Ganz besonderen Dank an Jayne O'Flahertie-Binet, meine liebe Jugendfreundin aus unserer gemeinsamen Zeit als Journalistenschülerinnen.

Und an meinen geliebten Boris (Janjic) – für deine Liebe und dass du jeden Tag mit mir teilst.

Wie immer waren die unerschütterliche Liebe und die Unterstützung seitens meiner Kinder Dr. Gabrielle Hansen und Dr. Nicolas Morrissey ein kostbares Geschenk für mich. Ich bin so stolz darauf, wie ihr meine vier reizenden Enkel erzieht.

Ein liebevoller Dank geht an Mimi Morrissey und Rosemary Revitt, den sanftmütigen und großzügigen Damien Revitt sowie an David und Anna Revitt.

Und an Jane Novak, meine langjährige Freundin und jetzt Superagentin!

Herzlichen Dank auch an meine Freundin und Lektorin Liz Adams, und willkommen an Bord, Georgia Douglas! Ebenso wie immer allerherzlichsten Dank an meine Redakteurin Brianne Collins.

Und danke allen bei Pan Macmillan: Ross Gibb, Tracey Cheetham, Léa Antigny sowie der ganzen Vertriebs- und Marketingabteilung.

Ebenfalls wie immer geht auch ein Dankeschön an meinen Anwalt Ian Robertson.

Ganz besonders möchte ich meinen Freunden in Kimberley danken: Mark Jones und seiner Familie, Penny Arrow, James und Alison Brown, Missy Higgins, Susan Bradley, Gaye Wotherspoon, Wendy Albert, Bill Reed, Pat Lowe, Kirsty Cockburn und George Negus.

Danke für Ihre Hilfe, Captain Lance Godwin.

Und schließlich noch ein tief empfundener Dank an meine treuen Leserinnen und Leser für ihre Unterstützung und Freundschaft und die wunderschönen Nachrichten, die sie mir schicken.

Ich habe im »Health Report« von ABC Radio National eine berührende Reportage über Totgeburten gehört. Eine junge Frau mit dem Pseudonym »Katrina« sprach über den Verlust ihres totgeborenen kleinen Mädchens. Sie habe sie Lydia genannt, erzählte sie, damit sie einen Namen hatte und man sie nie vergessen würde. Ihre Worte gingen mir so nah, dass ich beschloss, eine Figur in diesem Buch Lydia zu nennen.

Im Paradies der Südsee-Perlen …

Di Morrissey

Tränen des Mondes

ROMAN

Mit dem Tod ihrer Mutter wird Lily Bartons Leben komplett umgekrempelt. Alte Aufzeichnungen, die von ihrer Urgroßmutter stammen sollen, führen Lily an die raue Nordwestküste Australiens auf die Spur eines längst vergangenen Lebens.
Zu Beginn des 19. Jahrhunderts begegneten sich hier in Broome der Abenteurer John Tyndall und die energische Olivia. Lange träumte das Paar von einer Existenz in der Perlenfischerei, bis sie es endlich wagten, ihren Traum in die Tat umzusetzen. Doch dann taucht Johns tot geglaubte Frau auf und bringt das neu gewonnene Glück in Gefahr, denn sie erhebt nicht nur Anspruch auf das Vermögen ihres Mannes. Wird sich ihre Liebe gegen die Widerstände des Schicksals behaupten?

Der Auftakt der großen Saga von Di Morrissey, der erfolgreichsten Autorin Australiens!

KNAUR